Missing You

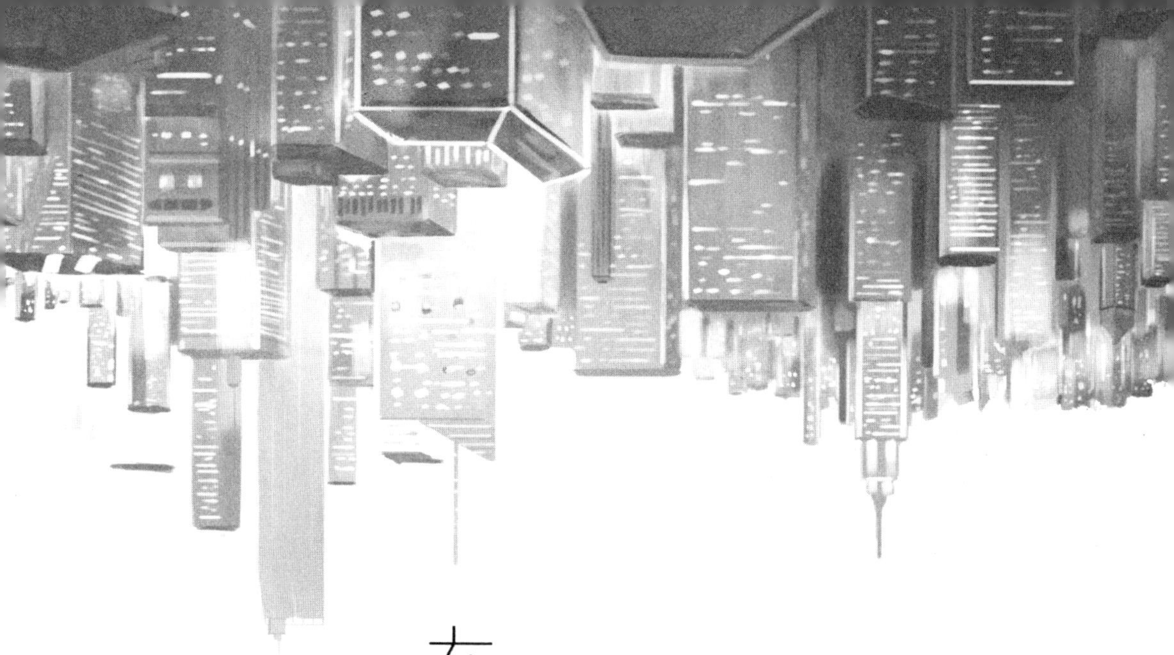

在夏月晚安时想你

叶非夜 著

廣東旅游出版社
GUANGDONG TRAVEL & TOURISM PRESS
悦读书·悦旅行·悦享人生
中国·广州

图书在版编目（CIP）数据

在夏月晚安时想你 / 叶非夜著 . — 广州 : 广东旅游出版社 , 2020.10
ISBN 978-7-5570-2271-6

Ⅰ . ①在… Ⅱ . ①叶… Ⅲ . ①言情小说—中国—当代
Ⅳ . ① I247.5

中国版本图书馆 CIP 数据核字 (2020) 第 115113 号

在夏月晚安时想你
ZAI XIA YUE WAN'AN SHI XIANG NI
叶非夜　著

◎出版人：刘志松　◎责任编辑：梅哲坤 戴璐琪
◎责任技编：冼志良　◎责任校对：李瑞苑

出版发行：广东旅游出版社
地址：广东省广州市荔湾区沙面北街 71 号首、二层
邮编：510130
电话：020-87347732
印刷：杭州日报报业集团盛元印务有限公司
地址：杭州市体育场路 218 号
电话：0571-85052417
开本：700 毫米 ×960 毫米　1/16
印张：25
字数：452 千字
版次：2020 年 10 月第 1 版
印次：2020 年 10 月第 1 次印刷
定价：48.00 元

目录

第一章 只有在看不见他的时候，才敢爱他 001
第二章 等我想到了，托梦告诉你 035
第三章 韩经年最大的短板 063
第四章 她到底有多少秘密 092
第五章 为他的美色所动 122
第六章 他明明想过以后不会再让她哭了 149
第七章 他们这辈子都不可能离婚 183

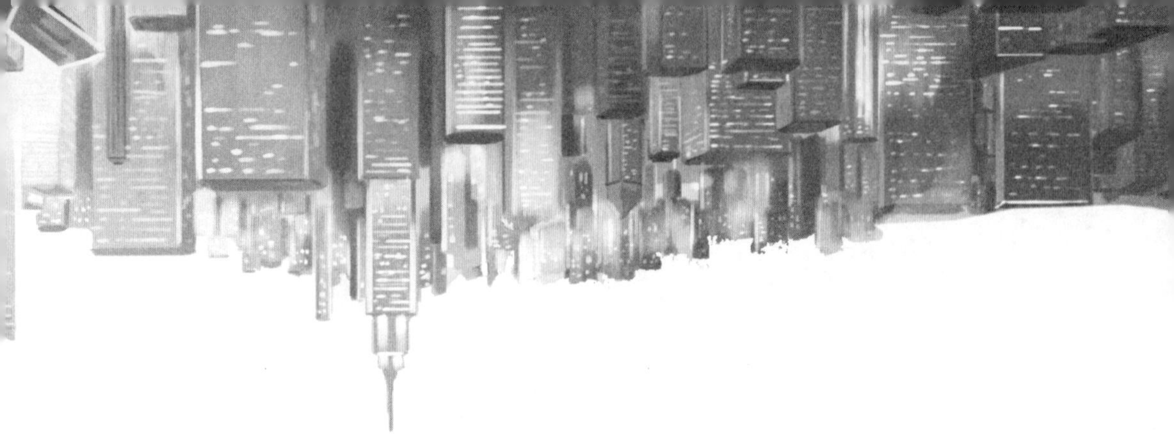

目录

第八章　在最深的噩梦里拥抱他　211
第九章　她把可怕的韩总驯服得如此服服帖帖　238
第十章　他永远都不可能丢下她一个人的　268
第十一章　夫人，你的思想实在太可怕了　295
第十二章　榴梿、方便面、键盘，你选一个　324
第十三章　你就是我想要的一辈子　348
第十四章　如果有人说爱你，记得报我的名字　369

第一章

只有在看不见他的时候，才敢爱他

偌大敞亮的办公室里，夏晚安坐在办公桌前等了韩经年一会儿，见他看到她来还没停下手头工作的意思，便主动出声："我……我来找你，是有事要跟你说。"

韩经年敲键盘的指尖停了停，但他没看她，声音平静又冷淡："你说。"

这样疏离又冷漠的他，让夏晚安一下子不敢开口了。她沉默了良久，才鼓起勇气说："我……我想说，我可以嫁给你。"

韩经年愣住了，随即他又恢复了一贯的沉静和冷漠："我不想娶你。"

夏晚安的指尖下意识地揪紧了衣衫，她似是怕被他看出什么一般，没过多迟疑，很快就说了话："我……我知道的……我知道你不喜欢我，也不想娶我……但是，他们让我们联姻……你放心，我们结婚后，我保证不会影响你现在的生活，而你要的合作，我会让我爸爸促成……我……我不喜欢你的，我这样做没别的意思，就是……就是为了……为了让我爸爸开心……所以你……你再……"

夏晚安后面的话还没说完，韩经年就出声了，声音迷人又冷淡："我要开会了，你自便。"

说着，他就站起身拿起桌子上的一份文件，当她不存在般丢下她离开了。

随着办公室厚重的门关上，夏晚安才将视线从韩经年离开的方向收回来。

她环顾了他的办公室一圈，最后视线落在了他的办公桌前。

她盯着他刚刚坐过的地方，眉眼间泛起了一抹温柔，不过很快就被淡淡的哀伤掩盖过去了。

她就知道他不喜欢她，也不会娶她的，可她还是不死心地来试探……

韩经年开完会再回到办公室已是两个小时后了。

他一边往办公桌前走，一边对跟在自己身后的秘书讲话。等他坐在办公椅上时，他的话才说完，而秘书也总算可以开口说自己想说的话："韩总，夏小姐在两个小时前已经离开了……"

听到这句话，韩经年脸上的神情没有任何波动。

秘书只好继续往下说："我让司机送夏小姐回去，但夏小姐拒绝了。"

韩经年还是那副漫不经心的模样，仿佛秘书是空气一般。

"这是陈律师让我转交给您的文档。"秘书再次开口，并且递上了一份文档。

韩经年终于有了反应，他微微点头，麻利地拆开了文档，在看到里面的内容后，他的眉心蓦地蹙起。

"韩总？"秘书见韩经年迟迟没反应，又开口唤了一声。

韩经年回过神，看了一眼秘书。

"没什么事的话，我就先下去了。"

韩经年"嗯"了一声，等秘书出去后，再次看向了手中的那份文档。

看着看着，他似是很焦躁般将那份文档直接丢进了抽屉里，然后打开电脑投入工作中。

可他敲打键盘的动作泄露了他的不专心。

这样的状态持续了大概一个小时，他再次拉开抽屉拿出了那份文档，然后他就靠在办公椅上，抬头看向了天花板。

他一个人静静地待了许久，最后还是拿起了手机，拨通了夏晚安的电话。

很快，电话被接通了。不知道是不是他的错觉，电话那端夏晚安的声音听起来有点惊喜又有点胆怯："喂？"

韩经年并没有考虑太久，直接开口说了重点："我可以娶你。"

挂断电话后，夏晚安不可思议地盯着手机里的通话记录看了好几遍，才确定刚刚真的是韩经年给她打了电话。

他居然答应了娶她……

只是他下午明明拒绝得很干脆，这才过了短短的几个小时，他怎么就突然改变了主意呢？

尽管夏晚安很纳闷，但还是有着一抹喜悦克制不住地爬上了她的眉梢。

从她第一次遇见他，她就一直在等一个可以靠近他的机会，这一等就是六年，将近两千多个日夜后，她终于等来了这个机会……

是啊，她是喜欢他，很喜欢很喜欢的那种喜欢。

遇见他的那一天，她的心底只有三个字：一辈子。

他是她一眼就认定的想要过一辈子的人。

不过……

欢喜了没一会儿的夏晚安，神色禁不住暗淡了下来。

他是答应娶她了……可他还说了别的话……

他说，他不想和她有过多的交集，这个婚姻就像她说的一样只是一个交易。

他还说，希望她能说到做到，不要影响他的生活，也不要给他招惹麻烦，如果可以的话，不要让无关紧要的人知道她和他的关系。

两年后。

夏晚安加完班，回到家已是晚上十点。

她推开门，迎接她的又是一室的漆黑和寂静。

韩经年又没回家……

夏晚安在门口稍站了片刻才开灯进屋换鞋，然后和往常一样，一个人在空荡荡的房间里做睡前瑜伽、洗澡护肤，然后上床睡觉。

夏晚安睡得正熟时，迷迷糊糊地感受到有重物压在她的身上，那股力道很重，让她几乎喘不过来气。几乎是一瞬间，她就从梦中惊醒了过来，还未睁眼，仅仅是根据那人散发出来的气息，她就能分辨出是韩经年。

她愣了愣，立刻睁开眼：“你回来了？”

她话音刚落，他的指尖就解开了她睡衣的排扣，唇落在了她的肌肤上。

酥麻的刺激感使得她浑身微微哆嗦了一下，她整个人还未有过多的反应，他和她的衣衫就飘落在了地上。

过了一阵儿，安静的室内慢慢有了动静，良久，才回归了平静。

整个过程中，他和她自始至终没有交谈过一句话，他们不像夫妻，更像两个毫无关联的陌生人。

前一秒结束，后一秒韩经年就翻身躺在了一旁。

身上的重量消失让夏晚安微微蹙了蹙眉心，整个人并没太大的反应，她似是习以为常了，神情平静地拉了被子裹在身上。

夏晚安闭着眼睛躺了好一会儿，等到疲惫感退去后才睁开眼睛，扭过头看向旁边的男人。

韩经年平躺在床上，呼吸绵长，俨然已经睡熟了。

时间已经不早了，可夏晚安没半点困意。

她仔细想想，好像已经差不多有三个月没见过他了……她记得上次他回家的那天，楼下的迎春花刚开，现在池塘里的荷花都开了呢……

坦白说，若不是他偶尔回一次家，有的时候，她都禁不住怀疑自己到底是不是真的有个丈夫……

两年前，韩经年说他可以娶她。然后没有婚礼，没有婚戒，也没有亲朋好友的祝福，他和她就去民政局登记结婚了。

他们婚后的第一次见面还是在领完证的半年后。一个深冬的夜里，和今天一样，她睡着了，他突然回来了。他没说话，倒床就睡。她很紧张，翻来覆去了大半宿都没睡着，也不知道是不是她的动作吵到了他，反正他突然攥住了她，没有说一句话就和她发生了关系。

后来，韩经年有时一个月回一次家，有时两个月回一次家，也有时三个月甚至更久才回一次家。他每次回来都是在夜里，每次都是一声不吭地和她亲密后便倒头就睡，每次都是第二天等她醒来后他人已经不见了……所以这两年里，他和她说过的话掰着手指都能数得过来。

第二天是周六，不用上班，闹铃也没响，夏晚安一觉睡到自然醒。等她睁眼时，窗外阳光明媚，已将近中午十一点。

和从前一样，半张床空荡荡的，他不知何时已经离去。

昨晚他的出现仿佛她的一场幻觉……

时光如流水，缓缓而过，转眼就到了夏末。

吃过晚饭的夏晚安回到卧室后特意打开了电视，并将音量调高了一些。她的目的不是为了看电视，而是为了让家里有点人气，所以打开哪个台便是哪个台。

“韩氏企业的总经理韩经年先生接受了我们的采访……”

夏晚安拿瓶子的动作蓦地停了下来，她迟缓了几秒钟，拿了瓶子才转头看电视。

屏幕里的韩经年身穿黑色西装、白色衬衣，优雅地坐在沙发上，正跟主持人侃侃而谈。

他是真的长得好看，好看到“俊美”这样的词语用在他身上都显得很枯燥，好看到不管你盯着他看多久，你不但不会厌烦，反而会觉得他更好看，甚至更想看下去。

采访的时间并不太长，接近尾声时，主持人闲聊般笑着问了一个八卦问题：“韩先生，最近很多报道说您跟秦书简小姐交往频繁，不知道您方不方便透露一下，您和秦小姐是不是真的如同传闻中那样好事将近了？”

秦书简……那个春节期间票房大卖的贺岁片的女主角……

夏晚安的指尖微微抖了抖，险些将瓶子摔落在地上。

电视机里的韩经年神情自始至终都没有太大的变化，说：“不好意思，我从不在传闻上浪费口舌。”

采访结束了，屏幕上出现了广告，夏晚安乍一见代言人，心头闪过一声“蛮好看的”，然后就看到屏幕旁边出现一小行字幕——代言人：秦书简。夏晚安微微抿了抿唇角，就将视线挪到了镜中。

夏晚安浑浑噩噩地涂完护肤品就爬上了床，她拿起手机搜了一下韩经年和秦书简，真的如同那个主持人说的一般，都是他们好事将近的报道。

“有知情人爆料，韩氏企业的总经理韩经年和秦书简共度晚餐。”

“秦书简和韩经年共同出入韩氏企业的星光珠宝店，疑似挑选婚戒。”

“韩经年和秦书简于本月十八号晚上一前一后地进入SJ酒店，疑似秘密约会。”

夏晚安看着看着就走了神。

过了一会儿，她点开了日历，一天一天地往前倒数着。

距离他上次回家，已经有五十二天了……

第二天下午，夏晚安窝在家里昏昏沉沉地睡了四个小时后，才慢腾腾地爬起来开始为今晚八点的聚会做准备。

她到金碧辉煌时正好刚过八点，不过包厢里已经有不少人了。

这次聚会是韩知谨举办的，所以来的大多数人也都是韩知谨的朋友。

韩知谨是韩经年大哥的儿子，喊韩经年小叔，和夏晚安同岁，也是她的小学同学、初中同学以及高中同学，若是韩知谨大学时没出国留学，两个人恐怕也会是大学同学。

韩知谨的这些朋友里有几个是他和夏晚安的高中同学，其中宋有蔓和夏晚安是从小一块长大的。艾姜是夏晚安的高中同学，上大学后艾姜和夏晚安才真正熟悉起来。

夏晚安到的时候，宋有蔓和艾姜都还没到，韩知谨正在和他的那一群朋友聊着天，但在看到夏晚安后，立刻奔了过来。

除两家人以外，她和韩经年结婚的事情并没有太多外人知晓，所以韩知谨在外遇到夏晚安，开口喊的依旧是和从前一样的称呼——晚安。

夏晚安落座后，没一会儿艾姜就到了。

因为有人陪着夏晚安，所以韩知谨就跑开了。

包厢里的人越来越多，唯独不见宋有蔓。夏晚安拿着手机禁不住地给宋有蔓发了条消息，问她到哪儿了。

宋有蔓秒回："马上到了。"

夏晚安没有再回宋有蔓的消息。夏晚安前一秒收起手机，后一秒包厢的门就又被推开了。

她以为是宋有蔓到了，下意识地抬头冲门口看去，然而看到进来的人后，她原本呼之欲出的"有蔓"就蓦地停在了唇边。

夏晚安怎么也不会想到韩知谨居然把他的小叔叔，也就是她的丈夫——韩经年给喊了过来。

韩经年就像天生的领导者，气场强大，即便他此时神情平和，可还是给人一种强烈的压迫感，所以他一进门，包厢里瞬间安静了下来。

所有人的目光都落在他的身上，可他仿佛一屋子的人都不存在般，别说是神情，就连目光都没丝毫的波动。

三秒后，韩知谨噌的一下起立，条件反射般规规矩矩地开口："小叔叔好。"

韩经年没说话，视线却落在了坐在比较里面的夏晚安脸上，不过一瞬间，他就收回了目光，冲着韩知谨微微颔首。

随着他的举动，包厢里的气氛明显好转了一些。

"小叔叔，您请坐！"韩知谨再开口的声音比刚刚轻松了许多，他边说还边"狗腿"地拍了拍身边的空位，然后一面招呼着韩经年坐，一面给韩经年倒了一杯酒。

韩经年没挑位子，就按照韩知谨拍的地方落了座。

夏晚安不知道韩知谨是不是故意的，韩经年这一坐就不偏不倚地坐在了她身边。

夏晚安有点不自在，扭过头看了一眼韩经年，过了一会儿，又看了一眼韩经年。

韩经年似是感受到了她的注视，也回头看了她两眼，其中有一次和夏晚安的视线碰在了一起。

夏晚安紧张得指尖一抖，忘记收回视线，韩经年也没挪开目光，就那么盯着她看了一小会儿，冲着她微微点了点头。

他这样疏离客套的举动仿佛一颗小石子狠狠地砸在了夏晚安的心里，在她心里激起一圈又一圈的涟漪。

坐在夏晚安旁边的艾姜看到了夏晚安和韩经年不断看彼此的动作，忍不住悄悄地凑到了夏晚安的耳边，问了一句："晚安，你和韩知谨的小叔叔认识呀？"

宋家和夏家是邻居，两家的关系好得不得了。

当初两个妈妈还定了娃娃亲，奈何两家生下来的都是女娃，所以宋有蔓是知道夏晚安嫁给韩经年一事的。

至于艾姜……夏晚安记得韩经年说不希望旁人知道他和她的关系，所以并没有告诉艾姜。

听到艾姜这样问，夏晚安微微垂下头，遮掩住眼底一闪而过的暗淡神色，说："不认识。"

纵使她很想说一句"他是我的老公"，可她对外也只能说不认识韩经年……

婚后的两年里，她对外一直都是这样说的，没别的原因，就因为他说过他和她的婚姻只是一场交易，婚后她不要影响他的生活，也不要给他招惹麻烦，所以她对外都是说不认识他的。

"我看你一直在看他，想到你跟韩知谨那么熟，我还以为你们认识呢……"艾姜说着就凑到了夏晚安的耳边说起了悄悄话，"不过韩知谨的小叔叔是真的长得养眼，哈哈，我也偷偷地多看了他好几眼……"

夏晚安没说话，只是配合着艾姜，抿唇笑了笑。

聚会结束后，夏晚安和宋有蔓又去了她们常去的会所泡澡和按摩，一切结束后才各自回家。

那天晚上，夏晚安睡得不是那么踏实，她一直在做梦，她的梦里反反复复都是一个画面。

那天，十五岁的她穿着母亲从港城买回来给她的漂亮洋裙去找韩知谨，她和韩知谨还有宋有蔓约好了一起去看电影。

她奔进韩家大门时看到院里停放的黑色轿车，以为就是平时韩家司机送韩知谨的那一辆轿车，她想都没想就跑过去拉门。

她拉了好久，门都没有开，她半开玩笑半不满地开始嚷嚷："韩知谨，快开门，你再这样，我要生气了。我告诉你，我要是真的生气了，你这次喊我爸爸，我也不会原谅……"

她的话还没说完，面前的车窗落了下来，里面露出的是一张和韩知谨一样都很年少的面孔，但那张面孔却比被追捧为校草的韩知谨要精致完美许多。

她看到那张脸瞬间愣住了，三秒后，她想到自己说的话，脸顿时涨得通红。

她是典型的那种窝里横的性格，她和韩知谨熟所以说话很随意，可面对陌生人，她还是有些尴尬的……

不过还好，韩知谨很快就出现了，解了她的围："这是我小叔叔，比我大三岁，小叔叔，这是晚安，我同学。"

车里的人神情没太大变化，甚至看都没看她一眼，只是对着韩知谨轻轻地点了点头，轻飘飘地来了一句："我还以为是你新认的爸爸……"

一句话说得夏晚安臊得更抬不起头了。

"小叔叔，你别这样，晚安脸皮薄……"

"哦……"他应了一声，就看向了夏晚安。

那是夏晚安第一次看到他的眼睛，实在太美了，美得让她心惊，美得让她害怕，美得让她忘记了自己究竟是怎么跟着韩知谨离开韩家大院的……

直到后来她和韩知谨快到电影院时，她才缓过劲来。

那天的他穿了一件白色的T恤，她的脑海里不知怎么就晃过了一句话：他是谁的白衣少年……他会是她的白衣少年吗？

时过境迁，她总算嫁给了他，她算是圆了她当年的梦吗？

在梦里，夏晚安就觉得周身有些不对劲。她感觉有人用力地将她从睡梦中拉了出来，她还没来得及睁开眼，就感觉有股很强劲的力道闯进了她的世界里……

疼痛感传入了她的大脑，使她整个人瞬间清醒过来。

她虽和韩经年接触得不多，但是也不是不经人事的小姑娘，所以她很快就弄明白了是怎么一回事。

是韩经年回来了吗？

疑惑如同潮水般瞬间淹没了夏晚安的大脑。

只是她还没想透彻，就被腰间肌肤上传来的疼痛感再次打断了思绪。

今天的他也不知是怎么了，下手的力道很重，就连动作也粗鲁得像个会吞噬人的野兽……他真的让她很疼，比第一次的时候还要疼……

她记得第一次她疼得险些落了泪，她开口提醒他后，他力道收敛了许多，夏晚安在疼得真的忍不下去后，颤抖着声音开口，说了和第一次时一模一样的话："那个……疼……"

这三个字是他和她结婚后的半年里他们交谈的唯一的话。

夏晚安的心底蓦地泛起一阵酸楚，她本以为她说了这样的话他会温柔一些，可她没想到她错了，他不但不温柔，反而变本加厉了。她总觉得他在生气、在惩罚她，可她又想不通他为何生气，她又没招惹他……

怎么结束的她不清楚，她只知道第二天她醒来往旁边看了一眼，另外半张床很整洁。原来昨晚结束后，韩经年都没睡在家里就直接走掉了。

夏晚安盯着空荡荡的半张床愣了一会儿，然后才坐起身想要起床。

她这样一动才发现自己的身体仿佛散了架一样，到处都酸痛无比。

好在今天是周末，她也没什么别的事情要忙碌，随便搞了点吃的填饱肚子后就继续去睡觉了。

下午醒来，夏晚安觉得身体舒服了许多，周末是她去超市采购一周食物的时间，所以她简单地收拾了一下自己就出了门。

她一个人也吃不了多少东西，但随便买一买也拎了两个大袋子回家。

和她一同进电梯的是位中年女人，大概看她两只手都拎着东西很辛苦，便热情地问："姑娘，你住在几楼？"

夏晚安报了自己所住的楼层数后道了句"谢谢"。

这是高档公寓，是一层一户的，很保护住户的隐私。

但中年女人在听到夏晚安的楼层数后，一边按楼层数，一边诧异地看了夏晚安好几眼："你去二十七楼？"

夏晚安没觉得有什么不妥，浅笑着回："对呀。"

"啊？我记得住在二十七楼是一位先生呀，长得很俊的一位先生……"中年女人边说边对着夏晚安多嘴解释了一句，"你别误会啊，我可不是窥探你的隐私，我是这块区域居委会的……"

中年女人停了停，看到夏晚安手中拎着的青菜和一些日用品："你是住在他家呀，那你是他太太了？真好，你们男才女貌，可真般配……"

中年女人没说错，她在法律上就是他的太太……只是他不喜欢她顶着他妻子的名义到处招摇……

这样想着，夏晚安就急忙开口打断了中年女人的话："那个……我不是他太太……我和他没关系，我……我只是住在他房子里，就是……就是……"

夏晚安说得断断续续的，然后想了个合理的理由，道："就是……我是他房子的租客。"

中年女人恍然大悟："哦，原来那先生的房子租出去了呀，我说怎么这两年都没碰到过他呢。两年前，我几乎天天早上下楼送孩子上学，都能碰到他去上班……

"不过那先生看着不差钱的样子，怎么好端端地把这么好的房子给租出去了？话又说回来，这里的房子租金不便宜吧？那姑娘，你的工作一定很不错……姑娘，你是不是还没有男朋友？这样吧，我帮你留意着……"

电梯停在了中年女人所在的楼层，电梯门打开，她一边跟夏晚安说着话一边走了出去。

夏晚安没拒绝也没答应，只是维持着脸上的笑意跟中年女人说了一句"再见"。

等到电梯门关上，里面只剩夏晚安一人时她脸上的笑容才一点一点地消失。

刚刚那个中年女人说难怪这两年都没碰到过韩经年……这两年不就是因为她嫁给了他，住进了这里，他才很少回他这个家吗？

夏晚安回到家，已经接近傍晚，她下厨做了三菜一汤。

她其实吃不了这么多的，但她若是有时间煮饭，她总是会煮两人份的饭。

是啊，没错，两人份的饭，其中一份就是给韩经年做的。即便她知道他不会回家吃饭也不会和她一同吃饭，可她每次还是会固执地去做。

因为只有在家里，只有她一个人的时候，她才敢做一些能和他扯上关系的事情。

准备好饭菜后，夏晚安会在桌子上摆放两副碗筷，会把对面的那个碗里盛满汤，还会在动筷子之前说一句："吃饭吧……"

回应她的是一如既往地安静。

这次的她没像往常那样立刻动筷子，而是盯着对面空荡荡的桌椅看了会儿，就仿佛他真的坐在对面一般，而后她很小声地念了一句："经年……"

谁知道这两个字她一个人偷偷地在心底喊过多少遍。

因为她只有在看不见他的时候才敢说爱他……

夏晚安说完没敢多看对面一眼，就低头开始喝汤。

喝着喝着，她突然觉得喉咙里有些堵，然后她才后知后觉地发现自己的眼角好像湿了。

她明明是很喜欢韩经年的，却总是要装出一副无关痛痒的模样来告诉别人他和她没关系。她不是不想告诉他她喜欢他，可比起得不到他的爱来，她更怕彻底地失去他这个人。

她曾目睹过韩经年是如何拒绝一个女人对他的表白，他是那么绝情，根本没给对方留丝毫余地。所以她一直小心翼翼地把自己的感情锁在心底，维持着一副根本不在意他的模样。

她知道他不屑她的感情，他要的只是婚姻，而不是纠缠，尽管她不知道也很好奇他为什么会要这样一个毫无意义的婚姻……

周一，夏晚安照常上班。

她是在嫁给韩经年的一年后才进入韩氏企业工作，她之所以能进韩氏企业，和韩经年没太大的关系，纯粹是因为韩经年的大嫂，也就是韩知谨的母亲陆燕归的帮忙。

韩经年有两个哥哥，大哥韩经文比韩经年大了将近三十岁；二哥韩经纶比韩经年大了十八岁。在韩经年还没出生之前，他的大哥韩经文就已经成家了。在韩经年三岁那一年，大哥出了意外，留下了怀着孕的大嫂，撒手人寰。韩经年身体不怎么好的母亲由于过于伤心，第二年也病逝了。好在韩经年祖母的身体比较好，便接替他的母亲将他抚养长大。

不过说来也蛮奇怪的，韩家的很多男儿都不怎么长寿。

韩经年的父亲六十多岁就猝死了，二哥韩经纶更是英年早逝，刚过了三十岁生日就身亡了。韩经年三兄弟一下子只剩下他一个人了。

当时，韩经年十二岁，韩知谨九岁，所以韩氏企业的重任一下子就压在了祖母和大嫂陆燕归的身上。不过在三年前，韩经年从国外回来进入韩氏企业后，祖母只挂着董事长的职位，基本上已经不管事了。

夏晚安和韩经年虽同处一个公司，但他们在不同的部门和楼层，所以两个人在公司里从未碰过面。

韩氏企业是做珠宝生意的，开遍全国的星光珠宝店是一个有故事的百年品牌，巧的是夏晚安学的专业就是珠宝设计，不过并不是因为韩经年才去学的，而是因为她本身就很喜爱这个专业。

上班的时候依旧很忙，等到夏晚安结束工作时已是下午三点钟，忘记吃午餐的她叫了一份外卖。

在等外卖时，她想到自己上周要去仓库里翻找之前看过的一些囤货，结果因为当时快下班了，仓库被锁了门而没来得及去，于是她便趁着这个时候去了一趟公司负一楼的仓库。

仓库里堆积的东西绝大多数是被淘汰的，她在里面翻找了好一会儿，才终于在柜子的最上面看到了自己要找的东西。

她穿了高跟鞋，勉强地碰到了盒子，她费力地伸着手够了很久才把盒子拉出来。

她把盒子抱在怀里打开，低头去检查里面的东西时没留意到身后的柜子是坏的，刚刚被她那么一碰，已经摇摇欲坠了，所以等到她准备离开却又没来得及抬脚时柜子突然散架，毫无征兆地砸在了她的后背上，直接将她整个人砸晕在地上……

夏晚安是被疼醒的，她睁开眼睛看到的是一室的白色。

她不太清楚自己身处何处，皱着眉打量了周围好几圈，然后才意识到自己是在医院里。

她怎么会在医院？

没多久，查房的护士进来了，看到夏晚安后温柔地笑着问了一句："醒了？"

夏晚安点了点头，问："是谁把我送来的？"

"是一个中年男子叫的救护车……"护士边说边给夏晚安测量了一下血压，道，"你还需要在医院里观察一段时间，所以你得给你的家人打个电话，让他们来医院照看你……"

夏晚安"嗯"了一声，等到护士离开后她才拿起手机。

她没给自己父母打电话，因为她怕父母打扰到韩经年，所以她想了想，给宋有蔓打了电话并且再三叮嘱她保密。

挂断了宋有蔓的电话后，她盯着手机屏幕看了一会儿，又拨通了韩经年助理办公室的座机电话。

电话很快被接通了，里面传来了一声："喂？"

那个声音很好听，也很熟悉，将夏晚安原本到了嘴边的话全都堵了回去。

电话那头的人见始终没人说话，似是不耐烦般又开口道："喂？"再次响起的声音让夏晚安确定不是她出现了幻听，接电话的人真的是他——韩经年。

因为韩经年的口气不是特别好，所以她怕她再不出声他会直接撂了电话，便急忙开口说："那个……是我，夏晚安。"

他在电话里"哦"了一声，就没了别的话语。

他和她平时本就很少交谈，他简短的回答让夏晚安一时之间有点语塞，过了一会儿，她才组织好语言开口："我打电话是想告诉你助理一声，我这两天可能回不了家了……我……"

夏晚安顿了顿，没说自己受伤的事情："我临时有事要出差两天，我怕万一有什么别的事情，我爸妈他们打电话到你那里，你不知道怎么回……"

夏晚安说了很多的话，等她停下来过了三秒后，电话那头的韩经年才出声："我知道了。"

然后他又没了声音。

她是不是应该挂断电话了？

夏晚安踌躇了两秒，耳边又听见了他的声音，还是那种没什么太大情绪的语调："还有别的事吗？"

"没……"夏晚安被他突如其来的声音惊到了，不小心扯到了后背上的伤口，疼得她声音颤电话抖了一下，"没了。"

她强忍着疼，努力保持语气平缓地把话说完："我……我挂了，再见。"

韩氏企业。

临时来助理这里看东西的韩经年因为助理走开了，见桌子上的电话一直响个不停就顺手接了。

途中助理回来了，等韩经年挂断电话后看了一眼座机上的来电显示，随口说："是太太打来的电话呀，她是出去旅游还是出差呀？"

韩经年看了一眼助理："她经常给你打电话？"

"那倒没有，夫人很少找我的，刚开始你们结婚的时候，她给你打过一次电话，你说让她有事找我，然后她那会儿还是经常给我打电话的，就问你有没有时间，但也没说什么事情。她听到我说你没空后也没说什么就挂了，再后来就很少打电话了，也有七八次吧。夫人每次说的事都一样，要么是出差不回家，要么是旅游不回家……

"不过夫人每次打电话的时候都会跟我说让我心底有数就好了，如果你那边需要知道，就让我告诉你一声，如果你不需要，就让我不用说了。不过巧的是这两年里夫人每次出差，你都在忙自己的事情也没想着要回家，所以我就没告诉你了……"

助理把话说完，看了一眼韩经年，见他站在原地没说话也没要走的迹象。

助理想了一会儿，大概懂了："那……韩总，以后若是夫人再打电话来，我……要不要告诉你一声？"

韩经年没说话。

助理又问了一句："韩总？"

韩经年回过神，抬起脚往办公室走去。

助理追得更急了："韩总，以后夫人再打电话，我到底要不要告诉你一声？"

走到办公室门口的韩经年瞟了助理一眼："你觉得呢？"然后没等助理再说话，韩经年就推门进了办公室，还顺势将门甩在了助理的脸上。

看着面前砰的一声紧闭上的门，助理挠了挠脑袋，他觉得呢？他怎么知道呀？

当初夫人来找韩总说愿意嫁给他的时候，韩总明明拒绝了夫人。后来也不知道陈律师到底送来了一份什么文档，韩总就莫名其妙地答应了，然后婚礼、婚纱、婚戒什么都没准备就跟夫人领证了……

老板婚后很少回家，他跟在老板身边这么久也没见老板提过夫人……所以他一直很肯定老板是不喜欢夫人的，也很好奇老板既然不喜欢夫人为什么又娶了她？

可这些年对老板投怀送抱的女人数不胜数，他也没听到老板提过其他的女人……

不到半个小时，宋有蔓就赶到了医院。

病房的门还没被推开，夏晚安就听到了宋有蔓扯着嗓子喊"安安"的声音。

"安安，好端端的你怎么突然就受伤了呢？"

趴在床上行动不便的夏晚安险些没被宋有蔓此时此刻的造型惊到："蔓蔓，你怎么这样就跑过来了？"

宋有蔓的脸上贴着面膜，脑袋上顶着卷发棒，身上还穿着理发店的衣服……

“你还说，我接到你的电话都吓死了好吗？还好还好，你伤得没有那么严重……”宋有蔓边说边去检查夏晚安的后背，“这么一大片皮肤都紫了，你怎么能把自己给砸伤呀？”

夏晚安没说话但心里觉得很温暖，然后再联想到刚刚给韩经年打电话时他对她那样疏离淡漠的态度，她眼底一酸险些就落了泪。

宋有蔓察觉到夏晚安的不对劲，盯着夏晚安看了一会儿，开口说：“你给他打电话了？”

这个世界上能让夏晚安难过的就只有那一个人。

夏晚安“嗯”了一声。

“你给他打电话了，他都没来医院看你?!”宋有蔓瞬间奓毛。

“我没告诉他我受伤了……”

“哦哦哦，原来他不知道啊……”宋有蔓瞬间消气，三秒后，她瞪向了夏晚安，“你为什么不告诉他？你受伤了怎么就不能告诉他？他以为家里的老婆是什么呀，是摆设吗？他想起来回去睡一觉，想不起来就冷处理？”

越说越离谱了……

夏晚安：“宋小姐！”

“好吧，对不起，我不该那样说的，哈哈哈……”看到夏晚安笑了，宋有蔓也跟着笑了，“好了，笑了就好，我先去把头发和脸洗了，你等我哈。”

说着，宋有蔓走进了病房的洗手间。

听着里面传出来的哗啦哗啦的流水声，夏晚安心想，在她最难过的时候，蔓蔓总是有办法缓和她难过的情绪……

五天后的下午，夏晚安出院了。

在医院里陪了夏晚安足足五天的宋有蔓迫不及待地想晚上出去玩，还非要扯着夏晚安一同去。

夏晚安没拒绝她，也拒绝不了。

夏晚安和宋有蔓去了她们经常去的酒吧，夏晚安后背上的伤还没完全好不能喝酒，所以宋有蔓点酒的时候给夏晚安要了一杯鲜榨果汁。

她们两个人到得比较早，一言一语地闲聊着打发时间，没过多久，艾姜到了，韩知谨也到了……同时也有很多其他陌生人不断地涌入酒吧，现场越来越热闹了。

看到有人陪宋有蔓聊天后，夏晚安就和从前一样找了个舒服的姿势枕着宋有蔓的肩膀睡着了。

夏晚安也不知道自己究竟睡了多久，她只记得迷迷糊糊中宋有蔓跟她讲了一句话："安安，我要去跳舞了，你一个人在这里待着别乱跑……"

她胡乱地"嗯"了一声，放开了宋有蔓的胳膊趴在桌子上又睡着了。

途中有人跑到她跟前给她披了一件外套，她睁开眼看到是韩知谨后就又闭上眼睛踏实地睡着了。

过了没多久，又有人跑到了她跟前："小姐，请你喝杯酒可以吗？"

声音很陌生，她想大概是酒吧里的人跑来搭讪，她眼睛都没睁开，换了个姿势，留了个后脑勺给那人。

那人没走，不死心地又开口："小姐，你是不是喝多了？"

夏晚安装睡。

"小姐，你没有别的朋友吗？"

夏晚安捂住了耳朵。

"小姐……"那人又喊了她两声，大概是以为她喝醉了不省人事，就伸出手抓住了她的胳膊，想把她带走。

陌生人的碰触让夏晚安条件反射般抽回了胳膊并坐直了身子。

被她躲开的陌生人再次将手伸到她的面前想摸她的脸："小姐，跟我走吧……"

他的手还没碰到夏晚安的脸就被夏晚安拿着包拍开了。

夏晚安懒得跟他耗，起身想去找韩知谨他们，谁知她还没走开，那个醉醺醺的男人竟然色胆包天地抓了她的手腕想把她抱在怀里。夏晚安自然不肯，奋力地挣脱了那个男人后，听见那个男人竟然骂了一句"矫情"，她二话没说就拿起桌子上的酒杯将酒泼到男人的脸上……

男人瞬间暴跳如雷，骂着脏话要揍她。

这一幕恰好被跑回来喝酒的韩知谨看到了，他冲上前，一只手拦住了那个男人的拳头，另一只手挥到了男人的脸上……

韩知谨和那个男人瞬间扭打在了一起，惊扰了周围的人也惊扰了舞池中的人。

宋有蔓和艾姜也一前一后地赶了过来，艾姜只是一味地尖叫，而宋有蔓则拿着包加入了韩知谨的阵营，劈头盖脸地追着那个男人打……

那个男人的朋友也赶来了，夏晚安见对方的朋友来了，怕韩知谨和宋有蔓吃亏也急忙跑过去拉偏架，所谓的拉偏架就是指拉架时有意偏袒一方。

艾姜一向胆小，在旁边一会儿喊韩知谨，一会儿喊宋有蔓，一会儿喊夏晚安，最后拿着一个酒瓶，哆哆嗦嗦地跑上来毫无威慑力地说让对方住手……

半个小时后，派出所。

夏晚安、韩知谨、宋有蔓、艾姜坐在一排。

一个穿着警服的人一脸严肃地给他们四个录口供。

"名字。"

四人一一回答了。

"年龄。"

"二十三。"四人同时回答。

"看到这条标语了吗？认识字吗？给我读一遍。"

四人沉默。

"读呀！"

四人异口同声地开口："莫打架，打架代价大，打赢坐牢，打输住院。"

"为什么打架？知不知道打架是不对的？"

警察一连问了好几个问题后看向了艾姜。

因为艾姜自始至终都没动手，所以警察对她批评教育了一通，让她签了字后放她走了。至于夏晚安、韩知谨和宋有蔓三个人则需要有人来保释。

夏晚安和宋有蔓同时求救般地看向了韩知谨。

要是她们给家长打电话来保释她们，后果真的是不堪设想……

接收到她们的目光，韩知谨咬了咬牙，掏出手机给老宅打了个电话。

接电话的人是保姆。

"张妈，你来派出所接我，你偷偷地来，别被太奶奶和我妈知道了……不是只有我一个人，还有小婶婶和有蔓……"

挂断电话后，三个人耐心地等着。

约莫二十分钟后，有警察推开他们所在的房间，开口喊道："韩知谨，夏晚安，宋有蔓，有人来接你们了，你们来这里签个字就可以走了……"

三个人按照警察的指示规规矩矩地签了字，然后一前一后地走出了派出所。

正好和他们打架的那两个人也有人来接了，几人在门口碰了个正着。

宋有蔓用口形无声地冲着那两个人骂，韩知谨也冲着那两个人竖了个中指，然后在双方暗自较劲时不远处有着一个男声响起：“夫人，知谨小少爷，宋小姐。”

听到这声音，三个人齐刷刷地一愣，而后转头望去，再也顾不上跟那两个人较劲了。只见不远处的路边，韩经年的助理站在一辆黑色的轿车前笑眯眯地看着三人。

韩知谨原本张牙舞爪的气势瞬间蔫了。

夏晚安也惊得睁大了眼睛，唇都微微张开了。

站在她旁边抓着她手的宋有蔓暗自惨叫了两声，觉得整个人都不好了：“真是冤家路窄啊！”

“你会不会用词？你这冤家是指的你和我小叔叔呢，还是你和我小叔叔的助理呢？”韩知谨望着韩经年的助理，面带微笑地在牙缝里挤出了一句话。

“呸，跟你小叔叔？你以为你小叔叔是香饽饽呀，谁见谁稀罕呀！”宋有蔓和韩知谨一样，也是露着笑脸从牙缝里一个字一个字地往外挤。

三个人很快就走到了路边。

即便对方只是韩经年的助理，韩知谨开口的声音也乖得像品学兼优的三好学生：“张特助，怎么是你呀？不是张妈来的吗？”

“张妈临时有事被老太太叫走了，而我恰好在老宅就替张妈过来了。”

张特助跟韩经年形影不离，张特助在老宅，那岂不是代表着韩经年也在？

想到这里，韩知谨的心狠狠地抖了抖：“那我小叔叔是不是已经知道我们打架的事了？”

助理脸上挂着微笑地点了点头。

“凉了凉了……”韩知谨一副要完了的表情。

同时开口的还有宋有蔓，不过她的声音很小，只有她和夏晚安两个人可以听见：“完了完了，我这么有骨气的人是不是应该拒绝韩经年那个小白脸的求助，继续回去坐着呀？”

夏晚安没接宋有蔓的话，但她心里格外紧张。

虽然韩经年只比韩知谨大三岁，但有句话叫长一辈压死人，再加上韩经年天生气场强大，韩知谨打小就觉得小叔叔不像比自己大三岁而是比自己大三十岁，所以他哀号完忍不住偷偷地问了一句：“张特助，我小叔叔有没有说什么？”

“有，”张特助笑眯眯地接了话，“韩总让我问你打架打赢了吗？”

“打赢了。”

“打赢了，那知谨，请你回家面壁思过六个小时。”

“六个小时？”韩知谨不满地皱了皱眉。

“是的，知谨，你应该庆幸你打赢了。如果你打输了，韩总说让你面壁三十六个小时，之所以是三十六个小时，是因为你是男人，要把夫人和宋小姐的惩罚一起受了。韩总还说了，你要是不服，他就告诉老太太和大夫人……”

“什么也别说了，我这就回家面壁思过还不行吗？”说着，韩知谨就伸手拦了恰好开来的一辆出租车。

前一秒车子停下来，后一秒宋有蔓就跑了过去，抢先拉开车门钻进了车里，道：“送我，送我……”

夏晚安见韩知谨和宋有蔓都上了出租车，便对着张特助挥了挥手，说了一句“再见”，也想跟着上车，只是她刚抬起脚走了两步，张特助就的声音就在她耳边响起：“知谨，宋小姐，再见。夫人，请您等一下。”

听到这句话，韩知谨和宋有蔓毫不犹豫地关上车门，吩咐出租车师傅快走。

看着开走的出租车，夏晚安只好停下脚步扭过头看向张特助：“那个……张特助，您还有什么别的事吗？”

张特助伸手，拉开了车门：“夫人请上车。”

夏晚安以为就他一个人来了便没多想，道了句“谢谢”就弯身钻进了车里。

等她坐稳，张特助关上车门后她才发现车内有亮光。她愣了愣，扭过头就看到韩经年一本正经地坐在旁边，正捧着一个电脑在看东西。

他居然在？

从她上车后，韩经年自始至终都没太大的反应，就仿佛她是空气一般，可无形之中他身上散发出来的压迫感，让夏晚安明显地感觉到车内的空气变得稀薄了。

她不安地往车门的方向挪了挪，把自己和他之间的距离稍微拉开了一些。

也不知道是不是她的动作惊扰了他，她感觉到他的头往她这边偏了一下。

他很细微的举动让夏晚安条件反射般看向他。

他和她只对视了一眼，她就惊得目光四处乱飞。

“那个……原来你在车上呀？”

韩经年没接话。

夏晚安觉得有些尴尬，摸了摸鼻子后垂头去看手机了。

将这一幕尽收眼底的张特助忍不住在心底重重地叹了一口气。他还以为他将夫人请上车后能看点好戏，哪知不但没有好戏看，他还得替韩总收拾烂摊子……

想到这里，张特助开口缓和气氛："夫人，喝点水吧。"

"谢谢。"夏晚安投给张特助一个感谢的眼神并接了水。

"夫人，您打架没伤到哪里吧？"

"没。"

"夫人，您为什么打架呀？"

夏晚安和张特助聊了没几句，张特助的手机响了。

张特助说了一句"抱歉"就戴上耳机去接电话了。

夏晚安透过后视镜偷偷地看了一眼还在盯着电脑屏幕的韩经年，然后就低头去看刚刚一直在振动的手机了。

宋有蔓建了一个新的微信群，群名叫"唾弃无情的小白脸"，里面就三个人，夏晚安、韩知谨和宋有蔓。

野有蔓草（宋有蔓）："我到家了，请问你们都还好吗？"

韩知谨发了一张墙壁的照片，后面补了一句："面壁思过中……"

野有蔓草："稳住，我看好你哦！"

小爷我贼帅（韩知谨）："呵！"

小爷我贼帅："小婶婶，你还好吗？"

野有蔓草："安安，你还好吗？"

夏晚安刚想回一句"不怎么好"，结果还没打字，挂断电话的张特助扭过头便恰好看到了夏晚安手机屏幕上的群名，扑哧笑了："夫人，您这群名可真有意思……"

夏晚安一哆嗦就立马锁屏了。

张特助就算再眼尖应该也不至于看清楚群名吧？

张特助笑眯眯地又开口："无情的小白脸……这是在说谁呀？"

夏晚安手一抖，险些将手机拍到了张特助的脸上。

夏晚安回了张特助一个淡淡的笑容后，胡乱地说了一句："就是一个男的很无耻，睡了一个女的又不对那个女的好……"

也许是因为心虚，夏晚安总觉得自己这句话就是在说韩经年，于是急忙又补了一句："那个男的又老又丑又秃顶，还……还娘娘腔，所以就说他是小白脸……"

"那这个男人还真是不配为男人啊！"张特助很是瞧不起夏晚安口中的人。

夏晚安因为太心虚，就点着头说了一声"是"，便没再说什么了。

张特助喊了一声“韩总”，就开始说工作上的事。

夏晚安见他们聊正事便没再出声。

他们聊的内容她不怎么感兴趣，盯着后视镜里韩经年的身影发了一会儿呆后，脑袋一歪就抵着车窗睡着了。

快聊完正事时，韩经年无意间往旁边扫了一眼，然后才发现自己身边的人出奇地安静，若不是他扫到了她的身影，他都以为他身边和平时一样是空的。

她睡着了，长发散落下来遮住了大半张脸，只能让他看到她高挺的鼻尖。

“韩总？”专注开车的助理没看到后车座上的情况，只听见韩经年停了声音就出声提醒他。

韩经年回过神将视线落回电脑屏幕上，然后接着刚刚的话继续往下说。

“夫人？夫人？”喊醒夏晚安的是张特助。

她茫然地睁开眼睛，问了一句“到了？”，然后就从车里下来了。

等她站稳后，她才发现车子停的地方根本不是自己熟悉的停车场。

这是哪里？

夏晚安一脸疑惑地看向了张特助。没等她开口，只是接收到她目光的张特助就给出了答案：“夫人，这里是SJ酒店。”

SJ酒店？来酒店做什么？

夏晚安更不解了。

“公司明天在这里有个宴会，有个客户刚入住酒店有事和韩总谈，因为时间快赶不及了，所以就临时来了这里……”

难怪她醒来后没看到韩经年，想必他已经去楼上忙工作了吧？

夏晚安想了一下，识趣地说：“那我叫辆车回家吧，就不打扰你们了。”

“夫人，你想回家也不是不可以，只是韩总没说让您一个人走，还有就是夫人您走的话，是不是也应该跟韩总说一声……”韩总下车的时候提都没提夫人，他也不知道韩总是几个意思，万一他让夫人走了，韩总怪罪他怎么办？

张特助又开口道：“夫人，要不这样吧，我先带您去楼上休息，现在天色也不早了，韩总那边应该很快就会忙完的，到时候您想回去，自个跟他说一声……”

夏晚安本就不是冷漠的人，看张特助一脸为难的样子便于心不忍地点了点头：“好吧。”

张特助带着夏晚安直接去了酒店顶层的套房。

“夫人，这是韩总的房间，您在这里休息一会儿，我去看看韩总那边的情况。”张特助帮夏晚安刷开了房门后站在门口说。

夏晚安微微点头说了一句“谢谢”，然后就进了套房。

门被关上后，她才往里走。

书桌上摆满了厚厚的一叠文件，门口玄关处的柜子里挂了好几件大衣，摆了好几双鞋子，就连沙发上都有几件叠放整齐的衬衣。从这样的场景上来看，夏晚安想，他住在酒店里的时间怕是比他回家的次数都多很多……

夏晚安虽然很仔细地观察了一圈韩经年的东西，但她却没敢乱碰屋内的任何一样属于他的东西，就连坐下的时候也是找了落地窗前的一个没放东西的沙发。

她等了很久都没等到韩经年回来，反而把自己等睡了。

等她再醒来时窗外天色大亮，而原本窝在沙发上的她不知何时已躺在了酒店套房的床上。

夏晚安环顾了一圈卧室并没有看到韩经年的身影，她去浴室简单地洗漱了一下，然后就拉开门走了出去。

在套房客厅的书桌前，她看到了韩经年和张特助。

张特助：“夫人，早。”

夏晚安面带微笑地回了一句“早”，然后飞速地看了一眼韩经年，又小声地念了一句：“早上好。”

韩经年依旧无动于衷。

韩经年和张特助好像有什么重要的事要谈，打完招呼，张特助就开始说正事了：“孙秘书是因为紧急情况进了医院，所以韩总，晚上的宴会您看找谁做您的女伴？”

其实平时大多数的宴会韩总身边要么是空落落的，要么就是跟着他这个万年不离身的跟屁虫，除非是真的绕不过去的宴会，才会临时让孩子都上小学的孙秘书顶替一下。今晚恰好就是绕不过去的时候，然而偏偏在这个节骨眼上，孙秘书掉链子了……

按理说，韩总这样有钱又有颜的人，身边是不会缺女人的，只要他招招手，自然是有数不尽的女人前赴后继地扑过来愿意陪他去……只是那些女人愿意，他的老板不愿意啊。如今孙秘书没法上阵了，他竟一时半会儿想不出来一个可以临时顶替一下的人来……

张特助问完话后纠结了一会儿，然后就想到了陈小姐……不行，当初陈小姐不顾前台阻拦执意来办公室找韩总，韩总得知这些事情后，冷着一张脸把前台全给开除了。那……林小姐？也不行，林小姐的胆太肥了，竟然大半夜偷偷地溜进了韩总的酒店房间，惹得韩总大发雷霆，搞得酒店员工从上到下战战兢兢地在韩总门口站了一整夜。从此以后，韩总再入住酒店，他们必然会派人来门口守着……

实在是没辙的张特助最后眼巴巴地看向韩经年，问道："韩总，你有没有中意的人选？"

原来他们是在为韩经年今晚宴会的女伴发愁呀……

这两年来，她有几次在晚会上碰到过他，他的身边总是围着不同的女人，她不确定是不是他带来的，但是……他身边的位置从未是她的……

夏晚安想，他也未曾想过让她待在他身边吧？

她是偷偷地喜欢他，也从未干涉过他的生活，可这不代表她真的能做到无动于衷地听他说他中意哪个女伴。

她承认这属于掩耳盗铃，可她走了总好过站在这里亲耳听到他口中吐出哪个女人的名字。

想到这里，夏晚安没等韩经年回张特助的话，就抢先出声："你们忙，我就不打扰你们了。"

夏晚安想了想，补了一句"再见"，没等韩经年和张特助有所反应，她就转身离开了。

她这一开口倒是提醒了张特助……

他傻啊，总是想着外面的莺莺燕燕了，怎么把夫人这个正主给忘记了？

张特助像看到了救星一般，都没跟韩经年商量就喊住了夏晚安，道："夫人，您稍等。"

夏晚安停下脚步扭过头。

"夫人，今天是周末，您应该没什么事吧？如果没事，您就陪韩总参加晚会好了。"张特助边说边像拜菩萨般双手合十地不断鞠躬，"夫人，这次真的是紧急情况，您要是不帮忙就真的没人能帮忙了。俗话说得好，救人一命胜造七级浮屠，所以拜托您了，您的大恩大德我铭记于心，将来您让我做牛做马我都毫无怨言……"

这个问题好像不是他们能决定的吧？

夏晚安想着，就看了一眼韩经年，男人没开口阻拦张特助，但脸上的神情也没表现出来特别需要她帮忙的意思。

张特助见夏晚安不说话以为她不情愿，一边在心底佩服夫人果然是夫人，不为韩总的美色所动，一边晃着身子继续求她："拜托，夫人，拜托拜托……"

"我是没意见，只是你老板……"

"夫人，只要你没意见，老板肯定也没意见！"张特助脱口而出后才意识到自己好像越权了，便赔着笑转身看了一眼坐在书桌前的韩经年，"对吧，韩总？"

韩经年没着急开口。

夏晚安紧张地用指尖掐住了掌心。

她刚刚是不是答应得太草率了？万一他拒绝了她，那她……

在她胡思乱想之时，韩经年面无表情地轻轻点了一下头，然后丢给张特助一句"你看着办吧"，就低头去看电脑了。

七点二十五分，三个人离开套房乘坐电梯去了二楼的大厅。

提前两天布置的会场宛如水晶宫殿般奢华，每个人都穿着盛装而来，三五成群地聚在一起高谈阔论。

这是夏晚安第一次陪韩经年，哦，不，是第一次以主角的身份出席这样的晚会，不过还好她出身不错，从小到大这样的场面见得不少，所以在耳濡目染之下她也能面对这样的场合。

其实也不需要她做什么或者说什么，绝大多数时候她只需要跟在韩经年身边保持微笑就好了，偶尔碰到对方身边的女人跟她讲话，她就顺势聊几句。

等忙完正事，来宾都成帮结派地汇聚在一起开始娱乐，夏晚安知道韩经年这边也不太需要自己了，便找了个"累了"的借口离开了。

夏晚安找了一个光线暗淡的角落一个人打发时间。可能是因为人多，她在的地方又太偏了，网络也不怎么好，夏晚安玩了一会儿手机后嫌弃打开网页的速度实在太慢，便将手机往手包里一塞，闭上了眼睛。

尽管她身处的环境很吵，但她还是能睡得香甜。

"喂，喂……"

耳边连续传来了好几声"喂"，夏晚安才意识到声音是从自己头顶响起的，她慢慢地抬头看向来人。

她先看到的是一条在水晶灯照射下耀眼夺目的金色长裙，不过更耀眼夺目的是来人的那张脸，也是夏晚安还算熟悉的一张脸。

夏晚安盯着她看了两秒，就想起来了她的名字——秦书简。

秦书简唇角扬着笑，十分自信地任由夏晚安打量自己。

可夏晚安很快就收回了视线，闭上了眼。

秦书简见夏晚安态度冷淡，连再多看她一眼的意思都没有，她蹙了蹙眉，再开口时语气里多了一些不满："喂，你听到我在跟你说话吗？你这人怎么一点都不知道尊重人呢？没看到人家跟你讲话吗？"

夏晚安沉默。

"算了，你爱说不说，我也没心情听你说……我不管你是怎么认识经年哥哥的，但我想告诉你，请你以后离我的经年哥哥远一些！"

夏晚安依旧沉默。

"喜欢经年哥哥的人有很多，但是没一个人被经年哥哥放在眼里。你别以为你今天陪着经年哥哥来参加了一次晚会就有希望接近经年哥哥，我告诉你，没门！

"你跟经年哥哥才认识几天呀？我跟经年哥哥都认识一年了。你知不知道经年哥哥对我有多好？我的电影是他投资的，我电影里的首饰全都是他赞助过的品牌，所以你拿什么和我比？你又觉得我们两个人，经年哥哥会更看重谁一些？"

夏晚安还是沉默。

"如果你再招惹我的经年哥哥，我告诉你，下次我肯定让你吃不了兜着走！我说的话你都听到了吗？"

秦书简一个人气势十足地说了很多话，而坐在沙发上的夏晚安半天都没动静。

秦书简总觉得自己被人瞧不起了，便一边说着话一边伸手去推了推夏晚安："你是哑巴吗？半天都挤不出来一个字！"

夏晚安的身子晃了一下，不过她很快就反应过来了，然后她一边打哈欠一边睁开眼睛，有些茫然地看向了秦书简，三秒后，她像想起来是怎么一回事般开口问："我都睡着了，你人还没走呀？"

秦书简觉得自己就像拼尽全力一拳头打在了棉花上一样根本使不出来力道，莫名憋闷的她想都没想就抬起手指向了夏晚安："你——"

秦书简的话还没说完，夏晚安就伸了个懒腰，不紧不慢地站起身，说："你喜欢这里呀？那留给你吧……正好这里的空气也不怎么好，睡起来也不怎么舒服，我换个地方睡……"

说着，夏晚安又一只手捂着嘴慵懒地打了个哈欠，另一只手提着裙摆踩着高跟鞋往周围看了一圈，然后挑了一个人少的地方走去。

等着夏晚安离开了一段距离后，秦书简才反应过来她走之前那句话是什么意思。

空气也不怎么好……是说她的到来污染了这里的空气吗？

秦书简盯着找了一个靠窗位置坐下的夏晚安恶狠狠地看了一会儿，然后就重重地一跺脚去找自己的姐妹们了。

夏晚安落座后拿起手机看了一眼时间，见离晚会结束还要一段时间便趴在桌子上又闭上了眼睛。

不过这次她倒是没睡着，她不知道是不是自己敏感了，总觉得有人在盯着自己看，可她每次睁开眼睛却又没发现什么不对劲，直到她第六次睁开眼睛时她终于逮住了看自己的人。

那是一个很年轻的女孩，看起来比她小两三岁。女孩穿着一件白色的短裙，乌黑的长发垂在脑后，整个人显得干净又清纯。

被她逮个正着的女孩像受到了惊吓一般神情慌张，似是很不知所措。夏晚安并没想过会吓到女孩，所以她看到女孩的反应后冲着她露出一抹很温柔的笑。

女孩看到她笑了，慢慢地平静了下来，然后盯着她看了一会儿也回了她一抹笑。

人和人之间的第一次见面是讲究眼缘的，夏晚安和这个女孩就蛮有眼缘的，所以很少主动跟陌生人搭讪的她问了女孩一句：“我叫夏晚安，你叫？”

女孩没说话，只是冲着夏晚安又笑了笑。

夏晚安见女孩不肯开口，也没再跟她讲话。

女孩指了指夏晚安身边的位置，夏晚安隐约猜到女孩在问她能不能坐在她旁边，夏晚安没拒绝，冲着女孩轻轻点了点头。女孩似是很高兴一般又递给她一个很灿烂的笑容，然后坐在了她的旁边。

女孩始终没说话的意思，夏晚安便也没出声。

两个人就这么静静地坐着。

过了没多久，一串脚步声从身后响起。

夏晚安满不在乎，连头也没回，但是她旁边的女孩转身望了一眼，然后就伸出手指很轻地戳了戳夏晚安。

夏晚安扭过头看到的是一脸紧张的女孩。她刚想出声问女孩怎么了，结果话都没到嘴边，便有一个高高的杯子重重地落在了她的面前，随之而来的是一个不客气的女声：“你好，请问我们可以认识一下吗？”

夏晚安闻声抬头扫了一眼来人，有好几个，打头的那个有点眼熟，好像是跟秦书简做伴的。

她没理会这几个女生而是往周围扫了一圈，然后就看到置身事外的秦书简站在不远处端着一杯香槟酒，一副看好戏的模样。

她心想，秦书简这是刚刚没有讨到便宜，现在又让别人打着敬酒的旗号企图灌她喝酒了？

幼稚！她以为她怕她们啊！

夏晚安想着，就将手伸到了那杯酒前。

所有人都以为她要端酒，互相对视着用眼神兴奋地交流。

然而夏晚安在碰到酒杯的那一刹那，她突然将酒杯往旁边一推，站起身道：“不好意思，失陪了。”

来势汹汹的几个人都愣住了。

就连坐在旁边的女孩都昂着头冲着夏晚安眨了眨眼睛，满心疑惑。

夏晚安看了一眼傻乎乎地盯着自己看的女孩，她怕她走了之后那几个人为难女孩，便拍了拍女孩的肩膀，说：“走了。”

女孩似是很开心，立刻从座椅上跳了下来，跟着夏晚安离开。

两个人走了没几步，恰好有个端着一锅热羹的服务员经过。

旁边站着好几个人，也不知道是谁推了一把离服务员最近的女人，然后那个穿着高跟鞋的女人尖叫了一声，冲着服务员扑了过去。

那锅热羹很重，被撞到的服务员一时之间没拿稳，直接将一锅热气腾腾的羹泼了出去。

那锅热羹正巧就冲着夏晚安身边的女孩泼去。

这么烫的羹直接泼到身上怕是要烫伤一大片肌肤呀……

夏晚安没有犹豫，直接抓着女孩往旁边一躲。

因为情况太紧急，她的力度很大又穿了高跟鞋，这一躲闪使她没站稳，直接带着女孩摔倒在了地上。

她的后背撞到了桌角，疼得她浑身狠狠地哆嗦了一下。

这变故惊扰了周围的人，有人围了过来。

宴会大厅就这么大，很快这里就成了满场的焦点，来的人越来越多，最后就连韩经年和张特助都过来了。

韩经年看到了坐在地上疼得缓不过劲来的夏晚安和蹲在她身边哭得梨花带雨的女孩，以及旁边不断道歉的服务员和那群没想到会把事情闹大的女人……

他微微皱了皱眉。

看到韩经年的反应，张特助立刻走上前开口："夏小姐，您还好吗？"

夏晚安不怎么好，但她没告诉张特助，只是微微地摇了摇头，苍白着脸说："我没事。"

"那小小姐，您怎么哭得这么厉害？是伤到哪里了吗？"张特助以为夏晚安是真的没事，转头看着正在哭的女孩。

小小姐……听到这三个字，夏晚安微微惊讶了一下，然后看着女孩。

原来女孩就是韩经年那个她从未见过的表妹呀……有关韩经年这个表妹的事情她了解得并不多，甚至连姓名都不知道。她只知道韩经年的姑姑当年不顾家里的反对跟一个穷学生私奔了，后来那个穷学生抛弃了韩经年的姑姑和韩经年姑姑肚子里的孩子，韩经年的姑姑没办法，最后只能回来。因为是家族丑事，所以韩经年的姑姑和这个孩子很少出现……

夏晚安听韩知谨提过一次这个女孩，女孩是个哑巴但不是天生的，而是在小的时候发过一场高烧，险些活不下来，后来好不容易活下来了，但醒来后就再也不会说话了……难怪她刚刚一直在笑，不出声……

面对张特助的询问，韩经年的表妹并没开口而是一直哭。

因为周围有太多人看了，所以张特助找了个借口，把夏晚安和韩经年的表妹带去了楼上的套房。

上楼时，张特助见韩经年的表妹还在哭，怕她真的摔伤了或者烫伤了哪里，便给韩经年的家庭医生打了个电话。

医生很快到了，先给韩经年的表妹做了检查，见并无大碍后便对着张特助说了一句"放心"，然后准备离开。

医生只是着手收拾东西都还没说走，韩经年的表妹就突然抓住了他的衣襟又可怜巴巴地望着他，指了指夏晚安，开始伸着手比画起来。

张特助隐约明白了她的意思，便跟着她指了指夏晚安，道："小小姐，您是在说夫人？"

韩经年表妹立刻猛地点起了头，然后还不忘指了指旁边站着的医生。

张特助这下彻底懂了韩经年表妹的意思，她这是让医生给夏晚安也检查检查，于是便看着医生说："那谢医生，您既然都来了，就给夫人也看一看。"

听到这句话，夏晚安心底蓦地一惊。

她背后的伤痕都还没好，若是被谢医生检查，便会暴露她前段时间撒的谎！

夏晚安想都没想就猛地摇了摇头："我没事，我真没事，不用给我检查了……"

听到这句话，韩经年的表妹疯狂地摇着头，抓着谢医生衣襟的力道更重了。

夏晚安拒绝，韩经年的表妹执意，一时之间屋内陷入了僵持状态。

一个是家庭医生，一个是助理，两个人都不知道该怎么办。

这时，房门被推开，韩经年走了进来。

韩经年的表妹像看到了希望一般冲到韩经年面前，指着谢医生又指着夏晚安，还时不时地指一下自己的后背，各种手舞足蹈地比画着。

韩经年压根不知道表妹在说什么，蹙了蹙眉心，看了张特助一眼。

了解情况的张特助同样仿佛看到了救星一般连忙开口："我见小小姐一直哭，哭得很厉害，怕她是伤到了哪里，就让谢医生来了一趟，结果小小姐检查完死活不肯让谢医生走，非要让谢医生给夫人检查。可夫人说自己没事，执意不让谢医生检查，然后小小姐和夫人就这么僵持着……"

听完前因后果的韩经年看向夏晚安。

夏晚安接触到他的视线，有点慌张地低头："我真的没事……"

韩经年的表妹疯狂地摇着头、摆着手，一副笃定夏晚安就是有事的样子。

张特助："韩总，您看……"

张特助的话还没说完，韩经年就将视线落到了谢医生的脸上，他没说话，只是冲着谢医生点了点头，示意夏医生去给夏晚安瞧瞧。

夏晚安往后退了好几步，说："我真的不用瞧，我没事，我……"

她的抗拒让韩经年的眼里闪过一抹不悦。

站在旁边的张特助感觉到韩经年的不悦，急忙开口打圆场："夫人可能是不好意思……毕竟她是个女生，谢医生是个男生，看后背还得脱衣服，所以……所以韩总，您看我要不要换个女医生过……"

女人真是麻烦！

韩经年没理会张特助的话，径自开口："你们出去！"

“啊？”张特助不解。

韩经年：“你们出去，我来检查！”

“哦哦哦，好的好的！”回过神的张特助条件反射般往门口窜去，窜到一半时他看到谢医生和韩经年的表妹还站在屋里，又倒退回来，一手揪了一个飞速地遁走了。

门刚被关上，韩经年就冲着夏晚安走去：“你来还是我来？”

夏晚安眨了眨眼睛，一时半会儿没反应过来韩经年在指什么。

站在她面前的韩经年见她没反应，又开口道：“我说是你自己脱衣服，还是我帮你脱？”

夏晚安的脸噌的一下红了，她猛摇着头，下意识地往后退了半步：“不用，我没事……我真的……”

夏晚安支支吾吾地还没说完话，韩经年似是彻底没了耐性般直接伸手将她往怀里一拉，没等她有所反应就抬手拉开了她衣服的拉链，将她身上的礼服脱下了。

夏晚安本能地想逃离，她下意识地伸手去抓礼服企图挣脱他，只是她的指尖刚碰到衣领，韩经年就已经把她身子扳了过去看向了她的后背……

韩经年淡淡的眼神在碰触到她的后背时瞬间愣住。

她的后背几乎都是伤痕，有些地方是深紫色……她刚刚摔在地上时应该是撞到了背后，有一处出了血……

韩经年目不转睛地盯着夏晚安触目惊心的后背看了好一会儿，才回过神来。

除了出血的那一处，其他的地方应该都是旧伤……不过伤痕还没好，应该就是最近的事……上周他回过家，那会儿她还没受伤，所以就是这几天的事？

受了这么重的伤，她应该是住过院吧？可他……竟然浑然不知？

比起韩经年，夏晚安先有了反应，她轻轻地往前走了一步将衣服提起来，遮掩住了伤痕累累的后背。

她的动作惊醒了韩经年。

他看了她好半天才动了动：“你的后背是怎么伤的？”

这好像是他和她结婚以来，他第一次问她的事情……

夏晚安觉得有点惊喜又有点不可思议，她飞速地抬头看了一眼韩经年，然后浅浅地笑了笑，仿佛伤痕不是在自己身上一般，一边拉衣服的拉链，一边轻描淡写地回答：“就是没注意，不小心被砸了一下。”

她顿了顿，又补了一句：“现在已经快好了。”

韩经年没说话，只是望着她。

夏晚安被他看得很不安，她局促地看了一眼四周，然后又开口：“那个……下面还有好多事情等着你忙，你去忙你的吧……我……我……”

她后面的话还没说完，韩经年突然转头对着门口说了一句：“进来！”

门立马被推开，张特助双眼发亮，迫不及待地把脑袋伸了进来：“韩总，请问有什么事吗？”

韩经年：“把谢林喊进来。”

“好的好的。”张特助连脑袋都没缩出去，直接伸出手抓了身边的谢林推开门，冲进了屋里，“韩总，谢医生过来了，请问您有什么吩咐？”

跟着两个人一同进来的还有韩经年的表妹。

谢林站定身子后喊了一声：“韩总。”

韩经年的面部表情没什么变化，看到谢林后只说了四个字：“后背，治好！”

他的语气强硬又带着不容反抗的力度，是典型的“韩经年风格”。

张特助见屋里没自己什么事了便从兜里摸出了几颗瓜子，兴致勃勃地准备嗑着瓜子看好戏。

张特助吃了两颗瓜子后看到小小姐在看他，便极其大度地分了一半瓜子给小小姐，小声地说：“小小姐，您要不要也来点？”

韩经年表妹点了点头，接过瓜子和张特助一起吃着瓜子看最新鲜的戏。

谢林走到夏晚安跟前，说：“夫人，请您拉开拉链，把衣服稍微往下放一放，我看一下后背。”

其实拉开拉链后只要护着胸前的衣服不往下掉是不会走光的，夏晚安也不觉得谢林这个要求有多过分，只是她还没反应过来，一旁的韩经年就突然硬邦邦地开口：“不准！”

谢林纳闷地看了一眼韩经年，问：“不准什么？”

韩经年的语调还是冷冰冰的：“都不准。”

谢林这才明白了韩经年的意思，这是不准夫人拉拉链、不准夫人衣服往下稍微放一放、不准他看夫人的后背……既然都不准，那找他看什么病！

谢林：“韩总，我只是给夫人看病，而且夫人的伤在后背上，如果您不准她把衣服放下来一点，我也没办法看呀……”

韩经年：“那是你的问题，你自己想办法解决，总之我说不准就是不准！”

说好听点是霸道，说难听点这是不讲理呀……谢林无奈，看向了旁边的张特助。

张特助有些心累，收起自己手里的最后一颗瓜子，然后笑眯眯地用好商量的语气开口说：“要不这样吧，谢医生，您让您那里最好的一个女医生过来给夫人瞧瞧，韩总，您看这样可以吗？”

“不可以。”韩经年没有犹豫就否决了张特助的提议。

不可以？怎么就不可以了？

张特助苦口婆心地继续说：“韩总，是女医生，女医生，而且是谢医生手下最好的女医生，不会比谢医生差到哪里去的。对吧，谢医生？”

谢林看着拼命对自己挤眼睛的张特助，勉为其难地点了点头。

张特助：“韩总，您看谢医生都这样表示了，您还有什么不放心的？所以韩总，让谢医生立刻打电话吧？”

韩经年：“不可以，太慢了。”

现成的医生您不让看，给您喊一个您又嫌弃太慢了，您到底要怎么样？张特助发愁了。

夏晚安看见张特助和谢医生因为自己的事而被为难成了这样，着实不忍心：“我后背上的伤已经没什么大碍了，真的不用那么麻烦再喊一位医生过来，再说妇产科都还有男医生呢。医生的职责是救死扶伤，他们的眼里是没有性别之分的，所以我觉得就让谢医生看一看好了。要不然我就不看了，而且我觉得你刚刚的做法不是特别尊重谢医……”

夏晚安越说越觉得室内的气氛有点不对劲，尤其是张特助一直冲着自己抿嘴，直到话说到最后的时候她才反应过来，张特助这是让她闭嘴。

夏晚安吞下仅剩的一个“生”字，看向了韩经年。

她还没看清楚韩经年的神情有什么异样，就听见他开口说：“谢林，对不起。”

谢林和张特助齐刷刷地睁大眼睛像看陌生人一样看着韩经年。

太阳打西边出来了吗？韩总竟然也会说“对不起”？

夏晚安也挺意外的，她刚刚纯粹是见场面僵持不下就发表了一下自己的意见，结果没想到韩经年会对谢医生道歉……

既然韩经年都道歉了，那就说明他这是让步了吧？

夏晚安又尝试着开口道：“那我去换件衣服，然后让谢医生帮我看看？”

韩经年没说话，但犹豫了几秒后还是轻轻点了点头。

夏晚安很快就换好了衣服，谢医生以史上最快的速度匆匆地看了一眼夏晚安的后背，然后就看向了韩经年：“夫人之前伤得应该很严重，现在又被撞伤了一次，单独看不确定有没有伤到骨骼，所以夫人还是需要跟我去一趟医院做检查。”

楼下的晚会还没结束，身为主人的韩经年肯定是无法走开的，张特助自告奋勇：“韩总，我陪夫人去吧。”

韩经年“嗯”了一声，然后看了一眼旁边低着头默默地整理衣服的夏晚安，没再说什么，直接离开了。

第二章

等我想到了，托梦告诉你

张特助再回到酒店时晚会已经散了。

他拿着房卡刷开顶层套房的门锁，进去时屋里出奇地安静，只亮了门口的一盏灯。他见书桌前没人便以为韩经年已经休息了，刚想默默地退出去第二天再来找韩经年时，却在光线较暗的落地窗前看到了韩经年。韩经年立在那里一动不动，看起来就像一尊雕像。

“韩总。”张特助收起离开的心思往前走了两步。

韩经年没有反应。

张特助又说：“韩总，我回来了。”

等到张特助停在韩经年身后再开口时，韩经年回头看了他一眼，不过很快韩经年的视线就落到了他的身后像在找什么。

张特助看到韩经年这个反应，隐约懂了韩经年的意思，说道：“韩总，夫人她回家了。”

韩经年收回了视线没说话。

张特助见韩经年的神情没有不对劲的地方，知道自己揣摩对了他的心思，继续往下说：“谢医生给夫人很认真地检查过了，今晚倒是伤得不严重，只是旧伤没好又添新伤看着有些吓人。谢医生也给夫人拿了药，都是最好的药，说是活血化瘀最管用了。谢医生还跟夫人说，只要她按时涂药就不会留疤的，让夫人尽管放心。不过。”

张特助说到这里顿了顿，他也不确定自己到底是不是说多了，但迟疑了一下还是选择了继续往下说：“谢医生说，从夫人背后的旧伤来看，当时应该伤得很严重，依照那伤势，她应该是在医院里修养过一段时间的……谢医生还说，那重伤没闹出来人命又没留下什么后遗症真的是福大命大了……

“话又说回来，也蛮奇怪的，夫人受伤怎么一点消息都没有呢？而且……前几天夫人还打电话来说她出差了……我们这段时间还见到了夫人的哥哥，看他那样子也不像知情的。难不成夫人受伤谁都没告诉吗？”

韩经扭过头看了一眼张特助。

张特助察觉到自己好像真的不是一般的话多，急忙闭嘴告辞：“韩总，要是没什么事的话我就先走了，时间不早了，您也早点休息。”

张特助撒腿开溜。

只是他还没溜到门口，韩经年喊住了他：“你去查一下。”

“什么？”

“有关她受伤的事，你去查一下。”

“哦哦，好的好的。”

张特助应完，见韩经年没理自己又扭过头看向了窗外，他盯着韩经年看了一会儿，总觉得韩经年和平时不太一样，可他又说不出来哪里不一样，然后就拉开门悄悄地走了。

次日，韩经年依旧是从一大早就开始忙，直到晚上八点钟才算忙完。

韩经年即便一天从早忙到晚，在张特助开车载着他从酒店离开的路上，他还是不断地在接电话。

车里好不容易安静下来，张特助总算能开口说话了：“韩总，昨天您让我查的事有结果了。”

恰好此时韩经年手里的手机又响了。

张特助识趣地闭嘴，想等韩经年忙完了再说。

谁知下一刻，他透过后视镜清楚地看见韩经年居然眼皮都没眨一下便直接将电话挂了。

张特助惊得嘴巴都能塞进去一个鸡蛋，说：“夫人是上周一受的伤，被人送进了医院。照看夫人的护士说，是有人叫了救护车把夫人送到医院的。当时是中午，直到晚上夫人才醒来，昏迷了大概六七个小时吧。护士还说，夫人在医院里住了五天才出院……”

韩经年突然问道：“她给你打电话那天是周几？”

“这个……”因为每天太多事情，张特助一时半会儿也没想起来，他想了一会儿，“就是上周，好像……”

说到这里，张特助突然停了下来，过了一会儿，他才震惊地开口：“夫人是上周一晚上给我打的电话……夫人说她临时有事要出差，实际上夫人是……是……是受伤住院了？

“可是夫人为什么要撒谎呀？她……”张特助后面的话还没说完，他就感觉到车内的气氛变得有些不对劲，便立刻安静了下来。

车子平缓地往前行驶着。

坐在后车座上的韩经年神情淡漠地望着车窗，始终没再开口说话。

他手中的手机不断地有电话打进来，他也没去接。

也不知车子往前开了多远，他脑海里突然闪过画面：那天在助理的办公桌前接电话时，他总觉得她的声音有点不对劲，他想问来着，但是最后他以为是自己听错了就把电话给挂了……现在想想，那个时候的她是因为受伤才疼得声音发颤吧？

韩经年面上的神情始终没太大的变化，可他握着手机的指尖却隐隐用了力道，将指腹压得发白。

夏晚安今天晚了三十分钟下班，加上路上比较拥堵，回到家时已经差不多七点钟了。等到煮好饭摆放在餐桌上时，已经八点半了。

她和往常一样摆放了两副碗筷，然后在开动之前在对面的碗里盛满汤。

不怎么饿的夏晚安没吃多少就放下了碗筷。

她看了一眼时间，觉得还早，不着急收拾的她坐在餐桌前用筷子蘸着清汤在桌子上随心所欲地写着字。

门口突然传来了动静，惊得夏晚安的指尖一抖将筷子摔落在地上。

她弯身去捡筷子时想到能直接闯入这个房子的人，除她之外就只剩下这个房子的主人韩经年了。

他怎么会突然回来？

在夏晚安寻思之时，她听见餐厅外有脚步声响起。

她想都没想就伸出手将对面桌前的汤端过来一股脑地往嘴里灌了半碗，确定不会露出什么痕迹后才将碗放到了桌子上。

此时韩经年的身影已经出现在了餐厅门口。

夏晚安刚想转头看他，余光却瞄见了自己在桌子上写的字，她看见有几个字还没干，依稀能辨认出来是什么字，便慌张地抬起手将那些字一股脑地抹掉，这才心虚望向门口，对着已经走进餐厅的韩经年露出了一个不慌不忙的微笑："你回来了？"

韩经年破天荒地回了一个"嗯"字，然后视线就落在了桌子上。

她刚刚手忙脚乱的样子他都看到了，她像在掩饰着什么，但桌子上除碗筷和一些汕渍外，并没有什么其他的东西……

他看到她喝了半碗的汤旁边好像写了一个字，是"韦"？

不过她也蛮奇怪的，一个人用餐怎么摆了两副碗筷？

夏晚安看见韩经年盯着自己面前摆着的两副碗筷，立刻心虚地开口说："有双筷子掉在了地上……"

顿了顿，夏晚安又出声："那个……你吃晚饭了吗？要不要……"

她的话还没说完，他就出声了，语调是一如既往地淡漠："我吃过了。"

"哦，那我收拾一下。"说着，夏晚安有些失望的眼神落在了餐桌上。

韩经年在餐厅倒了一杯水就去了书房。

夏晚安收拾完东西，看了一会儿书就回主卧了。

她看时间还早，琢磨着韩经年应该一时半会儿回不来卧室，洗了澡后便坐在床边费劲地给自己的后背涂药。

她刚给左肩膀涂完药，卧室的门就被推开了，韩经年走了进来。

虽然他和她亲密地接触过，但夏晚安还是条件反射般将浴袍裹在了身上。

她正准备去浴室里上药，结果刚起身就被他拦住了去路。

他没说话，只是伸手从她手中拿走了药膏，然后拉着她坐在床上，将她的浴袍重新脱下来给她上药。

夏晚安很紧张，大气都不敢喘一下。

房间里很安静，淡淡的中草药香环绕在两个人的身边。

没多久，药就上完了。

韩经年的指尖却停留在夏晚安的腰间迟迟没离去。

夏晚安隐约猜出来他指尖透露出来的讯息，就在她想着自己要不要打断这样诡异而又暧昧的气氛时，坐在她身后的韩经年突然起身去了浴室。

韩经年再出来时，夏晚安已经穿好睡衣躺在床上了。

两年来他很少回家，可每次回家都少不了那档子事。夏晚安本以为今晚也不例外，可她没想到韩经年躺下后竟然直接闭眼，一副要入睡的样子。

夏晚安不可思议地扭过头看了一眼韩经年，他这是……单纯地回来住？

接下来一连好几天，韩经年跟转了性一样每天都回家住。他的话很少，夏晚安也不敢轻易地跟他讲话，所以两个人即便见了面也很少交谈。

他每天都有应酬，回来得并不早，但他每次就跟算准了一样都能在她准备洗澡睡觉之前赶回来，然后一言不发地给她上药。之后韩经年要么去书房忙工作，要么是和第一天一样洗完澡就睡。

就像夏晚安想的那样，韩经年真的只是单纯地回来住下了。

周五那天早上，韩经年有早会，醒得很早，他出门时夏晚安还在梦里。

他乘坐电梯去地下停车场时，途中有人进了电梯。

那是一位中年妇女，她的旁边跟着一个穿着中学校服的男生。

韩经年没太在意，但中年妇女盯着他看了一会儿，突然开口：“先生，您是二十七楼的吧？您这么早过来是收房租吗？”

收房租？

韩经年蹙了蹙眉。

“哦，我知道了，您是工作忙，只有这么早才有时间过来收房租对不对？不过现在房租不都是直接打到卡上吗？还是住在二十七楼的那个女孩只能给现金呀？”

二十七楼的女孩给现金？她这是在说他的合法妻子吗？

韩经年的眉头皱得更厉害了。

“不过这些都不重要了，我有更重要的事……先生，上次我在电梯里碰到了租你房子的那个女孩，跟她聊了聊。我还以为她是您太太或者女朋友什么的，后来才知道原来她只是您的租客。我觉得那个女孩挺好的，工作应该也不差，我就寻思着给她介绍个男朋友，她也没拒绝。现在我给她物色了好几个不错的男生，有海归、教授，还有当大老板的……”

听到这里，韩经年总算弄明白了状况。

这位女士口中的女孩真的是他的合法妻子……而他的合法妻子对别人说，她是他的租客，还接受了别人为她介绍相亲对象一事……

没察觉到韩经年神情变化的中年妇女还在喋喋不休："但是现在尴尬的是，那天我出电梯出得匆忙，忘记留她的联系方式了，我联系不到她，还好今天恰好碰到你，也算是缘分。先生，您看她租了您的房子，您那里肯定有她的联系方式，您能不能把她的电话号码给我……"

韩经年脸上的神色阴沉了下来。

中年妇女以为他是不想帮忙，又开口道："先生，这关系到那姑娘的终身大事，那姑娘就算和您没什么关系，但好歹也是您的租客，您也不忍心看着那姑娘大好的青春白白给耽误了吧？您看……"

中年妇女的话还没说完，电梯门打开，韩经年抬脚就走。

"先生……"中年妇女不死心地又喊了一声韩经年，见他没停下来的迹象，便盯着他的背影，忍不住抱怨了一句，"这先生真是一个冷心肠的人，连个电话号码都不给我……"

她刚说完，离开的韩经又退了回来对着她念了一串数字。

中年妇女愣了愣，意识到他说的是什么，连忙拿起手机记了下来。

等她抬头正准备道声"谢谢"时，韩经年已经走远了。

隔着挡风玻璃，张特助一眼就看到了黑着脸走来的韩经年。

这……大早上的谁招惹老板了？

张特助心里一惊，下意识地就关了车里的音乐，走下车，要多乖就有多乖地跑去拉开了后车门。

在开去公司的路上，韩经年的手机响了三次来电铃声，之后响了十几次短信的提醒音。

一直暗自观察韩经年的张特助发现在短信进来的过程中，韩经年的脸色越来越吓人了。

等到车子停到公司的地下停车场时，韩经年周身的气压低得仿佛都能将整栋大楼冰封住。

离早会的时间很近了，张特助跟着韩经年这尊人形冷冻机直接去了会议室。

原本还比较热闹的会议室，因为韩经年的出现立刻变得无比安静。

开会的过程中，每个人都怕一不小心引火上身，说话都很谨慎。

整个会议过程中，张特助发现开会从不走神的韩经年走神了。

就连会议结束，还是他提醒韩经年，韩经年才回过神“哦”了一声，然后留下一句“散会”，便离开了会议室。

回到总经理办公室，张特助整理好韩经年一天的工作流程后，敲响了办公室的门。张特助敲了好几次都没人开门，于是便擅作主张地推开门走了进去。

等张特助靠近了，他才发现坐在办公桌前的韩经年不是在看文件看得废寝忘食，而是在看手机里的短信。

张特助仗着自己视力好，清楚地瞄到了短信的内容。

“这位先生姓杨。杨博士是个海归，拿到了两个博士学位呢，今年刚回的国，在京市有房子、车子，月薪五万以上，除了年龄稍微大了点，没别的缺点了。”

这条消息的下面是一张男人的照片，看年龄差不多已经快四十岁了……

张特助抖了抖唇角，见韩经年的指尖划动了屏幕便继续伸长了脖子往下看。

“赵教授，年龄二十七岁，父母是退休干部，家里原本有个姐姐，因为难产去世了，留下了一个孩子交给了赵教授和他的父母抚养。赵教授在京市有两套房子，全款买的。赵教授的结婚条件就两个，一个是好好对待姐姐的孩子，另一个是感情经历要少，所谓的少是指最好没有谈过对象。”

这条消息的下面依旧是一个男人的照片，长得比第一个看起来年轻多了，戴着金丝边眼镜，文质彬彬的。

不过他那个条件……这都什么年代了，还这么封建！

等等……这怎么那么像相亲资料啊？韩总是已婚人士，为什么要看相亲资料？就算看也应该看女性的呀？

紧接着，他就看到韩经年又划动了屏幕，上面又出现了一条新的消息：“姑娘，您先看看这两个人里有没有合适的，如果有，您告诉我一声，我安排你们见面；如果没有，我就再帮你物色……”

随着这几个重要词汇在张特助的大脑中闪过，他顿时像死里逃生般长松了一口气。原来这消息是发给夫人的呀，吓死他了，他还以为是韩总呢？

不对……消息是发给夫人的，怎么会出现在韩总的手机上？

难不成是有人问韩总要夫人的电话号码，韩总给了自己的？

搞了半天，韩总一早上的低气压不是因为心情不好，而是因为是吃醋？

一直到下午，总经理办公室这边的气氛才稍稍好转了一些。

一上午没怎么忙工作的韩经年加班到晚上九点半才结束了一天的工作。

钻进车里，见韩经年这几天都回家住的张特助习惯性地开口问："韩总，还是回家吗？"

韩经年没说话，但神色冷了下来。

张特助摸不清韩经年的意思又见他没拒绝，便开着车往家里的方向驶去。

驶到小区门口，张特助握着方向盘刚准备拐入地下停车场，坐在后车座的韩经年突然出声："去SJ酒店。"

今晚他没回来……

今晚他又没回来……

今晚他还是没回来……

接连三天韩经年都没回家，夏晚安渐渐地又适应了她一个人住三百多平方米大房子的那种感觉。

她想，前段时间他之所以每天回来，应该是因为她救了他的表妹，他为了表示感谢才回来给她涂药的吧？

现在她背后上的伤好得差不多了，他也就不再回来了……

还好当时的她没敢想太多，所以现在也不至于很难过、很失落。

很快，就进入了新的一个月。

在这段时间里，韩经年始终没回过家，而夏晚安也没在家以外的地方碰到过他。

新的一个月的第一天正好是周一。

到公司后，夏晚安刚登录微信就收到了艾姜发来的消息。

艾姜道："晚安，我上个月不是告诉你我要换工作吗？现在我的新工作终于搞定了！我今天办好入职手续了，正式上班的第一天！"

夏晚安道："是吗？那恭喜恭喜啦！"

艾姜道："嘻嘻……晚安，说出来你可别吓到，我在韩氏企业，以后和你就是同事了！"

夏晚安发了一个开心的表情，道："真的吗？你在哪个部门呀？中午我去找你吃饭呀！"

艾姜道："真的呀，我骗你做什么？我在总经理办公室，不过这里真的好严格呀，我明明有工作经验，可还是定了我三个月的试用期。"

总经理办公室……夏晚安愣住，这不是韩经年的办公室吗？

艾姜道："晚安，你知不知道我根本没想到我会应聘上。上周他们给我打电话的时候我都不敢相信，以为自己是在做梦呢！晚安，你在这里待了有一段时间了，你对总经理办公室有没有了解呢？我有没有什么需要特别注意的地方？我怕我不小心得罪了人或者惹了别人不高兴……"

见有新的消息进来，夏晚安连忙停止走神："我跟总经理办公室的人接触得并不多，所以不是特别了解……"

夏晚安想到艾姜素来爱担心这些事情，便又补了一句："你不用想这么多，你只要做好分内的事，不会出现什么别的问题的。"

原本夏晚安今天的工作并不多，但在下午五点钟的时候主管突然开会说要加班，以致作为这次策划主要负责人的她一直在办公室里熬到了晚上十点钟，直到整栋大楼都没几个人后，她才结束了工作。

没吃晚饭的她饿得有些发晕，直接在办公室里泡了一桶泡面，填饱肚子后才准备下班回家。

她将泡面盒子扔进了垃圾桶里，收拾好东西刚准备去乘坐电梯，突然想到今天早上看到的通告，晚上九点到十一点电梯检修。

她这个下班点还真是不赶巧呀……

夏晚安犹豫了一会儿，想着是等电梯好了再走还是爬楼梯走，最后她想着还有半个多小时电梯才能检修好，索性拎包去爬楼梯了。

她在九楼办公，下到八楼时，不知道整栋大楼的线路哪里出现了故障突然没了电，夏晚安只好拿出手机打开手电筒，借着光一层一层地往下走。

在她快到三楼时，她突然听见一道闷哼声，她吓得浑身一个哆嗦，定在原地动也不敢动。

又是一道闷哼声传来，夏晚安这次辨认出声音是从下一层传来的，是个男声。

她壮着胆子，一边往下走一边问了一句："是人吗？"

没人回她，但闷哼声更清晰了。

她扶着楼梯扶手转了个弯，拿着手电筒往前照了一下，看到一个高大的身躯坐在地上靠着墙壁，胸口起伏得厉害……

那人低着头，单独看身影轮廓，夏晚安觉得有些熟悉。

不过很快夏晚安便打消了念头，她总是太想他了，看到有点像他的人就以为是他，可每次换来的都是失望。

那样尊贵的他怎么可能会爬楼梯，又怎么可能会这样狼狈地蹲在这里？

那个男人的呼吸声越来越急促了，像随时都会断气。

夏晚安再也顾不上胡思乱想，踩着楼梯噔噔噔地跑了下去。

“先生，您……”夏晚安只说了三个字就停住了。

她靠得近了，借着手电筒的光可以将眼前的人看得更清楚一些，即便他低着头，可她还是一下子就认出了他。

这次不是因为她太想他而把别人看成了他，而是真的是他……

只是韩经年为什么会一个人出现在这里？为什么会变成这副模样？

夏晚安急忙出声：“韩……韩经年？”

他没理她，但她能感觉到他浑身抖得厉害。

夏晚安连忙蹲下身，伸出手，轻轻地碰了碰他：“韩经年，你……”

她的指尖才轻轻地碰上他的胳膊，他就条件反射般伸出手将她的手一把甩开。

他的力道很大，连带着夏晚安整个人都被甩得蹲坐在了地上，她手中的手机也飞了出去，手电筒的光恰好照在韩经年的脸上。

原本很焦虑、令人心悸的韩经年见到光才稍稍安定了一些，他慢慢地抬头看到了被自己推倒在地上的夏晚安，他愣了愣，然后动了动唇像要说什么，最后却是一个字都没说出来。

夏晚安见他没刚刚那样激动了，试探般地开口：“你……你怎么了？”

他没说话，只是看着她。

他额头上挂满了汗水，面色苍白得吓人。

他这是……生病了？

夏晚安想着，又动了动唇：“你是哪里不舒服吗？要不要我送你去医院？”

他胸口依旧起伏得厉害，像呼吸不畅一般，他还是没开口说话，但这次却对着她摇了摇头。

“可你这样也不是一回事，要不……我给谢医生打个电话，让他过来……”

“不用……”韩经年伸出手撑着地面想要站起来，但他用了用力，却始终没能让自己离开地面。

“你要起来吗？我扶你？”

韩经年犹豫了片刻，冲着夏晚安很轻地点了点头。

夏晚安这才挪到韩经年的身前伸出手，很吃力地用肩膀撑着他的胳膊，将他从地面上搀扶了起来。

等韩经年站稳后，夏晚安才捡起手机看了一眼时间，已经十一点钟了。然后她一边用小小的身板撑着韩经年，一边指了指楼梯："电梯这个时候已经修好了，我们是去坐楼上的电梯，还是楼下的电梯？"

韩经年没说话，指了指楼下。

韩经年几乎使不出什么力气，全程都是夏晚安使出了吃奶的力道把他扶到电梯门口的。

进入电梯，夏晚安见他指的是楼下以为他要往下走，本能地抬起手想去按一楼，结果她的指尖还没碰到电梯上的数字，靠在她身边的韩经年突然握住了她的手，然后按亮了顶层楼的数字。

他干燥的手掌心散发着温热的力度，可他的指尖却泛着微微的凉意。

夏晚安的心跳突然漏跳了半拍，一时之间忘记将自己的手从他的掌心里抽出来。

回过神后的夏晚安见韩经年还在攥着自己的手，脸微微一红，将手轻轻地从他掌心里挣脱了出来："你要回办公室吗？"

韩经年"嗯"了一声。

"这么晚，你是要加班吗？"

"不是……"过了一会儿，韩经年又补了一句，"休息。"

"哦。"夏晚安刚回完韩经年的话，就传来了叮咚一声，紧接着电梯门打开了。

夏晚安以为韩经年说的休息是在办公室里稍微休息一会儿的意思，没想到他竟直接让她扶他去了办公室里面的休息室。

夏晚安看着掀开被子躺到床上，然后闭上眼睛一副要在这里过夜的韩经年，整个人都傻了。

"你要睡了？"

韩经年闭着眼，略微点了一下头，说："嗯。"

"哦……"她见他现在的状态比刚刚在楼道里时好了很多，想着他大概已经没事了，于是迫不及待地想回家洗澡睡觉的她又说，"那你好好休息，我就先走了……"

说着，夏晚安拿着手机准备走人。

只是她刚转身还没迈步，床上的韩经年突然出声："过来！"

夏晚安回头看向他："啊？"

“过来！”韩经年似是很不耐烦，但还是把刚刚的两个字重复了一遍。

过去？过去做什么？

夏晚安一边在心底嘀咕着一边磨磨蹭蹭地往后退了两步，她人还没到床边，他便像没了耐性般突然伸出手抓了她的胳膊，将她一把拽倒在了他的身边。

他这是什么意思？夏晚安本能地想要坐起身，只是她还没来得及行动，被子就盖在了她的身上，她听到韩经年说：“睡吧。”

夏晚安愣了愣，才后知后觉地“哦”了一声，然后将手里拿着的手机举到面前，准备把手电筒给关了。

身边的他突然就抢走了她的手机，说：“就这样睡。”

说着，他将她手机放在了他枕头的另一端。

他的意思是……开着手电筒睡？

不知道是因为大半夜没人来修电路还是还没修好，整栋大楼仍然处于没电的状态……而她刚刚拿着手电筒碰到他时，他的状况很糟糕，但是好像在看到手电筒的灯光后整个人稍稍好转了一些……难不成这个像谪仙般的人竟然怕黑？

夏晚安忍不住扭过头看向了韩经年。

手机的手电筒散发出来的光照亮了整个床头。

借着光，她看到男人平躺在她的旁边，面色很平静，像已经睡着了。

他的眼睫毛很长，单独看眉眼有些像女生，他头发有些凌乱，脸色还有点苍白，整个人看起来像那种漫画里美得惊世骇俗的病弱公子。

夏晚安看得愣了，她突然很能理解她为什么会对他一见钟情、念念不忘了……因为他……实在是长得太好看了。

沉醉在韩经年盛世美颜里的夏晚安渐渐地入了眠。

在她睡得正香时，她隐约感觉周围有点不对劲，耳边传来大口大口的喘气声。

她猛地睁开眼睛。

是韩经年……躺在她身边的他浑身发抖得厉害，她伸出手碰他时发现他的衣服都被汗水浸透了……

夏晚安瞬间清醒：“韩经年？”

“韩经年？”她连喊了他好几声，见他没反应便伸出手去摸自己的手机，然后她才发现因为一直开着手电筒，手机没电自动关机了。

她将手机往旁边一丢就去摸床头柜的灯……居然还没来电？

手机不能用，房间又没电……

实在不知道该怎么办的夏晚安看见韩经年的情况越来越糟糕了，便学着小时候自己做噩梦时妈妈拍着后背哄自己的样子，将手绕到了他的后背上轻轻地拍着，说：“宝宝乖……”

好像妈妈说给她听的这三个字不适用于韩经年……

“韩经年乖？”怪怪的……但夏晚安发现韩经年的情况似乎稍微好了一些。

于是夏晚安硬着头皮，继续温柔地哄着韩经年：“乖，睡觉啦……没事的，你不用怕……”

漆黑的屋里很安静，只有她轻柔的声音不断地响起。

韩经年慢慢地安静了下来，然后把她搂入怀中再次陷入了睡梦中。

夏晚安也不知道自己翻来覆去念了多少遍“乖，韩经年乖，睡觉啦”之类的话，到了最后，她见他睡熟了就也跟着情不自禁地睡着了。

次日。

一觉睡到自然醒的韩经年缓缓地睁开了眼睛。

他看见照进屋里的明媚阳光时愣了一会儿，然后才忽然想到昨晚的情景，他的眼中顿时被铺天盖地的凌厉之色所覆盖。

昨晚整栋大楼怎么会无缘无故停了电？而且是在他忙完工作一个人进入楼梯的时候停了电……这一切也未免太巧了吧？

韩经年绷着一张脸微微撑起身体，刚准备去找自己的手机时忽然察觉到怀里有些不对劲……他微微蹙了蹙眉，才低头往怀里看去，只见女孩如同乖顺的小猫般窝在他的怀里睡得正香甜。

他周身的凌厉气息像被一双温柔的双手拂过一般，瞬间烟消云散。

昨晚是她在照顾他？也是她在他大半夜痛不欲生时轻轻细语地对着他耳边说话，力道温柔地轻抚他的后背？

韩经年看着看着，神使鬼差般抬起指尖冲着她的脸上碰去……

只是他的手还没碰到她的面颊，办公室的门突然被敲响，紧接着就有人走了进来。

“韩总？”是张特助的声音。他的语调有点高，吵到了窝在韩经年怀里睡着的女孩。女孩似是很不高兴般翻了个身，滚出了韩经年的怀里。

韩经年望着空荡荡的胸前，眼神冷了下来。

“韩总？”张特助又提高嗓音喊了一声。

这次彻底把夏晚安给吵醒了，她睁开眼睛茫然地往四周看了看，然后在看到韩经年的面孔时吓得一下子坐直了身子，紧接着又滴溜溜地转着乌黑的眼珠子绕着陌生的房间看了一圈，似是终于搞明白了状况才彻底安静下来，对着韩经年摆了摆手，道了一声：“早。”

一向沉默寡言的韩经年破天荒地回了她一句：“早。”

夏晚安受宠若惊地多看了一眼韩经年，然后慢吞吞地伸了个懒腰。

“韩总？”迟迟没等到回应的张特助又出声道。

这次不再是他一个人的声音，紧接着响起的还有好几个陌生声音。

其中有一个声音夏晚安很熟悉，是艾姜的。

“张特助，韩总是不是没在办公室呀？”

等等……陌生的声音，那也就是说有陌生人？

韩经年说过他不喜欢让旁人知道他和她的关系，如果他们进来，那她岂不是就要曝光了……更重要的是艾姜……她和韩经年结婚的事她一直都没告诉过艾姜，昨天她还告诉艾姜，她对总经理办公室的人不了解，结果今天她就睡在了老板的床上……

“不应该，他平时去的地方我都找过了，我们去里面的休息室看看……”

伴随着张特助再次开口的声音，门外的脚步声越靠越近，夏晚安想都没想就冲着旁边的衣柜奔去。

她刚打开柜门，整个人还没来得及往里钻，原本坐在床上的韩经年不知何时出现在她的身边抓住了她的手腕。

夏晚安怕他说话被外面的人听到，顾不上两人之间向来互不干涉的相处模式，想都没想就抬起手捂住了他的嘴巴：“嘘……”

夏晚安压低了声音说：“你别说话，小心被外面的人听到了。我要进去躲一躲，我不能被外面的人看到……要不然我们的关系肯定要兜不住了……更重要的是还有我的朋友，她不知道我们的关系……”

随着她说的话，韩经年的眼神明显冷了下来。

夏晚安听见门锁转动的声响，根本没心情去观察韩经年情绪的变化，直接挣脱了他的手钻进衣柜里将柜门轻轻地带上。很快休息室的房门被推开了，躲在衣柜里的夏晚安听见张特助喊了一声：“韩总……”

不过他后面的话还没说出口，韩经年就出声："你们先去会议室。"

随着他一声令下，夏晚安听到一连串的脚步声全都走开了。

在他们离开的过程中，艾姜走在最后面，她好奇地往床上看了好几眼，一直在瞄那部令她略感熟悉的手机。

等到房间里彻底安静下来，夏晚安才将衣柜悄悄地拉开一条缝隙往外偷偷地看了一眼，见已经彻底没人后才溜去洗手间简单地洗漱了一下，然后趁着没人注意，偷偷地离开了总经理办公室。

今天是周六，昨天韩经年说了今天要开会。结果所有人都赶到公司后，韩经年竟然说了一句"会议推迟到下周一"，就让大家散了。

一眼就看出来有情况的张特助当然不会就此离开，而是找了个借口跟着韩经年一同回了他的办公室。

进入办公室后，张特助只见自己的老板大人左看右看像在找什么，他刚想开口问就看到老板大人打开了衣柜。

"韩总？您在找什么？"张特助实在是好奇得忍不下去了。

"没什么。"韩经年盯着挂满了整整齐齐衣物的衣柜看了一会儿，关上衣柜门，语气淡淡地回了一句话。

张特助"哦"了一声没再说话。

韩经年盯着一旁凌乱的床看了一会儿，忽然出声："她在韩氏？"

"嗯？"张特助被问得一愣，"谁？"

韩经年："她什么时候进的韩氏？"

张特助还是没反应过来："韩总，您到底是在说谁？"

韩经年沉默了一会儿，说："夏晚安。"

听到这个名字，张特助反而愣了："您是说夫人？夫人去年就进韩氏了呀，是大夫人的意思。大夫人告诉了老太太，老太太点了头的，然后夫人就进了韩氏……差不多快一年了吧？夫人就在设计部……当时大夫人说这件事的时候，您在旁边呀……韩总……您不记得了？"

夏晚安走出办公楼准备打出租车时，才想起自己走得急，把手机落在了韩经年的休息室里。

她想到今天是周六，没多少人来公司，而他们这个点八成是在会议室里开会，于是便乘坐电梯折回去取手机。

结果她刚到顶层就看到一伙人从会议室里出来了……

这么快就散会了？

夏晚安吓得急忙按了电梯又去了一楼，然后等到那群人全都离开后才又乘着电梯去了顶层。

韩经年办公室的门没关，她轻轻一推就进去了。

屋里空荡荡的没有人，她以为韩经年不在，所以就冲着休息室走去。

只是她快到休息室门口时，听见里面传来了他的声音："她什么时候进的韩氏？"她还是他？韩经年说的是谁呀？是谁进了韩氏让他那么关心？

夏晚安真的不是故意要听墙角的，纯粹是偶然碰上的，紧接着她就听见和她一样疑惑的张特助问了一句"谁"，随后她又听到了韩经年的声音："夏晚安。"

夏晚安宛如被点了穴道般忽地定在了原地。

当初她进韩氏是大嫂和祖母当着他面提的，他坐在旁边一直在看文件，听到祖母问他，他轻轻地点了点头。她一直以为他是知道的……如今想来，那个时候的他压根就未曾走过心……她于他来说到底是有多微不足道、多无关痛痒、多可有可无，他才会对她这个妻子漠视到这种地步？

夏晚安没敢再听韩经年和张特助还说什么，也没勇气进去拿自己的手机，而是选择悄无声息地离开了。

休息室里，不曾知道夏晚安来过的韩经年被张特助的话问得当场愣住。

她来韩氏是大嫂和祖母当着他的面定下来的？他竟没印象……

就像她受伤住院他也是浑然不知的……这两年来他对她一直都是这么忽视的吗？

韩经年微微垂了垂头，过了一会儿，说："昨晚我碰到了她。张承，你知道吗？昨晚若不是她，我可能已经死了。"

张特助一脸紧张地看着韩经年，说道："韩总，您的意思是……昨晚，您的病又犯了？"

韩经年轻轻地"嗯"了一声，将大概情况阐述了一遍，又道："停电了，我在楼梯里。"

"不是，好端端的怎么会突然停电呀？而且即便是停电了，也应该很快会有人来维修呀，再说我们还有备用电，总不可能一直停着电吧？"

韩经年："上次电梯检修是什么时候？一般又都是什么时间？"

张特助被问得顿了一下："电梯检修一般一个月一次，上次具体是哪天我不清楚了，但是一般都是上午……"

说到这里，张特助像意识到什么一样，突然改了嘴里的话："等等，昨天我临时有事没来公司，然后电梯检修的工作就推到了晚上，再然后您进了楼梯，整栋大楼就没电了……"

随着张特助逐一分析，他忽然睁大了眼睛："韩总……您的意思是昨晚的一切都是有人提前安排好，故意而为之的？"

韩经年没说话，张特助却什么都懂了。

"对，是的，这一切太巧了，太巧的事情必然有原因，而且这一招也太狠了，把自己摘得也太干净了。若是昨晚夫人没出现，您休克在楼道里，第二天大家发现的只会是一具尸体，就算是警察来了也不会觉得有什么问题。大家只会觉得是您倒霉，红颜薄命……"

张助理口中吐出这四个字后，明显感觉到大老板正冷冰冰地凝视着他，他下意识地捂了一下嘴，然后干笑了两声："口误，口误……"

韩经年盯着他，冷冰冰的视线依旧没有挪开。

张特助转着眼珠子疯狂地思考着怎么保密，结果眼尖地瞄到了床上的手机。

那个手机不是大老板的，而昨天夫人捡了大老板一条命……想到这里，张特助就指着床上说："韩总，您床上怎么有一部手机呢？是夫人的吗？"

"夫人"这两个字成功地让韩经年的视线从张特助的脸上落到了床上，然后在看到手机后，韩经年眉眼处的冰凉和杀气瞬间消散得一干二净。

张特助："韩总，手机还是很重要的，夫人没拿手机肯定不方便，要不然我……我陪您去给夫人送手机吧？"

韩经年微微点头出声："好。"

从"红颜薄命"那四个字里死里逃生般的张特助立刻冲着床边走去。

他刚伸出手想去拿夏晚安遗落下来的手机时就感觉到一股夹了刀子似的寒光冲着自己"嗖嗖嗖"地射来，他顿时收了动作，悄悄地摸了摸自己隐隐作痛的手腕："韩总，您别忘记拿夫人的手机。"

韩经年没理他，步态悠闲地走到床边捞起了夏晚安的手机。

回家的路上，坐在后车座的韩经年望着窗外不断倒退的景致，忽然脑海里就浮现出了昨晚的场景。

昨晚他忙完工作走到电梯前才想起电梯是晚上进行维修，他便选择了走楼梯，结果走到一半，整个楼梯间的灯全熄了。

楼梯间的窗户很小，窗户所在的方向也不是人来人往的主路，没有丝毫的灯光折射进楼梯间里，以致他当时所处的世界一片漆黑。

黑，是他人生中最致命的短板。这个短板不是与生俱来的，而是在他很小的时候发生过一件这些年他不敢去想却又每逢周身一片漆黑时就控制不住去想的事，导致他从此以后变得很怕黑。

用医生的话来说，他这叫“黑暗恐惧症”。

所以这些年来他从没让自己出现在没有灯光的地方过，就连睡觉的时候床头柜上也一定会亮一盏灯……

昨晚当他身处在伸手不见五指的黑暗中，那些他熟悉的事情如同海啸般瞬间淹没了他，导致他心悸出汗、呼吸不畅、浑身发抖、手足无力……那是他最难熬的时候，接近死亡却又拼命挣扎，就在他离死亡最近的时候，他看到了光……也看到了她。

“韩总，到了。”张特助的声音打断了韩经年的思绪，他定睛望去，不知不觉已经到了家楼下。

他刚刚竟然在路上走神，想了她一路？

夏晚安前一秒关了门，后一秒就听见身后传来了输入密码的声音。

她本能地回头，看到门被拉开，一身西装革履的韩经年走了进来。

韩经年大概也没想到一进门就能看到她，一下子也愣在了门口。

两个人谁都没跟谁说话，就静静地在玄关处僵持着。

若是以前，夏晚安总是会主动跟韩经年打声招呼，尽管他给她的回应要么是不理她，要么是没什么感情地敷衍一句。可今天的夏晚安负面情绪有些重，想着反正跟他说话他也未必愿意搭理自己，干脆破罐破摔地收回视线，拉开柜子拿拖鞋。

换好鞋的她站起身，当他不存在一样冲着卧室走去。

“稍等一下。”韩经年倒是往前走了几步，来到了她的跟前，“给你。”

夏晚安微微侧过头看了一眼，是她落在他办公室休息室里的手机。

她“哦”了一声接过手机，见他没再说话就继续迈着步子回屋了。

昨晚她没洗澡，到卧室后的第一件事就是先给手机充上电，然后去洗澡，等她出来后她发现韩经年不知什么时候竟然在隔壁的卧室里也洗了个澡，并换了一身家居服。这刚到中午……他这是打算在家里一直待着不出去？

夏晚安在心底纳闷，但还是有骨气地当他不存在，走到床边拿起了手机。

因为昨晚不知几点手机关机了，所以她微信的未读消息有些多。她一条接着一条处理，然后就看到了宋有蔓早上给她发的消息："安安，今天是周末，下午要不要去逛街呀？商场的好多售货员给我发消息，说她们这周上了好多新款。"

夏晚安嫁给韩经年的两年里无数次盼着他能回家，今天是他有史以来第一次白天在家的日子，可她不想和他在一起。

因为她看到他，就想到她在休息室外听到的那句话……

夏晚安迟疑了两秒，回了宋有蔓一句："好啊，我们等会儿商场门口见。"

收到宋有蔓发来的"OK"后，夏晚安立刻去更衣室里换了一身衣服。

夏晚安拎着包准备出门时，韩经年问了一句："你要出去？"

夏晚安换鞋的动作顿了顿，"嗯"了一声。今天他的话好像比往常多了很多……这样想着，夏晚安又补了一句："和朋友有约。"

韩经年"哦"了一声，没再说话。

换好鞋的夏晚安推开门走了。

逛到下午六点多钟的时候，夏晚安跟宋有蔓开始商量去哪里吃晚饭。

决定好的两个人没忘记给韩知谨打个电话让他过来买单。

压根不知道自己的用途就是买单的韩知谨，接到夏晚安电话时还挺高兴的："小婶婶，有什么事吗？"

"吃饭？现在吗？好啊……"韩知谨刚想挂电话，突然想到刚刚过来的韩经年，然后又开口道，"小婶婶，刚刚小叔叔过来了，祖母和我妈她们全都没在家，我要不要喊上小叔叔一起过去吃饭？哦，不要啊，那好吧，你们等我一会儿，我马上到。"

挂断电话的韩知谨立刻奔去更衣室换衣服了，压根没注意到站在他卧室门口的韩经年。

"哇，安安，我刚刚没听错吧？你竟然拒绝了韩知谨的提议，没让他喊那个无情的小白脸来吃饭？"宋有蔓一脸欣慰，"安安，我竟然看到你在那个小白脸面前有骨气了！你知不知道你冷着一张脸对着电话毫不留情地说'不用，喊他过来做什么'的样子，到底有多帅？"

“这就叫有骨气了？”夏晚安咬着吸管喝了一口果汁，“那你知不知道我在家还做了更有骨气的事？”

宋有蔓道：“快说来听听，只要是让那个发了毛的大猪蹄子坐冷板凳的事，我都喜欢！”

“他今天白天回家了……”夏晚安停了停，用比较轻松的语气接着说，“我们结婚这两年来他第一次白天回家，然而我却跟你出来玩了……”

说着，夏晚安看了宋有蔓一眼，再开口时语气里多了一丝自嘲：“有蔓，你说我是不是超酷的？”

旁人可能不太了解夏晚安，但宋有蔓不一样。

宋有蔓看着夏晚安脸上故作轻松的笑容，她眼底因为夏晚安拒绝了韩经年来吃饭而浮现出的兴奋情绪顿时消退得一干二净，问：“安安……他是不是又……惹你不高兴了？”

“没……”夏晚安低头笑了笑，过了一会儿，她小声说，“他一直也没让我高兴过呀。到底是我太傻了，是我一意孤行要去喜欢他的，我以为和他结了婚就能接近他，就能和他之间有所改变，就能慢慢好起来……直到现在我才发现其实从一开始我就想错了，我一直都没能入他的眼，你看我什么时候进韩氏的他不知道，我和他结婚两年他也没给过我一分钱……

“他压根就没把我当成他妻子……两年……这两年里，我到今天才发现我对他来说是一个彻彻底底的局外人……”

宋有蔓听得只想把韩经年大卸八块，可她此时却很温柔地摸了摸夏晚安的头发：“好了，安安，我们不想他了，反正不管你做什么我都是支持你的。就像当初你说你想嫁给他，你想为了爱情搏一搏，我就跟你说你去吧，不管结局怎样我都是你的退路，到现在还是这样，不管你想做什么我都是你的退路……”

有了宋有蔓的安慰，夏晚安心情好了很多，她将脑袋往宋有蔓肩膀上一靠：“韩知谨和艾姜怎么还没到？我好困……”

说着，夏晚安打了个哈欠，闭上眼睛一副想睡觉的样子。

“应该快了吧，这会儿可能会稍微有点堵车……”宋有蔓说着，就想到夏晚安刚刚那句“我和他结婚两年他也没给过我一分钱”，忍不住又在心底把韩经年揪出来大卸八块了一遍，然后开口问，“安安，这两年那个小白脸竟然都没给过你一分钱，那你平时花的钱都是从哪里来的？还是说你爸妈给你的……”

夏晚安摇了摇头："没有，我都结婚了，哪里总好意思向我爸妈要，我自己赚了一些钱，以前在大学的时候也攒了不少钱……"

宋有蔓好奇："攒了不少钱是多少钱？"

快睡着的夏晚安含含糊糊地回道："我不能告诉你。"

宋有蔓奓毛："为什么？"

"我怕你向我借钱。"夏晚安伸出手护了护自己随身携带的小包，然后继续安心入睡。

宋有蔓怒了，道："夏晚安，你别睡了，你给我醒来，你跟我说清楚！我是这样的人吗？"

夏晚安被摇得睁开了眼睛，望着宋有蔓一脸认真的模样："你是，而且你还借钱不还，不借就抢！"

宋有蔓沉默了。

夏晚安继续补刀："而且你从小就是这样，一年级的时候你向我借了五块钱，现在还没还；三年级的时候，你抢走了我十块钱，说放学买糖葫芦跟我一起吃，结果你上体育课的时候装肚子疼，偷偷去买了糖葫芦一个人吃独食……"

宋有蔓："夏——晚——安！"

"怎么了？"在宋有蔓发飙之前，一个柔弱的声音打断了她接下来的话。

宋有蔓闭上嘴，夏晚安睁开眼，两个人极其有默契地往身后看去。

是艾姜来了，她穿了一件鹅黄色的连衣裙，搭配了一双小白鞋，整个人看起来比以前漂亮了许多。

宋有蔓："艾姜，你可算来了，快坐快坐……"

互相打过招呼后，宋有蔓一边招呼服务员上菜，一边愤怒地向艾姜吐槽夏晚安多么欺人太甚。

夏晚安将胳膊往餐桌上一撑，听着宋有蔓的声音再次懒洋洋地闭上了眼睛。

"现在就点菜吗？不是还有韩知谨吗，不等他来？"艾姜语调温柔地问。

"不等了，他就是一买单的有什么好等的。"宋有蔓一边说一边对着菜单一连串地点，"这个，这个，还有这个……记住都不要放葱，因为我们家安安不吃葱……"

服务员退下后，宋有蔓和艾姜聊了一会儿艾姜新换工作的事。

然后艾姜突然像想起来什么一样，扭过头问已经睡着的夏晚安："晚安，你昨天晚上和今天上午在哪里呀？"

宋有蔓捏了一把夏晚安的脸将睡得正香甜的夏晚安弄醒。

夏晚安不满地鼓了鼓腮帮，慢慢地睁开眼睛，带着几分睡意的她眼神中透着几分可爱："什么？"

"我说昨晚和今天上午，你在哪里呀？"艾姜将问题又重复了一遍。

昨天晚上和今天上午她在韩经年的办公室里，难不成艾姜发现了什么？

夏晚安心底咯噔了一下，有点心虚，随后她眨了眨眼睛装成刚反应过来艾姜问了什么问题的样子，一脸纳闷地回道："在家呀，还能在哪里？怎么了？"

"没……没什么。"艾姜摇了摇头，低头遮掩住眼底的光，难不成早上她在韩总办公室里看到的那部手机并不是夏晚安的？

艾姜又说："就是昨晚和今天上午我都赶巧碰到了一个人，看着很像你……"

"很像的事情就不要拿出来说了，又不是真的就是……"宋有蔓插了话，"再说，晚安要是出去玩肯定会叫我的，对吧，晚安？"

"嗯。"夏晚安点了点头，见艾姜没再说什么了，便又靠在宋有蔓的肩膀上，闭上了眼睛。

看着面前亲密无间的两个女孩，艾姜放在腿上的指尖情不自禁地抓紧了衣襟。

她们的关系可真好啊……好到她和她们做了六年的朋友，她总觉得自己对她们来说还是一个外人……

一股浓烈的嫉妒从心底升腾而起，以致她再开口时声音里都带了一丝她未曾察觉的酸涩感："你们两个可真要好！"

宋有蔓心大不觉得有什么，很自然地脱口而出："是啊，我和安安从小一起长到大自然是很要好的，我们比亲姐妹还亲。艾姜，你是不知道啊，要是我是个男孩子，安安现在就是我的老婆了……嘿嘿，我的小安安，亲一个……"说着，宋有蔓就伸着爪子抓住夏晚安想亲她。

夏晚安一边躲宋有蔓伸来的爪子，一边抬头若有所思地看了一眼艾姜，然后她像隐约感受到了什么一样，开口说："艾姜，我们两个和你也是很要好的！"

艾姜："这个我是知道的，你们对我一直都很好。"

夏晚安笑了笑，然后像想到什么一样从包里摸出来了两个小盒子："对了，这是我前段时间去港城出差的时候给你们买的礼物。"

宋有蔓和艾姜一人收了一个礼物，打开之后，里面是一条纯金的小手链，很精致。面对两个人开心的道谢，夏晚安眉眼弯弯地一笑。

等服务员开始上菜时，艾姜起身去了一趟洗手间。

见她走开后，夏晚安从包里又摸出了一个丝绒盒子，塞到了宋有蔓的包里：“这个是额外给你买的，你回家再看，别让艾姜看到了。”

“为什么？”宋有蔓嘴里含着东西，纳闷地问了一句。

“艾姜不像我们，花钱不需要考虑太多。像送礼物这种事情一直都是礼尚往来的，我们送她礼物，她以后也要送我们礼物。所以之后再送礼物，你选稍微便宜点的送给她，这样她没那么大的压力……至于我们两个人之间给对方带东西，贵的就不要当着她的面给了，一是避免她不高兴，二是避免她觉得融入不了我们……”

“哦……”宋有蔓不太理解这些弯弯绕绕的事情，但她知道夏晚安说的准没错，于是就点着头表示知道了。

夏晚安没再多说什么，很快就结束了这个话题。

可她和宋有蔓都没发现，她从包里拿出那个丝绒盒子时，忘记带卫生巾去洗手间的艾姜折了回来，就站在她们身后将她们的话一字不落地全听在了耳朵里。

她们不让她知道她们的对话，她索性装作没来过的样子去了洗手间。

进入洗手间的小隔间里，她一贯胆怯柔弱的面孔立刻冷了下来。

说好听点，她们是体谅她；说难听点，她们就是看不起她……

想着想着，艾姜就伸手将夏晚安送的金手链摘下来丢进了垃圾桶里。

夏晚安和宋有蔓出身好，从小受到的家庭教育也好，两人之间自然是有更多的共同话题，关系也就比跟她好很多……可当初她就是因为她们是她认识的同学里出身最好的，她才费尽心思跟她们做了朋友。她想进入她们那个圈子里就得依附她们，只有靠着她们，她才可以认识那些上流社会的人，就像她这次成功进韩氏也是因为韩知谨一样。她在应聘结束的时候，故意当着面试官的面给韩知谨打了个电话……

艾姜闭上眼睛深吸了一口气，又深吸了一口气，等自己冷静下来后，她忍着恶心弯身从垃圾桶里将那条金手链重新捡了出来。

她把金手链拎到洗手台前冲了好一会儿，然后拿着纸巾擦了擦，重新戴回手腕上，走回了餐厅。

韩知谨已经到了，见她过来便抬头打了声招呼：“艾姜。”

艾姜抿着唇很腼腆地笑了笑，然后将手腕伸到韩知谨的面前：“看，晚安送的，好不好看？我好喜欢呢！”

吃完饭后，几人又一起去唱了歌。

唱完歌后，夏晚安跟韩知谨告别，然后和艾姜买了很多啤酒来到了宋有蔓的家里，她们打算今晚在宋有蔓家住。其间，艾姜兜里的电话一直振个不停，她悄悄地按断了，没一会儿电话又开始振动了。持续了好几次后，她着实忍不住了，抬头对夏晚安和宋有蔓说："我去趟洗手间。"

"好的。"

夏晚安和宋有蔓一前一后接了艾姜的话。

艾姜低眉顺眼地站起身，去了洗手间。

关上门，她摸出手机看了一眼来电，接听后不等电话那头的人开口，她就出声："何澈，我跟你说过多少遍了，我跟我这几个有钱的朋友在一起的时候你不要给我打电话……能有什么事呀，她们都有车，我怎么可能会有危险？而且这是在京市，你不用这么操心……我对你没有意见，是她们其中有一个人刚失恋，我不好意思告诉她们我有男朋友，我怕刺激了她们，怕她们不高兴……好了好了，我先不跟你说了……"

挂断电话后，艾姜怕何澈再给自己打电话便将他的电话号码拉入了黑名单，这才洗了一把手装作上过厕所的样子，走出了洗手间。

三个女孩的酒量都不怎么好，等到她们周围堆满了空酒瓶时，她们也都差不多醉得一塌糊涂了。

醉酒后的宋有蔓一直在乱唱歌，艾姜则抱着一个空酒瓶靠着墙壁傻笑，唯独夏晚安在房间里转了一圈后蜷缩在宋有蔓养的小猫的毯子上，无视虎视眈眈的小猫后闭眼睡了过去。

她刚合眼没多久，手机铃声就响了。

夏晚安掏出手机，醉眼蒙眬的她压根没看清楚来电显示就接了电话："喂？"

电话那端的人一阵沉默。

夏晚安打了个哈欠，刚想再"喂"一声，就听到电话里传来了一个男声："家里的水卡在哪里？"

酒劲加困劲使得夏晚安的大脑已经完全无法正常思考了，她晕晕乎乎地回了一句："等我想到了，托梦告诉你。"

说完，夏晚安啪的一声将电话挂了。

她将手机往旁边一放就直接闭上了眼睛。

刚睡着，她耳边的手机又响了。

夏晚安皱了皱眉，抬起手捂着耳朵继续睡。

手机铃声响个不停，没有任何要停下的迹象。

夏晚安忍无可忍地坐了起来，吓得旁边瞪着她的小猫“喵”的一声就溜到了沙发底下。

夏晚安气呼呼地按断电话，换了一个此时此刻极其贴合自己心情的彩铃，然后将手机调成静音，倒在小猫的毯子上抱着手机梦周公去了。

在同一座城市离宋有蔓家十千米外的某个高档小区里，住在二十七层的某男见电话被挂断后，不可思议地盯着手机屏幕看了几秒钟，然后又按了拨出键。

电话拨通后，里面原本的“嘟——”声，变成了一个可爱的陌生女声：“我不接，我不接，我不接，就是不接你的电话！就不接，就不接，就是不接你的电话！别人的电话我都接，就是不接你电话！不管着急还是不着急，我就不接你的电话，我看你耐心有多大！不不不不不，啦啦啦啦啦……”

韩经年以为自己的手机坏了，拿到面前盯着屏幕看了一会儿，然后仿佛怀疑人生般将手机举到耳边，只听里面又传来了一遍：“我不接，我不接，我不接，就是不接你的电话……”

第二天，夏晚安睁开眼，窗外阳光明媚，已是中午时分。

她低头看了一眼手机屏幕。

手机上显示有一个未接来电、三条未读短信、若干条未读微信消息。

夏晚安看到未接来电时，忽然愣住。

韩经年昨晚给她打电话了？

她清楚地记得上次他给她打电话还是在两年前。那时她还未曾嫁给他，她接到他电话时欢喜又紧张，而电话那头的他却冷静又冷淡地说：“我可以娶你。”

从那之后，他就再也没给她打过电话，就连当年他定领结婚证的日子时也是让张特助打电话来问她的意见的。

她暗恋他六年，他们结婚两年，八年的时间里，夏晚安从未觉得累过。可如今她也不知道自己到底是怎么了，在他办公室里听到他那一句“她什么时候进的韩氏”开始，她突然一下子觉得累了，好累好累的那种累……累到她觉得这段看不到尽头的感情，她有点撑不下去了。

“晚安，你醒了？”身后传来的柔弱声音让夏晚安回了神。

她扭过头看到了不知何时醒来的艾姜。

夏晚安下意识地将手机按了锁屏，冲艾姜笑着道："早安。"

艾姜回了一句"早安"，然后指了指厨房，道："你肚子饿不饿？我去给你做点吃的……"

"好啊……"夏晚安笑盈盈地回了一句，"我先去洗个澡，等会儿我去帮你。"

等艾姜进了厨房，夏晚安才进洗手间。

反锁上门后，夏晚安一边挤牙膏一边又打开手机看了一遍。

韩经年昨晚给她打了三个电话……该不会是有什么急事吧？是韩家？还是她家？

夏晚安想了想，还是给韩经年回了一个电话。

出乎她意料的是，电话竟然响了一秒就被接通了。

夏晚安愣了愣："那个……昨晚你给我打电话，有什么事吗？"

电话那头的人沉默了几秒："水卡在哪里？"

听到这句话，夏晚安忽然想起昨晚他问过她这句话，她好像回了一句"等我想到了，托梦告诉你"。

想到这里的夏晚安，张口回道："哦，不好意思，我昨晚忘记做梦了……"

韩经年沉默。

夏晚安见电话那头迟迟没人说话，才意识到自己好像说错话了……

她本能地想回一句"那个，我跟你开玩笑的"，可话到嘴边又打消了这个念头。

一直以来，她都很在意他的感受，怕惹他生气，怕丢他面子，怕麻烦到他，怕这个怕那个，怕的事情太多太多了，所以她每次在他面前都是小心翼翼、唯唯诺诺的，生怕一不小心就惹他不开心……

可到最后她事事以他为重，他还是未曾把她放在眼里。

算了，反正他也是不在意她的，她说错就说错了吧，指不定他压根就没听进心里去呢……

这样想着，夏晚安把到嘴边的话生生地改成了："水卡在门口鞋柜的抽屉里。"

电话那头的韩经年"哦"了一声。

然后夏晚安听见了脚步声，她想他大概是去那里翻水卡了。

等到电话里传来窸窸窣窣翻找东西的声音后，夏晚安又开口问："找到了吗？"

韩经年盯着抽屉里的水卡看了几秒钟，然后将水卡藏进一个信封里，动了动唇。

只是他的"没有"两个字还没说出口，夏晚安又出声道："没找到吗？如果实在找不到的话，那你给物业打电话吧。你这个小区是高档小区，物业什么事情都会处理的，别说是水费、电费、燃气费、取暖费了，就连掏马桶、疏通地漏他们也做……只要你给钱就行……”

说着，夏晚安反应过来自己说了半天废话还没告诉韩经年物业的电话号码，于是就回了重点上：“物业的电话你知道吗？不知道的话你记一下，电话号码是……”

夏晚安念了一串数字后怕韩经年没记住又重复了一遍，然后才问：“还有别的事吗？”原本想着找不到水卡就让她回家找的韩经年，被夏晚安的话生生地噎得说不出来半个字。

他默不作声地捏着手机，沉着一张脸呆了一会儿，然后说：“没。”

夏晚安：“那没事的话我就挂了，拜拜。”

第三章

韩经年最大的短板

吃过午饭，艾姜想着明天开会的资料还没准备好，想给韩经年留个很好印象的她找了个借口回家了。

夏晚安和宋有蔓窝在沙发上逗了一会儿小猫，然后就订了两张电影票去看刚上映的电影了。电影真的没有网上宣传得那么好看，夏晚安看着看着就靠在宋有蔓的肩膀上睡着了。

电影的女主角是夏晚安在现实中见过的一个女演员，也就是韩经年的绯闻女友秦书简。

巧的是，最近通告有点多的秦书简今天才抽出时间看自己刚上映的新电影。戴着墨镜和口罩的她随便选了一家附近的电影院，然后就跟夏晚安买了同一家电影院和同一个场次的票。

秦书简就坐在夏晚安的前面，她一入电影院就看到了夏晚安，整个电影播放的过程中，她频繁地回头看夏晚安，然后在发现两个小时的电影夏晚安居然睡了一个小时四十分钟后，气得肺都炸了。

她演的电影有那么不好看吗？夏晚安居然睡了这么久……

秦书简一窝火就悄悄地掏出手机对着后面的夏晚安和宋有蔓拍了几张照片。

电影结束时，差不多已经晚上五点钟了。

夏晚安和宋有蔓在商场一楼的化妆品区逛了一圈，然后就去楼上吃烤鱼了。

吃得正爽时，夏晚安的手机铃声响了，是一个陌生的电话号码。

夏晚安将嘴里的鱼肉吞进肚子里后才拿起手机，按了接听键：“喂，您好，请问哪位？”

“你好……”电话里传来的是一个故作冰冷的女声。

有点耳熟，但夏晚安一时半会儿没想起来是谁。

“你好……”夏晚安见对方不用敬语，再开口时话里也没了敬语：“你是？”

对方没回她的问题，直截了当地问：“我发给你的短信，你为什么不回复？”

“什么短信？”然后她又补了一句“你等会儿啊”，就将手机拿到面前，点开了短信。

她在短信里找了好一会儿，总算找到了打来电话的人发的短信，然后她顺势回道：“找到了，在垃圾短信里找到的……”

电话里一阵沉默。

夏晚安一边点开短信一边回道：“不好意思啊，我平时拒绝接受陌生电话号码的短信，所以你的短信进了垃圾箱，我压根就没收到短信提醒……”

电话那头继续沉默。

浑然不觉得自己的话有什么问题的夏晚安认真地去看了一下短信内容，最先看到的是一张照片……

在一个很幽暗的环境里，她靠在一个男人的肩膀上睡得正熟。

照片里，她穿的衣服就是她现在身上穿的这一身，而她和那个男人的周围还有很多陌生的面孔。

由此看来，她下午在电影院睡觉时被人拍了照……

只是坐在她身边的明明是宋有蔓呀，怎么变成了一个陌生男人？

夏晚安将照片放大，很仔细地观察了一遍后就捕捉到了照片被处理过的痕迹。

不得不说处理这张照片的人真的是个高手，还好她是知道真相的当事人，会很严谨地去找漏洞，若是换成其他的人，还真会被这张以假乱真的图片所蒙骗。

对方发来的不止一张照片，还有另外两张照片。其中一张照片是男人扭过头凑到了她的面前，从照片的角度看，他们像在接吻；另外一张照片是电影结束了，她挽着那个男人的胳膊离开了电影院的背影图……当然这两张照片也都是精心处理过的。

照片下面有好几条文字消息。

“照片里的人是你吧？

“你不用装死，即便你不回复我，也知道照片里的人是你。

“如果你看到了消息，请你回复我一下，我有事情跟你谈。

“我给你发的消息，你是不打算回应了吗？那好，你别后悔！”

将短信内容看完的夏晚安语气很平稳地开口：“看完了，然后呢？”

电话那头的人再次无言以对。这和她预想中的不一样啊，看到这样的照片难道不应该是很紧张吗？为什么她竟能如此淡定？

夏晚安见对方不出声，又开口道：“说吧，你想让我怎么后悔？”

顿了顿，夏晚安像想到什么一样又补了一句：“你等等，我把通话录音打开，如果你是为了讹钱，我好报警。”

电话那头的人又被噎得半天说不出来话。

夏晚安点开通话录音后，对着手机不紧不慢地说：“好了，你可以说了。”

“谁要讹你的钱！你以为你很有钱吗？我告诉你，我比你有钱多了！”电话那头的女人气呼呼地说，“你放心，我对你那点臭钱没兴趣！我要找你谈的事情是如果你识相的话，那就请你认清自己的位置，离经年哥哥远点！”

夏晚安可算反应过来对面的人是谁了。

难怪她总觉得声音耳熟呢，原来是那个大名鼎鼎的女明星秦书简呀……

“你不要以为自己有点姿色就能留住经年哥哥。他那样身份的人是不可能真的喜欢你的！我之所以会主动找你，是因为给你面子！你要是识相就自己退出经年哥哥的世界；如果你不肯，那我就会把这些照片发给经年哥哥，他要知道你跟另外一个男人这么亲密，到那个时候，你就等着后悔吧！”

夏晚安“哦”了一声表示知道了。

电话那头的秦书简像一拳头砸在了棉花上般使不出来半点力气，她无语了一会儿，讪讪地问：“你就没别的想说的？”

“有啊……”夏晚安接了话，“我不是有点姿色，我是有很多点姿色！”

秦书简：“谁要听你说这个！我指的是我的后半段话，让你离开经年哥哥的那些话，我告诉你，我是一个说到做到的人，我真的会把那些照片发给经年哥哥的！”

夏晚安翻了翻白眼，以一种“你智商真低”的语气开口说：“那你为什么不直接发给他，干吗还要发给我？你不觉得这样做很多此一举吗？”

秦书简被堵得心口痛：“你——”

秦书简深吸了一口气，才勉强把后面的话说出口：“你少在这里嚣张，你等着吧，我不但会发给经年哥哥，我还会发到网上，我要让所有的人都知道你脚踏两只船，你勾三搭四，你……”

“你想怎样就怎样，不用告诉我，我对你想做什么完全不感兴趣！”夏晚安没等秦书简把话说完就打断了她的话。

就算秦书简把照片发给韩经年，依照现在韩经年对她的态度估计压根就不会理会，至于放到网上……她又不是明星，又不靠名气吃饭，更是无所谓……

夏晚安又开口道：“总而言之，三个字——随便你！”

说完，夏晚安没再搭理秦书简，直接将电话挂了。

“谁呀？”全程竖着耳朵听夏晚安讲电话的宋有蔓见她挂了电话，立刻开口问。

夏晚安给自己倒了一杯橙汁，继续吃烤鱼：“就那个女明星秦书简。”

宋有蔓：“那个秦书简？她给你打电话做什么？”

夏晚安懒得重复事情的来龙去脉，直接把短信拿给了宋有蔓看，然后补了一句：“喏，就是搞了几张假照片，让我离韩经年远点！”

“她居然把我弄成了一个大老爷们？她为什么不把我弄成一个玉树临风的男人？为什么是一个糟老头子?!我今天晚上回家就抱着电脑去论坛黑她……”宋有蔓一边吐槽一边将短信仔细地看了一遍，然后就抬头看向了夏晚安，“话说，你真的不怕她把照片发给那个发了毛的大猪蹄子？”

“怕啊……”夏晚安很诚实地回答，“但是怕也解决不了问题呀，所以顺其自然、静观其变吧，不过……”夏晚安顿了顿，语调突然变得没那么轻松了，“也许他压根就不会在意吧……”

宋有蔓拍了拍夏晚安的手：“没关系，他不在意就拉倒！我在意你！我很在意你！”夏晚安被宋有蔓逗得扑哧一笑，心头的沉闷感一扫而空。

宋有蔓送夏晚安回家的路上，夏晚安又收到了秦书简发来的短信：“我给你最后一次机会，如果明天中午十二点之前你还是不肯主动离开经年哥哥，我就真的对你不客气了！”

夏晚安无视秦书简的消息，扭过头跟宋有蔓有一搭没一搭地继续聊着天。

回到家，夏晚安推开门习惯性地去开灯时，见客厅的灯竟是亮着的。

她愣了愣，转头往屋里看去，发现整个客厅空荡荡的，没有一个人。

她想，韩经年大概已经走了，只是走的时候忘记了关客厅的灯……

她直接去了更衣室，把自己买来的衣服逐一挂在衣柜里。

准备好一切的夏晚安捂着嘴打了个哈欠，懒洋洋地冲着卧室走去。

她晃到床边正准备躺下时，余光瞄见了一道身影。

她吓得浑身一哆嗦，整个人本能地往后退了半步，而后定神望去，只见不知何时出现在卧室里的韩经年冷着一张脸，站在她左手边的不远处正紧紧地盯着她看……

不知是室内灯光不够亮还是光影效果太强，他眼窝处的颜色有点深，一副一夜没睡的样子……

夏晚安盯着韩经年看了几秒钟就收回了视线。

她没主动跟他说话，而是若有所思地看向了面前的床。

看样子，他今晚是准备留在家里过夜了，那她……

夏晚安歪着脑袋想了一小会儿，然后就弯身抱起自己的枕头，当韩经年不存在般地冲着卧室门口走去。

她走了没两步，手腕就被韩经年抓住了。

她还没扭过头看他，他冷冰冰的声音就从她的头顶砸了下来：“你去哪里？”

夏晚安看了一眼韩经年：“我去次卧……主卧让给你睡，不谢！”

说着，夏晚安就动了动手腕，想让自己的手从他的钳制中挣脱出来。

她细微的挣扎惹得他眼神变得越发阴沉了。

他加重了力道，盯着她白皙纤弱的手腕看了一会儿，忽然将胳膊往前一甩，将夏晚安整个人直接甩在了床上。

床是柔软的，摔在上面虽然不疼，但夏晚安还是被甩得眼前一花。

她整个人蒙了一会儿，刚想从床上爬起来将手里抓着的枕头砸到韩经年脸上时，后背突然一沉，他已将她紧紧地压在了身下。

她本能地想翻身将他推开，可平时看起来身材修长的他体重并不轻，他只是压着她，她就已经有些吃不消了，此时她这般抗拒，他似是故意加重了力道，压得她呼吸不畅，没一会儿脸都憋红了。

她清楚地感觉到他的指尖探进了她的衣服里。

他这样的举动透露出的讯息让她明白他要做什么了。

这两年来，他回家的次数很少，每次回家都是没说一句话就动手开始脱她的衣服……她对他来说算什么？突然想起就宠幸一番？

过了良久，室内归于平静。

韩经年稍稍平缓了一下呼吸，然后他的指尖微微动了一下，却摸到了她脸上的一抹泪水……

他整个人仿佛被点了穴道一般地安静了下来。

他抓住她的胳膊将她翻了个身，让她面向他。

借着床头昏黄的灯光，他清楚地看到她脸上的泪水，她湿漉漉的眼睫毛颤抖个不停，望着他的眼眶红红的，她眼底噙着的泪一直在打转，好几次险些流下来却又被她努力地压了回去。

这样的她一下子就刺痛了他的眼，连带着他的心都跟着抽疼了一下。

他不清楚自己究竟是怎么了，竟有点慌张，这是他从未有过的情绪。

他直愣愣地看了她好一会儿，才微微动了动唇：“你……”

他只说了一个字，她就回了神，她睁着湿漉漉的眼睛看了他一眼，然后飞快地挣脱了他的手，捡起衣服裹在身上，抓起自己的枕头，低着头一声不吭地冲着门外走去。她走了没两步又被他抓住了手腕。

她想到刚刚那样的场景，身体禁不住哆嗦了一下，手下意识地往后缩。

他感觉到她的躲闪，整个人怔了怔，低头看着她紧紧揪着的枕头。

过了片刻后，他将视线收了回来，他盯着她的头顶直勾勾地看了一会儿后动了动唇：“我去次卧。”

说着，他就松开了她的手腕，飞速地整理了一下身上的睡衣，离开了卧室。

带上卧室的门，韩经年站在门口出了好一会儿神才迈步去了次卧。

他躺在床上，一闭眼脑海里浮现的就是她满脸泪水的画面，他皱了皱眉，忍不住翻了个身。脑海里的画面久久不散，睡不着的他索性睁开眼睛盯着窗外发呆，发着发着，他的眼前再次晃过她噙着泪的双眼……

他紧抿了一下唇角，坐起身打开了电视。

是他平时会看的财经频道，里面报道的也都是值得他关注的商业动态，可他盯着电视机屏幕看了没多久，神思就飘到了九霄云外。

这都已经快凌晨三点钟了，她会不会还在哭?

韩经年越想越在床上待不住。他翻身下床，在卧室里转了两圈，然后还是情不自禁地打开门走了出去。

主卧里很安静，偌大的床上她只占了小小的一块地方。

她应该是刚睡着没多久，眼睫毛还是湿的，眼角下方还挂着一滴泪。

他盯着她看了片刻，等他回过神时，他的指尖已不知何时落在了她的眼角，轻轻地抹走了她的眼泪。

指尖那抹微凉的泪水仿佛带着灼人的温度般一路传到他的胸口，烫得他的心微微发疼。

他抿着唇吞咽了一口唾沫后起身准备离开。

他还没来得及转身，余光就扫到了一抹忽然亮起的光线，他顺势望去，是她放在床头柜上正在充电的手机有了新的短信。

他其实没有要偷看她短信的意思，只是那样一扫就在屏幕上扫到了他的名字——经年哥哥。

他微微蹙了蹙眉，伸手按了一下手机屏幕将短信认真地看了一遍。

“距离中午十二点只剩下九个小时了，你到底想好了没有？到底是你主动离开经年哥哥，还是我明天去找经年哥哥！”

看完消息的韩经年眉头皱得更厉害了。

一抹他自己都未察觉到的不悦和愤怒爬满了他的眼底。

他看了一眼手机上显示的陌生电话号码，在心底过了一遍，将这十一位数字记了下来。

看完短信的韩经年正准备收回目光，屏幕上又有了一条新的消息，还是那个电话号码发来的：“我不知道你是真睡了还是装睡，我希望你不要挑战我的耐心，经年哥哥只能是我一个人的，他也只会是我一个人的！”

过了一会儿，他拿起夏晚安的手机按了几个键，两三下就破解了夏晚安的锁屏密码，点开了短信图标。

他一眼就在短信栏里看到了那个电话号码，点进去后他最先看到的是三张照片。

逐一点开，是夏晚安和一个陌生男人看电影、看似接吻和离开电影院的画面……

他脸上没有太大的表情浮动，指尖微微碰了碰屏幕将照片放大，然后他不到一秒就看出了照片中的端倪。

这不都是合成照吗？

退出照片后，韩经年将剩下没看的文字短信挨个看了一遍，然后若有所思地盯着手机屏幕看了一会儿，再将手机放回原处，离开了主卧。

周一。

离早会还有二十分钟，张特助给韩经年泡了一杯咖啡送进办公室，见进了办公室必然会立刻忙工作的韩经年竟然盯着一株绿色植物在“虚度光阴”。

张特助意外极了，他将咖啡放下后索性赖着不走了。

张特助：“韩总，您是遇到了什么麻烦事吗？需不需要我为您排忧解难？”

韩经年扫了一眼张特助，眼中满是质疑之色。

张特助走上前将咖啡捧到韩经年面前，说：“韩总，虽然我不确定我是否能帮得到您，但是说不定我就帮到您了，俗话说得好，不怕一万，就怕万一！”

韩经年似是被张特助说动了，沉思了片刻后接过咖啡杯，抿了一口咖啡，开口说：“她哭了。”

张特助没反应过来：“什么？”

韩经年低头看了一眼自己昨天碰过夏晚安眼泪的手，把刚刚的话又重复了一遍：“她哭了。”

张特助错愕两秒后反应过来韩经年话里的意思：“是夫人吗？夫人怎么会哭了？韩总，您和夫人吵架了？”

韩经年摇了摇头：“没。”

沉默了片刻，韩经年将昨天晚上的事情从头到尾简单地描述了一遍：“有人给她发消息，合成了她和别的男人的照片让她主动离开我，她回家后要去次卧睡……”

韩经年说到这里，顿了顿，将他和夏晚安之间发生的那些不可描述的事省略了：“然后她就哭了。”

听完前因后果的张特助毫不犹豫地道：“韩总，夫人这是被人欺负得哭了呀！”

欺负？韩经年蹙了蹙眉，没说话。

“您想啊，夫人平白无故地被人威胁，多冤枉，多委屈！简直是欺人太甚啊！夫人这是有苦难言，难怪会哭了！”

听到这里，韩经年的眼神蓦地冷了下来：“你去查一下这个电话号码是谁的。”

说完，韩经年就念了十一个数字。

张特助连忙拿起手机记下后去照办了。

不过一分钟，张特助就跑来跟韩经年汇报结果了：“韩总，查出来了，是秦小姐的电话。”

韩经年：“哪个秦小姐？”

“就是那个大明星，秦书简小姐，之前买通小阳跟您炒绯闻的那个秦小姐。”张特助见韩经年一脸茫然，连忙掏出手机搜出秦书简的微博，然后递到了韩经年的面前，“喏，就是这个秦小姐。”

韩经年终于找到了一点印象，他视线阴沉地盯着张特助手机屏幕里的秦书简照片看了一会儿，然后就接过张特助的手机拨通了秦书简的电话。

夏晚安是被闹铃吵醒的，她在被窝里滚来滚去，挣扎了好一会儿才伸出手，看了一眼时间后关掉闹铃，起床去洗漱了。

到公司后，夏晚安就被工作淹没了，更没心思去思考秦书简的事了。

直到中午，夏晚安才忙得告一段落，她吃过午饭后第一个举动就是趴在办公桌上午休。

只是她还没睡着，桌子上的手机就嗡嗡嗡地振动了起来。

夏晚安按了接听键。

她还没开口，电话那头就传来了秦书简的声音：“对不起。”

夏晚安一头雾水地眨了眨眼睛，她以为自己听错了。

秦书简：“我认真地给你道歉，对不起。”

夏晚安抬头看了一眼窗外，见天上挂的是太阳不是月亮，这才对着手机开口。

“你……”她只说了一个字，后面的“又想耍什么花招”没说出口，电话那头的秦书简突然“哇”的一声哭了。

夏晚安蒙了。

秦书简哭着开口道：“你知不知道经年哥哥从没主动给我打过电话，他今天第一次主动给我打电话，我还没来得及高兴，他就给我来了一句——我是有家室的人！”

我是有家室的人……这话是韩经年说的？

这边的夏晚安走着神，那头的秦书简哭得更伤心了：“我……我就这么莫名其妙地成了小三！你说我怎么那么倒霉呀？我长这么大好不容易看上了一男的我容易吗？他居然有老婆了，呜呜呜……”

前一刻还在那里哭得好伤心的秦书简下一刻突然语气凶了起来，道：“你为什么不说话？你是不是在暗地里嘲笑我！我告诉你，你别得意，你跟我一样都是小三！不对，我要是小三的话，你就是小四，你排我后面呢，在古代，你还得叫我一声‘姐姐’呢。”

夏晚安：“姑娘，你怕不是电视剧演多了吧？”

“我是演了不少电视剧呀！我今年不都拍了三部戏了吗？”说着，秦书简又开始哭了，“你说经年哥哥这么年轻怎么就结婚了？你说我长得这么好看，他打电话的时候为什么就能说话那么不客气呢？你知道他跟我说什么吗？他说他是有家室的人，让我彻底地从他生命里消失，或者他彻底地从我生命里消失也行，你说这不都一样吗？不都是让我和他半点关系都不要有的意思吗？

“他还跟我说，我要是做不到就让我在娱乐圈里混不下去；他还跟我说，不管我对谁提过他，都得挨个去解释清楚，呜呜呜……”

听到这里的夏晚安可算是弄明白来龙去脉了。

“你知不知道我为了他做了多少事情？我花钱买通了他办公室里的一个助理，我知道他的动向后，我就去围着他转，那些事情还被娱乐记者都拍了下来放到网上去蹭热度，你说我容易吗？我这边花着钱，那边还被人利用赚钱，我……呜呜呜……”

夏晚安见过智商低的，但没见过智商这么低的……

夏晚安忍不住开口说：“我能问你一个问题吗？”

秦书简抹了一把鼻涕，停止哭泣：“你问。”

“你到底是怎么火起来的？”按照她对娱乐圈的了解，秦书简这样的智商怕是会被人玩死吧？

秦书简：“你想听实话还是假话？”

夏晚安：“我能都听吗？”

“也不是不可以……”秦书简一边抽泣一边说，“假话就是我是靠演技火起来的；实话就是我也不知道我怎么火起来的。我经纪人说我大概就是那种典型的傻人有傻福……”

夏晚安险些扑哧一声笑出来。

“好了，我不跟你说了，我要去化妆了，我等一下还要去拍广告。我给你打电话，一是为了告诉你，经年哥哥和我没关系了；二是给你道歉，既然他都有家室了，我总不能还死缠烂打吧，我都不死缠烂打了，也犯不上针对你了……”

夏晚安听着秦书简抽搭的声音，突然觉得秦书简好像也没有她想象中那么讨人厌……甚至还有点可爱。

“挂了啊……”在夏晚安沉思时，秦书简的声音又传了过来。

夏晚安回了神，道了一句“好的，再见”，然后等秦书简将电话挂了后，也把手机也放了下来。

夏晚安重新趴到桌子上，刚准备闭眼，电话铃声又响了。

她掀了掀眼皮，见还是秦书简的电话，她划动屏幕接听：“又怎么了？”

“我刚有几句话忘记跟你说了，你还是趁早离开经年哥哥吧。我跟你说，当小三的都没有好下场，更何况你还是个小四……我是看你跟我一样可怜，我才劝你的，要不然我才懒得多管闲事……你说，经年哥哥的老婆是谁呀？为什么在外面从没看到过呀，会不会长得很丑？”

刚刚还觉得秦书简有点可爱的夏晚安，此时此刻恨不得掐死秦书简，夏晚安问她：“丑？”

“对啊，如果不是丑得没办法见人，他怎么可能会一直不带出门？肯定是丑得难以直视，太丢他的人了，他才不带着出门。经年哥哥的老婆指不定不仅丑，还是个母夜叉……”说着，秦书简在电话那头“嘿嘿”地笑了。

夏晚安皮笑肉不笑地平缓情绪，从牙缝里挤出了几个字：“你去拍你的广告吧，再见！”

“那好吧，再见……”秦书简似是有些依依不舍，“那等我有时间了再给你打电话啊。”

夏晚安想回一句“不用了”，只可惜她嘴唇还没动，秦书简就已经将电话挂了。

夏晚安捏着手机深吸了好几口气，情绪才稳定下来。

与此同时，顶层的总经理办公室。

“韩总？韩总？”

张特助连续喊了好几声，坐在办公桌前的韩经年才迟缓地抬起头看了他一眼。

“这份文件，您忘记签字了……”张特助指出问题所在。

韩经年“哦”了一声，拿起笔签字。

看着在纸上唰唰唰地写下自己名字的韩经年，张特助忍不住在心底偷偷地唏嘘了一声，这是韩经年今天第八次在工作上出现纰漏了，他跟在韩总身边这么多年，感觉韩总以前出现纰漏的次数加起来都没有今天一上午多。

还没等张特助想明白到底是怎么回事，坐在办公桌前的韩经年突然出声：“你说……现在她是不是已经没事了？”

搞了半天，韩总是在纠结夫人的心情有没有好转……

“这个……”张特助一时间也不知道该怎么回答这个问题了，毕竟他不是夫人，没办法给出准确答案。

张特助转了转眼珠，突然灵光一闪："韩总，您有夫人的微信吗？"

微信……韩经年怔了片刻后摇了摇头。

"韩总，您看您跟夫人结婚两年了，连个微信号都没有，真的说不过去。我觉得吧，您可以主动去加夫人的微信，然后等夫人通过后，您就可以顺势跟她聊两句，这样您就能知道她的心情好还是不好了……"

韩经年沉默了片刻，似是觉得张特助这个提议很不错，连带着面上的神情都稍稍缓和了。

他掏出手机点开微信，搜索夏晚安的微信号点了申请添加好友。

他盯着添加好友时要填写信息的对话框思考了一小会儿，然后抬起手在上面打了三个字："韩经年。"

添加好友的申请消息发送出去后，韩经年等了一会儿，见迟迟没有通过，眉心忍不住微微蹙起。

张特助见状连忙开口说："韩总，夫人可能是在忙别的事情，没看手机，等夫人看到了您的申请消息，一定会通过的，到时候您的手机也会收到提醒。"

韩经年摆出一副"不用你说我也知道"的神情，"嗯"了一声后盯着微信又看了一会儿，这才放下了手机。

"韩总，您十分钟后有个会要开，下午三点钟有个客户要见……"张特助开口汇报起了工作。

韩经年没出声，听完张特助的话后整理了一下等会儿会议要用的资料，然后看时间差不多了就带着张特助去了会议室。

在进会议室之前，韩经年掏出手机调成静音模式，还点开微信看了一眼。

两个小时的会议，韩经年看了五次手机。直到会议结束，他也没收到夏晚安通过微信好友的提示。

韩经年见完客户已是下午四点钟。回到办公室，他的第一个反应就是摸出手机看一眼微信。

然后他见自己发送出去的好友申请宛如石沉大海般没什么音信，有点怀疑是公司的网络出现了问题，便断了一下网后用4G网等了一会儿，见还是没什么回应才将手机扔在桌子上。

看到这一幕的张特助暗自为自己捏了把汗。

这是他的提议，若是夫人不通过韩总的微信好友申请，那他岂不是要凉了？

想到这里，张特助急忙开口道："韩总，夫人可能还没忙完，您再等一会儿，现在距离下班还剩下一个小时，差不多五点的时候，夫人看手机后就会通过您的好友申请了……"

张特助见韩经年的神情并没有好转的迹象，心底咯噔了一声，然后转着眼珠子又开口道："韩总，您要是不信我，我现在添加夫人的微信给您看看……"

说着张特助掏出手机，复制了夏晚安的手机号码后进入微信，发送添加好友申请。消息发送出去后，张特助见没回应，立刻将手机举到韩经年面前："韩总，您看我的消息夫人也没理会，夫人是真的在忙……"

韩经年的神情微微有所好转。

张特助暗自松了一口气，刚准备将手机收回来时他的手机突然叮咚了一声，然后屏幕上出现了一条未读消息：我通过了你的朋友验证请求，现在我们可以开始聊天了。韩经年的脸色瞬间阴沉了下来。

张特助看到屏幕上的信息后，吓得手一抖险些把手机丢出去。

张特助的内心如遇上了一场狂风暴雨，可面上还是一副垂死挣扎的模样："韩……韩总，夫人可能是刚巧看手机了，而我的好友申请在你的上面，所以她顺手先处理了我的……"

张特助在心底疯狂地祈祷着，夫人啊……求您高抬贵手通过韩总的微信好友申请吧，救人一命胜造七级浮屠，您就是我的再生父母啊……

然而，十秒钟过去了，二十秒钟过去了，三十秒钟过去了……韩经年的手机依旧一片安静。

办公室里的气氛诡异到了极致。

张特助心想，凉了，凉了，彻底凉了……

张特助泪流满面，继续给自己找借口："韩总，夫人……夫人她可能临时有来电……"张特助的话还没说完，他的手机屏幕一亮又有了新的消息。

夏晚安发来了一个小白兔蹦蹦跳跳的表情，表情的上面还带着三个一闪一闪的字："你好呀！"

张特助没说完的借口直接卡在了喉咙处。

办公室里很安静，韩经年面无表情地坐在办公椅上，一言不发地盯着张特助。

短短的十几秒钟，张特助觉得自己像被放在油锅里煎炸了一个世纪般漫长。

反正横竖都是死，蝼蚁尚且偷生，他不能就这么放弃了自己，张特助开口道：“韩总，您……您给我十分钟，十分钟的时间我把我微信上的所有联系人都转移到另一个新的微信号里，然后我把这个微信号给您……不，我连带着手机一起给您……”

韩经年没说话，还在幽幽地盯着张特助看。

张特助连忙说：“韩总，这件事情真的不能怪我，不，这件事就怪我！但是，这也不是我一个人的错……韩总，您这是被秦小姐牵连了，夫人一定是因为秦小姐才不加您微信的……韩总，我错了，我真的错了，我免费加班一个月……两个月……要不半年……”

韩经年终于开了金口：“可以。”

张特助傻了。

像死里逃生般的张特助内心复杂地拿着自己的手机准备开溜：“韩总，如果没事的话，我就先去忙了……”

韩经年盯着准备离开的张特助，突然像想起什么一样轻轻地敲了两下桌子：“你等一下。”

张特助停下脚步，小心翼翼地问：“韩总，您有什么吩咐？”

韩经年扫了一眼他手里抓着的手机，微微抬了抬下巴：“十分钟。”

什么十分钟？张特助一时没反应过来，不解地眨了眨眼睛。

韩经年目光冷了下来。

张特助吓得一哆嗦，顺着韩经年的视线往自己手上看了一眼，然后立刻懂了：“我知道了，韩总，十分钟，十分钟我保证把手机送过来！”

韩经年没再说话，微微点了点头示意他可以走了。

张特助在心里泪流满面，面上感恩戴德地走出了办公室。

随着门被关上，韩经年的视线缓缓地落在了自己的手机上，他盯着屏幕看了一会儿后就不由自主地点开了微信。

依旧没有她通过他好友申请的提示……

不知怎么的，他突然觉得心情有点低落。

办公室的门被敲响，传来张特助的声音：“韩总……”

韩经年语气淡淡地说：“进。”

张特助推开门进来，要多心塞就有多心塞地将手机递到了韩经年的面前：“韩总，手机。”

韩经年斜睨了一眼桌子上的空处，示意他放下。

张特助忍着不舍放下手机，对韩经年开口说："韩总，今晚京市大饭店六点有个饭局，您看您是现在出发还是等会儿出发……"

韩经年："你去吧，我就不去了。"

"好的，韩总。" 张特助说。

张特助对着办公桌上自己的手机一步三回头地走了出去。等办公室的门被关上，韩经年似是耐心用尽了般，拿起张特助的手机点开了微信。

他盯着夏晚安发给张特助的那个小兔子蹦蹦跳跳的表情看了一会儿，然后有点不情愿又有点嫌弃地把自己代入到张特助的角色中，回："夫人好。"

三分钟后，手机发出叮咚的一声。

正在对着电脑处理邮件的韩经年立刻拿起手机。

最美晚安（夏晚安）："张特助，你突然加我的微信有什么事吗？"

韩经年习惯性地打了一个"没"字，在即将点发送键时反应过来，他生生地将韩经年的说话风格改成了张承的风格："没什么事，夫人。"

最美晚安："哦。"

韩经年盯着屏幕，指尖动了动又停了好一会儿，发了一条消息过去："夫人，韩总上午加你微信号，你怎么一直没通过呢？"

最美晚安："哦。"

"哦"是什么意思？韩经年盯着这个字研究了好一会儿，然后又发了一条消息："夫人，韩总说不定有事找你。"

最美晚安："哦。"

韩经年蹙了蹙眉，不死心地继续打字。

他其实想用"为难"一词，但他想到张特助习惯用"好方，我方得不行"，于是便改了词："夫人，您加了我的微信，没加韩总的微信，这样让我很方……"

最美晚安："哦。"

韩经年的眉头蹙得更厉害了，他盯着屏幕，唇角抿成了一条线，就在他想着该如何回消息时屏幕上又进来了一条新的消息。

最美晚安："要不我把你删了？这样你就不用方了……"

韩经年打字回道："那我还是方着吧。"

夏晚安没再回消息。

韩经年盯着屏幕看了一会儿后点开了夏晚安的头像，一张Q版的女生图片，图片里人物的脸肥嘟嘟的，躺在床上睡得正香，鼻子里都冒出了一个大大的泡泡。

整张图很可爱，韩经年透过可爱的人物隐约能看出夏晚安的模样。

韩经年看得有些入神，以致指尖不小心点了一下头像进入了夏晚安的微信主页他都没发现。

等他回过神时，低头看到的是夏晚安头像下的个性签名——你不经意的一个笑容，变成了我的表情包。

她好像和他认知里的她……差别不是一般大啊！

已经差不多到了下班的点，夏晚安收拾了一下东西后叫了一辆车准备去韩家老宅。每周一是她必去韩家老宅吃晚饭的日子，这是韩经年的祖母定下的规矩，周一一家人不管多忙都必须聚在一起吃团圆饭。

不过这个团圆饭绝大多数吃得并不团圆，因为韩经年出席的概率很低很低，低到……她嫁给他两年了，在周一的团圆饭上她只碰到过他三次，而这三次中的其中一次恰好赶上了祖母生日，另外两次是祖母身体不好，他来看祖母时被祖母强行留了下来。而她这个做孙媳妇的一没丈夫帮着说话，二没丈夫做靠山，肯定没韩经年那么随心所欲，想不去就不去。

夏晚安从办公楼里一出来就看到了自己叫的车候在路边了。

周一的路况向来拥堵，平时只用二十分钟的路程，今日足足用了五十分钟。

夏晚安付款下车后，一进院就看到了正带着一个保姆在花园里修剪花花草草的陆燕归。

陆燕归是韩经年的大嫂，也就是韩知谨的母亲。她虽然已经五十五岁了，但岁月在她的身上并没有留下太多的痕迹，看起来就跟三十多岁的人一样。

陆燕归的脾气很好，说话从来都是温和的，她逢人便露出最标准的笑不露齿的微笑，给人的感觉特别舒服。

夏晚安和韩知谨认识多年，早就认识了陆燕归，所以她嫁给韩经年后因为喊了太多年“韩伯母”，以致改口喊“大嫂”时还出现过不少次口误。

走近了，夏晚安才开口喊了一声：“大嫂。”

陆燕归听到她声音立刻放下手中的剪刀，冲着夏晚安笑盈盈地喊了一句“晚安”，然后对旁边的保姆吩咐了一句“把兰花摆去书房”，便随着夏晚安一同进了屋："刚刚祖母还念着你平时这个时候都已经过来了，怎么今天还不到。"

夏晚安："今天也不知怎么了，路上特别堵。"

进屋后，祖母已经得到夏晚安到了的消息，拄着拐杖从房间里走了出来。

祖母很喜欢夏晚安，虽然只有一周不见，但一见面就立刻拉着她问个不停："安安，最近怎么样？工作顺利吗？身体有没有哪里不舒服？"

"祖母，我很好，工作好，身体也很好……"夏晚安回完祖母的话后刚想问祖母好不好，结果话都没说出口，身后不远处的电梯就叮咚了一声。

"是知谨回来吧？"祖母边说边冲着电梯看去。

"应该是知谨。"陆燕归接了话。

夏晚安没出声，随着两个人冲着电梯望去。

电梯门打开，从里面走出来的是韩知谨。

只不过今日的韩知谨很乖巧，一见到大家就先问好，不像平时那样一进屋就把鞋子随便一踢，然后瘫在沙发上谁也不理睬，只玩手机："太奶奶，妈，小婶婶……"

看着这样的韩知谨，祖母和陆燕归，包括夏晚安都一脸诧异。

几个人都还没从韩知谨忽然长大的震撼中回过神来，电梯里又走出了一道身影，然后祖母、陆燕归，包括夏晚安脸上的表情更显诧异了。

没看错吧？团圆饭几乎从不露面的韩经年居然回家吃饭了？

看到大家的反应，想到刚刚在地下停车场和小叔叔碰了个正着，惊得一脸撞到玻璃门上的韩知谨心态稍稍平衡了一些："你们没看错，是真的小叔叔，刚刚在电梯里我已经摸过了。"

陆燕归被儿子的话逗得哭笑不得："尽会胡闹，你看你，再看看你小叔叔，你能比吗？"

韩知谨从小听这话长大的，别人的阴影都是别人家的孩子，而他的阴影就是他的小叔叔，事到如今他早就免疫了："妈，你这话说了等于白说，谁会傻到去跟我小叔叔比，那不是送上门找虐吗？"

陆燕归懒得理自己儿子了，直接看向了韩经年，说出口的声音温柔了许多："经年今天怎么有时间过来了？看奶奶吗？"

韩经年看了一眼站在祖母身边的夏晚安，然后冲着大嫂礼貌客套地点了点头，"嗯"了一声。

"正好，奶奶也总念着你和安安，你们陪奶奶说会儿话，我去沏壶茶。"陆燕归说着就去了餐厅。

祖母看到韩经年更高兴了，立刻招呼韩经年到身边坐。

祖母跟韩经年聊的都是一些鸡毛蒜皮的小事，韩经年倒不像平时那样跟闷葫芦般半天挤不出一个字，面对祖母的话他即便不说话，也会“嗯”一声。

这样的他多了几分烟火气息，倒比平时夏晚安看到的那个他真切了许多。

他们祖孙俩讲话，夏晚安并没插话。她见韩知谨在旁边举着手机打游戏，一时半会儿也开不了饭，便掏出手机让韩知谨带着自己一块玩。

夏晚安和韩知谨从小就认识，这么多年来，两人之间聊天早就没什么顾忌了。

夏晚安说：“韩知谨，你是不是故意的，明明在打架，你为什么丢下我一个人就跑了？

“韩知谨，你把蓝让给我！

“韩知谨，你故意的吧，还我蓝爸爸！”

旁边正跟祖母聊天的韩经年听到不远处的夏晚安一直在讲话，忍不住侧过头望去。女孩捧着手机目不转睛地盯着屏幕，指尖在屏幕上不断地戳来戳去。

“经年？”祖母见身边的韩经年良久没反应，忍不住喊了他一声。

韩经年回过神看了一眼祖母，语气淡淡地问：“还不吃饭吗？”

祖母说：“可能还要等一会儿，饿了？如果饿了，让你大嫂给你拿点下午刚做的蛋糕过来，味道还不错……”

韩经年见祖母边说边要去喊大嫂，及时出声阻止：“不用。”

说着，韩经年就微微侧头往不远处的沙发上又扫了一眼。

不知那两人在游戏里到底做了点什么，韩知谨邀功似的凑到了夏晚安的手机屏幕前，问：“为你死了，感动吗？”

“感动，感动得我的虞姬都殉情了……”

“呵，你那是因为技术差菜死的！”

“韩知谨，请你撤回你刚刚的话，我们还可以做好朋友！”

“好吧，我撤回……”

夏晚安似是很满意韩知谨的回答一般，眉眼弯弯地一笑。

韩经年忍不住蹙了蹙眉。

浑然没察觉到周围有任何异样的夏晚安一边积极地打团战，一边紧张地招呼旁边的韩知谨：“项羽，你在哪里？快来保护你老婆！”

“来了来了——”

话音刚落，韩知瑾的手机里传来了一句女声：“等等我，马上到！”

韩经年的眉头皱得更厉害了，他目光沉沉地盯着捧着手机打游戏的两个人看了一会儿，见两个人玩得不亦乐乎，忍不住出声：“韩知谨，你最近负责的策划案进展得怎么样了？”

“啊？小叔叔，哪个策划案？”韩知谨的视线全程粘在手机屏幕上，“快，快，晚安，快打他，对，就这样，干得漂亮！”

韩知谨的指尖在屏幕上飞快地划了几下后才继续回韩经年的话：“小叔叔，我想起来了，那不是下周才要的策划案吗？”

韩经年没说话，坐在沙发上紧紧地盯着韩知谨的手机看。

完全沉浸在游戏里的韩知谨并未感觉到什么不对，甚至还在继续作死：“晚安，藏在这里别动，等着啊，三、二、一，看到没有，小鲁班来了，快点揍……”

韩知谨的话还没说完，韩经年冷冷的声音再次传来：“韩知谨，上周三的下午三点钟，你在哪里？”

“在公司呀……”韩知谨回完后就戳着屏幕继续讲话，“怎么样？晚安，开不开心，又帮你拿了一个人头……”

夏晚安张了张口刚想回韩知谨的话，旁边的韩经年漫不经心地开口：“是吗？今天我跟WY的陈总打电话的时候，他跟我说上周三下午三点钟，他好像在南郊的高尔夫球场看到了你……”

“上周三的下午不是要上班吗？”祖母出声。

“韩知谨？”陆燕归也开口了，语调温柔却蕴含着一股无名的杀气。

韩知谨手一抖，下意识地退出游戏，求救般看向了韩经年：“小叔叔，陈总看错了吧？”

韩经年没说话。

“啊……”韩知谨重重地一拍脑门，又开口道，“我想起来了，小叔叔，那个策划案是上周说这周要的！策划案就在我的电脑里，你等我，我现在就去找……”

说着，韩知谨扔下在游戏里还等着自己保护的夏晚安，抱着自己的电脑站起身，边冲书房奔去边又强调了一遍：“小叔叔，上周三肯定是陈总看错了！”

望着落荒而逃的外甥，韩经年慢吞吞地拿起手机看了一眼未读消息，然后才不紧不慢地出声说：“嗯，后来陈总又说，那个人长得很像你。”

陆燕归的脸色总算好转了。

祖母见是误会一场便继续去看电视了。

韩经年看了一眼旁边还在打游戏的夏晚安，留了一句“我去书房看看”便起身离开了。

晚饭结束，祖母招呼夏晚安和韩经年陪自己去院里散散步。

院里的花花草草都是陆燕归打理的。此时是夏季，正是百花盛开的时候，花园里姹紫嫣红的，夜晚微凉的风吹过，夹杂着阵阵的花香。

一路上都是祖母在讲话，夏晚安偶尔会接一两句话，韩经年自始至终就没出过声。绕着偌大的院子走了一圈后，祖母停了下来：“你们年轻人应该多走走，我这把老骨头不行了，折腾不动了，就先去休息了。”

“奶奶，我陪你。”夏晚安停了脚步想跟祖母一起进屋。

“你不用陪我，我想去洗个澡，你跟经年再转一圈吧……”祖母生怕夏晚安再说点什么似的，下一刻就喊了张妈过来。

很快祖母就在张妈的陪同下拄着拐杖进了屋。

没了祖母，韩经年和夏晚安之间一下子多了几分尴尬。

夏晚安当然知道祖母这是有意给她和韩经年制造单独相处的机会，从前祖母也没少这样做，但每次的结果都是祖母离开后，韩经年要么就是找个借口离开了，要么就是当她不存在般拿着手机去忙工作了。

和从前一样，祖母进屋没多久，夏晚安就开口道：“那个，你……你一个人散步吧，我要去趟洗手间。”

说完话她等了一会儿，见韩经年没出声，只当他是和从前一样压根不会理自己，便转身径自离开了。

从洗手间出来后，夏晚安也没再去院里，直接窝在客厅的沙发上看电视。

楼上，韩老太太洗完澡出来见张妈站在阳台上一直往下看，好奇地问了一句：“看什么呢？”

张妈：“老太太……我看经年一个人站在院里，看着好像很有心事的样子。”

韩老太太起身走到阳台处往下看了一眼。

她见韩经年站在楼下的喷泉处，像一尊雕像般一动不动地盯着喷泉里不断往上冒水的泉眼。

“安安呢？”韩老太太问。

“安安在楼下看电视呢……”张妈说着又补了一句，“您去洗澡后，我来阳台关窗户时看到安安对着经年不知道说了句什么就进屋了，然后再也没出去过。经年也没进屋，就一直在那里站着。”

韩老太太听完“哦”了一声，过了一会儿，重重地叹了一口气。

“老太太，您这是怎么了？” 给韩老太太吹干头发后，张妈见她愁眉苦展的，忍不住问。

“还能怎么了？还不是因为楼下站着的那个……”韩老太太说着就转身面向了张妈，“今天你就没发现什么不对劲的地方吗？”

张妈摇了摇头。

韩老太太：“你仔细想想。”

张妈仔细地想了想又摇了摇头：“老太太，您就别卖关子了，我是真没看出有什么不对劲的地方。”

“你真以为我那孙子今天是过来看我的？呵，别人看不出来什么，我从小把他养大的，我很了解他。他哪里是来看我的，他分明是来看安安的……你是不知道吃饭之前，他坐在我身边，虽是陪着我说话，那眼睛却一直往安安身上瞄，你真以为他是有工作要跟知谨谈啊，他那分明是没事找事……”说到这里，韩老太太又叹了一口气，“我最怕的就是这样，怕了两年，最后还是变成这样了……”

张妈：“老太太，您这越说我越糊涂了，您到底是在怕什么？”

韩老太太：“怕什么？怕安安不跟他过了呗，怕他变成下堂夫！”

听过下堂妻，这还是头一回听到下堂夫……下堂……就是被休了的意思……张妈摇了摇头：“老太太，我觉得您这个担心多余了，经年怎么可能会被安安休了呢？”

“怎么就不可能，我看快了！”韩老太太又叹了一口气，“经年这孩子哪里都好，就是太慢热了，说是慢热，其实是害怕吧……”

经年从小到大眼睁睁地看着自己在意的人一个接着一个地离开，大哥、母亲、父亲、二哥……所以慢慢地，他也就不会让自己再在意任何人了吧，因为只有不在意才不会害怕失去什么。

想到这里的韩老太太脸上浮现了一抹心疼：“唉，也怪不得他……你等会儿给我泡杯牛奶，让安安给我送上来，记得别太刻意了。”

张妈：“老太太，您放心吧，我知道怎么做。”

从楼上下来，张妈直接去了厨房，没一会儿，她端着一杯热牛奶出来：“安安，老太太最近睡眠不太好，我给她泡了杯热牛奶，您送上去给老太太喝吧，厨房里还煮了宵夜，我得看着。”

“嗯，好。”夏晚安连忙收起手机，起身接过张妈手里的托盘往楼上走去。

来到祖母房间门口，夏晚安先敲了敲门，等到里面传来祖母的声音后她才推开门走进去。

夏晚安：“奶奶。”

韩老太太坐在沙发上戴着老花镜不知道在看什么，她听到夏晚安的声音后很高兴：“咦？安安，快来坐……”

夏晚安走过去，将热牛奶放在祖母手边的茶几上，而后往她怀里看了一眼，这才发现祖母看的竟然是相册。

“这本相册好像还没给你看过，来看看。”韩老太太将相册递到夏晚安的面前，她一边翻一边指着一个笑得很灿烂的小男孩，问夏晚安，“安安，你知道这个小男孩是谁吗？”

小男孩长得很漂亮，眉眼间隐隐有点像韩经年，但夏晚安又不敢确认，便摇了摇头：“不知道。”

“是经年啊，他五岁的时候……”韩老太太一边说一边又翻着相册找出韩经年的照片给夏晚安看：“这是他六岁时候的样子，这是十岁，这是十二岁……这个时候是不是跟现在的他比较像了？这是他十六岁的照片……这会儿的他已经很高了……”

将相册翻到最后一页后，韩老太太又折回了有韩经年五岁照片的那一页：“我最喜欢这张照片了，因为这是经年这孩子最后一张笑着的照片。

“小的时候经年很可爱的，逢人就笑，很招人喜欢，不过也很调皮。在幼儿园里，他经常欺负同学，还带头把校长种的小树苗挨个给拔了……后来他就不怎么笑了……”说到这里，韩老太太问了夏晚安一句，“有关经年小时候的那件事，我是不是没告诉过你……”

夏晚安听到这句话，晃了晃脑袋：“没有。”

韩老太太说：“经年对他大哥没什么印象，他大哥走的时候他刚三岁。传来他大哥死讯的时候他还在玩具房里堆积木，笑得可开心了。他妈妈生他的时候，身体就不怎么好，他大哥离开后，他妈妈的身体一天不如一天，然后第二年就跟着他大哥去了。那个时候他四岁，已经懂事了，知道妈妈离开代表着什么了。

“那件事就发生在给他照这张照片的当天，当时我们全家都在Y城，因为第二天是他的生日，所以他的父亲提前一天从港城飞到Y城来给他过生日。照片里的这身衣服就是他父亲给他的生日礼物，他当时收到后立刻穿在了身上，然后他父亲给他照了这张照片。

“那天吃完晚饭，他父亲开车带着他去选生日蛋糕，Y城是山城，到处都是蜿蜒的山路，而我们待的地方离市中心较远，但是也没有特别远，两个小时总能跑个来回的。可是那天一直到了晚上十一点钟，他父亲和他都没回来。

“当时因为他父亲在，所以谁也没想着会出事。我们都只当他父亲带他去哪里玩了，但是一直到第二天早上，他和他父亲还没回来，这个时候我们哪里还能沉得住气？所以立刻联系了当地的有关部门开始找人。

“二十多年前哪有现在这么发达这么方便，我们足足找了两天两夜才找到他和他父亲。

“他们出了事故，车子从山上滑下去了，找到他们的时候，他父亲已经死了。经年昏迷不醒，他当时伤得很重，足足昏迷了半个月才醒来。但醒来后的他就跟傻子一样，不说话、不吃饭，时不时地还会尖叫自虐，最严重的时候他险些从楼上跳下去。那段时间他一直靠营养针和镇静剂撑着，后来他身体无大碍了，这种情况却一直都没好转。然后我就花重金托关系找了很多心理医生，再后来我从心理医生那里知道他父亲是为了救他而受的重伤。他父亲走的整个过程他是亲眼看见的，他很想阻止那个过程却无能为力，他亲身感受了他父亲的离开，也亲身感受了他父亲的体温一点一点地变凉……”

听到这里的夏晚安忍不住狠狠地惊讶了一下。

她知道韩经年的父亲走得比较早，但她并不知道他是眼睁睁地看着他父亲走的。

韩老太太又说：“两天两夜，山里一到夜里就黑得一塌糊涂，他一个五岁的孩子怎么可能不怕。

“不过还好他撑过来了，慢慢地跟正常人没什么区别了，只不过就是从那个时候开始他就变得不爱说话了，也不爱笑了，就连调皮捣蛋的事都没做过了。他懂事了很多也成熟了很多……同时也让我很心疼，你知不知道他八岁的时候问过我一句话，我至今都记得很清楚，他问我‘奶奶，我是不是扫把星？我大哥、妈妈、爸爸，是不是都是因为我才死的’……

“你说这些事情跟他有什么关系。我当时就跟他说别胡思乱想，还问他是谁在他面前胡说八道的。他大概是看我急了也看我哭了，立刻反过来安慰我，跟我说‘奶奶，我以后不会再这样说了’。”

说到这里的韩老太太抹了抹眼角渗出来的眼泪，然后似是意识到自己失态了，连忙改口说：“你瞧我，好端端地跟你说这些过去的事情做什么。”

韩老太太笑了：“现在经年成家了，有你陪着他，奶奶放心多了，等过两年你们有了孩子，经年和你的家就更完整了，奶奶就更放心了……不管怎样，现在总归是好了，比以前好了，以后会更好的……”

听到这话，夏晚安垂着头。

她和韩经年以后真的会更好吗？或者说……她和韩经年会有以后吗？

他和她结婚以来，不管是他家里的人还是她家里的人，没有人知道他和她的相处模式，奶奶是以为他们相处得很好才跟她说这些话的吧？可奶奶哪里又知道她曾很努力地想要进入韩经年的世界，可她却从未真的进入过。

韩老太太知道有些事情点到为止就好了，她把以前的事讲出来已经是在不动声色地改变夏晚安的想法了，毕竟一日夫妻百日恩，两人之间怎么样都是有感情的，更何况女人总是会心软一些，指不定夏晚安一心软就不会那么怨韩经年了，至于他们两个人最后的路走成什么样子还是要看他们两个人的缘分。

韩老太太想到这里，就适可而止地终止了话题：“安安，时间也不早了，你跟经年早点回去休息吧。”

“嗯，奶奶。”夏晚安应了一声，正准备道别，突然想到上周公司停电那晚她遇到韩经年的场景，然后又想到祖母刚刚讲的那些事，忍不住好奇地问了一句，“奶奶，韩经年，他……很怕黑？”

韩老太太愣了愣：“你怎么知道的？是经年告诉你的？”

夏晚安摇了摇头，将上周的事情一五一十地告诉了韩老太太。

韩老太太松了一口气：“原来是这样啊，不过还好那天是你遇见了他，算他福大命大，要不然后果不堪设想，指不定他就死了。”

“死了？”夏晚安吓了一跳。

“是啊，他这怕黑的毛病就是那时候留下来。这些年来他一直没能过得了自己心底的那一关……”韩老太太说着说着突然就压低了声音，“安安，奶奶跟你说这件事是真的把你当成经年这一辈子唯一的媳妇了。你记住这件事不要告诉任何人，因为这是经年最大的短板，被人知道了他指不定命就没了。”

夏晚安极其认真地点了点头。

回家的路上，两个人没太多的交谈。

车里很安静，夏晚安望着车窗外不断倒退的夜景思考着。

她其实不傻，她知道祖母今晚告诉她那些事情的本意是在打同情牌。她到底还是太年轻了，她以为自己今晚在祖母面前掩饰得很好，可还是被祖母看出了端倪。

是啊，她是有些生韩经年的气，以致她今天一天都在想她这样的婚姻到底有没有意义，她的人生还那么长，她真的要这样过下去吗？她甚至都在想着她是不是应该结束这样的婚姻……

可此时此刻，她不得不承认姜终究还是老的辣，祖母打得这一手同情牌真的动摇了她的想法。

第二天，韩经年办公室。张特助进来询问工作安排："韩总，十点钟您和张总的见面让谁跟着去做记录？"

说完这话，张特助灵光一闪，忽然看似很无意地插了一句题外话："对了，韩总，有件事不知道您知不知道？我们前段时间招进总经理办公室的艾秘书，人事部告诉我她认识知谨少爷并且关系还很不错。我特意去问过知谨少爷有关艾秘书的一些情况，知谨少爷告诉我，艾秘书和夫人是很好的朋友。"

张特助说前面的那些话时，韩经年的表情一直都没太大的变化，直到张特助提到"夫人"这两个字时，韩经年猛地抬头看了一眼张特助，问："谁？"

韩经年一脸茫然，显然是根本不知道总经理办公室有这号人。

张特助："艾秘书刚来没多久，叫艾姜。"

韩经年没接话，但他想到那天他险些丢了性命被夏晚安捡回来的第二天，她躲进柜子里时好像说过一句"更重要的是还有我的朋友，她并不知道我们的关系"。

张特助把最开始询问韩经年的话重复了一遍，见韩经年没反应，又出声喊了他一句："韩总？"

韩经年回过神，看了张特助一眼后思绪再次飘远了。

是什么时候开始的？她说过的话他竟会记得这般清楚，一字不差，就连她当时的神态和语气他都记得清清楚楚。

张特助见韩经年看自己了，以为他要回答自己的问题，没想到他扫了自己一眼就不理自己了，于是只好又说："韩总？"

“嗯？”韩经年应了一声，见张特助望着自己不说话又开口问，“怎么了？”

不是吧？他刚刚说的话，韩总竟一个字都没听进去？

张特助在心里泪流满面，面上却是恭恭敬敬地把话再次重复了一遍：“韩总，十点的会让谁跟着去做记录？”

“哦，就你刚刚说的那个……”韩经年又一次忘了张特助说的那个秘书的名字，停了停索性开口说，“她的朋友。”

张特助一边点头说“好的”一边又问：“那中午的饭局和晚上的饭局呢？依旧让艾秘书跟着吗？”韩经年沉思了片刻，点了一下头同意了，既然是她的朋友，那他就多给点机会吧。

晚上饭局结束时已是八点钟了。

从京市大饭店出来的路上，艾姜听见韩经年和张特助说要回公司一趟，所以在张特助问她等下去哪里时，她温柔地回道：“公司。”

张特助“哦”了一声：“艾秘书，这么晚了，你还要回公司加班吗？”

艾姜有点害羞地笑了笑，仿佛很不好意思般小声说：“嗯，有点事情还没处理好，要不然我晚上会睡不好的。”

艾姜本以为会迎来张特助的夸奖和韩经年的注目，可她没想到张特助听完她这话后只是笑着开口说：“艾秘书，一看你就是单身呀！”

艾姜勉强地挤出一个笑容。

张特助：“艾秘书，我没说错吧，你是不是还是单身？一般只有单身的人才会想着去加班。”

艾姜是有男朋友的，可是她看了一眼旁边的韩经年，尽管他始终没什么太大的神情变化或者说仿佛就当他们不存在一般神情淡漠，可她还是被他迷得心跳加速。

她想回张特助一句“是的，我还没谈过恋爱”。

只是这话她还没来得及说出口，她的手机铃声就响了。

不知道是谁打来的电话，她只好摸出手机，看了一眼来电显示，是“亲爱的”。

她接听后，没等电话那头的何澈开口就说了话：“我可能晚一会儿才能回你的消息……嗯，拜拜，等会儿聊。”

随后艾姜就把电话挂了。

站在艾姜身边的张特助看到了她的来电显示，又问了一句：“艾秘书，原来你有男朋友了呀？”

“不是不是……”艾姜摇了摇头，脸红红的，“是我一个很好很好的朋友，是个女生，我平时都喊她亲爱的，我们提前约好了今晚打电话聊天。我因为忙于工作，现在耽误了点时间，她打电话来问我什么情况。”

张特助“哦”了一声没再说什么。

站在旁边始终没什么反应的韩经年却在艾姜说出“很好很好的朋友”这几个字时，往她身上看了一眼。

察觉到韩经年眼神的艾姜装作若无其事的样子，心却跳得更猛了。

三个人走到京市大饭店门口时，门童已经将韩经年的车发动好了。

艾姜望着眼前的豪车，眼底绽放出明亮的光。

她站在门口耐心地等，等着韩经年或者张特助说载她一程。

然而张特助从门童手里接过钥匙，拉开车门对着韩经年恭敬地说“韩总，您请上车”，却没对她说这句话，韩经年更是无视了她。

艾姜以为他们把自己忘了，忍不住开口：“韩总，张特助……”

她只喊了他们两个人的名字，正准备弯身钻进车里的韩经年想到这个他不怎么记得住名字的秘书是夏晚安的朋友，他好像应该在离开的时候说一句话。

韩经年没等艾姜把话说完就说了一句：“你叫车回公司的时候记得留发票，公司可以报销的。”

艾姜后面的话被生生地噎在了咽喉处，连带着她原本雀跃欢喜的心都跟着一落千丈。望着渐行渐远的豪车，艾姜的脸上浮现了一抹懊恼的神情。

他们竟然就这样走了？

不过没关系，来日方长，终有一天她会让韩经年喜欢上她并娶她为妻的！

再说她刚进公司不过几天，韩经年就已经注意到了她，今天一天都让她跟在他身边……总经理办公室里的那些人要么是男人要么是已婚的女人，像她这样年轻漂亮的女人就一个，她总归是有希望的！

艾姜看了一圈周围的女孩，又低头看了看自己身上的衣服，那颗誓死要飞上枝头做凤凰的心更坚定了。

不过在她飞之前她似乎应该把身边的牵绊给砍了……

想到这里的艾姜摸出手机找到了何澈的微信头像。

何澈的微信头像就是他的照片，他是真的长得帅，只是他太穷了，这年头颜值又不能当饭吃……艾姜的神色冷冷的，抬手就在屏幕上打出几个字发了出去：“何澈，我们分手吧。”

车子开离京市大饭店一段距离后，张特助突然像想到什么一样，扭过头对身后的韩经年说了一句：“对了，韩总，今晚您十一点半的飞机，出差去S城，您最晚九点半就得出发了。”

韩经年“嗯”了一声，没再说话。

张特助：“这次出差是上周就定下来的，是孙秘书跟着您去，您看要不要临时把孙秘书改成艾秘书？”

韩经年停下在电脑触摸板上滑动的指尖，过了一会儿，说：“不用了。”

张特助意外地抬头，透过后视镜看了一眼韩经年。

韩经年似是知道他在看自己，语气淡淡地说：“以后都还是让孙秘书跟着吧。”

张特助：“为什么？”

“她那个朋友是单身，还是少接触的好……”顿了顿，韩经年又补了一句，“避免引来不必要的麻烦，最重要的是我不想因为我而损害了她的友情。”

听到这里的张特助彻底懂了。

孙秘书是已婚人士，且先不说孩子都有两个了，就连年龄都能当韩总的妈妈了。

而艾秘书年轻貌美，虽然是夫人的好朋友，但毕竟是个女的，还是个年轻的女的，总裁和秘书之间的关系本来就很暧昧，若是接触得太过频繁，说不定真的会传出什么风言风语，到时候别说让夫人对韩总改变印象了，指不定印象更差了！

想到这里的张特助险些当场踩了刹车。

韩总不是智商高、情商低的存在吗？怎么反而比他这个情场高手想得还全面?!

第四章

她到底有多少秘密

时间过得飞快，转眼就到了周五。

韩知谨最喜欢出去玩了，他最大的梦想就是“浪出天际”，所以每个周五的晚上，他必然会组织朋友出来玩。

这周五也不例外，在周四的下午夏晚安就已经接到了韩知谨的消息：“周五晚上我们先去吃饭，然后去MIX。”

当然，“买单小王子”韩知谨在发完这个通知后还补了一句：“小婶婶，你放心，这次MIX已经被小爷我包场了！”

由于韩经年出差了，韩知谨光明正大地翘班了。宋有蔓上班的地方距离韩氏企业不算太远，所以下班后便开车来接夏晚安和艾姜。

巧的是，夏晚安和艾姜在一楼碰了面，两个人结伴往外走时，艾姜突然停了脚步。她透过人进人出的玻璃门看到了何澈。

何澈身着款式简单的白色T恤和牛仔裤，戴着一副金丝框眼镜，浑身透着一股儒雅的学者气息。

他靠着一棵树，正望着路面出神，他的眉眼间挂满了压抑的气息，可即便如此，他站在人群里还是很醒目。

不得不说，单论颜值，何澈其实并不比韩经年逊色多少；若论气质，韩经年比他的气场要强很多，给人的压迫感也较浓烈，但是就那种贵族气息而言，两个人却也没相差多少，不过韩经年是真贵族，而何澈……艾姜想，大概就是沾了颜值的光。毕竟他们交往了大半年，他每天早出晚归，拼死拼活一个月也就赚那么一万多块钱，尤其是如今在她成功跳槽到韩氏企业后，他连她的月薪都比不上了。

“怎么了？”夏晚安见艾姜停了脚步，纳闷地扭过头问。

艾姜怕被夏晚安发现什么端倪，飞速地将视线从何澈身上收了回来，说道：“没什么。”

她给何澈发了分手短信后，何澈这几天一直都在联系她。

她电话不接、短信不回，到后面嫌烦就把何澈的电话号码拉黑了，如今何澈却出现在了她的公司楼下。

若是现在她和夏晚安出去被何澈拦住了，那她有男朋友的事情就曝光了……

只是短短的几秒，艾姜又开口说道：“我只是突然有点肚子疼，可能是月事要来了……我得去趟洗手间。”

“这样啊，那我陪你一起去……”夏晚安说着，就跟着艾姜转身往洗手间走去。

“公司门口不好停车，要不我们让有蔓去地下停车场吧。我们从洗手间出来后直接乘电梯去找她……”艾姜想，她坐在车里从公司停车场出去的话，何澈就发现不了她了。

夏晚安想了想，觉得艾姜说得挺有道理的，便拿着手机给宋有蔓发了一条语音消信：“有蔓，你来地下停车场吧，艾姜她不舒服，可能要等会儿……”进了洗手间，艾姜故意在里面磨蹭了好久才出来。

她跟夏晚安乘坐电梯去地下停车场时，特意扭过头往门口看了一眼。

何澈还在，只是手里多了一支烟。

宋有蔓早就在地下停车场等着了，她见夏晚安和艾姜过来，立刻开了车锁。

等两人上了车后，宋有蔓一边嚷嚷着等了她们好久，一边轻车熟路地开着车子往韩知谨订的饭店驶去。

由于艾姜的原因，三个人到的时间比约定的时间晚了半个小时。

韩知谨一个人在里面等得无聊，跟服务员要了一副扑克牌自己跟自己斗地主。

见到三个人进来，韩知谨立刻不满地控诉了起来：“你们怎么那么久才到？属蜗牛的吗？”

“你给我闭嘴！一个大老爷们婆婆妈妈的，烦不烦啊！”宋有蔓毫不客气地拿着包冲着韩知谨的脑袋上一砸。

韩知谨抬起手挠了挠被砸的脑袋，小声嘀咕了一句“大姨妈来了吗？”，然后将菜单往三个女士面前一推：“你们想吃什么，自己点。”

宋有蔓一脚踩在凳子上，一脚站在地上，大佬姿态十足地掀开菜单，说：“这个，这个，这个，还有这个……这些都是我们家安安喜欢吃的，全都给我点上，记得不要放葱！”

韩知谨小声抱怨道：“你怎么就记得晚安喜欢吃什么，为什么不记得我喜欢吃什么呢？”

“你只是一个买单的，喜不喜欢都不重要。”宋有蔓毫不在意地摆了摆手，然后异常欢喜地看向了夏晚安，“安安，快给我抱抱，我五天没见你啦，想死你啦……”

韩知谨摆出一副被恶心到的样子，打了个哆嗦继续打牌。

进屋后一直默不作声的艾姜跟夏晚安和宋有蔓聊了一会儿，就抛下她们两个人看向了韩知谨：“你在玩什么呀？”

“斗地主。”韩知谨边说边给自己发牌。

“一个人斗地主？”艾姜一脸惊奇，像从未听过一般。

“是啊。”韩知谨一副得意扬扬的模样，“这是我自己发明的斗地主玩法。”

“没想到你想法还挺多的……”艾姜看似很真诚地夸赞他。

韩知谨“哈”了一声，像在想怎么打牌，没接话。

艾姜盯着他看了一会儿，又动了动唇，只是话还没说出口，她包里的手机突然振动起来。她拿出手机看了一眼，是个陌生号码。她迟疑了一会儿，起身离开餐桌一段距离后接听了电话。

“请问您是？”

艾姜只说了四个字，电话里就传来了她熟悉的声音：“是我，小姜。”

何澈……艾姜停了一秒，再开口时语气变得冷漠了许多：“你找我什么事？”

何澈：“小姜，我想见你，我知道你在MIX用餐，我就在MIX门口，要么你来见我，要么我就挨个包厢地找你。”

艾姜的手指扣紧了手机。

她在MIX他是怎么知道的？还有……他若是真的闯进包厢里，那她有男朋友的事情就会被韩知谨他们知道了，虽然她是心动于韩经年，可是韩知谨……也是韩氏企业的下一代啊……

沉思了片刻，艾姜回道：“我去见你。”

挂断电话后，艾姜怯生生地开口道：“我去个洗手间。”

等三个人应了她的话后，她才走出包厢。

二十分钟后，菜陆陆续续地被服务员送了上来，但艾姜还没回来。

夏晚安和宋有蔓给艾姜发了好几条消息都没得到回应。

韩知谨见状，将扑克牌推到一旁，起身道：“我去洗个手，顺便看看能不能碰到艾姜。”

“小姜，我是真的喜欢你的，我很想知道我哪里做得不对，你不能一上来就没有缘由地跟我提分手……我决定和你在一起，是抱着一辈子在一起的态度和你交往的，我对这份感情是认真的，我没有办法接受这样莫名其妙的结果。”

面对何澈彬彬有礼的说辞，艾姜自始至终就只有一句话：“我觉得我们不合适。”兜里的手机一直在振动，艾姜知道肯定是夏晚安和宋有蔓来问自己的情况了，好几次想离开的她因为没跟何澈说清楚被何澈阻拦了下来。

情急之下的她语气有些重：“何澈，我不喜欢你了，我从没喜欢过你，这样的答案可不可以？”

话音刚落，艾姜听见身后传来了韩知谨的声音：“你们先来MIX吧，报我名字就可以了……”

从韩知谨的话语里，艾姜推测出韩知谨应该是在接电话。

韩知谨的声音越来越近，艾姜还听见了他的脚步声。

若是被韩知谨看到她和何澈纠缠在一起，那她这么多年来在他们面前努力维持的形象就彻底崩了……

眼看着何澈拉着她的手腕还没有罢休的意思，艾姜眯了眯眼睛，下一秒就伸出手将自己身上的T恤撕了一个口子，然后往墙壁上一靠，将何澈用力地向前一拽，使得他的身子压在自己的身上，再然后她惊惶失措地开口：“你想干什么？你放开我！你再这样，我要喊人了……”

随着话语从艾姜的口中吐出，她的眼角立刻有大颗大颗的眼泪滚落下来。何澈显然是被艾姜这样瞬间变了个人似的行为惊呆了，一时之间没做出任何反应。

“你放开我，我不认识你，你不要这样，呜呜呜……”艾姜哭得更凄惨了。

挂断电话的韩知谨听到艾姜的声音赶了过来，看到眼前这一幕，想都没想就伸出手将何澈从艾姜的身上拉开，挥拳冲着何澈的脸狠狠地揍了过去。

毫无准备的何澈被韩知谨突如其来使足了力道的一拳打得往后连连退了好几步，直到撞到墙壁后才停下来。

他的眼镜掉在了地上，唇角溢出了血丝。

他目不转睛地盯着艾姜看了好一会儿，然后抬起手摸了摸唇角，在看到手指上的血丝后忽然就笑了。

“我接受你给我的这个答案。很好，我认。”何澈说着，唇角的笑意更深了，看起来更像在自嘲。

他似是不想再说什么，直接迈步冲着洗手间外走去。在经过艾姜身边时，艾姜似是被他吓到一般，摆出惊弓之鸟的架势往后缩了缩身子。

看到这一幕，韩知谨往前踏了一步，挡在了何澈和艾姜中间。

何澈忽地又笑了，说：“我不说，是最后的温柔。”

不拆穿她的真实面目，是他最后的温柔，不是对她，而是对他倾心付出过的感情。说完这句话的何澈看都没再多看一眼艾姜，直接抬脚离开。

他身前的地上有他的眼镜，是艾姜买给他的，可他没去捡，而是直接踩了上去，将镜框踩得变形，将镜片踩得粉碎。

等何澈离开后，洗手间的门口变得极其安静。

也许是做贼心虚，艾姜的心底有点没谱，她偷偷地看了一眼韩知谨，哭得更可怜了：“我不知道他是谁，我根本不认识他……我从洗手间出来后他就拉着我说一些我根本听不懂的话……我跟他说我不认识他，可他还是不肯放我走……”

艾姜仿佛受了天大的委屈般哭得伤心欲绝。

“你没伤到哪里吧？”韩知谨终于出声。

“没有……”艾姜眼泪簌簌而落。

“你别哭了，晚安和有蔓还在等你，那个，我洗个手跟你一块回去……”韩知谨走到洗手台前快速地洗了一把手。

在回包厢的路上，韩知谨看了一眼旁边还在抽抽搭搭的艾姜，挣扎了好一会儿，还是没忍住：“艾姜，你真的不认识那个人吗？”

“不认识。”艾姜摇了摇头，“我真的不认识他，我至今都不明白他为什么跟我说那样的话……”

顿了顿，艾姜又怯生生地开口：“他还把我按在墙壁上撕碎了我的衣服……”

韩知谨看了一眼艾姜肩膀处坏掉的衣衫，突然觉得自己刚刚可能想多了。

若是艾姜和那个人真认识，她也犯不着自己撕坏自己的衣服吧？不过那个人说的话蛮有深意的……想到这里，韩知谨说：“可能他认错人了吧，因为他那句话蛮像说给抛夫的人渣听的。”

韩知谨没等艾姜再开口就转移了话题：“好了，不管他了，还好我去洗手间了，没出什么大事，要是真有个三长两短，有蔓和晚安肯定要怨我了……”

十一点，机场。

出差归来的张特助钻进车里，对着坐在后车座的韩经年习惯性地开口问：“韩总，去哪里？”

“家。”韩经年几乎没犹豫，吐出了这样的一个字。

张特助没再说话，直接踩着油门往城里开去。

等绿灯时，张特助拿起手机看了一眼微信，然后在朋友圈看到韩知谨发的照片里有个熟悉的身影，忍不住对韩经年开口道：“韩总，夫人她好像跟知谨在一起。”

韩经年没说话，但视线立刻锁定在了张特助的身上。

张特助连忙把手机递到韩经年面前：“韩总，您看这张照片里，这个地方枕着这个白衣服女生胳膊睡得正熟的女孩是不是夫人？夫人也真够有意思的，去MIX不疯玩，竟然睡觉？”

照片里的光线很昏暗，但是韩经年还是很轻易地认出了夏晚安。

即便他不在现场，但是看照片里的场景，想必是灯红酒绿，可她就像张特助说的那样，依偎在一个女生的胳膊上睡得正香……

张特助突然感觉周身寒气骤增，他突然哆嗦了一下，然后悄悄地看了一眼韩经年，发现韩经年正一脸阴沉地盯着他的手机屏幕，目光凌厉得仿佛恨不得将手机戳出个窟窿。

张特助顺着韩经年的视线望去，发现他紧紧地盯着的是照片里夫人靠着的那个白衣服女生。

不是吧？韩总这是……对一个女人产生了嫉妒之情？

张特助说："韩总，这个白衣服的女生我认识，是夫人从小一起长大的朋友，也是宋氏企业的千金，和夫人同年同月同日生，两个人读幼儿园时就是同桌，读小学时也是同桌，读初中时还是同桌，就连读大学时都是同桌，真可谓是两小无猜……"

随着张特助知无不言，言无不尽地说着，韩经年的脸色越来越难看。

还没察觉到危险悄悄降临的张特助又献宝似的爆了一个自己觉得很有价值的料："韩总，还有一件更重要的事没跟你说，我听说夫人和宋小姐当初在娘胎里的时候还被两家定过亲呢，最后还是因为都是女生才迫不得已作废的，要是宋小姐是个男的，夫人……"

张特助边说边看了一眼韩经年，发现韩经年不知何时已经将视线落在了他的脸上，正阴沉地凝视着他。

张特助猛地闭上了嘴。

"韩总，绿灯了，我……我得开车了……"张特助收起手机正襟危坐，直视前方。只是他刚踩了油门，韩经年就酸溜溜地开口："去MIX。"

"是。"听韩经年的语气，张特助隐隐觉得自己的牙齿酸得有点无力了。

宋有蔓跳入舞池后，睡了大半晌的夏晚安伸了个懒腰，打着哈欠起身去了一趟洗手间。

等她再回来时，原本和韩知谨那些朋友聊天的艾姜跑到她跟前，盯着她犹豫地开口道："晚安，我想找你帮个忙。"

"怎么啦？"夏晚安拿饮料时顺手端了一杯递给艾姜。

"我……我……我……"艾姜吞吞吐吐了好一会儿，才说了重点，"我想跟你借点钱。"

"还以为多大事呢！"夏晚安没犹豫地掏出了手机："你要用多少啊，我给你转支付宝还是微信？"

艾姜声音小得跟蚊子似的，吐出了两个字："十万。"

说完，艾姜抬头飞快地看了一眼夏晚安："我知道有点多了，但是你放心，我会尽快还给你的，是我爸又突然进医院了，现在着急用钱，我手上没那么多，所以我……我……"

艾姜吞吞吐吐的话还没说完，她的手机就叮咚响了两声，她低头看去，是夏晚安的转账记录记录提示音。

艾姜下意识地抓紧了手机。

对她来说，十万块钱虽然不是一笔天文数字，但要攒出来也要很长一段时间；可对于夏晚安来说，就是一串数字。

艾姜压了压心底泛起的那股说不上来的滋味，怯懦不安地开口说："谢谢你啊，晚安。"

"没关系，你爸的事情要紧，如果回头还有什么需要帮忙的，你尽管告诉我。"夏晚安说。

"我回头一定给你打个欠条。"艾姜一脸感激，眼底隐隐有泪光在闪动。

看着这样的艾姜，夏晚安微笑着伸出手抱了抱她，说："好了，我们之间就不要说这些了。"

艾姜点了点头，伸出手抹了抹眼角的泪："那我先把钱给他们汇过去。"

"要不要我陪你？"

"不用了，旁边就有个自动汇款机。"

"那你快去吧。"

艾姜点着头，"嗯嗯"了两声起身走了。

艾姜在出MIX时将钱提到了银行卡里，步行到就近的自动汇款机时钱正好到账。她插入银行卡输入密码，然后根据提示把钱转入了母亲的银行卡里。

回MIX的路上，她给母亲打了个电话："妈，我把钱转过去了，你现在赶紧给我爸办理住院手续吧，我手里还有点钱呢，你不用担心我，你照顾好你自己和我爸就可以了，有事再给我打电话……"

挂断电话后，艾姜一边往MIX走一边看着周围的高楼大厦，暗自发誓，终有一日她一定要有很多的钱，不再委屈自己，委屈父母。

眼看着快到MIX门口时，艾姜突然被人拦住了去路。

她吓得浑身一哆嗦，往后退了半步后才看清眼前的人是何澈。

他怎么又出现在了她的面前？

艾姜蹙了蹙眉，刚想说话，何澈就开口道："你为什么要离开我？为什么要这么对我？"

艾姜察觉到何澈语气不对劲，将嘴里的话咽回去后抬起头仔细地看了一圈何澈，这才发现男子眼神迷离，浑身都是酒味，显然是醉得一塌糊涂，根本不清楚自己究竟在做什么了。

艾姜无视何澈，继续往MIX走去。

她走了没两步，何澈就拉了她的手腕："我知道是你，你身上这件外套是我送的，我认得出来，你告诉我，为什么？你为什么会是这样的人？"

艾姜还没回话，就眼尖地看到一个韩知谨的朋友从MIX出来，站在门口点了一根烟。她怕被人看到自己和何澈这样纠缠在一起，想都没想就用力地甩开了何澈。

她的力气很大，喝醉了的何澈被她甩得直接蹲坐在了地上。

她回头看了一眼，没理会何澈，直接往MIX跑去。

韩知谨的朋友认识她，看到她立刻打了声招呼："咦？艾姜。"

艾姜微微垂着头，很害羞地"嗯"了一声，语调软软地问："你出来吸烟呀？"

"是啊，喝得有点晕，出来吹吹风。"男人应了一句，然后上下打量了一圈艾姜，往她面前凑了凑，"我发现你现在越来越好看了呢！"

艾姜的脸更红了，似是很不知所措般往后小小地退了半步："你喝多了，我进去了。"进入MIX时，她没忘记往旁边看一眼，何澈已经从地上爬了起来，他似是喝得太多，难受地用一只手捂着腹部，另一只手撑着墙壁。

回到MIX里，艾姜再跟大家一起玩时就显得有些心不在焉了。

她时不时地会以上洗手间为借口去MIX门口看一眼。

何澈一直没离开。

眼看着时间一点一滴地过去，已经开始有人陆陆续续地离开了。

但何澈还在那里，而晚上一起玩的人越来越少了，就连宋有蔓和夏晚安都已经动了要走的心思。

艾姜知道一旦宋有蔓和夏晚安要走，她也得跟着一起走。

吃饭的时候，她已经被韩知谨撞见过一次她跟何澈纠缠在一起了，若是等一下她出去再次被喝醉酒的何澈拦住，那她在韩知谨面前撒的谎就被戳穿了……

现在的何澈喝醉了，从刚刚的情况来看，他醉得已经分不清谁是谁了，他会拦住她是因为她身上的外套……

她完全可以把身上的外套丢掉，然后躲在夏晚安的身侧离开，可是万一以后何澈再去公司找她呢？她能躲过一天，可她能躲过一辈子吗？

她不能一直这样被何澈牵着鼻子走，她必须想个办法以绝后患，一劳永逸。

想着想着，艾姜就将视线落在了夏晚安的身上。

夏晚安不一样，她是夏家的千金，她有个疼她入骨的哥哥。

想当初念高中的时候，有小混混放学试图约夏晚安去喝奶茶，不知怎么传入了夏晚安哥哥的耳中。

夏晚安那个脾气好、素质好、性格好的哥哥一反平时的居家好男人的模样，直接把学校附近的所有小混混全都打趴下了，然后立了个规矩，谁都不许招惹他妹妹。

如今夏晚安的哥哥成了检察官，若是何澈招惹了夏晚安被夏晚安的哥哥知道了，那何澈说不定会被逮捕，更说不定会被赶走……

这般想着，艾姜就伸手端起了一个装满酒的杯子，然后装作不小心手一抖，将酒洒在了夏晚安的身上。

夏晚安还没发出动静，艾姜就先惊惶失措地出声："晚安，对不起，我不是故意的，对不起，晚安……"

说着，艾姜就像做错了天大的事情般眼底噙了泪："晚安，你别不高兴，我没拿住杯子，都是我不好……"

"没……"夏晚安本来就不觉得这是多大的事。

只是夏晚安刚说了一个字，宋有蔓就从包里拿出了纸，冲到她跟前，一边帮她擦衣服上的酒水，一边就心直口快地开口："艾姜，你哭什么呀？就算要哭，也该是安安哭吧？再说这也不是什么大事，洒了就洒了，拿着纸巾给安安擦一擦就好了，你在这里哭哭啼啼的有什么用？"

宋有蔓的性格夏晚安最了解不过了。

小时候随便看部电视剧，里面有个老人缠绵病榻，宋有蔓嘴里说着这都是在演苦情戏太没劲，却偷偷地抹眼泪。

路过天桥时看到乞讨的人，她口中说着这些人有手有脚不会去找个工作吗，可每次看到病弱老残，最先掏钱的总是她。

宋有蔓没什么太多的心眼，为人直来直去的，嘴上硬得跟藏了刀子似的，可心却比谁都软。

所以平时宋有蔓说的很多话夏晚安都不会往心里去，但她不往心里去不代表别人不会。

夏晚安承认宋有蔓的话说得的确挺在理的，但她看到艾姜被宋有蔓呛得脸色一阵白一阵青，为了避免产生矛盾，她还是悄悄地拉了一把宋有蔓，示意她别再说了。

宋有蔓本想再说两句，但看到夏晚安的动作后还是乖乖地闭了嘴。

夏晚安转头看向艾姜：“没关系的，不就是一件衣服嘛。”

“就是，反正安安一件衣服很少穿第二次……”宋有蔓小声说。

宋有蔓的话还没说完就被夏晚安掐了一把，暗示她嘴巴能闭多紧就闭多紧。

等宋有蔓没了声音后，夏晚安才看向艾姜，继续温柔地说：“好了，这也没多大的事，过去了就过去了，快去擦擦眼泪，不然让人看到了还以为我们怎么了呢！”

宋有蔓盯着夏晚安身上的污渍，不满地抱怨起来：“本来应该你哄安安的，现在变成了安安哄你……”

还好宋有蔓的声音比较小，夏晚安抓着宋有蔓的手微微用了用力道，然后对艾姜继续说：“还有，艾姜，有蔓就是刀子嘴豆腐心，她没别的意思，你也别往心里去。”

艾姜猛地点头，一副很受教的模样，道：“我不会往心里去的，我知道有蔓是对我好的。”

宋有蔓脸一红，顿时什么气都没了，但嘴上说的话却很硬：“你们好端端地扯上我干吗？”

夏晚安笑了笑，低头看了一眼自己身上的衣服。

她今天穿了一件白色雪纺衣，如今被洒了酒都变成半透明的了。

旁边坐着的艾姜仿佛知道她在为难什么，立刻脱了自己身上的外套，递到了夏晚安的面前：“晚安，你身上这件衣服这样穿不太好，你把我这件外套披在外面吧？”

夏晚安本想找宋有蔓要件衣服的，但想到宋有蔓刚刚说的那些话定是让艾姜心里不舒服了，若是她再拒绝了艾姜去找有蔓要衣服，艾姜怕是更要多想了。

夏晚安心想，反正就是一件衣服，也不是什么大事……

夏晚安将衣服接过来穿在身上，对艾姜笑嘻嘻地道了一声：“谢谢。”

“应该的，本来就是我不对。”艾姜面对夏晚安的笑容，有些躲闪地低下了头。

她虽然已经决定利用夏晚安，但心底还是有些愧疚的，毕竟一个小时前，她父亲急需用钱，是夏晚安二话没说就拿给了她。

可她没办法，她跟在夏晚安和宋有蔓的身边委曲求全地讨好了她们这么多年，为的就是可以认识她们圈子里的人，如今她们的圈子她已经触手可及了，她不能在这样关键的时刻功亏一篑。

艾姜用力地握了握拳头，暗自告诉自己没关系的，她不需要这样心底不安，她接近夏晚安和宋有蔓本来就是抱着利用的心态，利用一次也是利用，利用两次也是利用……这么想着，艾姜渐渐地定下心来。

宋有蔓喝了酒不能开车，喊了个代驾来接自己。

MIX位于宋有蔓家和韩经年家的中间，因为是方向相反，天色又很晚了，夏晚安没让宋有蔓送自己回去，而是直接叫了一辆车。

韩知谨没玩够，还赖在MIX里跟人喝酒猜拳。

宋有蔓的代驾赶来时夏晚安和艾姜叫的车都还没到，夏晚安看宋有蔓走路有点不稳不太放心，所以把送宋有蔓先送上了车。

艾姜本来说好和夏晚安一起送宋有蔓，只是走到半路她突然说有个电话是公司打来的，夏晚安就先让她去忙正事。

将宋有蔓送上车，看着代驾开着宋有蔓的车把她带走后，夏晚安摸出手机看了一眼，见自己叫的车还有十分钟才能到，便转身冲着MIX走去。

她快到MIX门口时，旁边突然窜出来一个男人，什么话都没说就从背后一把紧紧地抱住了她。

夏晚安吓得浑身一个激灵，下意识地挣扎着，那个人也不知哪来的那么大的力气，紧紧地抱着她不肯放开："你别走，我不让你走……"

男人虽然吐字有些含糊不清，但声音很好听。

他开口间有着浓烈的酒气，不断地钻进夏晚安的鼻子里。

这是失恋喝醉酒了？把她误当成他前任了？

那男人又开口道："你不要抛下我，求你别离开我……"

夏晚安加大了挣扎的力道："对不起，先生，您认错人了……"

"不会的，我不会认错人的，我知道是你，小姜……我知道是你，就是你……"

小jiang？哪个jiang？

夏晚安总觉得这两个字有点问题，只是她还没深想，抱着她的男人突然将头埋进了她的脖颈处。

男人的唇快凑到她的耳垂时，她几乎是条件反射般低头咬上了男人的胳膊。

兴许是疼得厉害，男人扣着她的力道减缓了许多。

趁着这个机会，夏晚安连忙挣脱男人的钳制，头也不回地往MIX跑去，可她没奔跑两步就被男人一把抓住了手腕，狠狠地推到一旁的墙壁上……

在夏晚安陪着宋有蔓离开后，立刻收起手机的艾姜悄悄地尾随着两个人也走出了MIX。她躲在暗处观察着夏晚安和何澈的动向，在何澈抱住夏晚安的那一刻，她立刻掏出手机录视频。

只要她把何澈欺负夏晚安的这个视频以匿名的形式发给夏晚安的哥哥，依照夏晚安的哥哥宠妹妹的程度，何澈铁定完了，只要何澈完了，她的绊脚石就彻底被清理干净了……

车子开到MIX正门口的路边还没停稳，坐在后车座上的韩经年就突然出声："停车！"

张特助被吓得猛地踩了一脚油门，然后看到韩经年已经把车门打开了，这才急忙又改成踩刹车。

车子前一秒刚停稳，后一秒韩经年就已经跨步下车，冲着MIX门口旁边的一个小电话亭直奔而去。

"韩总……"张特助看着脚底像踩了风一样冲出去的韩经年下意识地开口。

只是张特助的话还没说完，就被韩经年正前方不远处的画面吸引了全部的注意力。一个陌生男人把夫人压在墙壁上，不顾夫人的抗拒正准备亲夫人……

张特助连滚带爬地下车冲着韩经年追去。

韩经年脚下没停，却像想到什么一样回头冲着张特助丢了两个字。

"报警！"

随着这两个字从韩经年嘴边吐出，张特助亲眼看到韩经年一把揪住那个陌生男人的衣领，将他一拳揍倒在地上。

紧接着韩经年将夏晚安往身后一拉，又是一脚将从地上爬起来的男人再次踹趴在地上。

望着眼前的这一幕，拨通电话正在报警的张特助激动得险些在原地蹦两下。

这种英雄救美的情节真是百看不厌，让人热血沸腾啊！

挂断报警的电话后，张特助急忙跑上前："韩总，已经报警了。"

韩经年看了一眼张特助，什么话都没说，冷着一张脸拉着夏晚安直接冲着停在路边的车走去。

张特助知道韩经年那个眼神的意思是让自己留下来处理这件事，便识趣地站在原地没动。

被韩经年抓着胳膊走出一段距离的夏晚安手里的手机铃声忽然响了。

夏晚安在手机铃声响起的时候愣怔了好一会儿才回过神来，她急忙接听了电话，还没开口说话，手机里就传来了一个礼貌的声音："您好，您叫的专车已经抵达了目的地……"

"人不用你送了，费用你直接扣吧。"

对方连话都没说完，韩经年就抽走了夏晚安的手机，语气冷冷地回了一句话后就擅作主张地挂了电话。

这一系列的动作韩经年做得行云流水，他抓着夏晚安的手一直没松开，就连带着夏晚安离开的脚步都没停下。

直到走到车前，韩经年拉开车门示意夏晚安坐进车里时，夏晚安才后知后觉地反应过来自己被韩经年牵着手走了一路。

这是他和她结婚两年来，他第一次牵她的手……

夏晚安坐在车里后，一直都在盯着自己刚刚被韩经年牵过的手看，以致都没有注意到开车的韩经年脸色很难看，握着方向盘的力道大到骨节突出。

等到车子一个急刹车，夏晚安的身子往前猛地一倾，然后抬头看到熟悉的停车场后才发现已经到家了。

不过这好像也没几分钟呀……

下车后，韩经年依旧是一声不吭地拉着夏晚安的手进了电梯。

即使在电梯里，他的手依旧是没有松开的意思。

回到家开灯后，连拖鞋都没换，韩经年就拽着她直接进了浴室。

他打开水龙头探了一下水温，然后将夏晚安往前一推拿着花洒往她身上浇去。

他把水流开得很大，冲得夏晚安很不舒服，她下意识地想躲开，他不由分说地抓着她的手腕把她带入怀中，一只手强势地掐着她的腰不让她动，另一只手拿着花洒继续冲洗她的身体。

没一会儿，两个人身上的衣服就全湿透了，他冲了一会儿，觉得她身上的衣服碍眼，两三下帮她脱了，然后开始往她身上擦沐浴乳。

他反复地挤了好几次，地板上堆满了泡泡，他还是没有罢休的迹象。

直到她身上全都是沐浴乳的香气，皮肤被水冲洗得微微泛了红他才停下来，然后他拿了浴巾裹在她身上，不顾她的抗拒开始帮她擦头发、擦身体。

和刚刚挤沐浴乳时一样，他反复地擦了她的肌肤好几遍，就好像她身上有什么他讨厌的细菌一般。

夏晚安还没反应过来他接下来要做什么，他就已经拿起吹风机调了合适的风速，拿起她的长发仔仔细细地吹了起来。

整个过程中他的脸色都不怎么好看，就跟刚刚给她洗澡时一样，他的动作虽谈不上多温柔，但也不粗鲁，尤其是此时此刻给她吹头发时碰到缠在一起的发丝，他会用指尖很耐心又很小心地顺开。

透过面前的镜子望着这样的韩经年，夏晚安有点晃神也有点不解。

吹干头发后，韩经年放下吹风机拿起梳子将夏晚安的长发梳了个整整齐齐，然后才抬头通过面前的镜子对上她的眼眸：“舒服了吗？”

夏晚安心想，大爷，您觉得谁刚刚被那么强硬地按在水龙头下哗啦哗啦地一直冲水，想逃逃不掉，想躲躲不开，冲了足足两个小时会舒服呀！简直就是活生生的酷刑好吗？

不过这些排山倒海的吐槽刚闪过夏晚安的心底，她就突然像反应过来什么一般看了一眼镜中的男人。

他的脸色还是有些像要吃人，但望着她的眼神中却隐隐藏着一抹担忧……

韩经年见夏晚安一直愣着不说话，蹙了蹙眉：“还是不舒服？”

“没有……”夏晚安生怕韩经年下一秒再抓着自己去冲澡，忙摇头。

她话音刚落，就亲眼看到韩经年紧绷的唇角缓和了许多。

夏晚安：“今晚，谢谢你。”

面对她的道谢，韩经年倒是没什么反应，而是问了一句别的事情：“今晚怎么想起来去MIX了？”

夏晚安以为韩经年只是随便一问，没往深了想：“知谨呀，他每周五都会喊大家出去玩的。”韩知谨……韩经年在心底暗自记下这三个字，嘴上却仿佛漠不关心般“嗯”了一声。

夏晚安又说：“你呢？你今晚怎么会在MIX？是恰好路过吗？还挺……”

后面“巧的”两个字还没说出口，韩经年就说：“不是路过。”

夏晚安心想，不是路过……这是什么意思？总不会是专程过去的吧？

若是换一个人说这句话，夏晚安可以底气十足地衍生出很多想法，可是面前的人是韩经年，是彻彻底底忽视了她两年的丈夫……

夏晚安想了想，最后就“哦”了一声，然后她没等韩经年再说话就指了指浴室外，转移了话题：“那个，我去换件睡衣，准备睡觉了。”

韩经年点了点头。

第二天。

夏晚安醒后，刚起身还没走出卧室，门铃就响了。

她好奇地走到门口，透过监控器看了一眼来人后急忙把门打开，对着只身一人到来的张特助问了一句：“是忘记拿什么东西了吗？”

张特助：“不是，夫人，是这样的，韩总现在正在跟人谈事情，一时半会儿结束不了，我是趁这个时间特意跑来找您的。”

“找我？”夏晚安有点意外了。

“是的，夫人，昨晚那事按照流程来说，需要您过去签个字，您看您现在有没有时间，如果有的话，我陪您过去……”

昨天何澈被抓进去后，有上面的人主动来联络他们求和解，说何澈是醉酒失态，愿意道歉和赔偿。但韩经年一直犟着不愿意和解，后来夏晚安知道这个事后便同意了。毕竟她除受到了惊吓之外，并没有吃什么亏，她还咬了何澈一口。

夏晚安“哦哦”了两声：“我本来想去工作的，但是听你这么一说，我认真地想了想，觉得反正工作早晚都要做，晚点做也没关系，所以就跟你走一趟吧。”

张特助心想，什么叫“工作早晚都要做，晚点做也没关系”？

夏晚安没等张特助开口，留了一句“你等我一会儿，我去换身衣服”，就进了卧室。

派出所。

夏晚安签完字后本想离开，却被一个穿着打扮很讲究的人拦住了：“不好意思，夏小姐，能不能耽误您一点时间？”

张特助客气地开口问：“请问有什么事吗？”

“是这样的，何先生说想跟夏小姐当面道个歉， 他就在对面的办公室里……”

“当面道歉就算了，心意我们领了……”

张特助下意识地开口，他私自带夫人来解决这件事已经是大错了，若是让夫人和别的男人见面，被韩总知道了那就是大错特错了！

“何先生说了，不当面道歉他会过意不去的，所以夏小姐，张先生，你们通融通融吧……”

夏晚安突然想到有点别的事情想问问那位何先生，所以没等对方把话说完便点了点头：“那好吧，麻烦您带一下路。”

“夫人……”张特助一脸“要死了”的表情。

夏晚安看了他一眼，以为他是便秘便出声说：“张特助，您先去忙您的，忙完了去车上等我。”

然后她不等张特助再出声阻拦，直接跟着拦住自己的人进了对面的办公室。

办公室里很安静，窗前站着一个背对着门的男人。

带夏晚安过来的人并没进屋，而是等夏晚安走进去后将门轻轻地带上了。

也许是开门的动静惊扰了窗前站着的人，他很快就转了身。

在男人的脸落入夏晚安眼底时，看惯了韩经年那张盛世美颜的她还是被惊艳了。

他戴了一副黑框眼镜，看起来文质彬彬的，长得很帅，但和韩经年的那种帅不一样，是那种温文尔雅的帅气。

他脸上有瘀青，唇角有伤口，这不但没给他的颜值扣分，反而还增添了一些颓废之美。

“你好，我叫何澈。”何澈往前踏了几步，停在距离夏晚安不近不远的地方，语气谦和大方地开口。

“昨晚的事情，真的很抱歉，是我酒后失态了，对不起。”说着，何澈鞠了个躬，是那种九十度的大鞠躬。

夏晚安往后退了半步：“没关系，何先生，我接受你的道歉。”

“谢谢。”何澈的语气无比认真。

夏晚安又回了一句：“没关系。”

顿了顿，记起自己过来的目的的夏晚安又开口道：“何先生，不知道我能不能问您一件事？”

“洗耳恭听。”

“昨晚何先生是认错人了吗？”

何澈似是没想到夏晚安会问这个问题，停顿了一秒，点头回道：“是的。”

夏晚安又问：“我和你认错的那个人很像吗？”

何澈摇了摇头：“并不像。”

夏晚安眉头蹙得很紧："既然长得并不像，那你又是怎么认错我的？"

"是衣服。"说完这三个字的何澈似是明白了什么，突然定住。

衣服？昨晚她穿的是艾姜的衣服，艾姜，姜……小姜？

夏晚安的指尖蓦地扣紧了掌心。

房间里很安静，大概过了十几秒后，何澈动了动唇："原来是这样啊……"

在他开口的那一刹那，夏晚安也开口了，说的是和他一模一样的话："原来是这样啊……"

"是啊，原来是这样啊……"何澈又喃喃地重复了一遍这几个字。

原来他之所以会失态误伤了别的女孩竟是因为她在幕后操控，她把衣服让给别人，为的是借刀杀人，为的是置他于死地。

夏晚安没说话，但指尖却掐疼了掌心。

竟然是这样的……昨晚艾姜是故意将酒撒到她身上，故意好心地将衣服借给她，故意在她送宋有蔓离开时找了个借口不跟她一起走……

夏晚安垂着头遮掩住眼底混乱的情绪，过了一会儿，她抬起头，仿佛没事人般对何澈说："既然我想问的已经问到了，那我就不久留了。"

"等一下……"何澈出声拦住了夏晚安，"不知道我能不能问一下你的姓名？"

大概了解昨晚情况的夏晚安想到眼前的人也是可怜人，便说："我叫夏晚安。"

"夏晚安？"听到这三个字，何澈的眼睛一亮，盯着夏晚安看了好一会儿，然后又问，"是晚安的晚安？"

夏晚安被何澈仿佛认亲般的架势搞得迟疑了一会儿，才点着头不确定地回了一句："是……是啊……"

"该问的你也问了，如果没别的事，我就走了。"

夏晚安抬手指了指身后的门。

何澈倒是没再挽留夏晚安，直接往前踏了几步帮夏晚安拉开了门，摆出一副绅士无比的姿态："晚安，慢走。"

夏晚安往前迈了一步就停了下来，然后一脸严肃地看向了何澈："何先生，我觉得我们还没熟到你可以直呼我名字后两个字的地步。"

面对夏晚安毫不留情面的话，何澈一点也不恼火，甚至眼里都有一抹隐隐的宠溺浮了出来："对不起，冒昧了，夏小姐慢走。"

"再见。"夏晚安这才重新抬起脚离开。

何澈站在原地，直到夏晚安的身影消失不见后，他才忽地轻轻地笑了一声。

他没想到他们第一次见面竟是这样的场景啊……

夏晚安离开后没多久，何澈就从派出所走了出来。

他没在路边拦车也没去不远处的地铁站，而是迈着步子冲着正北边一个废弃的修车厂走去。

他找了一个相对干净的地方站稳后，从兜里摸出一根烟塞到了嘴里，他咬着烟点火的时候，口中含糊不清地说了五个字："还不出来吗？"

周身一片安静，没人出现。

何澈也不恼，吞吐了一口烟后再次开口，声音比刚刚锐利许多："等着我揪你出来吗？"

话音刚落，从旁边的一辆报废的卡车后面走出一个穿着一身黑色紧身衣的女子。

那女子见了何澈后立刻低头，恭恭敬敬地说："老板。"

"我不是说过不要跟着我吗？"说完话的何澈吐了一口烟，烟雾升腾，隐匿了他眼底的寒光。

"我只是担心老板再被女人骗，所以我想知道老板您打算什么时候回去？"

"陈苍，什么叫我再被女人骗？我是那么好骗的吗？"

被唤作陈苍的女人没说话，但心底忍不住吐槽了一句：是，您不好骗，但不好骗的您已经被女人骗了十四次了！都可以集齐两次七龙珠召唤两次神龙了！

"我想回去的时候自然会回去，如果没有我的允许再擅作主张地跟着我，下场你是知道的！"何澈没理会闷不吭声的陈苍，说完自己想说的话后掐灭了烟准备走人。

他走了没两步，陈苍就喊住了他："老板……"

何澈停了脚步却没回头。

陈苍盯着他的身影，犹豫了一会儿，终究还是把她注意到的事情问了出来："老板，你胳膊上有血，是不是受伤了？要不要我……"

"不碍事。"何澈丢三个字就走了。

陈苍站在原地，用力地捏了捏掌心里的小药瓶，眼底闪过一抹黯然之色。

她的老板哪里都好，就是在感情上太单纯了，单纯得……都可以说是愚蠢了。

路边恰好有辆出租车开过，何澈伸手拦下了出租车，钻进车里后，何澈将袖口卷起，露出的手臂上有着一圈被咬伤的牙印。

小丫头的牙齿可真够尖利的……

小丫头还跟他说，她和他没熟到他可以喊她晚安的地步……

何澈又笑了，怎么会呢？

待有一天小丫头知道他是谁后，别说是晚安，就算是安安，她也会愿意让他喊。

星期天，韩经年依旧没回家。

新一周的星期一，夏晚安和以往一样九点起床出门上班。

到公司后不知是不是她的错觉，她总觉得气氛有些不对劲。

办公室……不，是整个韩氏企业大楼的气压低到了极致。

一整个上午，夏晚安发现自己所在的楼层鸦雀无声，别说交谈声，就连交头接耳的声音都没有。她心想，这是发生了什么事情呀，竟然这么恐怖？

直到中午去食堂吃饭的时候，夏晚安才忍不住问了和自己同在一个部门的同事。

同事一脸茫然，和她一样不清楚究竟发生了什么事。

吃完午饭回到办公室，夏晚安恰好撞见几个设计部的高层神情惶惶地去了顶层。

夏晚安更纳闷了，坐到工位上后，她给韩知谨发了条消息："少爷，公司出了什么事吗？"

也不知韩知谨在忙什么，没像往常那样立马回她的消息。

一整个下午，整栋大楼的气氛一直都很低沉，夏晚安去洗手间时还听到有人低声说韩氏企业的所有股东都过来了，甚至连公安部门也来人了。

她心想，什么事呀？不但引得所有股东都大驾光临，就连公安部门也被惊动了？

夏晚安越发好奇了，她拿着手机再次给韩知谨发了条消息，见他还是迟迟不理自己，便想到了在总经理办公室的艾姜，不过也只是想了两三秒钟的样子，就打消了找艾姜问问的念想。

最后临下班时，夏晚安想到自己加了张特助的微信，便给他发了条消息："张特助，公司怎么了？"

张特助跟韩知谨一样都没理她。

夏晚安趴在桌子上拿着指甲抠了一会儿桌面，见离下班的点差不多了便叫了一辆车准备回家睡觉。

夏晚安收拾完东西后，看车距离公司很近了，就关了电脑拎着包往电梯走去。

她刚到电梯前，口袋里的手机就响了。

夏晚安掏出来看了一眼，竟是韩家老宅打来的。

周围不少员工在等电梯，她怕接了电话被人听出什么，便找了个空无一人的茶水间接通了电话。她刚“喂”一声，电话那头就传来了祖母的声音：“安安呀，你现在在不在公司？”

“在呀……”夏晚安应了一声，又开口问，“怎么了？祖母？”

“那你今天见到经年了吗？”

她哪能见到他？

夏晚安沉默了一秒，老老实实地回道：“没有。”

“你也没见到他呀……”祖母的声音有点紧张了：“我给他打电话他一直都不接，具体发生了什么事我也不清楚，但是我知道公司出了事而且不是小事。安安，你帮奶奶去看看他好不好？他那边有事没事你都给我回个电话，要不然奶奶还得亲自跑一趟……”

祖母都把话说到这份上了，夏晚安当然不会说“我不去看，你自己过来跑一趟吧”。所以她好声好气地应了下来：“我知道了，奶奶，您别担心，我等一下就去看看他。”

挂断祖母的电话后，夏晚安退掉了自己叫的车后回到位子上。

她装作加班的样子，一直等到整栋楼基本上没什么人了，才乘坐电梯去顶层。

总经理办公室所有的位子上都是空的。

韩经年办公室的门关着，一眼望去也不知道里面到底是有人还是没人。

她前两天跟张特助聊天时知道韩经年平时不在公司就在SJ酒店，所以就想着先去办公室看看，若是没人她就去SJ酒店。

走到办公室门前，夏晚安敲了敲门，见没反应便以为韩经年已经离开了公司，她随手转了一下门把手，确定门是锁着的就准备走人。

结果谁承想她这一转，竟然咔嚓一声将门直接推开了。

韩经年黑白色调的办公室里不是没人，而是聚集了好几个人。

除张特助和韩经年外，有两个人是韩氏企业的股东，夏晚安在年会上见过但不熟，还有两个人是夏晚安不认识的。

她这一开门，惹得室内所有人都冲着门口看来。

夏晚安有些尴尬，脸都涨红了，她没等里面的人说话就先说话了：“对……对不起，我不知道有人，我……我……我……”

她带上门准备溜走。

谁知她前一秒关了门，后一秒门又被打开了。然后她的手腕被握住，听到了韩经年的声音："你怎么过来了？"

"我……"夏晚安回头看了一眼追出来的韩经年，小声说了一句，"是奶奶让我过来看看你。"

夏晚安本以为韩经年会不高兴，谁料到他听完她的话就抓着她的手腕进了办公室，并且拉着她一同坐下。

夏晚安直愣愣地看了一眼韩经年，整个人有点晕乎乎的，觉得自己像在做梦。

韩经年神情很平静地递给了张特助一道眼神："去倒杯水。"

张特助立马照办了。

"这位是？"开口的是夏晚安不认识的两个人中穿白色衣服的那位。

"我太太。"韩经年说。

本想说"我是他朋友"的夏晚安被韩经年这三个字再次说得晕头转向。

"原来是小嫂子呀！小嫂子，你好，我叫……"那个穿白色衣服的男人又开口。

结果他话还没说完，韩经年就说："她不需要知道你的名字。"

室内一片沉默。

韩经年丝毫不觉得有任何问题："继续说刚刚的事吧。"

他一声令下，大家也不过多关注夏晚安了，直接继续谈工作。

夏晚安见他们聊得很火热，不好意思打断他们，就低着头玩自己的手指。

他们谈话内容夏晚安有一句没一句地听着，到了最后，总算明白了公司究竟是出了什么事。

原来是在韩氏企业设计部工作了十年的第一设计师艾琳反水了。

也就是说，她将韩氏企业今年倾入了诸多人力和财力的设计稿偷偷地拿给了竞争公司，导致竞争公司将产品直接上线销售，从而使韩氏企业无法再用这个设计稿，否则就是侵权。

难怪公司一整天又是股东出动又是公安人员来访的，这是商业犯罪啊！

不过抛开艾琳的问题，目前韩氏企业的确是面临危机的，主打产品被人抢先一步上市，这就意味着韩氏企业将没有新产品上市，这对一个公司来说无疑是一个巨大的灾难。

"当务之急是必须有新的设计作品……"

“这话是没错，但是新的设计作品也不是说有就有的。”

“而且艾琳在设计上的确是很出众，我们从哪里找一个可以媲美她的人？”

听着一屋子人七嘴八舌地讨论着，靠在沙发上昏昏欲睡的夏晚安打了个哈欠，睁开眼睛含糊地说：“要不然让我试试？”

“好。”几乎是同一时刻，坐在她身边的韩经年就同意了。

端起水杯正准备喝水的张特助被韩经年突如其来的“好”字吓得手一抖，洒了自己一身水。

张特助心想，这么严肃的时刻，都关乎公司新产品上市的问题了，能不能不要瞎捣乱？

两个股东和另外两个不需要夏晚安知道名字的人惊呆了。

谁能告诉他们，刚刚究竟发生了什么？

听完韩经年“好”字的夏晚安惊愕了一秒，这才意识到自己竟然在毫无意识的情况下，把听他们聊天时脑海里转悠的话给说出来了。

夏晚安看到除了韩经年，其他人都被吓得快哭了，有点于心不忍，便转头看向了韩经年：“虽然说出去的话如同泼出去的水，但我还是想弱弱地问一句，能不能让我把泼出去的水收回来？”

听完这句话，张特助、两个股东和两个不需要夏晚安知道名字的男人齐刷刷地松了一口气，饱含希望地看向了韩经年：冷静！冷静啊，老板！

韩经年似是没看到其他五个人对自己投来的目光，看了一眼旁边昂着头眨巴着眼睛望着自己的女孩，失神了片刻后开口说：“水已经被地吸干了，收不回去了。”

正在喝水的张特助听到这句话险些将口中的水喷出来，好在他及时捂住了嘴，然后同两个股东和两个不需要夏晚安知道名字的男人一起转头看向了夏晚安：姑奶奶啊，求您拒绝韩总呀！

夏晚安看了一眼旁边五个人紧张兮兮的样子，为难了一秒钟后就冲着韩经年点了点头，一副很勉强的样子：“既然这样，那我就试试吧。”

话音刚落，张特助等五人彻底傻眼了。

夏晚安看着他们快被吓到的样子暗自同情了他们一秒钟，然后又说：“距离新产品上市还剩多少时间？”

韩经年沉思了片刻，回答道：“还有一个月，但是要看成品，所以你只有七天的时间。”

顿了顿，韩经年又问："够吗？不……"

后面的话韩经年还没说出来，夏晚安就捂着嘴一边打了个哈欠，一边冲着韩经年伸出了三根手指："三天，给我三天就够了。"

韩经年："好，等你。"

夏晚安"嗯嗯"了两声，就懒洋洋地缩回了沙发上。

等到办公室里安静下来后，其他被忽视掉的五个人才反应过来他们两人竟然就这样决定好了？几个人面面相觑，然后七嘴八舌地开口。

"韩总，您这个决定太草率了！"

"是的，别的事情都好说，但是这是我们一年一度的主打产品！"

"就算要给小嫂子做，那也要先看看小嫂子的作品呀！"

"韩总，这事让我们始料未及，我知道您着急，但是也不能这么病急乱投啊！"

"韩太太……"

韩经年清了清嗓音，打断了他们的话："散会吧。"

五个人互相递了个眼神，丝毫没离去的意思。

夏晚安心想，不都说了散会吗？怎么还不走？不走她怎么回家睡觉？

夏晚安转了转眼珠，又开口："既然你们这么没有信心，那我不要三天时间了，一天，给我一天的时间，明天下班前我保证让你们看到设计稿。"

原本还想再说点什么的五个人被夏晚安这句话噎得一个字都说不出来了。

韩经年适当地又开口："时间不早了，都散了吧。"

大家见事情已成定局，只好一个接着一个的垂头丧气地离开了。

等几人都走了后，韩经年和夏晚安也从办公室里出来进了专用电梯。

两人谁都没注意到总经理办公室的一张办公桌下藏了一个人。

那个人拿着手机偷偷地拍了好几张夏晚安从韩经年办公室里出来的照片。

回到家后，夏晚安洗漱完便倒在床上，拿起手机定了一个闹钟，又顺手处理了一下未读短信和微信消息。

短信只有两条消息，是有一段时间没跟她联系的秦书简发来的。

第一条是一张图片，一个男的和一个女的，男的颜值很高，一身西装显得他无比高贵；而旁边跟着的女的体重目测过了两百斤，穿着红色的上衣、绿色的裤子，顺带搭配了一双拖鞋，头发乱如鸡窝，嘴里咬着一根牙签。

第二条是文字消息："小四妹妹，你还记得我吗？我这段时间在青城的海边拍戏，经纪人把我的手机给扣了，今天好不容易拿到手机了。小四妹妹，你看这张照片是不是韩经年和他老婆的'既视感'？"

夏晚安忍着掐死秦书简的冲动愤恨地退出了短信。

三秒后，她又点了进去，用力地按着手机屏幕给秦书简回了一条消息："在海边就不要讲笑话了，会引起海啸（笑）的。"

秦书简大概没再看手机所以没回消息，夏晚安便点开了微信图标。

第二天，比起沉得住气在办公室里处理公务的韩经年，张特助简直是坐立不安，如同热锅上的蚂蚁团团转。

上午九点，他去设计部溜了一圈，然后跑去顶层韩经年的办公室里，说："韩总，夫人还没来上班。"

十点，张特助又推开了韩经年的办公室门："韩总，夫人可算来上班了，但是她打开电脑后，不是做设计而是跟人在QQ上聊天。"

十二点，张特助又推开了韩经年办公室的门："韩总，夫人跟她的同事们去吃火锅了。"

下午三点，又去设计部逛了一圈的张特助出现在韩经年的办公室里，说话的语气中透着浓浓的生无可恋之意："韩总，夫人上班的时候不好好工作，竟在玩斗地主，技术菜得不行。我拿着望远镜偷偷地观察了她十分钟，她输了四十七万个豆子。"

下午四点半，已经绝望的张特助决定垂死挣扎一番，再去楼下走一遭，结果他还没到电梯口就接到了韩经年的电话："她给你发消息了，让你去设计部拿设计稿。"

张特助下意识地将自己今天新买的手机举到面前看了一眼，然后才反应过来，韩经年这话的意思是夫人给他之前用的那个微信号发消息了。

本来就很绝望的张特助想到自己遭受的一切便更绝望了，他明明很想哭却只能强颜欢笑："好的，韩总，我现在立刻去拿。"

挂断电话后，张特助慢慢地进了电梯。

他心想，拿什么拿？有什么好拿的？

夫人一整天都在玩，能有什么设计稿？

抵达设计部所在的楼层，张特助先拐去洗手间解决了一下生理问题，然后才不慌不忙地去了没什么人会来的楼梯间。

推开楼梯间入口的门，张特助一眼就看到了靠着墙壁昏昏欲睡的夏晚安。

他心想，夫人这么懒散，能做出来像样的设计稿才怪了！

张特助虽然心底这么想着，但说出口的声音还是很客气的：“夫人。”

没人回应。

该不会是睡着了吧？

张特助冒汗，提高了声调：“夫人？”

靠着墙壁站着的夏晚安浑身打了个寒战，然后抬头看了一眼张特助，清醒了过来，将另一只手中拿着的U盘递到张特助面前：“哦，你们要的东西。”

张特助百般不情愿地接过。

夏晚安双手合十往上伸了伸身体，然后打着哈欠懒洋洋地往楼梯间出口走去：“我的任务完成了，准备下班了，你们慢慢看。”

张特助下意识地说：“下班？夫人，万一设计稿有问题需要修改呢？”

听到这句话，夏晚安停了脚步：“虽然你手里的作品算不上是一流作品，但是能修改它的人这个世界上没几个。”

张特助：“夫人，话不能说得太满，会遭天谴的。”

夏晚安不以为然地“呵”笑了一声：“对我来说，话不说得太满才会遭天谴！”

没等张特助再开口，夏晚安将手放在了自己领口的纽扣处：“你再多说一个字，我就喊非礼！”

张特助再也不敢多说，连电梯都没搭乘，直接转身踩着楼梯往楼上跑了。他一口气奔进了韩经年的办公室里，那架势就好像身后有什么洪水猛兽在追他。

韩经年看了一眼张特助：“怎么了？”

“没……没什么。”张特助特别心虚，总觉得自己好像做了什么对不住老板的事情一样，明明他什么话都没说，是夫人说的呀！

韩经年压根没把张特助奇奇怪怪的表现放在眼里，只是甩给他一个看神经病的眼神后就直奔主题：“东西呢？”

张特助连忙将U盘双手奉上：“在这里。”

韩经年接过U盘插在电脑上，然后等到U盘读取好，点开了里面仅有的一个文档。

韩经年专注又认真地看着电脑屏幕，张特助却是不抱任何希望地站在一旁，看都没看电脑屏幕一眼。

时间一分一秒地过去，张特助见韩经年盯着电脑屏幕的面色变得有些异样，这才好奇地伸长脖子往电脑屏幕上扫了一眼。只是看了一眼，张特助就惊叫了一声，然后扑到办公桌前像看到神仙般睁大了眼睛。

该怎样形容他此时此刻看到的设计稿呢？

那张设计稿就像一个世界，一个梦幻的童话世界。

整个设计稿围绕的主题是“蝴蝶和鲜花”，蝴蝶画得很逼真，一副翩翩飞起之势，而鲜花则是徐徐盛开的状态。

项链上的鲜花画在了正中间，蝴蝶从左上方飞下，和鲜花的花瓣连接在一起；耳钉有两个图案，一个是鲜花，另一个是蝴蝶；手链是两条，一条是鲜花，另一条是蝴蝶，可以单独戴在手上也可以交叠着戴在手上；交叠着戴在一起时，蝴蝶恰好落在鲜花上。

除设计稿之外，旁边还备注了两个字：遇见。

下面是两行小字：

你若盛开，蝴蝶自来。

世间万物，人海茫茫，只想遇见你。

张特助仿佛傻了般眨了眨眼睛，又眨了眨眼睛，然后暗自掐了自己一把，疼痛使得他“嗷”了一声，紧接着他就抱怨了一句：“我的脸要肿上天了！难怪夫人跟我说她这个作品虽然算不上是一流作品，但是这个世界上能改她作品的人没几个！

“我还说夫人说话不要太满，小心遭天谴，夫人说，她的话要是不说得太满才会遭天谴！

“这是什么作品呀！何止可以当主打作品，简直可以去参加珠宝展了！”

从看到设计稿到现在一直没任何反应的韩经年突然侧头看了一眼张特助：“你刚刚说什么？”

“啊？我说这样的作品可以去参加珠宝展了呀！”

“不是这句。”韩经年摇了摇头。

“是……是遭天谴那一句吗？对不起，韩总，我错了……”

“也不是这句。”

“啊？”张特助看着神色很平静的韩经年傻了一秒，“难道韩总指的是，夫人说这个世界上能改她作品的人没几个这句话吗？”

韩经年没说话，将张特助这句话在脑海里转了一圈后又看向了电脑屏幕。

他盯着设计稿目不转睛地看了良久都没反应。

按捺不住的张特助一头雾水地开口问："韩总，到底怎么了？"

韩经年微微垂着头，再开口时问的却是一个和他们此刻的聊天内容毫不相关的问题："你知道Jo吗？"

"Jo？那个时尚之父？"

张特助不太明白韩经年为什么好端端地提起这个曾经纵横了全球时尚界的教父，甚至到今天，绝大多数的时尚产品都还受他的风格影响。

"对，他一生未娶，没有子嗣，但他有两个学生。"

张特助有些纳闷，问："两个学生？我怎么只知道一个呀，是个华人，从小跟在他身边长大。而且那个华人好像是个男士，能查到的资料不多，但是按照年龄来讲，差不多得三十岁了吧？这么多年来，没听说Jo还有一个学生呀？"

听到张特助嘀咕的声音，韩经年用饱含"你没听说过东西多着的呢"的眼神扫了一眼张特助，继续出声说："Jo晚年时还收过一个学生，但是知道这件事的人并不多。很多年前，我到M国参加珠宝展的时候有幸见过Jo一次，当时我在看一个作品，我之所以会留意到那个作品，是因为那个作品叫*Years*。"

"*Years*？"张特助立马懂了，"就是韩总您名字的后两个字——经年的意思。"

韩经年微微颔首："兴许是我看那个作品的时间有点长，Jo跟我聊了几句，我们相谈甚欢。Jo是个老酒鬼，那晚我请他喝酒，他喝醉了，沾沾自喜地跟我说'告诉你一个秘密，你下午看的那个作品是我最宠爱的小徒弟设计的'，他还说他那个小徒弟性格很怪异，市场上看到的都是她的三流作品，而一流作品她只留给自己看或者放在珠宝展上让大家看一眼就好。

"不过第二天等他酒醒了，我再问他有关那个小徒弟的事他却绝口不提了，所以世人只当他只有一个学生却不知道他还有一个学生。

"只不过有关那个学生的信息太少了，姓名、性别、国籍、年龄全是未知的，但是你知道我记性好，我见过Jo那个小徒弟的作品，即便过了这么多年我也记得她的风格。而现在我们看到的这个设计作品和Jo小徒弟的风格很像但又不完全像。"

听完这么一长串话，张特助总算明白韩总为什么会扯到Jo身上了："韩总，您的意思是……夫人和Jo的小徒弟有关系？可是不应该啊，夏家企业做得并不大，夏父都没有让儿子继承他们家企业的打算，所以夫人的哥哥才做了检察官啊。而夫人结婚前，您特意调查过她的过去，从出生到长大她都是在国内。她学习成绩不错但也不是出类拔萃的那种，毕业后入职的工作也一般般，总体来说，按照夏家的情况来看他们不可能跟Jo扯上关系的。”

说到这里，张特助顿了一下，而后又开口说：“韩总，您说有没有一个可能是夫人和Jo的小徒弟认识，Jo的小徒弟指导过夫人？”

韩经年没说话。过了一会儿，他挥了挥手示意张特助先出去。

等张特助出去后，办公室里一下子安静下来。

韩经年坐在办公椅上，一动不动地盯着电脑屏幕里的设计稿。

实不相瞒，她说她试试的时候他只是想给她一个机会，可他未曾想到她还给他的是一个惊喜。

不知过了多久，他才低低地念了一句：“你到底有多少秘密？”

第五章

为他的美色所动

夏晚安返回位子上刚准备关电脑下班走人，结果就在电脑登录的微信上看到了五分钟之前艾姜给自己发的消息：“晚安，你今天晚上有空吗？”

夏晚安握着鼠标点关机的动作一顿，盯着屏幕沉默了片刻，抬起指尖敲了一行字发了出去：“刚准备下班，怎么了？”

艾姜很快就回了消息：“要不要一起吃晚饭呀？我们公司旁边新开了一家川菜馆，味道还不错。”

夏晚安刚准备拒绝就看到电脑屏幕上又进来了一条新的消息。

艾姜：“对了，我还喊了韩知谨和有蔓，韩知谨答应了，但是有蔓说她今晚要跟客户吃饭，来不了。”

夏晚安没急着回艾姜消息，而是给宋有蔓发了一条消息：“你今晚要见客户？”

宋有蔓也许是在开车，回的是语音消息：“我原本是要见客户的，但是客户临时有事来不了京市了，所以我决定今晚回咱爸咱妈家蹭饭。”

咱爸咱妈是指宋有蔓的父母……

宋有蔓：“你怎么突然问我这个问题呀？”

夏晚安：“艾姜说你今晚要见客户呀，我就问问你嘛，为什么你的事情她知道我却不知道。”

宋有蔓：“上周五我跟客户约时间的时候她听到了呀。安安，老实说你是不是爱我爱得无法自拔呀？居然连这个醋都吃，嘿嘿嘿……”

夏晚安知道宋有蔓沉不住气，怕她搞明白怎么回事后去找艾姜理论，便回了一个“吐”的表情，切换到了和艾姜的聊天的页面。

从宋有蔓的话里，夏晚安大概了解到应是上周艾姜无意之间知道了有蔓今晚有约，所以才在今晚约了她和韩知谨。艾姜为什么要避开宋有蔓？或者说艾姜的目的不是为了避开宋有蔓，而是为了避开她和宋有蔓？也就是说……她的目标是韩知谨？

本不想和艾姜吃饭的夏晚安真心有点好奇艾姜到底想做什么，便改变了主意：“我刚刚去洗手间了，没来得及回消息，等会儿我们一楼见吧。”

艾姜：“好啊好啊。”

夏晚安回了一个笑脸就关了电脑。

楼上坐在总经理办公室的艾姜这才给韩知谨发了条消息：“韩知谨，我跟晚安约了晚上一起吃饭，你也过来吧？”

韩知谨：“哦，好的。”

“地点是这里哦，我们等会儿直接在店里见。”

韩知谨回了一个“OK”的手势表情。

面对夏晚安的笑脸表情没做任何回复的艾姜，在看到韩知谨的消息后，飞速地回了一个害羞的表情，然后补了一句：“我和晚安先出发了。”

因为时间还早，川菜馆里人并不多，所以夏晚安和艾姜到了后立刻被服务员带进了一个包厢。

两个人坐下后没多久，韩知谨就到了。

原本一直跟夏晚安讲话的艾姜再开口的话题全都是围绕着韩知谨转了。

以前大家没什么嫌隙的时候很多事情夏晚安都不会去留意，如今有了嫌隙，夏晚安才发现好像这么多年来一直都是这样的，只要韩知谨一出现，艾姜就不怎么跟她和宋有蔓聊天了。

夏晚安倒是没流露出任何异样的表情，和平时一样懒洋洋地往桌子上一趴，一副无精打采、昏昏欲睡的姿态。

不过这次的她倒没像以前一样真的睡着了，而是留意着艾姜和韩知谨聊天的话。

“咦？韩知谨，你这个手机壳蛮好看的。”

“哦。”

“哪里买的啊？有没有链接呀？我也想买一个。”

“有蔓送我的，你去问她。”

“这样啊，那好吧，你这个蓝牙耳机是最新款吗？我能看看吗？”

听着他们的对话，夏晚安忍不住弯了弯唇角。

艾姜这是在勾搭韩知谨啊，只可惜韩知谨这个榆木疙瘩……压根没看出来！

叮咚——

随着一声提醒声，夏晚安抬起头看了一眼自己亮起的手机屏幕。

是秦书简回了她昨晚发的消息：“小四妹妹，你放心，我很安全，这里不会有海啸的。我看过最近的天气预报了，都是大晴天，我害怕晒黑，每天用好多防晒霜！”

世界上最尴尬的事情莫过于你讲的冷笑话，对方压根没听懂。

夏晚安无语至极，屏幕上又进了一条消息：“小四妹妹，谢谢你的关心哦。”

夏晚安心想，我很想知道你到底是怎么活到现在的？她这么想着，便将这句话发给了秦书简。

夏晚安发出去的消息迟迟没有得到回应。

就在她打算放下手机，继续趴在桌子上装成睡觉的样子去听艾姜勾搭韩知谨的对话时，秦书简的短信又进来了。

那是一条很长的消息。

“我吗？我爸妈重男轻女，然后嫌弃我小时候笨就把我丢了，是我奶奶把我捡回来养大的，但是奶奶不是我的亲奶奶。上学的时候，我总考倒数第一，同学们都取笑我。后来高中毕业就没有读书啦，因为成绩太差了，然后我就去当服务员了，再然后我就去跑龙套啊，再后来我就遇到了我的经纪人，结果我就稀里糊涂地红了。”

夏晚安本是一句嘲讽的话，未曾想到秦书简居然这么认真地回答了这个问题。

若是换成其他的时候夏晚安可能会无语，可是此时此刻她看着秦书简的这些消息，心里却有着一种说不出来的滋味。

原来在这个世界上，你看到的光鲜亮丽的人，他们的背后也许有着你所不知道的心酸历程。

比如韩经年，再比如秦书简……

“小四妹妹，你怎么突然问我这个问题呀？你是不是在关心我？”

看着秦书简又发来的消息，夏晚安的唇角微微弯了弯，打了一行字发了过去：

“嗯，我在关心你。”

“晚安，你在跟谁发短信呀？笑得这么开心？”艾姜突然凑了过来。

夏晚安下意识地收起手机，想回一句“一个朋友”，但是话到嘴边突然就停了下来，然后她笑吟吟地望着艾姜，吐了两个字：“何澈。”

艾姜的手里恰好端了一杯茶水，在夏晚安说完的一刹那，她的手猛地一哆嗦，直接将茶杯摔落在了桌子上。

“怎么了？”夏晚安脸上的笑容立刻变成了担忧的表情。

“没……没什么……”艾姜的脸唰地一下没了任何血色。

夏晚安装成什么都不知道的样子，一脸关心地望着艾姜：“真的没什么吗？我看你的脸色有点难看……”

“真的没什么……”艾姜勉强地挤出一个笑容，道，“是杯子太烫了，我一时没注意。”

“没事就好……”夏晚安一副放心的样子，然后懒懒散散地往椅子上一靠，又跟说闲话一样吐出一句：“我还以为你跟何澈认识，你们之间有什么故事呢！”

随着夏晚安话音的响起，艾姜擦桌子的手又狠狠地哆嗦了一下。

不过艾姜现在倒是比刚刚淡定了许多，她怯生生地摇了摇头：“没，我不认识你说的那个人，他叫什么来着？”

“何澈。”夏晚安静静地看着艾姜表演，并没拆穿她。

“哦，对，何澈。”艾姜垂着头，笑得有点牵强。

一旁拿着手机打游戏的韩知谨抬起头，问了一句：“何澈是谁？晚安，我怎么没听说过你认识这么一个人？是好人还是坏人？你们怎么认识的？”

“就是上周五在MIX门口，我送完有蔓，险些被一个人非礼了……”夏晚安边说边悄悄地打量艾姜。

“非礼？”韩知谨啪的一下将手机丢在桌子上，“哪个不要命的敢非礼你？晚安，你有没有他电话，没电话，地址也可以，正好我可以直接动手不用动嘴了！”

比起韩知谨大惊小怪的反应，艾姜倒是看起来很忐忑不安。她大概是怕自己被人看出有问题，也关心了夏晚安一句：“晚安，你没什么事吧？”

夏晚安浅笑着摇了摇头：“没事，后来他被关进派出所了。”

“活该！”听到这句话，韩知谨就像爹毛的小猫被安抚了般瞬间乖顺了。

“你没事就好，吓到我了……”艾姜似是真的被吓到了般拍了拍胸口。

望着这样的艾姜，夏晚安心里觉得有点可笑。

以前她是真的觉得艾姜怯弱又敏感，所以处处都照顾着艾姜，如今她才看清楚这个怯弱又敏感的人其实比谁都狠，也比谁都能掩饰自己。

很快，点的菜上齐了。

但艾姜却没动筷子，她频繁地看了好几次夏晚安，终究还是没忍住，问："晚安，那个人……他那么坏，都那么对你了，你为什么还跟他联系呢？"

坏？听到这个字的夏晚安喝汤的动作微微顿了顿。

他的坏不是她艾姜一手造成的吗？

夏晚安扭过头看了一眼艾姜："谈不上是联系啦，就是给我道个歉。"

原来只是道歉呀……艾姜暗自松了一口气，整个人轻松淡定了许多："原来是这样啊，那这么看来，他也不是那么不可理喻的一个人。"

在艾姜说话的过程中，夏晚安的手机又进了一条短信，是秦书简回了她的消息："小四妹妹，我觉得你这个人好好哦，你知不知道从小到大都没什么人关心我的。小四妹妹，我决定了，你以后就是我很好很好的朋友了，你有什么难处尽管来找我哦，我会全力以赴的！"

她只是看到秦书简的成长历程后有点心疼而已，所以就安慰了她一句"我是在关心你"。

未曾想到她给出的那样一点点温柔，换来的却是秦书简这么激动诚恳的回应。

这一瞬间，夏晚安不知道该说秦书简傻还是该说她太容易知足，别人对她好一丁点她就心满意足，把对方当成了重要之人。

实不相瞒，她是真的被秦书简治愈了，她没有犹豫地打了几个字："我双手双脚赞同你这个决定。"

回完秦书简的消息，夏晚安听完艾姜的话很是赞同地点了点头："嗯，你说得对，做错事肯道歉的人也不是那么不可理喻！"

艾姜见夏晚安这么说，很温柔地笑开了，说："快点吃饭吧，晚安，一会儿饭菜都凉了。"

"嗯嗯。"夏晚安应了两声，然后一边用勺子盛着汤往嘴里送，一边看着总算定下心来夹菜吃饭的艾姜说了一句，"既然何澈不是这么不可理喻的人，所以我决定接受他提出的当面赔礼道歉的意见。"

艾姜跟何澈认识，何澈之所以那样对她就是因为艾姜。所以对艾姜来说，最怕的就是她和何澈扯上关系吧？

这样的想法从夏晚安的脑海中掠过，她清楚地瞄见艾姜拿着筷子的指尖微微一颤，夹着的菜掉在了桌子上。

也许是怕被看出异样，艾姜没再说话，只是笑不由心地点了点头。

夏晚安看她没再说什么也就避开了这个话题。

不过她有留意到，一整顿饭艾姜吃得都不是那么安稳，也没再像吃饭前那样不断地纠缠着韩知谨了。

吃完饭，夏晚安去了一趟洗手间。

回来时包厢门没关严，她走到门口刚想推门，就听到里面传来了艾姜的声音。

"韩知谨，你小叔叔有没有女朋友呀？"

"你问这个做什么？"

"没什么，就是好奇，你难道不知道女生的天性就是爱听八卦嘛……"

"哦。"

兴许是韩知谨回答得太敷衍了，包厢里安静了一小会儿，然后艾姜又开口了。

"韩知谨，上周我看到晚安上了你小叔叔的车，我记得当初在金碧辉煌第一次见到你小叔叔的时候，他和晚安不说话的呀。我还问了晚安，她告诉我她不认识你小叔叔，结果没多久她就跟你小叔叔好亲密啊，而且那天还是晚安主动拉你小叔叔的手呢！你说他们之间是不是有什么事瞒着我们呀？"

艾姜这些话说得可真高明呀，听上去似是在跟韩知谨闲聊，实际上却是在韩知谨面前抹黑夏晚安。

韩知瑾："这个我就不太清楚了。"

艾姜语气讪讪地"哦"了一声，很快又开道："对了，我入职的时候多多少少有了解一下你小叔叔的信息，知道他下个月初生日。韩知谨，你小叔叔生日都怎么过呀？你能不能带我去参加你小叔叔的生日宴啊？"

听艾姜这么一说，夏晚安才意识到快到韩经年的生日了。

她心想，艾姜怎么这么关注韩经年呢？

"我小叔叔不过生日的，即便过，也只会跟家里的人过。"

"这样啊……那你小叔叔喜欢什么呀？我想给你小叔叔准备一份生日礼物，但是我又不知道买什么。"

"我又不是我小叔叔肚子里的蛔虫，我怎么知道他喜欢什么？不过你为什么那么关注我小叔叔呀？”

“他是老板嘛，我想给老板留个好的印象。韩知谨，你过生日的时候我也给你准备礼物呢，你的生日礼物都是我精心挑选的，去年我提前了一个月准备呢……”

听到这里，夏晚安总算明白了艾姜的目的了。

艾姜这是打算叔侄两个都不放过啊，她既要吃着碗里的，又要霸着锅里的……

“那真是辛苦你了。不过你能告诉我，去年你送我的生日礼物是什么吗？”

听到韩知谨这句话，夏晚安险些扑哧笑出来。

她心想活该这榆木疙瘩单身二十三年啊！

“是一条名牌的腰带……”

艾姜倒是对韩知谨很大方啊，她和宋有蔓过生日的时候，艾姜送的礼物都是从网上买来的……当然她不是在意礼物的贵重，只是觉得有点好笑。原来从一开始她和宋有蔓不过是艾姜往上爬的垫脚石罢了。

真是没什么好说的了，非要说的话，那就是只怪她太年轻。

“哦，你什么时候过生日呀？”包厢里又传来了韩知谨的声音。

夏晚安知道韩知谨这是收了别人的生日礼物要还回去的意思，她没等艾姜回话就伸手推开了门：“时间不早了，我们散吧？”

“好啊。”韩知谨立刻收起手机。

“韩知谨，你回哪里呀？是回你自己的公寓吗？”艾姜也跟着开始整理包包、穿外套。

听到这句话，正在涂护手霜的夏晚安突然又发现了艾姜的一个小心思。

她心想，难怪艾姜故意避开宋有蔓呢。

宋有蔓和韩知谨住在同一个小区，若是宋有蔓在，韩知谨肯定会开车载着宋有蔓回去。而韩知谨的车是跑车，只有两个位子，艾姜只能打车或者搭地铁；若是没了宋有蔓，那她就能搭韩知谨的顺风车，顺便和韩知谨单独相处一段时间……

不得不说艾姜真的是心思缜密，每一件事都安排得滴水不漏。若不是因为何澈，她真的不会觉得艾姜有丝毫问题。

作为韩知谨的小婶婶，夏晚安觉得自己要有作为家长的觉悟，不能让自家孩子羊入虎口，于是就抢在韩知谨前头说：“他今天回老宅吧？昨天他跟我说他今天要回去看他妈妈……”

艾姜：“哦，这样啊，那你们稍等我一下，我叫一辆车。”

夏晚安清楚地瞄到艾姜低头看手机时眼中一闪而过的遗憾。

从餐厅出来，艾姜叫的车已经等在路边了。

她上车时，韩知谨不知道在回谁的消息。她坐上车，等到韩知谨收起手机后便喊了一声韩知谨的名字，又说了声“再见”，直到韩知谨冲她摆了摆手，她才关了车门离开。

等到艾姜坐的车子开出去后，韩知谨立刻严肃地看向了夏晚安：“小婶婶，你为什么说我今天要回老宅？我明明没跟你说过这句话，你老实说，是不是和艾姜有什么矛盾了？”

“嗯……谈不上什么矛盾吧，只是看清了她这个人。”夏晚安直言不讳。

韩知瑾：“好吧，那我以后就离她远点。”

“你都不问我为什么吗？”夏晚安被韩知谨逗乐了。

“没什么可问的呀！我跟她又没什么交集，我理她纯粹是看在你和有蔓的面子上……”韩知谨一边说一边指了指不远处的韩氏企业大楼，“走吧，小婶婶，天这么晚了，我先开车把你送回家吧。”

夏晚安：“好吧，谢谢大侄子。”

两个人你一言我一语地聊着天，进了韩氏企业的地下停车场。

韩知谨摸出车钥匙按了一下，看到不远处亮起的车灯后才和夏晚安一同往自己停车的位置走去。

走到韩知谨黄色的跑车前，他先打开了副驾驶座的车门，等到夏晚安钻进去后，关了车门才绕过车头上了车。

伴随着一道拉风的嗡嗡声，跑车往停车场出口驶去。

夏晚安和韩知谨谁都没注意到，停车场里有个人将他们两人之间的互动全都收入了眼底。

时间倒退回五分钟前，拿着夏晚安的设计稿开完会的韩经年乘坐专用电梯抵达地下停车场，一出来就看到了那道熟悉的身影。

跟在他身边的张特助见他停了脚步也跟着停了下来，问：“韩总，怎么了？”

韩经年没说话。

张特助顺着韩经年的视线望去，只见韩知谨和夫人有说有笑地往不远处停着的一辆车子走去，他下意识地出声：“嗯？那不是知谨和夫人吗？”

话音刚落，也不知韩知谨说了点什么，被夫人抬起手拍了一下脑瓜子，韩知谨一点恼火的迹象都没有，抬起手揉了揉脑袋，冲着夫人笑呵呵开口说了些什么，然后夫人被哄得好开心。

此时恰好有辆车开来，夫人走在外面，韩知谨顺手将夫人往里面一拉，跟夫人换了个位置。

看到这一幕的张特助下意识地往旁边瞄了一眼，果然看到韩经年的脸色冷得仿佛能滴出水来。

不远处的两个人压根没发现背后紧紧凝视着他们的目光，继续有说有笑地往前走，他们走到车旁边时，韩知谨还体贴地为夏晚安拉开了车门。

“知谨这是要送夫人回家？”说完这话，张特助觉得自己浑身凉飕飕的。

糟了，他坑了知谨！

张特助急忙开口弥补自己的过错：“夫人和知谨是同学，关系很好的，他们就跟夫人和宋小姐一样都是一块长大的，而且知谨和夫人是幼儿园同学、小学同学、初中同学、高中同学……”

张特助越说越发现自己周身的气氛不对劲，然后才后知后觉地反应过来自己好像越描越黑了。

就在他想着怎么补救时，身边站着的韩经年大步流星地冲着自己的车子走去。

张特助急忙跟上。

来到车旁，张特助刚想给韩经年开车门，结果韩经年沉着一张脸冲他一伸手：“钥匙。”

张特助没反应过来，“啊”了一声，下一秒他手中的钥匙就被韩经年夺走了。

韩经年坐进驾驶座踩了油门。

只听见轰的一声，车子就从张特助的面前飙了出去。

韩总自己走了，那就说明他可以下班了？

张特助怀着对韩知谨的愧疚之心，忍不住狂喜了一会儿后准备叫车回家，结果他还没掏出手机就看到不远处韩经年的车子追尾了韩知谨的车子。

张特助傻眼了三秒钟，然后急忙冲着事故发生地跑去。

他心想，到底还是他太天真了，竟然以为自己可以下班了！不过话又说回来，吃醋吃到这地步的人这个世界上怕是没几个吧？

车还在停车场，车速不快，但被人这么一撞，韩知谨和夏晚安两个人还是因为惯性，身子往前狠狠地倾倒了一下。

“小婶婶，你没事吧？”稳住身体的韩知谨第一反应是关心身边的夏晚安。

韩知谨看到夏晚安没有说话，立刻爹毛了：“是哪个不长眼的居然敢在韩氏企业撞小爷我的车，信不信小爷我现在就把他开除了！”说着韩知谨就推开车门，怒气腾腾地下了车。

与此同时，后面的那辆黑色轿车的车门也被推开了。

“你怎么开车的，难道不知道这个与众不同的黄色跑车是小爷我……”韩知谨看到从车里钻下来的人时，剩下的话顿时被噎在了咽喉处。

三秒后，他望着站定在地面没有半点歉疚之意的韩经年，如同做错事的哈士奇般立刻垂下了脑袋，连带着脑袋上的耳朵都垂了下来：“小叔叔，怎么会是你呀？”

韩经年没理韩知谨，视线却透过韩知谨身后的车窗往车里坐着的人看去。

“小叔叔，你知不知道这是我最心爱的老婆，你怎么就把我老婆给撞伤了？”

“呵……”韩经年冷笑了一声，刚想嘲讽韩知谨一句“那你的老婆可真够多的”。结果他话都没说出口，副驾驶座的车门被打开，夏晚安从车里钻了出来，问：“怎么了？”

话音刚落，韩经年唇边的冷笑立刻消失殆尽，就连开口的声音都变得诚恳了许多：“对不起。”

快马加鞭赶过来的张特助听到这三个字险些当场栽倒在地上。

他心想，韩总，求您别退缩啊！有本事追尾，就要有骨气硬到底呀！

韩知谨睁大了眼睛掏了掏耳朵，然后看着韩经年问了一句：“小叔叔，你是在跟我说话吗？”

“嗯。”韩经年应了一声，视线再次落在了夏晚安的脸上，“刚刚想事情走神了，不小心撞到了你的车。追尾是后面车子的全责，所以你放心，我会派张特助跟着你去4S店给你修车。”

听到这句话，张特助忍不住哀号了起来，他的下班梦就这么破碎了！

韩知谨的眼睛睁得更大了，心想，他小叔叔什么时候对他这么好了？

他难以置信地望向了旁边的张特助。

接收到韩知谨的眼神，张特助立刻说：“走吧，知谨，我现在陪您去修车。”

“哦，那我们快走吧！”韩知谨从张特助的话里确定自己没听错后，生怕韩经年下一秒反悔不肯给自己修车了，立刻拉着张特助上了自己的车。

然而站在旁边的夏晚安还没搞明白究竟是怎么一回事，现场就只留下她和韩经年两个人了。

韩经年直勾勾地看了夏晚安一会儿，见她没说话的意思便主动说："上车吧。"

他这是要跟她一起回家的意思？夏晚安愣了一秒，然后"哦"了一声冲着车子走去。韩经年拉开驾驶座的车门，刚准备钻进去，然后想到刚刚韩知谨给她开车门的画面就停了下来。

他看了一眼走到副驾驶座前的夏晚安，忽地出声说了一句"等一下"，然后在夏晚安错愕的眼神中走到了副驾驶座旁拉开了车门。

夏晚安略感奇怪地看了一眼韩经年才钻进车里。

韩经年刚准备关车门就看到了安全带，然后迟疑了一秒后，他弯着身体，头微微探进车里，修长的指尖拉着安全带轻轻地帮夏晚安系好。

夏晚安彻底呆住了，直到车子驶出停车场，她才后知后觉地低头望了一眼自己胸前的安全带，然后侧过头看了看身边的韩经年，心仿佛被什么东西狠狠地搅动了一下，乱成了一团。

他这是受了什么刺激？竟然对她这么殷勤？

在夏晚安胡思乱想中，车子抵达了家里楼下的地下停车场。

乘坐电梯回家的一路上，夏晚安透过电梯的镜子又悄悄地打量了好几次身边的韩经年，他面色冷静、眉眼淡漠，和平时没任何区别。

电梯很快抵达了二十七楼，实在摸不透韩经年心底到底在想些什么的夏晚安索性放弃了揣测，开门换鞋准备洗澡睡觉。

结果她刚走到卧室门口，跟在她身后的韩经年就突然说："我洗碗。"

夏晚安猛地回头看向韩经年。

韩经年凝视着她的眼睛等了一会儿，见她好像真的不懂他在说什么，于是又开口道："今天不吃饭吗？"

听他这么一说，夏晚安总算明白了他那句"我洗碗"是什么意思了。

原来他这是等着她做晚饭呀……可是她和韩知谨在外面吃过饭了呀！

夏晚安下意识地想告诉韩经年她吃过饭了，可她一抬头看到他的脸，她的话就忽然停在了唇边。

在明亮又璀璨的水晶灯下，男子的容颜精致得像虚幻的画像，他漆黑深邃的眼底带着点点光亮，蕴藏着蛊惑人心的魅力。

夏晚安失神了一会儿，然后就直愣愣地点了点头，“哦，吃的吃的，我现在就去煮饭。”

煮饭的整个过程，夏晚安一直都在唉声叹气，她的骨气呢？怎么就为他的美色所动了？

她不得不说韩经年真是有吃软饭的潜质呀……唉，这个世界果然是不公平的，有的人凭着一张脸就能骗吃骗喝……

洗完澡，夏晚安收拾好自己后就躺在床上拿着手机跟宋有蔓聊天。

“蔓蔓，给我看看小纸巾？”

宋有蔓发了一段小纸巾窝在沙发上仰着头打呼噜睡觉的视频。

“哈，几天不见，小纸巾胖了……”夏晚安发的是语音消息，她说到这里，忽然就想到了哪里不对劲，然后就“啊”了一声，“两天，这才两天啊，韩经年居然已经开始主动点菜吃了！我和他有这么熟吗?!”

野有蔓草：“你是不是故意的？你是不是专门跑来气我的?!”

野有蔓草：“既然你无情就休怪我无义！”

紧接着宋有蔓发了一堆小纸巾可爱的照片。

野有蔓草：“有些人，比如表面上光鲜亮丽的韩太太，实际上她连只猫都没有。”夏晚安一直都想养猫，只可惜这是韩经年的家，她不敢擅作主张。

这时卧室的门被推开了，韩经年走了进来，往床上扫了一眼。

女孩穿着一件奶白色的睡裙，靠在床头没盖被子。

她两条又细又白的长腿交叠在一起，在灰色的床单上显得格外娇嫩。

韩经年的喉咙有些发紧，他下意识地避开了视线进了洗手间。

洗完澡出来后，韩经年本能地往床上看了一眼。

女孩翻了个身趴在床上捧着手机不知道在跟谁聊天，指尖飞快地按着键盘。

她身材瘦弱但身型很好，腰也很细，两条腿不断地晃来晃去，晃得他眼花缭乱，口干舌燥。

他想到自己洗澡时瞄见的马桶旁边的盒子里刚开封的卫生巾，便将视线生生地挪开，去吹头发了。

过了好一会儿，他放下吹风机，拿起自己的手机离开了卧室。

和宋有蔓聊完天后，夏晚安放下手机准备睡觉。

睡前她去了一趟洗手间，发现韩经年不在卧室里了，她以为他去书房忙了便没在意，回到床上就睡了。

隔壁次卧，韩经年躺在床上，翻来覆去了良久都没能入睡，最后起身去书房打开了电脑。

也不知道是中了什么邪，他盯着电脑屏幕上的邮件，看着看着，眼前浮现出的竟是夏晚安趴在床上的画面……

真是奇怪，他竟对她生出这么强烈的念想，这是这么多年来从未有过的现象。

他仔细想想，当初结婚时他和她也算是各有所需。

但他心想，即便是商业联姻，婚结了也就结了，没有离婚的道理。

所以婚后该履行的义务他也履行了，虽然次数不多。不过即便次数不多，但也不是少得可怜。这两年来他也没做过什么措施，可她好像一直没怀孕……

想到这里，韩经年的眉头微微蹙了起来。

京市的一家KTV里，坐了两个人。

其中一个是男人，另外一个穿着一款很大的衣服将自己裹得严严实实的，让人难以辨认性别。

无法辨认性别的那个人声音也很中性："到底怎么回事？为什么艾琳反水了，韩氏企业居然还能拿出新的作品？"

"艾琳是反水了，但韩氏企业设计部有人给了一张的设计图。"

"新的设计图？谁做的？"

"夏晚安，上次停电一事也是因为她的出现，让韩经年捡了一条命。"

"居然又是她，两次，连续两次坏了我的事！"

"您看接下来我们要怎么做？"

"上次在韩氏企业你不是录了视频吗？夏晚安和韩经年深更半夜从办公室里出来的视频，最近总经理办公室不是新来了一个叫艾姜的吗？她和夏晚安认识，但不知道夏晚安和韩经年的关系，她平时很关注韩经年，所以你把这个视频发给艾姜吧。"

"艾姜？她有什么用？"那个男人的语气里夹杂了一丝瞧不起的意思。

"她的用处可不小呢……你可别低估了一个女人的嫉妒心，那可是这个世界上很强大的一种武器。利用好了，不用我们出手就能夺人性命。"相比那个男人，这个看不出性别的人要沉稳多了，"而且那个夏晚安除了长得还可以，也没瞧出她有什么长处。我想这两次的事情八成是个巧合。估计就是被她误打误撞，帮了韩经年。她这种富家养出来的姑娘我见多了，娇气又矫情，没智商、没本事、没能力，除了出身好有几个臭钱，一无是处，用艾姜这种人对付她绰绰有余了。”

听完这句话，男人开口道：“是，我知道了，我等会儿就会把视频发给艾姜。”

“记住，要隐藏电话号码。”

两人之间出现了短暂的沉默。

过了一会儿，男人又开口：“视频已经发出去了。”

“很好，估计明天我们就可以看好戏了。”整个人都隐藏在宽大衣服里的人语气中带着些许兴奋感，然后这人像突然想到什么般很快又开口道：“对了，艾琳呢？处理干净了吗？”

“处理干净了。过不了多久，估计国内就能拿到这个消息了。我们手脚很干净，不管他们怎么查，最后得出的结论也只会是艾琳逃到国外后不小心溺水而亡。”

“那就好。”

“如果没什么事的话，我就先走了。”

“嗯。”

艾姜洗完澡拿了个眼罩，刚准备上床睡觉，放在床头柜的手机就叮咚响了一声，是个未知号码发来的短信。

她随手点开，看到的是熟悉的场景。

那是她上班时看得最多的地方——韩经年办公室的门。

视频里的门是关着的，过了大概十几秒钟后门被打开，韩经年从里面走了出来，还停下脚步往身后看了一眼。

他这样的举动惹得艾姜怔了怔，紧接着她就看到一道更熟悉的身影从韩经年的办公室里走了出来。

夏晚安？

艾姜眼神瞬间凉了下来。

她若是没记错的话，夏晚安这周一穿的就是这身衣服。

视频是晚上录的，工位上又都是空的，说明没人加班，时间也很晚了……这么晚夏晚安怎么会在韩经年的办公室里？

艾姜转动着心思，她看到夏晚安跟着韩经年进了韩经年的专用电梯里。

她虽然入职韩氏企业的时间不长，但每天上班的心思都在韩经年的身上，她发现整个公司除了张特助，韩经年对其他人的态度都很疏离和淡漠。

他用的东西不喜欢任何人碰，上周她好心好意地给他泡了一杯茶，他没说话，但张特助很客套地接过去了，后来她在垃圾桶里看到了那个杯子。

她有装作很委屈的样子问过总经理办公室的其他人，那些人告诉她，没有韩总的吩咐最好不要擅自去干涉他的事情，否则会被开除的。而且那些人还告诉她，韩总很讲究，他的专用电梯、车子，别说是他们了，就连韩氏企业的股东和高层，他都没让他们用过，更夸张的是，韩总从不吃别人的东西。

韩经年那么多的禁区她都熟记着，生怕自己一不小心踩了雷。

她想着总有一天，他的那些禁区会变成她一个人的例外之所。

可如今夏晚安竟然抢在她的前头坐了韩经年的车、搭了韩经年的专用电梯……

艾姜望着手机屏幕，眼神变得越来越凌厉。

夏晚安明明什么都有了，什么都比她好，为什么还要来抢她看上的男人?!

是不是因为上周五何澈的那件事，她借机勾搭上了韩经年？

她不允许，绝对不允许！

她一定要想办法让韩经年嫌弃夏晚安！

兴许是来了月事的缘故，夏晚安格外能睡，以至闹铃都没叫醒她。

等她睡到自然醒时已是上午十点钟了。

迟到的她匆匆忙忙地收拾好自己赶去了公司。坐在工位上后，她悄悄地问旁边坐着的小陈："老顾来了吗？"

老顾一点也不老，二十八岁，全名顾誉之，是设计部的总监，也是夏晚安的老大。顾誉之长得还可以，就是说话做事太老成了，所以大家都喊他老顾。

办公室里的人都传他有个女朋友，是南边某城市首富家的千金，至于是不是女朋友夏晚安不清楚，但那个女生她见过，几乎每天下班都会穿着一身名牌开着跑车来公司楼下接老顾。

小陈听完夏晚安的话，立刻凑到她耳边嘀咕了一句："来了。"

"完了完了，那他岂不是知道我又迟到了？"夏晚安想到自己这个月的全勤奖又泡汤了，心疼得无法言喻。

她决定了，这个月剩下的几天里她每天都要睡到自然醒，反正全勤奖已经没了，再多扣点工资也没关系了！

和小陈说完悄悄话的夏晚安刚打开电脑，就看到顾誉之从办公室里走了出来。

她和韩经年的婚姻本来就是对外保密的，所以韩氏自然不会有人知道她和韩经年的关系。

大学毕业后，夏晚安入职的第一家公司的老板知道她是夏家千金，格外照顾她，甚至借着她的身份谈了很多合作项目，后来被她知晓后就离职了。为了避免同样的困扰，她进入韩氏时也没告知任何人自己的家庭背景。

所以在顾誉之眼里，她就是一个普通的大学生，因此她每次迟到总是少不了挨一顿骂。

夏晚安心想，自己又要挨骂了，她下意识地低下头摆出一副认错的乖巧模样。

谁知顾誉之走到她的跟前后，竟不是和往常一样开口就骂她，而是说了一句关心的话："夏同事，今天怎么迟到了？是身体不舒服吗？"

她没听错吧？老顾居然没骂她？夏晚安惴惴不安了一会儿，才抬头对着顾誉之笑了笑："没，老大，我没事。"

"嗯，没事就好，如果有事，记得告诉我。"顾誉之留下这样一句话就走人了。

夏晚安傻眼了，心想，老顾这是吃错药了吗？

对于这个小插曲，夏晚安压根没放在心上。

她以为是顾誉之心情不错放过了她。

可等到中午，她趴在桌子上睡午觉的时候，顾誉之居然送来了一条毯子："夏同事，你这么睡会着凉的，盖条毯子会好些。"

夏晚安心里觉得有些怪异。

下午五点钟的时候，艾姜叫了一份咖啡外卖，在接到电话后就装成取外卖的样子下了楼。走出韩氏大楼，她一眼就看到了路边那辆跑车——设计部总监顾誉之女朋友的车子。

艾姜拿到咖啡后直接拆掉包装扔到垃圾桶里，然后端着咖啡往大楼里走，只是她走了没两步，就假装不小心将咖啡洒在了身上，再然后她就"哎哟"一声装出一副不知所措的样子，左顾右盼了一会儿，似是迫不得已般伸出手敲了敲跑车的车窗。

隔了一小会儿，跑车的车窗落下，露出一张和很多网红相似的脸。她化了浓妆，双眼皮明显有点怪异，但看向艾姜的眼神中却透着几分排斥："有事？"

艾姜没说话，脸却先红了，似是很不知所措，说："那个，我知道我很唐突，但是我想问你有没有纸巾……"

说着，艾姜指了指自己衣服上的一大片咖啡渍。

坐在车里的女人没说话，但也没直接关了车窗，而是拿了一包纸巾递到车窗外。

"谢谢，谢谢，真的很谢谢。"艾姜一边道谢一边接过纸巾。

坐在车里的女人见没什么事了就直接关了车窗。

等到车窗关到三分之一时，艾姜像突然想起什么一样，开口问："咦？我觉得你有点眼熟，你是不是跟我们设计部的顾总监认识？"

"顾总监"这三个字成功地让车里的女人停下了关车窗的动作，说："你说的是阿之吗？你认识阿之？你是他部门的？"

"不，我不是设计部的，但是顾总监有才华又帅气，我们公司很多女生都知道他呢。"艾姜边说边看了一眼车里的女人，见她神情不悦便不紧不慢地继续往下说，"但是顾总监很冷漠的，对公司里那些女孩都不怎么上心。"

车里的女人神情舒缓了许多，眉眼间都挂了一抹明显的骄傲之色。

艾姜佯装没看到女人神情的变化，又像分享八卦般地说道："不过，最近顾总监和他部门里的一个女员工走得很近。"

"女员工？"车里的女人脸色立刻难看了下来。

"啊……"艾姜愣了愣，然后就像被吓到的小白兔般往后胆怯地退了半步，"我是不是说错话了？那个，对不起，我不是故意的，你就当我什么都没说，对不起，真的对不起……"

"你干吗一直道歉呀？你不用跟我道歉，你又没有对不起我，我只想知道你刚刚那句话到底是什么意思。"

"没，没别的意思……"艾姜摇了摇头转身就冲着大楼里走去。

她看似慌张得想逃，实则动作很慢。

如她所料，女人很快就下车拦住了她："你别把话说一半就走，你跟我说清楚，那个女员工和阿之到底是怎么回事？"

"你就当我什么都没说过吧，我怕惹事，我找这么一份工作不容易……"艾姜慌得脸色都苍白了。

"你只管告诉我，我保证不出卖你。"女人倒也干脆，直接给了艾姜保证。

"真的？"艾姜眼底带着几分不信任。

“真的，我发誓。”

“那好吧……”艾姜似是被说动了，四处看了看又开口说，“这里到处都是人，我们能不能去你车上说？我怕被人看到……”

“好。”女人利索地答应了。

坐进车里后，艾姜就对着女人开口：“是这样的，顾总监手下有个女设计师，是知名大学毕业的，长得年轻漂亮，顾总监很照顾她。我们公司的第一设计师反水了，我听说新的设计作品就是她做的，好像是顾总监强烈推荐的呢。而且今天那个设计师迟到了，顾总监都没说她，中午她睡觉的时候，顾总监还跑去给她送了一条毯子……”

听到这里，女人突然重重地拍了一下方向盘：“居然还有这种事？哪个女人这么不要脸，居然敢勾搭我的阿之？那个女人叫什么名字？”

“这个……”艾姜吞吞吐吐的。

女人心急，很是不耐烦：“你尽管告诉我就是了，不管将来发生什么事，我保证不会牵连到你！

“你说呀，我都给你保证了，你还支支吾吾的做什么？

“快点呀……”

艾姜故意等女人催了好几次后才开口：“夏晚安，那个女设计师叫夏晚安。”

“长什么样子？你有没有她的照片？”

艾姜翻出照片。

女人不屑一顾地扫了一眼屏幕，然后她的神情就怔住了，过了一会儿，她撇了撇嘴，实在不愿意承认照片里素颜的夏晚安比精心整过的自己好看，于是就酸溜溜地说：“这种长相八成是花了大价钱做的吧？”

艾姜看了一眼身边这个一下子就能看出来是整过容的脸，小声地说了一句火上浇油的话：“她长得真的很美，皮肤好得不像话，毛孔细得几乎看不见，她的五官很自然。”

“呵呵，那又怎样？难道自然就一定是天然的？她那种长相怎么看都像天生的狐媚子！”

艾姜见自己的目的达到了便适可而止：“那个，你要知道的我都告诉你了，如果没什么事的话，我就回去上班了。”

“哦，好的。”女人冷冷地应了一声，过了一会儿，她又开口，“对了，你能留个联系方式给我吗？以后阿之那边的情况你能不能随时告诉我？你想要什么报酬我都可以给你的……”

“这个……”艾姜一脸犹豫，但她的视线却瞄了一眼女人手腕上戴着的手表。

女人倒也不傻，看到她的反应后立刻将手表摘了下来，递到了她的面前：“这个给你，你看好不好？”

“这怎么好意思呀？”艾姜往后缩了缩身子。

女人直接将手表塞进了她的包里：“好了，就这么说定了，拜托你了。”

“那好吧……”艾姜报了一串电话号码。

女人很快把电话打到了艾姜的手机上，然后女人把电话挂了，开始填备注：“我叫高琳，你呢？你叫什么？”

“我……”艾姜下意识地想说自己的名字，但她犹豫了一下改口了，“我叫宋有蔓，野有蔓草的有蔓。”

回到公司，艾姜先去了一趟洗手间。

坐在隔间的马桶上，她从包里拿出那块手表仔细地打量了一圈，唇角情不自禁地扬了起来。

这手表若是被她卖了，能卖不少钱呢。她本来还愁没有给韩经年买礼物的钱，没想到误打误撞就有了！

艾姜的唇角浮现出一抹笑意，然后她想到自己的计划，唇角的笑意更深了。

是啊，不管是顾誉之还是那个高琳，都不过是她利用的棋子罢了！

她早上来公司时不经意地偶遇了顾誉之，然后再“不经意”地告诉顾誉之夏晚安和韩氏的高层有不可告人的关系，之后她就继续“不经意”地偶遇了高琳，误导她顾誉之和夏晚安有问题。

如此一来，她只需要静静地坐在一旁围观高琳找夏晚安的麻烦就好了。

她就不信了，若是有一天高琳闹到公司来，说夏晚安是小三，到那个时候韩经年还会要声名狼藉的夏晚安！

而她自始至终都把自己摘得干干净净，适当的时候还可以站出来替夏晚安说两句好话。

她才不会真的傻到亲自出手对付夏晚安，毕竟夏晚安对她来说还是很有用的。

退一万步说，就算是事情曝光了，对方也只以为是宋有蔓在中间挑唆的，宋有蔓和夏晚安不是整天口口声声地说她们彼此之间是真爱吗？那她倒是要看看……她们之间出现问题的那一天到来了，她们还会不会把对方当成真爱？

下午三点半，夏晚安趴在桌子上昏昏欲睡时接到了一个电话。

她看了一眼来电显示立刻精神了。

接听电话，她还没开口，里面就传来了一道魅力十足的男声："宝宝，我在你公司附近，你不是吵着要吃宋记的下午茶吗？我刚给你点好了，你快点过来吃。"

"好的好的。"夏晚安挂了电话后收拾了一下东西，拿着包悄悄地溜了。

来到宋记，夏晚安一眼就看到了窗前坐着的夏晨安。

夏晨安是她同父同母的哥哥。这次他不是一个人来的，他面前还坐了一个女人。

对于这样的场景，夏晚安早就见怪不怪了。

她还没到位子跟前，就听到了两个人聊天的内容。

"先生，不知道我能不能留你的电话号码？"

"我对电话号码不感兴趣，我对房卡比较感兴趣。"

"讨厌。"

夏晚安翻了翻白眼，心想，她这个哥哥还真是一如既往地风流！

"不过先生，如果你愿意的话，我真的可以给你房卡。"女人又开口道。

没等夏晨安出声，夏晚安就清了清嗓音。

夏晨安侧过头看去，然后立刻笑了："宝宝来了，宝宝快坐……"

无视夏晨安异常热情的招待，夏晚安款款地坐在了他身边的位子上。

随即夏晨安立刻抬手招呼服务员，示意服务员把他刚刚点的下午茶全都送过来。

对面的女人看到这一幕，不高兴了："先生……"

没等她把话说完，夏晨安就开口道："不好意思，我们的聊天话题到此为止，我妹妹还小，少儿不宜。"

听到这话，夏晚安险些笑喷了。

女人恼了，狠狠地瞪了一眼夏晨安便走了。

夏晚安实在忍不住笑了。

听到她的笑声，夏晨安温柔地摸了摸她的脑袋："宝宝，你笑什么？"

"我笑我哥哥是万家灯火，为谁都亮着！"

夏晨安将服务员送来的下午茶推到夏晚安的面前，笑得极其温柔："好了宝宝，快点吃东西，凉了就不好吃了。"

夏晚安放过了夏晨安，拿着叉子美滋滋地吃起了蛋糕。

夏晨安盯着一心一意吃东西的夏晚安，唇角微微弯着。

兄妹俩坐的位子临窗，窗外是种满荷花的人工湖，窗帘半掩，风吹水动，空气中带着荷花香，气氛很是惬意。

夏晚安吃了大半块蛋糕后往旁边看了一眼，有一道阳光洒在夏晨安的脸上，将他的五官衬得越发精致，他的唇角总是噙着一抹笑，散发着若有若无的撩人意味。

看了夏晨安两眼的夏晚安想到小时候哥哥穿女装比自己还要好看一些，忍不住在心底吐槽了一句，在古代，她哥就是一个祸国殃民的妖孽！不过这个妖孽上大学之前挺正派的，也不知道到底经历了什么，一入大学就变成了一个花花公子。

夏晚安忍不住开口问："哥，你到底什么时候给我找个嫂子？"

"我一直都在找啊，我都去相亲网站报名了。"夏晨安抽了张纸巾，擦走了夏晚安头发上不小心蹭到的奶油。

夏晚安来了兴趣："找到了吗？"

"找到了……"

夏晚安眼睛亮了。

"找到了一个逃犯，男的，扮成女的坑蒙拐骗，真会玩。"

他是职业病吗？说好的相亲呢？怎么变成了抓逃犯？

夏晨安给夏晚安倒了一杯红茶："你呢？宝宝，最近怎么样？"

"嗯……挺好的呀，我还交了个新朋友，是个大明星哦。"

"是吗？厉害了呀，哪个明星呀？"

"就是那个去年演贺岁片一炮走红的秦书简……"

随着"秦书简"三个字从夏晚安口中吐出，夏晨安的身体猛地一颤，神色一瞬间冷到了极致。

没察觉到身边人的异样的夏晚安还在继续往下说："哥，你知道她吗？我觉得你可能不知道，毕竟你从不看电视剧，她和我算是不打不相识吧。她表面上是光鲜亮丽的大明星，实际上很天真，天真得有点傻乎乎的，我还蛮喜欢她的……"

夏晨安没接话，放在桌子上的手指却用力地按向了桌面。

知道她吗？他当然知道了，秦书简……就算她化成灰他也能认出她来。

"哥？夏晨安？"

夏晚安连续喊了好几声夏晨安，夏晨安才回过神来。

“你想什么呢？”

“没什么……”夏晨安展颜一笑，又是平日里那种吊儿郎当的模样：“我在想，宝宝既然交了新朋友，那就有时间把新朋友带到家里来给哥看看。”

“好啊……”

吃完下午茶，夏晨安还有公事要忙就撤了。

夏晚安看时间还早，决定回公司加个班。

她沿着马路慢吞吞地晃到公司对面的马路边，刚准备过马路就被人喊住了：“夏晚安。”

她闻声望去，是个陌生的女人，化着浓妆，假眼睫毛厚重得让她看着眼皮疼。

不过出于礼貌，夏晚安还是停下脚步，面向了那个女人：“请问您是？”

“高琳。”女人踩着恨天高走到她跟前，趾高气扬地说了两个字。

夏晚安皱了皱眉，有点不喜欢这个女人摆出的架势，以致开口的语气冷淡了许多：“有事？”

“我是阿之的女朋友。”高琳说完这句话后顿了顿，又补了一句，“阿之就是顾誉之，他是我的人，我希望你离他远点。”

她跟老顾什么时候亲近过？

夏晚安被眼前这个女人命令的口气搞得有点不开心，所以说出的话语直接了很多：“高小姐，不是每个人都想和顾总监扯上关系的，你刚刚那句话说错了，我不需要离顾总监远点，因为我和顾总监之间压根谈不上有距离这一说。”

高琳笑了一声，说：“你少在这里装，你别以为我不知道阿之今天在办公室里对你有多殷勤，他还给你毯子了是不是？”

“哦，你指这个呀……”夏晚安恍然大悟地点了点头，然后慢吞吞地开口道，“既然你是顾总监的女朋友，那就麻烦你管管你的男朋友，别让他给别人制造不必要的困扰。”

“你是什么意思？你是说阿之缠着你？你别自作多情了！肯定是你缠着我们家阿之，就算是阿之真的缠着你了，那也肯定是你给了他一些暗示，让他觉得你在投怀送抱吧！”

夏晚安蹙了蹙眉，语气却是懒洋洋的：“高小姐，我再纠正一下，自作多情的人是你，你以为你看中的男人我会稀罕？你是在拿我抬举你自己吗？”

“你！”高琳被气得手都开始发颤了，“你这是在贬低我吗？你竟然敢瞧不起我？你这种人我见得多了，不过就是仗着自己有几分姿色到处傍男人，像寄生虫一样活着。”

“我就把你的话当成夸赞收下了，毕竟当寄生虫也是要有颜值的。”相比高琳气得要吐血的样子，夏晚安却是笑眯眯的，一副很开心的样子。

高琳怒不可遏：“你这种人真无耻，你以为靠着一张脸可以拿得住男人？我告诉你，真正拿住男人的是内涵！”

“一般丑的人才讲内涵。”说完这句话，夏晚安不等气得险些当街跺脚的高琳再发作，留了一句“高小姐，生气会让皮肤加快老化的，你有这个时间，还是多回去睡睡美容觉吧”后，落落大方地走人了。

走进韩氏企业的办公楼，在大堂里，夏晚安和下班的艾姜碰了面。两个人未曾撕破脸，见了面自然还是要竭尽全力地演一场姐妹情深的戏码给彼此看。

两个人擦身而过时，夏晚安无意之间瞄见了艾姜手腕上戴着的一块手表。她下意识地停了脚步扭过头盯着艾姜，然后视线准确无误地落在了艾姜的手腕上。

直到艾姜走出韩氏大楼彻底地消失在她的视野里，她才回过神，若有所思地进了电梯。

那块手表是全球限定款，没几块的……艾姜怎么会有？

回到办公室，夏晚安没了加班的心思，点开网页搜了一下那块手表的图片，然后顺手复制了一下打开了微信。

她在好友栏里找了一个名叫“AllureLove”（意为“倾城之爱”）的人，将图片发了过去：“这块手表是不是出自你的手？”

对方也许是在忙，并未回她。

夏晚安等了一会儿，然后就没耐心地关了电脑，叫了辆车回家了。

韩经年办公室。

韩经年交代完工作，在张特助走到门口时突然想起了什么，又喊住了张特助：“对了，你跟谢林打个电话，让他这周末腾出时间来。”

张特助纳闷了：“韩总，您是身体不舒服吗？”

“没有……”回完这两个字的韩经年想到夏晚安两年迟迟没怀孕，微微晃了晃神，才又开口回道，“给她做检查。”

张特助知道韩经年口中的“她”指的是夫人，“哦哦”了两声，表示知道了后就离开了办公室。

也许是昨晚睡得比较早，夏晚安今天并未迟到。

她刚坐在工位上，电脑都还没来得及打开就接到了前台打来的电话，说有她的快件必须要她本人签收。

夏晚安只好起身下楼一趟，在走之前她顺手按了电脑的开关键。

快件是个很小的盒子，夏晚安签完字后，一边往楼上走一边看了一眼盒子上的快递单。

上面只有她的地址，并没有寄件人的地址。

回到办公桌前，夏晚安立刻拆了快件，里面是一个很高档的黑色盒子，打开看到里面的东西，夏晚安无语了。

居然是昨天下班前她在艾姜手腕上看到的那块手表。

只不过这块手表和市面上出售的手表有些不同，市面上出售的手表只有表盘周围镶嵌了一圈钻石，而这块手表整个表盘上都镶满了钻石。

夏晚安盯着手表沉默了一会儿，就输入电脑密码登录微信，给AllureLove发了一条消息："你有毒！"

和昨天不一样，这次AllureLove秒回了她的信息，发了三个疑问号。

AllureLove："你又是发图片又是问这块手表是不是出自我的手，难道不是为了向我要手表？"

夏晚安一时间竟觉得好有道理，想不出来反驳的话。

过了一会儿，她才噼里啪啦地敲着键盘开始打字："你是土豪啊？难不成谁给你发图片，问是不是出自你的手，你就给谁寄东西啊？"

AllureLove："当然不是，我又不傻。在我这里只有丫头才有这样的待遇。"

最美晚安："好了，不闹了，我给你发那张照片就是为了问你，那款手表市面上总共卖了多少块？"

隔了大概两分钟的样子，AllureLove回了消息："九块。"

AllureLove："如果加上你现在手里的那块，总共是十块，但你的那块和他们在市面上买的不一样，你的是独一无二的。等到午夜的时候，你表盘上的那个小女孩会跳舞的，还会有音乐响起，表盘上也会有类似于雪花的东西飘过，另外九块就没这么浪漫了。"

最美晚安：“那岂不是会吵到我睡觉？”

AllureLove：“不会的，丫头，我知道你爱睡觉，所以特意给你换了轻音乐。”

夏晚安发了一个“你最好”的表情，然后又打了一行字，回到了重点上：“那九块手表都卖给了谁，你知道吗？”

AllureLove：“我当然不知道啦。”

AllureLove：“但是我可以让人给你查记录。”

看着屏幕上蹦出的间隔了大概一分钟的两条消息，夏晚安有一种恨不得掐死对方的冲动。

她想，一句话不能一口气打完吗？为什么非要分成两次！

不过碍于有事求对方，夏晚安只是偷偷地在心底掐死了对方：“大概什么时候可以查到记录？”

AllureLove：“最早可能要下午了，时差的问题，国外那边还是夜里。”

最美晚安：“好的，那你查到了记得告诉我，别忘记了。”

AllureLove：“放心吧，丫头，你求我的事，我什么时候忘记过？”

夏晚安回了个憨笑的表情，刚准备退出微信，又突然像想到什么般发了一条消息过去：“对了，你在国内？”

如果不是在国内，快递也不可能一夜之间送到她手上。

AllureLove：“对啊。”

最美晚安：“你什么时候回国的，为什么没告诉我？你在哪里？有没有时间？我请你吃饭呀，这么多年了，我还没见过你呢。”

AllureLove：“过段时间吧，过段时间我约你，丫头，我最近比较忙。”

最美晚安：“好吧，拜拜。”

吃过午饭，趴在桌子上午休了一个小时的夏晚安睡醒后抹掉了唇角溢出的一丝口水，抬头点开电脑就看到了张特助发给自己的微信消息。

“夫人，韩总让我问您晚上吃什么？”

夏晚安忍着发出“吃屁”这两个字的冲动，回了一句：“告诉你老板，今晚没饭吃。周四是我们部门聚餐的日子，我要跟同事一起吃晚饭。”

直到下午四点钟，张特助才回了消息：“好吧，夫人。”

好吧？要吃晚饭的又不是张特助，他干吗用这么勉强的语气？

夏晚安暗自嘀咕了一会儿，就继续忙工作了。没多久，她的手机又叮咚了一声，她顺手点开，是“AllureLove”发来了一张图片。

放大图片，夏晚安看到了九个人名。

第一个人名：JO。

夏晚安：时尚之父。

第二个人名：秦书简。

夏晚安：傻乎乎的女明星。

第三个人名：韩知谨。

夏晚安：榆木疙瘩大侄子。

第四个人名：Angelia。

夏晚安：国际影后。

第五、六、七、八个都是外国人名，夏晚安飞速地划过这些人名，视线落在了第九个人名上：高琳。

夏晚安盯着最后出现的这个人名，轻轻地笑了一声：“有意思。”

她就说老顾怎么突然对她那么热情，同一天的下午，老顾那个有钱的女朋友又为什么气呼呼地拦住她说了那么多恶毒的话，敢情闹了半天……是有人在中间挑拨离间呀！不怕人坏得明显，就怕人坏得阴险！

艾姜还真是不折不扣地应了这句话呀！

不过话又说回来，老顾那个女朋友有点蠢啊，被人当成刀子用浑然不觉就算了，还大把大把地往对方口袋里塞钱，十足的被人卖了还帮人数钱！

只是艾姜为什么要这么对她？艾姜这么大费周折的目的又是什么？

韩经年？

想到这里的夏晚安唇角的笑意更深了。

艾姜这是要跟她抢男人的节奏吗？

她心想，这个事情有意思，还真是有意思极了。

第六章

他明明想过以后不会再让她哭了

周四。

夏晚安所在的部门，也就是顾誉之带的部门聚餐的点是一家日式料理店。

因为夏晚安跟小陈的位子靠得近，所以关系也就好一些。

下班后夏晚安叫了一辆车，和小陈直奔目的地去了。

他们到了日式料理店后，人还没来全。夏晚安找了两个靠枕，她往腰后塞了一个，怀里抱了一个，开始闭目养神。

包厢里的人越来越多，也越来越嘈杂。

直到夏晚安听到身边响起一串“顾总监”时，她才费劲地掀开眼皮往包厢入口处看了一眼。

原来是顾誉之到了，不过不是他一个人来的，他的身边还跟着高琳。

夏晚安的视线扫过高琳时恰好收到了高琳投给她的狠厉目光。

夏晚安在心底同情了高琳一秒就合上了眼睛。

“顾总监，这位是？”大家都心知肚明，但还是有人明知故问。

顾誉之还没开口，跟着他一同坐下的高琳先出声：“你们好，我叫高琳，是阿之的未婚妻。

"今天过来没有提前跟大家打招呼，真的很抱歉，所以这顿饭我请了。

"还有就是初次跟大家见面，总觉得空手不太好，就给每个人带了一杯奶茶。"

听高琳这么一说，夏晚安掀开眼皮又看了一眼，这才发现顾誉之面前摆了整整一排的奶茶。

说完话的高琳开始亲自给大家发奶茶，整个包厢里充满了"谢谢"的声音。

只是当她走到夏晚安面前时，却惊呼了一声："呀！我好像少买了一杯奶茶，真的很不好意思。这位同事，要不我再给您去买一杯？"

换成一般人肯定会说"不用了"……可夏晚安是一般人吗？

夏晚安想着，就笑眯眯地冲着高琳开口："好啊，我要热的，三分甜，不要珍珠，多放椰果，谢谢。"

高琳被夏晚安打了个措手不及，彻底傻眼了。她只是那么随便一说，夏晚安竟然当真了？

包厢内的气氛变得有些凝滞。

大概三十秒后，有人开口："哈哈，晚安，你这个笑话讲得可真好笑。"

"是啊，高小姐，晚安在跟您开玩笑。"

高琳的面色逐渐好转，没讨到好处的她狠狠地瞪了一眼夏晚安后准备坐到顾誉之的身边。

高琳快要坐上椅子上时夏晚安突然动了动唇，慢吞吞地道："我可没有在开玩笑，是高小姐自己要给我买的，又不是我逼着她买的，莫非高小姐只是在逗我玩？"

好不容易掩饰过去的尴尬氛围再次充满了全屋。

高琳真的只是随便说说，按常理谁都会说一句"没关系"，可她万万没想到夏晚安竟如此咄咄逼人。

原本是她想给夏晚安难堪的，现在反而搞得自己下不来台面。

面对夏晚安的笑容，高琳勉强地挤出了一抹笑容："没，你说的是哪里的话，我正准备拿手机给你叫外卖呢。"

夏晚安一点也不觉得受之有愧，一脸认真地点了点头："那谢了。"

高琳只好拿起手机下单。

半个小时后，奶茶准时被送到了日式料理店，大家点的餐也准时被日式料理店的服务员摆放在了餐桌上。

夏晚安将吸管插进奶茶，用力地吸了一口后就一脸享受地开始用晚餐。

大概是昨晚同事们都看到顾誉之的未婚妻对夏晚安不友好的态度了，第二天夏晚安到公司时明显感觉到大家对她的态度比以往疏离和冷淡了许多。

夏晚安倒是没在意，来到工位上跟小陈熟络地打完招呼后就打开电脑开始工作了。下午一点钟的时候，夏晚安收到了顾誉之的微信消息："晚安，高琳她就是那样的性格，你别跟她一般见识。"

夏晚安当时忙得不可开交，复制了一些内容本想发给别人的，结果因为顾誉之，她不小心把内容粘贴在了与顾誉之的对话框里点了发送键。

不过很快她就发现了自己发错了，立刻又点了撤回，回了一句"我知道了，顾总监"就继续去忙了。

直到下午三点，夏晚安才总算闲了下来。

有点想喝奶茶的她拿着手机点了两杯奶茶，其中一杯是给小陈点的。

奶茶到的时候，夏晚安正好在接电话，小陈就主动下楼去取奶茶了。

回来后，小陈将奶茶递给夏晚安，来了一句："晚安，我刚刚下楼的时候遇见了一个快递员。你知道他在打电话时喊的是谁的名字吗？"

"谁呀？"夏晚安抱着奶茶深深地吸了一口。

小陈说："宋有蔓。"

听到这三个字，夏晚安的眉心蓦地蹙起。

没发现什么异样的小陈还在那里小声地说："你不是也有个朋友叫宋有蔓吗？我们公司居然有人和她同名……"

夏晚安听到小陈后续的话后面色立刻柔软了下来，她"嗯嗯"了两声，道了一句"好巧哦"，然后就若有所思地看向了电脑屏幕。

公司真的巧到有人和有蔓同名吗？

夏晚安咬着吸管，一边喝奶茶一边想着。越想越觉得有问题的她敲着键盘给韩知谨发了一条微信消息："你今天用有蔓的名义买东西了吗？"

小爷我最帅："没有啊。"

一秒后，韩知谨又回了消息，还学着她改了名字。

全京城最帅的崽："怎么了？小婶婶？"

全京城最美的崽："没什么，我就是问问。对了，还有件事要问问你，我们公司有没有人也叫宋有蔓的？"

全京城最帅的崽："并没有，干吗这么问？"

全京城最美的崽："没什么，今晚要不要出去吃饭？"

韩知瑾发了一个委屈的表情。

全京城最帅的崽："小婶婶，我去不了了，你和有蔓去吃吧，我给你们买单。"

全京城最帅的崽："也不知道怎么回事，今天临时让我出差，你说干吗让我出差啊？让我出差就算了，飞机还晚点，我已经被困在机场四个小时了！四个小时！四个小时啊！小爷我无聊极了！"

隔着屏幕，夏晚安都能感受到韩知谨的愤怒，她顿时乐了。

全京城最美的崽："大侄子，同情你一秒钟。"

全京城最帅的崽："不要喊我大侄子！我说过多少次了！我没办法接受幼儿园跟在我屁股后面喊'知谨哥哥'的你现在喊我大侄子！"

全京城最美的崽："大侄子大侄子大侄子大侄子大侄子大侄子。"

韩知瑾发了一个小人跪在地上还带着一行字的表情，那行字是：好气哦，可是又能怎么办，还是要微笑着活下去。

夏晚安回了一个一脸坏笑的表情包就没再搭理韩知谨了。

她一边继续喝奶茶一边继续想着"宋有蔓"的问题。

公司没有和有蔓同名的人，韩知谨也没有用宋有蔓的名字买东西，那怎么会有宋有蔓的快递呢？

难不成是艾姜……

可是艾姜为什么会用宋有蔓的名字？

莫非她跟高琳联系时用的是宋有蔓的名字？

想到这里的夏晚安指尖微微一颤，然后抬头看了一眼时间。

距离小陈告诉她这个消息已经止过了差不多七八分钟的时间了……七八分钟……也许艾姜刚到楼下取了快件，现在正往楼上走……

夏晚安噌地起身冲着电梯奔去。

抵达顶层的她并没有进办公区，而是找了个角落藏了起来。

其实她只是抱着试试看的心态过来的，但没想到三分钟后，电梯再次停在了顶层，艾姜真的抱着一个快递从里面走了出来。

艾姜并没有回自己的工位上，而是进了洗手间。

约莫十分钟后，艾姜才从洗手间里走出来，她的手里多了一个很精致的小盒子，从包装上看是某个知名品牌的首饰。夏晚安蹙了蹙眉心后定神观察了一下艾姜，发现艾姜的脖子上戴着一条爆款项链。

等艾姜回到工位上后，夏晚安悄悄地潜入洗手间挨个隔间地找，终于在最里面隔间的垃圾桶里发现了一个被丢弃的快递盒。

夏晚安拿着纸巾将快递盒捡出来，上面的快递单被撕了一部分，但她还是看到了半个“有”字，一个完整的“蔓”字，还在手机号码那栏里看到了几个数字。

夏晚安掏出手机翻出艾姜的电话号码，发现快递盒上剩下的那几个数字和艾姜电话号码中间的那几个数字一模一样。

没想到真的被她猜中了。

艾姜真的是以宋有蔓的名义在跟高琳联系。

不得不说艾姜还真是心思缜密呀！

艾姜这般利用高琳，即便有一天事情爆发了，她也只需要将电话号码注销掉，高琳只知道“宋有蔓”三个字，根本找不到艾姜。

即便到时候高琳，闹到整个韩氏企业尽人皆知，众人知道的也只是“宋有蔓”而不是“艾姜”。

夏晚安的眼神变得有些冰冷。

她紧紧地盯着快递盒上的那个“蔓”字，站了好一会儿才将手里的纸巾和快递盒一同扔进了垃圾桶，然后推开门探了探头，确定没人后悄悄地离开了。

韩知谨被韩经年派去出差了，但夏晚安和宋有蔓晚上还是一块吃了个饭。

夏晚安今天出门背的是一个小包，所以包里面只放了一个卡包。她跟宋有蔓吃完饭买单时，一不小心将卡散落了一桌。

等刷完卡、签完字、服务员离开后，夏晚安才开始收拾桌子上的各种卡。

坐在对面的宋有蔓也帮着夏晚安收拾，不过宋有蔓捡了没几张卡就拿着一张黑卡打量了起来：“晚安，你什么时候背着我办了一张黑卡？”

顿了顿，宋有蔓觉得自己这句话有问题，又急忙改了口：“不对，是你什么时候背着我有资格去办黑卡了？”

黑卡可是“卡片之王”。夏晚安是有点私房钱……但不至于到拥有“卡片之王”的地步……

夏晚安一脸茫然地看着宋有蔓手里举着的那张黑卡。

宋有蔓：“安安，你不要给我摆出这副无辜的表情，我知道你有私房钱的，你快点老实交代，你是什么时候背着我办的黑卡？”

夏晚安：“没有，我真的不知道我什么时候有这张卡的！”

夏晚安伸出手将卡片从宋有蔓的手里抽了过来。

她低头认真地看了一眼上面的卡号，然后看到末端的时候愣了愣。

这个卡号的尾数不是韩经年的生日吗？

难道这张卡是韩经年塞到她包里的？

夏晚安翻了一下自己的包，在里面找到了一张纸条。夏晚安打开纸条，映入她眼中的是一行龙飞凤舞的字：“无密码，无限额，韩经年。”

还真被她猜中了，这张卡真的是韩经年的！他是什么时候把卡放到她包里的？

宋有蔓见夏晚安盯着一张纸条直愣愣地不说话，忍不住问了一句：“安安，你在发什么愣？”

说着，宋有蔓就伸长脖子往纸条上扫了一眼，然后在看清楚上面写的字时她突然就爹毛了：“这个无情的小白脸开外挂呀！他这样玩，让我怎么跟他抢你呀?!”

面对宋有蔓抓狂的表情，夏晚安没出声，她盯着手里的纸条看了一会儿，然后才小心翼翼地将纸条折叠好，连带着黑卡一起塞进了卡包里。

看着夏晚安这举动，宋有蔓露出一脸受不了的样子开口道：“你至于吗？一张纸条而已，你犯得着这么小心地呵护吗？”

“犯得着……”夏晚安鼓了鼓两腮，说话的声音很低，“这是八年来，他第一次给我写纸条……”

一句话让原本闹腾的宋有蔓瞬间安静了下来。

她望着面前的夏晚安，神情有些恍惚。

当年，她和晚安还有韩知谨都是十五岁。

在那个情窦初开的年纪，夏晚安在韩家院里对韩经年一见钟情，一眼误终生。

从那之后，就再也没有人能入得了夏晚安的眼。

哪怕对方对她再好、再痴情、再穷追不舍……她都没给过一丝一毫的机会。

宋有蔓和夏晚安一起长大，她太了解夏晚安了，夏晚安对很多事情都表现得不那么在意，唯独在“韩经年”这三个字上有着百转千回的心思。

对于他们这个圈子里的人来说，商业联姻这种事情真的是再普通不过的事情了，用婚姻来达成合作，双利双赢。可宋有蔓一直觉得这种事情不会发生在夏晚安的身上。因为夏晚安生来就很优秀，她有天赋，也够聪颖，就是那种人人不得不羡慕的上帝的宠儿，她完全不需要让自己变成牵牛花攀附着他人而活。

可大学毕业那一年，夏晚安竟告诉宋有蔓，她要联姻了。

宋有蔓真的惊到了，直到后来当宋有蔓知道对方是韩经年时，她立刻就懂了。

夏晚安口中什么父亲身体不好、想要赶紧有个归宿让父亲安心的说辞都是假的。

她不过就是为了韩经年，那个压根不知道这个世界上存在着一个夏晚安的韩经年。想到这里的宋有蔓微微动了动唇："安安，你这样喜欢他值得吗？"

夏晚安不觉得自己委屈，宋有蔓都替晚安感到委屈。

听到这句话的夏晚安指尖微微颤了颤，过了一小会儿才出声："有蔓，你还记得我们很小的时候看的《仙剑奇侠传1》吗？那个电视剧是真的很经典，很多人喜欢赵灵儿，也有很多人喜欢林月如，但是你知道我最喜欢谁吗？

"我喜欢彩衣，她是一个蝴蝶妖，就也是被林月如表哥救了的那个小妖怪。她的戏份很少，但是很打动我，她最后用千年修行换了林月如表哥十年寿命。过了这么多年，她最后说的那句话我到现在都记得，她说'爱一个人，没有什么值不值得，只有愿不愿意'。"若是一个人真喜欢另一个人，喜欢到深入骨髓里，又怎会在意值与不值呢？

说了很长一段话的夏晚安笑了："好了，不跟你说了。有蔓，等有一天你真的遇到了自己喜欢的人，你就懂了。"

喜欢的人……这四个字让宋有蔓仓促地垂下头，遮掩住了眼底的慌乱。

她喜欢的人……

只是短短的一瞬，她再抬头时已经变成了平日里大大咧咧的样子："谁说我不懂？安安，我最喜欢的人是你，我愿意为你做一切事情，例如我帮你一起花无情小白脸的那张黑卡！"

夏晚安将包藏进怀里紧紧地护着，然后露出一副防狼的神色道："我拒绝！"

吃过晚饭，宋有蔓将夏晚安送回家后才回了自己的家。

回到家里的夏晚安洗完澡后趴在床上再次翻出卡包，拿出了韩经年的那张黑卡。

他到底是什么时候放了一张黑卡在她的钱包里？她要不要给他打个电话问问？

这般想着，夏晚安就已经翻出韩经年的电话号码拨了出去。

电话被接通后，夏晚安才反应过来自己竟然下意识地将心底的想法做了出来。

她想挂电话，但是已经来不及了，里面传来韩经年一贯清朗的声音："喂？"

她要是在这个时候挂断电话就显得太刻意了吧？

在夏晚安走神时，电话那头的韩经年再次出声："怎么了？"

夏晚安连忙出声："哦，我……"

隔着手机，夏晚安听到韩经年那边闹哄哄的，想必是在参加什么晚宴或者饭局。

她继续说："我……我没打扰到你吧？"

电话那头的人沉默了一小会儿才传来声音，不知是不是夏晚安的错觉，她觉得他有些冷淡："没。"

"没就好……"

电话那头的韩经年又沉默了。

夏晚安只好又开口："那个……那张黑卡是你放的？"

"嗯。"

"为什么呀？"

"好骗。"

夏晚安傻了："啊？"

好骗？这是什么意思？

电话那头的韩经年没出声。

夏晚安啃着手指绞尽脑汁地想了好一会儿，然后想到昨晚上她对着镜子自恋时说的那句话："恋爱选我我超甜，既骗感情又骗钱！"

随后她就像想到什么一样开口问："你是昨天晚上放到我包里的？"

"嗯。"听到这个字的夏晚安手一抖，将手机掉在了枕头上。

不是吧？还真被她猜中了？

他竟然是真的因为她那句话而暗自给她塞了一张黑卡。

夏晚安连忙捡起手机："我昨晚上的话你都听到了？"

韩经年："嗯。"

夏晚安的脸一下子就红了，她的淑女形象呀！

"那个是网上的段子，我就是随便说说来着，我是胡说八道的，我……"夏晚安前言不搭后语地疯狂解释着。

只是她的话还没说完，韩经年就在电话那头不温不火地出声："我知道。"

夏晚安下意识地想将卡还给韩经年，只是话到嘴边她就又停了下来。

他知道她是骗人的还把卡塞进她的包里，这说明……他是真的好骗！

"这张卡太吓人了，我……我还是还给你吧……"

“骗都骗走了，就别还了。”

夏晚安被噎得说不出来话。

韩经年：“就当是我的伙食费吧。”

夏晚安忍不住嘀咕了一句：“这卡别说吃一辈子了，十辈子都够吃了！”

韩经年：“我不介意。”

夏晚安又傻眼了。

不介意？不介意是什么意思？

他是不介意用这张卡吃十辈子的饭吗？

他想得美，她才不要十辈子都跟他一个人在一起……

夏晚安捏着手机的指尖微微有些发抖，心也跟着跳得很厉害。

电话那头的韩经年见她不说话，倒是又镇定地开口道：“对了，我要出差，今晚十一点的飞机去S城，下周五才能回来。”

夏晚安“哦”了一声，心想最近这一个月他好像每次出差都会告诉她一声……

“另外还有一件事，我让张承给你联系了谢林明天做体检，你今晚十点后别喝水、别吃东西，明早谢林会过来接你。”

他怎么无缘无故给她安排了体检？

夏晚安的心绪乱成了一团，她故作镇定地又“哦”了一声。

韩经年大概是把想说的话都说完了，见她没话说就又开口：“那你早点休息。”

“嗯……”夏晚安应了一声，然后补了一句“再见”就把电话挂了。

房间里很安静，一向躺在床上就能睡着的夏晚安却怎么都睡不着。

她将最近的事情从头到尾都想了一遍。

她分不清他是从什么时候开始变的，总而言之他就是变了……变得和从前不太一样了。

她原本对他和她之间的婚姻已经不抱希望了，可她此时此刻却又清晰地感觉到了自己动摇的心思……和害怕。

她怕又是她的一厢情愿和异想天开……

周六一早谢林就过来了。

跟着谢林到医院后，夏晚安全程享受着一对一的服务做完了体检。

她因为起得太早，所以回家后继续睡觉。

夏晚安再醒来时已是傍晚时分，她伸了个懒腰，坐起身后看了一眼手机，瞄到了艾姜发来的微信消息：“晚安，你今天晚上有时间吗？我想约你出来吃个夜宵，顺便把钱还给你。”

夏晚安本想回一句“你直接转账就好了”，但是她打完这句话后又停了下来。

艾姜可以约她吃午饭、吃晚饭，为什么偏偏约她吃夜宵？

艾姜该不会抱了什么想法吧？

夏晚安沉思了片刻后将自己刚打的字一个一个地删掉，回了一句：“好啊，几点？在哪里见？”

反正她睡了一下午甚是无聊，正好看看艾姜到底又要闹什么幺蛾子！

大概十分钟后，夏晚安收到了艾姜的两条微信消息。

第一条消息是吃夜宵的定位地点。

第二条消息是文字内容：“晚上十点吧？我之前还有点别的事。晚安，你觉得可以吗？”

夏晚安回了一个“笑眯眯”的表情，然后和平时一样很好说话地回了一条消息：“好啊。”

晚上十点。

夏晚安准时到了和艾姜约定的地方。

艾姜已经在里面了，见夏晚安进来，立刻起身跟她打招呼：“晚安，这里。”

夏晚安回了一个笑容，走过去坐在了艾姜的对面。

等到两个人点完夜宵后，艾姜立刻拿起手机给夏晚安转账：“晚安，我把钱转到你支付宝了，你查收一下。”

夏晚安点着头“嗯”了一声，拿起手机象征性地看了一眼。

艾姜：“晚安，真的很谢谢你啊，要不是你那天晚上二话没说地借钱给我，我爸的手术都没办法做。”

看着艾姜柔弱可欺的模样，夏晚安有些恍惚。直到现在她都不敢相信艾姜是有两副面孔的人。

艾姜：“晚安？”

夏晚安回过神，回了一抹笑容：“没事的，我们认识这么多年了，你有急事需要我帮忙那是应该的嘛。”

艾姜的脸红红的，抿着唇笑了笑："不管怎么样，还是要谢谢你的。"

夏晚安没说话，见服务员将夜宵送上来了，立刻招呼艾姜吃夜宵。

吃饭的过程中，艾姜一直在拿着手机跟人聊天。

她似是觉得不好意思，途中还抬头对着夏晚安说了一句："晚安，不好意思啊，是工作上的事情。"

夏晚安回了一个表示体谅的眼神，还是一副很好说话的模样："没关系，你忙你的吧。"

"嗯嗯，我马上好了……"艾姜拼命地按着手机，然后突然就惊呼了一声，"啊，我手机没电了，工作还没处理完……"

说着，她看向了夏晚安，道："晚安，我能不能借你手机用用？我打个电话，马上就好……"

直觉告诉夏晚安今晚艾姜约她出来的真实目的来了。

夏晚安知道肯定是个陷阱，但她还是将手机递了过去："没事的，你用。"

艾姜道了一声"谢谢"，接过手机后按了一串电话号码拨了出去。

和艾姜说的一样，她倒是真的很快就打完了电话，只是她还夏晚安手机时扫了一眼夏晚安的通讯记录，然后装作不小心的样子点了一下"老顾"，又装作不知道的样子将电话还给了夏晚安。

夏晚安接过手机时电话恰好被顾誉之接听了，不过里面传来的却是一个女声："你大半夜给阿之打电话做什么？"

听到这个声音，夏晚安愣了愣，然后回了一句"不好意思，点错了"，就把电话挂了。

"怎么了？"艾姜先是一脸无辜地问了一句，然后在看到夏晚安的手机屏幕时又一脸茫然地道，"刚刚是我不小心拨出去电话了？对不起，晚安，我都没注意到。"

她是没注意到还是故意的？

夏晚安望着艾姜不断道歉的紧张模样，心底觉得无比可笑。

她到今天才发现艾姜其实不适合来上班，而是更适合去娱乐圈。

夏晚安心里嘲讽着，可面上却保持着大度的微笑，让自己装成自始至终什么都没发觉的样子，一边说"没关系"还一边傻乎乎地安慰艾姜，说："没关系的，不就是不小心误拨了个电话嘛，多大点事，不用在意的……"

艾姜点了点头，似是还有些担心，不放心地又问了一句："晚安，我不会给你惹什么麻烦吧？”

你不就是明摆着给我招惹麻烦吗？夏晚安在心底冷笑了一声，面上却更温柔了：“能惹什么麻烦呀！你快别乱想了，赶紧吃东西，一会儿凉了就不好吃了。”

艾姜怯生生地笑着“嗯嗯”了两声后就开始吃东西，她和以往一样很体贴人，一会儿往夏晚安空掉的杯子里加热水，一会儿给夏晚安递纸巾。

看着艾姜这般为自己忙来忙去的样子，夏晚安心里觉得有些讽刺。

为了利用她们，艾姜可真是什么事情都能忍也什么事情都肯做。这几年来，艾姜在她和宋有蔓面前一直都是这么体贴入微，也不知她伪装得累不累。

和艾姜分开后，夏晚安直接叫了一辆车回了家。

到家后，她并没有和以往一样第一时间迫不及地洗澡上床，而是去书房里翻箱倒柜了一番，把自己和韩经年的结婚证找了出来。

等她拿着结婚证回到卧室后，如她预料的那样，她手机上微信消息的提示音一直在响。

她没着急去看微信消息，而是先去餐厅给自己煮了一杯热牛奶，然后打开卧室里的音响选了一首舒缓的轻音乐，这才在沙发上找了个舒服的姿势坐下，一边喝牛奶一边听音乐，再一边慢悠悠地解锁手机去看微信上的无数条消息。

她最先看到的是小陈发给她的私信：“晚安，老顾的女朋友在我们部门的群里骂你了。

“晚安，你快点来看看，如果是误会就赶紧解开，我们部门里好多同事都在说你了，我怕他们一会儿，传得整个公司都知道了，到时候对你不好。”

夏晚安回了小陈一个“嗯嗯”的表情，然后就切换页面去了部门的群里。

大概在二十分钟前，顾誉之在群里发消息了。

不过发消息的人不是顾誉之本人，而是他的未婚妻高琳。

顾誉之：“@全京城最美的崽，请问你刚刚给我们家阿之打电话是什么意思？”

顾誉之是大家的领导，他发完消息后立刻出现了一群马屁精。

同事A：“顾总监，这么晚了还没休息呀？”

同事B：“这不是顾总监呀，是顾总监的未婚妻呀。”

同事C：“高小姐好，帮我给顾总监问好。”

等大家刷了一会儿消息后，顾誉之的微信号又一次呼了夏晚安：“请你不要装作没看到我的消息好吗？刚刚你不是还给我们家阿之打电话了吗？现在就当作手机不在身边了吗？”

同事E：“怎么了？”

同事F：“找夏晚安做什么呀？”

同事J：“高小姐，我帮你@全京城最美的崽。”

在各种消息中，夏晚安看到了小陈发的一条微信消息：“晚安可能已经睡了吧，她晚上一向睡得很早的。”

不过小陈的这条消息压根没激起任何波澜就被后面的消息淹没了。

夏晚安在心底想了一句“可怜的孩子”，然后喝了一口牛奶，随着音乐摇了摇搭在茶几上的两只小脚丫，继续看后面的内容。

顾誉之：“夏晚安小姐，我不管你是真的没看到我的消息还是假的没看到我的消息，当着你同事的面我要把话给你说清楚。”

顾誉之：“阿之喜欢的人是我，他永远都不可能喜欢你，所以请你死了这条心吧，不要没事干就勾引我们家阿之。”

顾誉之：“虽然我和阿之还没有结婚，但是我们已经见过双方父母了，也已经订过婚了，你这种明知道别人有未婚妻还各种勾搭别人男人的行为叫小三。”

顾誉之：“夏小姐，希望你能好自为之，不要仗着自己年轻还有几分姿色就不要脸面。”

高琳连续发的四条微信消息在群里掀起了“惊涛骇浪”，将那些常年不发消息的人都震了出来。

同事D：“真的假的？夏同事勾引顾总监吗？”

同事C：“不是吧？夏同事居然做了这样的事？不过也对啊，她大半夜给顾总监打电话做什么？我们平时有事不都是在群里联系吗？”

同事A：“平时看她就觉得她有问题。”

同事F：“@全京城最美的崽，夏同事，你还是出来给高小姐道个歉吧，插足别人的感情是不对的，道个歉，保证以后不会这么做了，这事就这么过去了。”

小陈：“我觉得可能是有什么误会吧，大家也不要这么果断地下决定呀，还是要听听晚安的话吧。”

同事B：“有什么好听的呀，大家周六基本上都不忙工作，她给顾总监打电话，见是高小姐接的就匆忙地挂了。”

同事J：“再说，若不是她心虚，她干吗到现在一直都不冒泡呀？”

顾誉之：“现在知道心虚了？早干吗去了？有些事我不想闹得那么难看。”

顾誉之发了一张图片，是夏晚安和顾誉之的微信聊天记录。顾誉之说“晚安，高琳她就是那样的性格，你别跟她一般见识”，夏晚安当时回错了一条消息所以马上撤回了，但是撤回的记录还在。

顾誉之：“若是刚刚那个半夜打电话的证据不够，那这个呢？我想知道夏同事对我们家阿之说了点什么是我不能看的，那么着急地撤回？”

同事C：“呵呵，真是没想到她竟然是这样的人。”

同事D：“也不知道她周一还好不好意思来上班。”

夏晚安跟个局外人一般把所有的消息全看了一遍，看完，她才拿起结婚证抵在自己的脸上拍了一张照片。

拍完照片后，她觉得这张照片不太好，于是就跑到更衣室翻出一条镶嵌着粉红色钻石的项链戴在脖子里，又将AllureLove给自己的手表戴上，然后举着结婚证站在自己一柜子的包前拍了一张照片发到群里：“我结婚了。”

原本消息不断的群里瞬间安静了下来。

散落在京市各个小区里的同事们望着手机屏幕愣住了。

一分钟后，大家心底升起各种各样的想法。

同事A心想：那颗粉红色钻石至少有三克拉吧？如果是真的，它的价值得在三千万以上。

同事C心想：她身后那一柜子的包怎么也值一套房子的首付了吧？

同事D心想：夏晚安竟然结婚了？怎么从没听她提起过？

拿着顾誉之手机的高琳直勾勾地盯着夏晚安手腕上的那块手表，怎么也移不开视线。她知道这块手表出自AllureLove之手，一共有十块，但是只卖出了九块，还有一块手表镶满了钻石，大家只是看过照片从未见过实物。

她听说曾有人出高出那块手表一百倍的价格想买走那款手表当珍藏品，却被AllureLove回了一句“我不差钱”给拒绝了，如今那块手表竟然出现在了夏晚安的手腕上。

这张照片不知道是真的还是假的？该不会是夏晚安处理过的照片吧？这个想法闪过高琳的大脑，她立刻镇定了下来。

是的，这张照片一定是经过处理的！想着，高琳就抬起手开始打字：“夏小姐，原来您这么久没出现在群里是去处理照片了呀。”

高琳刚打完这句话还没发出去，顾誉之的手机屏幕上就又进了一条新的消息。

全京城最美的崽：“我知道你们现在肯定在想我这张照片是经过处理的，所以我给你们录了个短视频。”

紧随着这条消息的是一个短视频。

夏晚安站在落地镜前录着手中举着的两本结婚证，她虽没刻意地展现自己的粉红色钻石项链和手表，但在灯光下，她佩戴的首饰折射出的光芒足以吸引所有人的视线。

透过落地镜，大家看到了后面墙壁上的壁画，那是出自名家之手的珍藏品；还看到了衣柜里一排排各种款式和颜色的裙子。

望着这个短视频，高琳刚刚打出来的那句话瞬间被堵得无法发出去了，只能忍着心头说不出来的怨怒，狠狠地按着手机屏幕一个字一个字地删掉。

重新回到沙发上的夏晚安不顾形象地躺在上面，然后没再给群里其他人任何反击的机会，飞速地按着屏幕又发了两条消息：“我知道你们现在肯定在想我这些东西是不是都是假的。”

全京城最美的崽：“嗯，没关系，你们可以这么想，反正再过三十六个小时就到了上班的时候了，到时候大家可以亲眼看一下我的东西是真的还是假的。”

发完这两条消息后，夏晚安又发了一条消息：“@顾誉之 高小姐，你可能对我有点误会，属于我的东西一定是全世界最好的。所以你觉得有着这样高品位的我，你的阿之养得起吗？”群里更安静了。

夏晚安一点也不慌，继续按着屏幕发文字消息。

全京城最美的崽：“同事是什么？”

全京城最美的崽：“同事是——上班需要你时的大好人、工作竞争时的大恶人、下了班后的陌生人，但我并不希望你们和我变成大仇人。”

全京城最美的崽：“我这人看着很好说话但是心眼很小，谁惹了我我都会记着，等我什么时候无聊了，我就会想着讨回来。”

群里依旧没人说话。

夏晚安把该说的都说了，该做的也都做了，便不再浪费时间，打算去洗澡睡觉。

结果她还没退出微信界面，就看到屏幕上进来了一条消息。

顾誉之：“谁知道你拍照的场合是不是你的家，指不定是你以前去哪个有钱人的家里录的视频、拍的照片，现在拿出来当成自己的用，像你这样爱慕虚荣的女孩子我见多了！”

夏晚安看了一眼时间，已经快十二点了，着急去睡觉的她懒得跟顾誉之的未婚妻过多纠缠，于是很干脆地开了共享实时位置。

很快就有很多人进来了。

夏晚安等到顾誉之的微信号也进来后，连字都懒得打了，直接在实时位置页面里发了一句语音消息：“看到我住在哪里了吗？”

没人说话。

夏晚安知道他们通过共享实时位置完全可以看到她现在身处哪个小区。

这是京市十大高档小区之一，住在这个小区里的人非富即贵。什么叫她去朋友家录的视频、拍的照片现在拿出来用，这就是她家！夏晚安想到这里又补了一句：“我就住在这里，这就是我家，有房产证的那种家！”

夏晚安知道那些看戏的同事即便听到了她的话，也不会做出什么回应，回完高琳话的她，直接关掉了共享实时位置，把手机一扔就进了浴室。

洗完澡出来，夏晚安坐在梳妆镜前吹头发，听见手机在身后叮咚叮咚响了两声，她没理会，认真地护完肤躺到床上后才摸过手机看了一眼。

依旧是部门群里的消息。

顾誉之：“夏小姐，你既然结婚了，为什么从没告诉过大家？”

顾誉之：“而且夏小姐，你只拍了结婚证的表皮又没有拍里面，该不会是为了澄清自己就借了别人的结婚证拍照片吧？”

夏晚安心想，老顾的未婚妻这是没完没了是吗？

夏晚安只好翻身下床再次拿起结婚证拍了一张里面的照片。

不过在发送出去之前，她还是把韩经年的照片以及信息全都涂抹掉了。

在他和她结婚时，他就已经说过，他不希望旁人知道他和她的关系。

发完照片，夏晚安发了一条微信消息。

全京城最美的崽：“@顾誉之 高小姐，请问现在够了吗？”

过了一分钟，顾誉之才发了一条微信消息。

顾誉之：“你为什么遮掩了你老公的信息，是因为你老公丑得不能见人吗？”

夏晚安盯着这几个字扑哧笑了。

韩经年长得丑，那么请问还有好看的人吗？

也许是因为夏晚安没在群里反驳高琳从而给了高琳一种错觉，让高琳以为自己说中了，她发的消息更咄咄逼人了。

顾誉之："你老公不单单是丑得不能见人，还很老吧？"

顾誉之："你这种女生我见得多了，仗着自己年轻还有些资本，就想当同龄女生的后妈。"

高琳一边发消息一边想到刚刚夏晚安把自己噎得险些心肌梗死，说出的话便更不留情面了。

夏晚安本来不想搭理高琳了，可她万万没想到高琳的话越说越过分，甚至到了最后都开始进行人身攻击了。

夏晚安盯着屏幕，面色冷沉地看了一会儿，然后就翻开相册，在里面看了一圈，找了一张自己和哥哥的合影发到了群里。

那张照片是在公园里拍的。当时她挽着哥哥的手往前走，妈妈在后面喊她，她回了头，哥哥只是微微侧着头，然后这个画面就被妈妈抓拍到了。

那张照片上可以看清楚她的容貌却看不清哥哥的容貌，但透过轮廓也能感受到哥哥与生俱来的那种盛世美感。

韩经年不允许她对外曝光他和她的关系，那她用哥哥的照片总可以吧……

这样想着，夏晚安就飞速地按着键盘发了一条消息出去。

全京城最美的崽："这就是我老公，请问高小姐感觉如何？"

高琳没再说话了。

夏晚安隔着手机都能想象出高琳吃瘪的表情，她的心情立刻好转了。

就她哥哥那身高、身材、侧脸轮廓……哪一样不比顾誉之好呀！

夏晚安翻了个身，举着手机学着刚刚高琳的样子不依不饶地在群里继续发消息。

全京城最美的崽："高小姐，你觉得我老公帅不帅呀？"

全京城最美的崽："高小姐，你为什么不说话呀？是不是觉得我老公帅呆了？"

全京城最美的崽："高小姐，我的老公是老公，你的老公……只是订了婚的准老公而已。"

全京城最美的崽："准老公和老公差了一个字呢，你可别小看这一字之差，有可能你的准老公会变成你的前男友哦。变成前男友你就尴尬了，分不到财产的。可我就不一样了，我老公要是变成我前夫，我还可以拿一半的财产呢。"

高琳再也没发过消息了。

彻底解决掉高琳的夏晚安真的很想睡觉了，可她却强撑着自己倒头就睡的冲动耐心地等——等某人的电话。

为了避免自己一不小心睡着，夏晚安在床上特意劈了个叉。

五分钟过去了，十分钟过去了，十五分钟过去了……

夏晚安忍不住蹙了蹙眉。难不成她失策了？不应该啊……

这想法刚在夏晚安脑海里落下，手机屏幕就亮起了，是艾姜打来了电话。

她等的就是艾姜的电话！

不过夏晚安心底这么想着，手上却没急着接听电话，而是等铃声响了一会儿后才按了接听键。

为了让自己表现出很伤心很生气的样子，夏晚安说话的声音有些低，在说到最后一个字的时候还特意哽咽了一下。

夏晚安："艾姜，怎么了……"

"晚安，你哭了？"夏晚安话音刚落，电话里立刻传来了艾姜充满担忧的声音。

夏晚安撇了撇嘴，眼中满是讽刺之色，但她开口的声音变得更小声、更委屈了："没有……"

艾姜："晚安，你别难过，那个……你们部门发生的事情我都知道了。我特别担心你，所以赶紧给你打电话了……"

"你都知道了？那是不是我们公司有很多人都在传呀？"说到这里，夏晚安的语气变得有些担忧，"大家会不会觉得我真的勾引了顾总监呀？我周一怎么去公司？"

夏晚安被自己恶心得轻轻拍了拍胸口，然后继续娇滴滴地出声："艾姜，怎么办呀？我真的好怕呀，你说我的同事们会不会觉得我真的是顾总监女朋友说的那种随便勾搭别人男朋友的人呀？"

"不会的，晚安，你不是在群里都说自己结婚了吗？而且还说了自己的老公很有钱，他们应该不会特别相信顾总监女朋友的……"

"真的吗，艾姜？"

"真的。"

"艾姜，我还是很怕……"

"晚安，没事的，你别怕，不管发生什么事情我都会陪着你的。"

"艾姜，你真好。"

"我们是朋友嘛，你对我好，我当然也要对你好的……对了，晚安，你真的结婚了呀？”

“嗯……艾姜，你不会不高兴吧？我结婚的消息一直都没告诉你，其实这个事情没几个人知道的，是我爸爸身体不好，我们家公司出了点问题，我被迫联姻来着，对外一直都没怎么公开……艾姜，你不会怪我吧？”

“不会的，晚安，我怎么会怪你呀。”

“嗯，那就好，我一直不敢跟你说，就怕你生气……”夏晚安让自己用很放心的语气回答艾姜的话，然后她再开口时声音又低了下来，“艾姜，还有件事，我真的好难过。”

“晚安，什么事呀？”

“我跟你说了，你就当自己不知道这件事啊。你知道吗？顾总监的未婚妻之所以会这么闹我，是因为有蔓在背后捣鬼。”

艾姜用宋有蔓的名义来跟高琳联系，不就是想着事情爆发后让宋有蔓站出来背黑锅吗？

艾姜这样做的目的不就是为了挑拨她和宋有蔓之间的关系吗？

夏晚安心想，那好啊，她就如艾姜所愿，让艾姜以为她和宋有蔓之间出现了裂痕。这样一来，艾姜一定会很得意。

她就是要让艾姜得意，因为人只有得意了才会疏忽，疏忽了她才好打艾姜一个措手不及。

夏晚安本不想这般赶尽杀绝的，要怪就怪艾姜动了宋有蔓。

宋有蔓是她的逆鳞，是她在这个世界上最在意的人之一。

夏晚安能允许自己受委屈，但绝对不会眼睁睁地看着宋有蔓受委屈。

想到这里的夏晚安眼底闪过一抹凌厉之色，可她说出口的声音却是软软的：“我真的不敢相信会是有蔓，我和她关系那么好。从小到大，我有的她一定也会有，可是就因为我事事比她好一些，她就这般对我……艾姜，我真的好难过……好伤心……”

“晚安，你别难过，也许是有什么误会呢？有蔓对你一直都很好的，她一向都很护着你的。”

夏晚安心想，呵呵，这还用你说吗？

夏晚安翻了翻白眼，情绪更“低落”了：“是啊，她一向都很护着我的，可她表面上护着我，背地里就这样狠狠地捅了我一刀……”

夏晚安就这样如诉苦般和艾姜聊了半个小时才挂断电话。

演了半天戏的夏晚安将手机往旁边一放，倒头就睡。

挂断电话的艾姜却兴奋地无法入眠。

真是天助她也，她借着高琳这么一闹，竟知道了夏晚安已婚这件事。

不单单如此，她还以为夏晚安和宋有蔓之间的关系有多好呢，被她随随便便这么一挑拨，两个人之间的关系就破裂了。

心情极好的艾姜忍不住给自己倒了半杯红酒，坐在落地窗前惬意地品尝了起来。

在她喝了半杯红酒时，她的手机叮咚响了一声。

是张特助在总经理助理的微信群里发了一条消息："请问还有人在吗？"

艾姜连忙放下酒杯，回了一句："张特助，我在。"

艾姜的消息前一秒发出去，后一秒张特助的电话就打了过来。

艾姜连忙接听，然后她听着张特助的话打开电脑将他要的东西一一汇报了一遍。

结束工作时，艾姜听见张特助问了一句："韩总，您还有什么要问的吗？"

"没了。"

听到韩经年的声音，艾姜的心微微颤了颤，随即就意识到她和张特助打电话的过程中韩经年在旁边听着。于是她就装作闲聊的样子，娇柔地开口道："张特助，你知道吗？今天我们公司出了件绯闻……"

"是吗？什么绯闻呀，艾秘书？"听到"绯闻"两个字的张特助立刻来了兴趣。

"是设计部的顾誉之顾总监的未婚妻在群里抓小三……"

张特助："这样的吗？那还真是够刺激呀，小三是谁呀？"

"是……是……是夏晚安。"

听到这个名字时，电话那头正在喝水的张特助猛地呛到了。

他剧烈地咳嗽了好一阵才缓过劲来，然后下意识地往旁边看了一眼。

穿着一身黑色西装的韩经年优雅地坐在沙发上，和刚刚没什么两样，但他微微蹙着的眉间有着明显的凌厉之色。

张特助吓得手一哆嗦，险些将手机丢了出去。

艾姜继续娇柔地讲着话："夏晚安大半夜给顾总监打电话，被顾总监的未婚妻抓了个正着，然后夏晚安和顾总监的未婚妻在他们部门的群里吵了起来，夏晚安晒了结婚证，说她已婚……"

听到这里的张特助小心翼翼地看了一眼韩经年，发现韩经年的脸色更阴沉了，连带着整个酒店房间的气压都低了很多。

艾秘书有毒啊，她想死干吗要拖上他啊？不对呀……夫人不是艾秘书的好朋友吗？既然是好朋友，艾秘书为什么要把夫人的事当成八卦消息乱讲？

张特助灵光一闪，赶紧将功补过："艾秘书，你和夫……""夫"字说到一半时被张特助生生地给改了，"夏设计师不是好朋友吗？"

张承的一句话让电话那头原本喋喋不休的艾姜没了声音。

大概过了十多秒后，艾姜才开口："是呀，我和晚安是很好的朋友，我刚刚还打电话安慰她来着，我就是替晚安难过，所以才一时没忍住跟张特助说了这些话……"

张特助一副恍然大悟的样子："是这样的吗？艾秘书你不解释的话，我还以为刚刚你是在存心抹黑夏设计师呢？"

电话另一端的艾姜被堵住了话。

和刚刚一样，依旧过了十多秒钟艾姜才出声："没有，怎么会呢，我怎么会抹黑晚安呢？"

"如果艾秘书没有抹黑好朋友的意思，那就麻烦艾秘书不要再四处散播好朋友的八卦消息了，这样很容易引起误会的。"张特助义正词严地说。

艾姜被张特助噎得沉默了片刻，讪讪地开口："是，张特助。"

张特助没再说什么，挂断电话后立刻看向韩经年。

韩经年："你去查下到底是怎么回事。"

张特助连忙开口道："好的，我马上去查。"

十分钟后，顾誉之带的那个部门的微信群聊天记录就到了韩经年的手里。

韩经年越往下看脸色越难看。

他划动了不知道多少条消息后，终于看到了夏晚安的消息。

她发了一张照片，照片里的她站在他们家的主卧更衣室里，她的手里举着结婚证，简单地发了几个字："我结婚了。"

看到这里时，韩经年的神情总算好转了一些。

然后他在看到后面夏晚安回顾誉之未婚妻的话时，眉梢处都挂上了一抹笑意。

张特助透过韩经年的神情猜出韩经年看到了哪里，立刻拍马屁："夫人可真聪明，直接把顾总监的未婚妻噎得没话说，尤其是那句'属于我的东西一定是全世界最好的，所以你觉得有着这样高品位的我，你的阿之养得起吗？'"

韩经年没说话，但脸上有着怎么都遮掩不住的得意之色，让张特助觉得韩经年只差明目张胆地在脸上写上一句"也不看看是谁的老婆"了。

韩经年很快就看到夏晚安发的结婚证内页照片了。

只是有关他的信息都被涂抹掉了……

他的眉心微微蹙了蹙，继续往下翻，然后看到夏晚安发的另外一张照片。

群里的人也许认不出来照片里的人谁，但他却一眼能辨认出来那是她的哥哥夏晨安。明明和她结婚的人是他，她为什么对外公开的是她哥哥的照片？

韩经年觉得自己的心仿佛被什么东西狠狠地刺了一下，觉得特别不舒服。

之前下雨天时，她被堵在了回家的路上，她找的也是她哥哥。现在她被顾誉之的未婚妻不依不饶地闹，她为了澄清自己用的还是她哥哥的照片！

他是韩氏企业的最高层，只要把他拉出来就可以解决所有问题，她为什么宁愿用她哥哥的照片也不用他的？

韩经年盯着夏晚安和夏晨安的合照，唇角紧绷了起来。

张特助察觉到情况不对，替夏晚安说话："夫人可能是怕把您和她的结婚信息放出去会引起动乱，所以才用夏先生当挡箭牌。"

韩经年的神情没有丝毫好转的迹象。

张特助一时之间犯了难。

就在他想着接下来该怎么办时韩经年突然出声，语调冷得仿佛能结成冰："你出去吧。"

张特助哪还敢再犹豫，立刻应了一声"好"就消失在了韩经年的视野里。

张特助将酒店套房的门带上，偌大的空间里一下子安静了下来。

韩经年盯着手机里的照片又看了一会儿，然后忽地将手机往旁边一丢，想着眼不见为净，起身进了浴室。

洗完澡出来，韩经年和往常一样平躺在床上闭眼准备入眠。

夜色越来越浓，整个世界都很安静时，躺在床上良久都没有动弹仿佛睡着的韩经年缓缓地睁开了眼睛。

不知怎么了，他总觉得胸口像被塞了东西般堵得厉害。

他很想让自己睡着，可他怎么都睡不着，甚至到了最后，他整个人烦躁得厉害。

他不知道怎么就想到昨晚他参加饭局时，晚上十点多钟，坐在他身边的宋总和林总都接到了妻子打来的电话。

宋总和他一样都是出差，宋太太问他的是忙完了吗？有没有回酒店休息？还再三嘱咐他胃不好要少喝酒。

林总是本地人，林太太给他打电话问的是他什么时候回家，还问他在外面有没有吃好，要不要给他备点夜宵。

唯独他的私人手机一直很安静，唯一响的一次还是通信公司发来的天气预报。

昨晚他其实没怎么在意宋总和林总接到他们太太的电话，因为这样的场景他见过很多次。可此时此刻在这样夜深人静的夜里，他突然发现夏晚安几乎没给他打过电话，更别提打电话问他什么时候回家，要不要回家吃饭之类的话了。

想到这里的韩经年更没睡意了。

他胸口里堵着的那团火燃烧得越来越旺。

他对她来说好像可有可无的，或者说……她好像从来就没把他当成她的丈夫？

没有关心、没有慰问、没有需求……甚至她有了事情也不会告知他。

就是不知道现在的她在家里怎么样了？会不会因为顾誉之那些乱七八糟的事情而难过？

算了，她有事也不告诉他，他还管她干什么？

这样想着，韩经年就将被子蒙在了脑袋上准备入睡。

三分钟后，他突然掀开被子翻身下床，大步流星地走到沙发前，拿起手机开始查看第二天回京市的航班信息。

挂断张特助的电话后，艾姜一夜都没睡好。

她总觉得自己昨晚太过于兴奋，把事情弄巧成拙了。

艾姜几乎一整晚都在想补救措施，直到上午九点钟，一夜没睡着的她头疼欲裂却又无法入眠时她接到了高琳打来的电话。

此时此刻，她真的很不想应付高琳了，可想到高琳送她的那些奢侈品，她又不得不打起精神接了电话："高小姐，怎么了？"

艾姜话音刚落，电话那头的高琳就极其不理智地开口："宋有蔓，你知不知道阿之居然跟我吵架了！他居然因为那个夏晚安跟我吵架了！

"我承认昨晚阿之去健身的时候，我拿他的手机在群里擅自发那些消息是不够尊重他，可是那还不是因为我爱他？我还不是怕他被那个夏晚安抢走了才这样做的吗？

"以前我也用阿之的手机给别的女人发过消息，让她们离阿之远点，那个时候阿之也没生过气。可这次他竟然因为那个夏晚安跟我吵架了，我跟他说，如果他不给我认错我就跟他分手，结果他真的收拾东西走人了！”

艾姜本对高琳絮絮叨叨的话很不耐烦，可她听到这里时突然来了兴致。顾誉之和高琳分手了，那此时的高琳一定很愤怒……愤怒之下的人必然更好利用。

艾姜飞快地转换了思路，然后语调软软地开口：“高小姐，你冷静一下，你这样生气只会气坏了自己的身体……顾总监可能是一时生气才会这样做的，过段时间他就会念起你的好，回来给你道歉了。”

“你确定吗？可是这次的阿之跟以前生气的阿之不一样，这次阿之生气，我看他是认真的……”

“高小姐，其实你不用着急的，有的是方法可以让顾总监回心转意。你想啊，夏晚安不是结婚了吗？如果你想方设法地给她搞一个暧昧对象并且让她老公知道，你觉得她老公会怎样？肯定会被气坏的对不对？到那个时候，你把顾总监喊来让他看到，他就知道夏晚安的私生活到底有多乱了，顾总监肯定会嫌弃她的呀……”

“这样真的可以吗？”高琳有些犹豫。

“就算不可以，可现在的顾总监已经和你闹分手了，你愿意眼睁睁地看着罪魁祸首美滋滋地过日子吗？”

艾姜的一句话让高琳顿时红了眼：“不，我肯定不愿意，你说得对，就算我这样做没办法让阿之回心转意，我也不能让她好过！”

如愿以偿的艾姜跟高琳继续聊了一会儿，就面带微笑地挂断了电话。

由于昨晚睡得比较晚，夏晚安这一觉直接睡到了日上三竿，若不是宋有蔓的电话一直打个不停，她想自己还可以再睡两个小时。

夏晚安从床上爬起后，一边懒洋洋地接宋有蔓的电话一边去洗手间洗漱。

“晚安，我有事要问你……”

含着牙刷的夏晚安困意未散地“嗯”了一声，然后一边刷牙一边又合上了眼皮。

“你跟艾姜怎么了？她刚刚给我打电话了……”

听到这句话时，夏晚安立刻精神了。

昨晚只顾着睡觉却忘记跟宋有蔓通气了，她放弃睡觉时间精心演的戏该不会被戳破了吧？

夏晚安想着，就急忙将牙刷从嘴里拿了出来，含着一嘴的泡沫问：“你们聊了点什么？你务必一五一十地告诉我。”

“就是艾姜突然给我发了一张照片，是你和你哥的照片，还问我晨安哥是不是你老公。我顿时蒙了，晨安哥明明是你亲哥，怎么就变成你老公了？”

“你……你……你别说废话，你说重点，你怎么回她的？”

“我啊？我就说是啊，他就是你老公！”

夏晚安深深地松了一口气，一边继续刷牙一边问：“然后呢？”

“然后艾姜就问我，你什么时候结婚的，她怎么不知道。我就说是你爸爸身体不好，想让你结婚你就结了，但是因为是联姻，没让太多人知道……”

夏晚安心想，什么叫亲闺密，这就叫亲闺密！

她们居然描述得一模一样！

夏晚安激动地对着手机亲了一口：“有蔓，我真是太爱你了，如果你现在在我旁边，我恨不得狂亲你一百口！”

“你先别激动，你继续刷牙，还有呢，听我说完……然后聊完这些后，艾姜莫名其妙地问了我一句，我是不是跟你闹别扭了？我是真蒙了啊，我和你什么时候有过不愉快呀？我什么时候舍得和你有过不愉快呀？然后我就问她为什么这么问，她支支吾吾了好久，跟我说昨晚上你说我坏话了……”

艾姜还真是想尽一切办法地要分裂她和宋有蔓呀！

夏晚安张了张口，想问宋有蔓“你信她吗”。

结果她的话还没说出口，宋有蔓就出声了：“你觉得我会信她吗？不过我心底这么想，口上却说我早就看不惯你了！”

夏晚安心想，还能让她说什么？她还能说什么?!

这个世界上能默契到如此地步的人也就只有夏晚安和宋有蔓了吧？

“然后艾姜就跟我说‘不要这样子啦，你很好的’，哼，我没理她，然后艾姜就跟我说你在公司里被你老大的女朋友给骂了……”说到这里的宋有蔓语气一下子变得凌厉了，“安安，真有这事吗？那个顾什么的未婚妻真的当着你同事的面说你勾搭她未婚夫吗？她眼瞎吗？我们家安安怎么可能会看上那个顾什么，她也不想想安安背后的人可是我宋有蔓。就凭我，哪一点不比那个顾什么的好啊！我真的觉得我被侮辱了，深深地被侮辱了！”

夏晚安连忙出声阻止宋有蔓越来越跑偏的话题：“你先说正事，有蔓，你继续说艾姜。”

“哦，好的。”

宋有蔓说着就卡壳了。

“你等我想想，我刚刚光顾着骂那个顾什么的未婚妻了，忘记我说到哪里了……我想起来了，然后艾姜就跟我说，一定是误会，你肯定不会勾搭那个顾什么的……你不觉得艾姜这话说得很恶心吗？她明着是替你说话，实际上不就是摆明了说你就是有在勾搭那个顾什么吗？

“直到今天我才算看清了她艾姜是什么人，她压根就没把我和你当成朋友。她若是真的把我们当朋友，她何必跑来跟我说你说我坏话了？正常来说，真要是闹了一点别扭，如果她真心把大家当朋友，就算是你真的吐槽了我，她不应该听听就过了吗？她这样说出来不就明摆着是想挑拨我和你之间的关系吗？

“安安，我是真的很生气，我也很难过。因为这些年来我是真的真心待她的，把她当成朋友的。可她呢？我知道我这个人有毛病，说话有时候直接了一点，可是我就是在开玩笑呀，我对她也不薄呀，我每次出去给你买礼物也给她买了呀，她为什么要这样做？”

“有蔓，你别激动，为了她这样的人不值得。”

“对，安安，你说得对，不值得！就当我这些年瞎了眼！”

夏晚安心想，这不是当初她心底想的话吗？

“对了，我还有点事没跟你说，她不是问我，你有没有勾引那个顾什么吗？我说你肯定勾引了，因为你就是这样的人，我还说你虽然有老公了，但是在外面还跟另一个男人牵扯不清，那个男人的年龄都可以当你爸了！”

听完这句话，夏晚安真的要给她和宋有蔓之间的默契给“跪”下了。

因为她原本的计划就是想给宋有蔓打电话，让宋有蔓给艾姜透露这样的消息。

挂断宋有蔓的电话后，刷完牙的夏晚安去洗澡了。

因为开心，她都哼起了歌。

“朋友一生一起走，那些日子不再有，一句话一辈子，一生情……”

一边唱歌一边拉开洗手间门的夏晚安看到卧室里不知何时多出了一个人，吓得手一哆嗦，身上裹着的浴巾险些掉在了地上。

她一脸惊悚地盯着眼前的人，好一会儿才缓过神来。

韩经年不是出差了吗？他不是说下周五才能回来吗？

夏晚安见韩经年只是看着自己不说话，便将浴巾往上提了提，主动问了一句：

"你怎么回来了？"

韩经年没说话，望着她的视线诡异得让她摸不透他的情绪。

夏晚安觉得自己一直这样衣衫不整不是一回事，便指了指旁边的更衣室，说了一句"我去穿身衣服"，然后看韩经年还是没什么表示便径自进了更衣室，随便拿了一件裙子套在身上。

从更衣室出来，夏晚安一眼又看到了韩经年。

他竟然还站在原地，别说是换个姿势了，就连神情都和刚刚一模一样。

若是在武侠小说里，她还以为他是被点了穴呢……

夏晚安一面在心底嘀咕着，一面走到梳妆台前开始吹头发。

头发吹到一半时，夏晚安无意之间瞄到韩经年竟然跟个雕像一般还一动不动地站在原来的地方。只是他的视线却跟着她从洗手间的门口转移到了梳妆台前。

夏晚安被韩经年盯得有些不自在，忍不住又一次开口："你怎么提前回来了？不是说下周五才回来的吗？"

韩经年还是没理她。

夏晚安撇了撇嘴，干脆不再出声了。

她一边往脸上涂护肤品，一边暗自告诫自己把旁边站着的韩经年当成空气。

护完肤，夏晚安本想拿着手机窝在卧室阳光能照到的沙发上点个外卖，可她看到还站在卧室里没任何举动的韩经年，想了想便拿着手机冲着卧室门口走去。

她还是去客厅点吧……

经过韩经年身边时，夏晚安偷偷地看了他一眼，发现他眼窝下的黑眼圈有些重，面色也有些苍白，像一夜没怎么睡，很疲惫的样子。

难不成他生病了？

夏晚安迟疑了一下，最后还是问了一句："你是哪里不舒服吗？"

韩经年抿了一下唇依旧没说话的意思，但他看向她的眼神变得有些深邃。

夏晚安被韩经年看得往后退了小半步，然后指了指床头柜的方向："那里面有体温计，你量量，如果……真的不舒服，你给谢医生打电话，最近得流感的人是挺多的……"

说完，夏晚安飞快地往卧室门外奔去。

她走了没两步，手腕就被韩经年抓住了。

她身子一僵，下意识回头对上了韩经年的双眸。

韩经年紧紧地望着她，眼中像藏了火光，然后他漂亮的唇微微动了动："你最近这两天过得怎么样？"

"挺好的呀。我昨晚十二点多睡的觉，一觉睡到刚醒来，睡了十三个小时呢！而且这一觉睡得格外爽，一个梦都没做……"

夏晚安最后一个"做"字的音都没发完，韩经年又开口道："你有没有什么想对我说的？"

夏晚安摇了摇头："没有啊。"

她话音刚落，明显感觉到韩经年握着她手腕的力道在加重。

她疼得微微皱了皱眉心，下意识地想挣脱他的钳制，却惹得他将她的手腕握得更疼了。

她暗自吸了一口凉气后转了转眼珠子，道："哦，我有，我有想对你说的……"

韩经年的脸色好转了一些，就连握着她手腕的力道都明显放缓了下来。

夏晚安将另一只手里的手机往韩经年眼前晃了晃："就是……你吃午饭了吗？我打算叫外卖，你要不要一起点……"

韩经年等了一会儿，见夏晚安后续没说话了才出声问："没了？"

"没……"只是说了一个字的夏晚安怕自己手腕等一下会被韩经年捏断了，连忙改口，"我还想问你……晚上你想吃什么？"

韩经年的脸色一瞬间更难看了，他脸上有按捺不住的情绪在浮动，说出口的声音很冷，像在极力克制着什么："除了这些，你还有没有别的话想跟我说？或者你有没有需要我帮忙的地方？"

帮忙？她哪里敢呀？

他曾经那么冷冷地告诫过她不要给他添麻烦……

夏晚安充满戒备地看了韩经年一小会儿，然后晃了晃脑袋："没……"

她后续的话还没说出口，韩经年忽然将她往前一拉，似是很不想听到她再说什么，低头狠狠地堵住了她的唇。

夏晚安下意识地往后躲，他似是料到了般在她躲闪前用手扣住了她的脖颈。

他的吻来势汹汹，无比霸道，像恨不得要将她整个人活生生地吞入腹中一般。

他压着她吻了良久，吻到夏晚安觉得自己可能会成为这个世界上第一个因为接吻而窒息至死的人时，他总算放过了她。

他盯着她的眼睛开口道："我再问你最后一遍，你真的没有什么麻烦事需要我出面吗？”

夏晚安迟缓了好一会儿，才从刚刚的吻里回过神来，她刚想和刚刚一样摇头说“没有”，但脑袋还没来得及摇晃，她就忽地定住了。

他问她有没有麻烦事需要他出面……麻烦事……难不成他指的是高琳那件事？

“你是在说顾誉之未婚妻的事情吗？那个我自己能解决，不用麻烦你的……”

韩经年瞳孔微微缩了缩，望着她的眼神刹那间冷到了极致。

他这个人就是这样，越生气的时候反而越平静，以至他开口时的声音都无比冷静：“那你想麻烦谁？夏晨安？”

夏晚安并未察觉他的异样，轻轻地“嗯”了一声：“对啊，找我哥就好了……”

韩经年绷紧了唇角没再说话。

夏晚安想到韩经年既然知道了高琳的事，怕是也在群里看到了她发的那些图片，于是又连忙开口：“对了，我在群里有晒结婚证，不过我把你的信息都遮掩了，他们不会知道的。我还放了一张我和我哥的照片，他们都以为我的结婚对象是我哥，所以不会给你造成任何困扰的。”

“够了！”一直没开口的韩经年突然出声，“既然你想让夏晨安给你解决问题，那你拍照的时候为什么不去夏晨安的家里？为什么在我的房子里？你实时定位的时候，又为什么不用夏晨安的地址，为什么用我的地址？”

他的语气凌厉又骇人，吓得夏晚安浑身打了个寒战。

说完刚刚那句话的韩经年又想到了夏晚安跟高琳说她要是离婚可以分一半财产。

他有说过允许她跟他离婚吗？

“离婚”这两个字是能随随便便往外说的吗？

韩经年不想这些话还好，一想便觉得心头的那团火烧得越来越旺了，烧得他心肝肺都在疼。

韩经年眉眼间的怒意更浓了，连带着再出口的话都更尖锐了：“你在群里跟别人伶牙俐齿地说这是你的家，有房产证的那种家，请问房产证上我写你的名字了吗？”

一句话让夏晚安的脸上瞬间褪去了血色。

是啊，他没说错，这是他的房子、他家的地址……在他的心底哪怕她已经和他结婚了，但也是和她无关的。

她怎么就忘了这是他的家，她不应该随随便便用他的家在群里说那些话、发那些照片的。

两年来，她一直都做得很好，很努力地让自己和他划分界限再划分界限，可怎么这一次她就没注意了呢？

是他这段时间的改变让她疏忽了吗？

这一刻，夏晚安才发现自己刚刚因为他那一句“有没有麻烦事需要我出面”而浮现出的欣喜的情绪到底有多可笑。

夏晚安努力地克制着喉咙里翻滚的酸涩感，等到情绪稍稍稳定了一些才开口：“对不起，是我疏忽了，我以后不会了，这是第一次也是最后一次。你放心，我以后绝对不会在你的房子里拍任何照片给任何人看。”

其实他刚刚只是气急了才说出那样口不择言的话。

说出口后，他就后悔了，可现在他听完她这些话，他心头那股原本稍稍缓解的怒气再次气势腾腾地席卷而来。

是，是他先说了这是他的房子，可她听完这句话不会反驳他吗？

她难道就不会要求他把房子给她吗？

或者她可以理直气壮地告诉他，她是他的妻子，这房子怎么就跟她没关系了？

可她怎么就这么顺着他的话说了句“对不起”，说了句“我以后不会了，这是第一次也是最后一次”？

她什么事都不曾想着他，是不是在她的心底她本就未曾想过要和他有任何的牵扯？也对，她都能随随便便在群里跟人说和他离婚……

韩经年的手握成了拳头，他望着她的目光冷冷的，眼里像在酝酿一场风暴。

夏晚安见韩经年不说话，想了想又补了一句：“还有，我更不会让外人知道我住在你的房子里，我不会让任何外人知道我和你之间的关……”

夏晚安的话还没说完，整个人就被一股力道重重地摔到了床上。

伴随着身上压下来的重量，她立刻懂了韩经年的意思。

既然他一直以来都要和她把关系分得那么清楚，那他干吗又要碰她？

夏晚安想着想着，就发了疯似的开始反抗。他本就在生气，她越是这样他的怒意越强烈。

到了最后，他制住她，一只手将她两只胡乱挥着的手腕按在她的头顶，不顾她的挣扎和呜咽，直接堵住了她的唇。

她的唇像有魔力般让他冷静了许多，也让他胸膛里的那股火消散了许多。

她的身体带给他的感觉让他一次又一次地确信她是他的……哪怕她有任何事都不

会想到他，她也是他的。

他突然觉得自己很没出息也很难过，他竟然要用这样的方式去确定她是不是真的是他的妻子。

他其实要的不多也不想生气，他那么着急地飞回来也只是想看看她好不好。

他想要的真不多，他只不过想听她亲口告诉他她遇到了麻烦事，可她跟个没心没肺的人似的，东扯西拉就是不肯说正事。那一刻，他觉得他和她之间的距离好远好远，远得让他在心底一点一点地恨了起来。

良久，室内才安静下来。

他一放手，她整个人就缩进了被子里，蜷成小小的一团，背对着他动也不动。

他望着她纤瘦的身影，心仿佛被什么东西狠狠地刺了一下，泛起一股前所未有的尖锐刺骨的痛感。

好一会儿他才缓过劲来。

他想起上次因为她一夜未归，他愤怒之下强迫了她后，她好像落了泪，这次她会不会又哭了？

他想伸手扳过她身子看一眼，可他抬起手却又没了力气。

他怕看到她哭。

他抿着唇盯着她看了一会儿，最终还是起身进了浴室。

他洗完澡出来，盯着床上的她看了一会儿，想到她那会儿跟他说她还没吃午饭，她正准备点外卖的事情。

他想了一会儿，就去更衣室换了一身休闲装离开了家。

伴随着卧室的门被关上，床上的女孩长而卷的眼睫毛微微颤了颤，然后眼泪从眼角滚落了下来。

她在床上又躺了一小会儿，等到整个人稍稍缓过劲来才下床去了洗手间。

夏晚安简单地洗漱完，去更衣室里换了好几身衣服，直到有一套运动装可以完全将身上的痕迹全都遮掩住她才满意。

四十分钟后，韩经年拎着几个打包盒回了家。

他先将东西放在了餐厅，然后去了卧室，发现床上空荡荡的。

他微微蹙了蹙眉心，绕着家找了一圈也没找到夏晚安的身影。等韩经年重新返回卧室走到床边后，才留意到原本放在床头柜上的她的包不见了。

所以他离开了这一会儿的工夫里，她出门了……

韩经年坐在床沿，他的手随意地往床上一放，指尖却碰到了一处潮湿的地方。

他浑身猛地一颤，过了一会儿才缓缓地转头看向床上。

他的手碰着的地方有一片泪痕。

这是她刚刚躺着时脑袋枕着的地方……她真的哭了……

他竟然又让她哭了……

这是他第二次让她哭了……

上次她哭的时候，他明明有想过以后不会再让她哭了。

韩经年的心仿佛被一只无形的手狠狠地揪住了，泛起剧烈的疼痛感，还带着一丝前所未有的浓重的惊慌感。

他下意识地就摸出了手机给她打了一个电话，可等到电话接通后，里面传来的却是一个女声："对不起，您所拨打的电话已关机……"

韩经年连续拨打了好几次都是这样的回应，他才放下了手机。

他保持着僵硬的姿势在床边又坐了一会儿后起身走出了卧室。

走到玄关处，他想到自己买回来的食物，便又走去餐厅将食物换到盘子里放进保温箱，然后才换鞋出门。

他寻思着她离开的时间并不长，人也许还没走出小区。

从买了这套房子到现在，从未在小区里出现过的他第一次把偌大的小区前前后后都转了一圈。

等他转完已是两个小时后，他抱着希望回到家，推开门迎接的他依旧是空无一人的房子。

韩经年有些失落地站在玄关处，怔了一会儿，然后他心想，她可能是出去散心了，也许晚一些就回来了。

于是他去了书房打开电脑想忙一会儿公务，可面对电脑里的文档他频繁走神，时不时地还会抬头看一眼墙壁上的时钟。

不知不觉中到了傍晚六点半，窗外的天色已经开始渐渐变暗了。

门口依旧一片安静，始终没有她归家的迹象。

在外面天色彻底黑下来的时候，他又一次给夏晚安拨了一个电话，她的手机还是处于关机的状态。

他慢慢地有些坐不住了，起身从书房走到卧室，又从卧室走去客厅，他绕着房间来来回回走了不知道多少圈，见依旧等不回来夏晚安，便换了鞋准备亲自出门找她。

等他抵达地下停车场发动车子后，他才发现自己好像对她了解得很少很少。

她喜欢去哪里、心情不好的时候又喜欢待在哪里、她有些哪些朋友、她朋友的家庭住址，他一概不知。

他怪她有事不告诉他，可他好像也从未主动关心过她。

第七章

他们这辈子都不可能离婚

第二天是周一。

上午十一点，韩经年也没有看到夏晚安来上班，还得知了她昨天下午就已经打电话请了假的消息。

原本还能坐在办公室里上班的韩经年彻底焦躁了。

他几乎一整个下午都没怎么工作。他想到今天是回韩家老宅吃团圆饭的日子，还没到下班的点，就直接开车奔去了老宅。

到了老宅后，他才知道昨天夏晚安给祖母打过电话说临时有要事要出差，今晚不过来吃饭了。

直到这一刻韩经年才发现，原来当一个人存心躲着你时你是找不到她的。

周二，夏晚安依旧没来上班，这一天的韩经年照旧是处于焦躁不安的状态。

下午三点的时候，也不知道他抽了什么风，突然就怒气腾腾地跑去设计部临时召开了一个会议。说是会议，全程待在旁边看着韩经年的张特助更觉得韩经年像在玩花样挑刺的游戏。

从顾誉之到他手下的实习生，都被韩经年挑了一堆的问题，挑到最后，就连上班穿着过于花枝招展、写的字太丑了、上班时间总去洗手间等奇怪的缘由都被扯出来了。所有人都跟犯了错的小学生一般垂头丧气地坐在会议桌前，大气都不敢出一声。

周三，夏晚安依旧没出现。

张特助心想，又是难熬的一天。

这一天，韩经年出奇地沉默，从早上八点到公司一直忙于工作，一直到晚上，他都没离开过办公室。

周四一早，张特助到公司后发现韩经年办公室的灯亮着，韩经年趴在办公桌前睡了，摊在桌子上的文件上写满了内容。韩经年手里拿着笔，笔下面压着一张白纸，白纸上写着潦草的字，张特助依稀可以辨认出来几个字："还不回家……"

张特助不知道韩经年是几点睡下的，没敢吵他，悄悄地离开了办公室。等九点他再进来时，韩经年已经洗漱干净，和昨天一样跟个机器人似的又在工作了。

周四晚上，张特助忍着困意一直等到凌晨三点，见韩经年办公室的门是关着的。

他刚打算去提醒韩经年注意休息，就看到办公室的门被拉开，韩经年从里面走了出来。

张特助本以为韩经年会去SJ酒店，没想到他竟然要回家。

已经好几天没睡过一个好觉了，韩经年感觉身体很疲惫，可他躺在他和她的床上却怎么都睡不着。

以前他很少回家，可现在他一个人孤零零地在家里却觉得这个家很空荡，空荡得让他觉得很孤寂……那她呢？从前她一人在家时是不是也是这样的感受？

韩经年又是一夜无眠。

周五，张特助顶着哈欠来接韩经年上班时，看到韩经年手里竟多了一个文件袋。

韩经年将文件袋交给张特助："你去办一下手续，把这个房子转到她的名下。"

张特助离开后，韩经年在原地站了一会儿才回了楼上。

房子转到她名下后，他的房子就是她的房子了，不是她住在他的房子里了，而是他住在她的房子里……这样她是不是就会回来了？

周五，韩经年依旧是发疯似的工作了一天。

周六周日是假期，但他是在公司里度过的。

张特助有假期，只是周日晚上和朋友出去吃完晚饭后恰好路过公司，他看到顶层的灯亮着就顺便拐进来看了一眼。

整个总经理办公室里空无一人，推开办公室的门，张特助在办公桌前没看到韩经年的身影，他有点意外，结果他往前走了两步就看到了倒在办公桌后面的韩经年。

韩经年再醒来时，已是周一的中午。

他看着白色的天花板，整个人出了好一会儿神，直到看到手腕上扎着的吊针才反应过来自己是在医院里。

他刚动了动脑子就听到了张特助的声音："韩总，您醒了？"

韩经年点了点头没说话，但看向张特助的眼神中充满了疑问。

张特助了解他的意思："韩总，幸好我昨晚路过公司时上楼看了一眼，您知道您昨天烧到多少度吗？接近四十度，再晚来一点，谢医生说就等着给您收尸……"

意识到自己说错话的张特助下意识地捂了一下嘴巴，然后赶紧机智地抛出了"保命丹"："韩总，告诉您一个好消息，夫人今天来上班了！"

听到这句话，韩经年眼底一亮，下意识地坐起身要掀开被子下床，道："我要回公司。"

"不行不行，韩总，谢医生说了，您现在哪里都不能去，必须在这里把吊针打完，而且您现在还发着烧呢……"张特助边说边把手机掏出来，点开了一个视频递到韩经年的面前："我知道您会担心，我在公司里偷偷地帮您录了夫人的视频，您看，夫人好好的，一点事都没有……"

视频里的女孩看着和平时没什么区别，坐在办公桌前和旁边的一个女同事有说有笑的。

望着这样的夏晚安，韩经年总算安静了一些。

"还有，韩总，我已经派人在公司门口蹲着了，只要夫人一下班立刻就会有人跟上她，我保证今天可以知道夫人住在哪里……

"而且您想啊，韩总，您这样去找夫人，万一等会儿又晕倒在夫人面前，夫人觉得她没在家的这段时间里，您自虐了怎么办？"

张特助的一句"自虐"成功地让韩经年肯老老实实地躺回病床上继续输液了。

过了一会儿，韩经年又开口："下午我要亲自跟着她。"

"不行啊，有四瓶药呢，您刚输液，怎么也得傍晚才能好……"

"那就带着药一起去。"

张特助知道这已是韩经年最大的让步了，所以决定等会儿换辆保姆车，带着谢医生一块去跟踪夫人。

夏晚安在城北边的郊外有三套小别墅。

那是她大学毕业那一年买的，直到去年年底房子才到手。

因为房子是精装修，所以夏晚安只需要购入一些家具就可以入住。

她买的那三套小别墅并排在一起，不过去年三套别墅拿到手时，夏晚安只给中间的那一套别墅购入了家具，别墅的面积并不大，上下两层楼加起来还没韩经年那套公寓的面积大，不过夏晚安看中的是别墅所在的地段，安静、环境优美，很适合休假。

她之所以当时一口气买了三套别墅，一是因为当时的开发商恰好出现经济危机，为了快点出售房子而将房价压得很低；二是因为这三套别墅恰好临湖，夏晚安为了要湖边赠送的那一整块小花园，索性把三套别墅全收了。

那天从韩经年家离开后，夏晚安拦了一辆出租车，面对司机的询问，她一时之间不知道自己该去哪里。

其实她很想回家的，可她怕父母担心，她也想过去找宋有蔓，但这些年来她每次心情不好都是麻烦宋有蔓。

好好的一个周末，她真的不想再给朋友添负能量了，最后思来想去，她就让司机把自己送到了郊外的小别墅这边。

之后的一个星期里，夏晚安一直窝在小别墅里。

第一天，她是真的很难过，都没怎么吃东西，在床上躺了一天，她想到韩经年说的那些话还时不时会红了眼眶。

第二天，夏晚安让自己打起了精神，开始收拾自己打算长住一段时间的地方。她去附近的花卉市场订了很多绿色植物和鲜花，还顺便买了一些蔬菜种子。当天晚上，夏晚安洗澡时看到身上已经两天了还没消退的痕迹，眼底又一次浮现出满满的伤心。

第三天，夏晚安一大早起床随便吃了点早餐，然后跑去湖边的小花园里种蔬菜，种蔷薇和玫瑰花。

一整天的劳碌让夏晚安当晚睡得格外香。

第四天，夏晚安去周边的公园转了转，回来的时候还抱了一盆开满花的栀子花。她将栀子花放在别墅窗前，打开窗户，风一吹，整个房间内都是香甜的栀子花香。

第五天、第六天、第七天……夏晚安都没出门，就窝在自己的小别墅里画设计稿。直到第八天晚上，也就是昨夜，夏晚安才将整整一周都没碰过的手机开了机。

手机叮咚响了足足两分钟才安静下来。微信上有无数条消息，有宋有蔓的、韩知谨的、夏晨安的……还有设计部群里的。

宋有蔓、韩知谨和夏晨安的消息倒没什么可说的，就只是问她去了哪里，反倒是设计部群里的消息引起了夏晚安的注意。

同事A：“怎么办？我不敢去公司了。”

同事C：“我也不敢，我好怕……”

同事D发了一张照片，并附带了一行字：“你们看我这样还花枝招展吗？”

这才短短的一周，怎么部门群里的聊天画风就变了？

当然众多的微信消息里还有艾姜发来的消息：“晚安，你最近怎么没来上班呀？怎么了？”

夏晚安处理好微信消息后就点开了短信。

出乎她意料的是，祖母竟然给她发消息了：“安安，你怎么一直关机呀？什么时候来奶奶这里呀？奶奶想你了。”

夏晚安连忙回了祖母的消息：“奶奶，我这几天就过去。”

兴许是时间太晚了，祖母已经休息了，并没有回复她，她便划动着屏幕去看别的微信消息。

手机上还有很多未接电话提醒消息，有韩知谨的、宋有蔓的、夏晨安的……还有韩经年的。

他竟给她打电话了？

而且足足打了四十五个电话……他打电话的时间不固定，有早上也有中午，还有晚上，甚至连大半夜的时候也有……

他竟给她打了这么多个电话，只是他为什么要给她打电话……她还以为不管她去了哪里，他都会是那种不闻不问的态度呢。

夏晚安明显感觉到自己的心不争气地波动起来，不过随后她想起他那天说的那些话，便狠下心来当作什么都没看到，放下手机去休息了。

周一早上，夏晚安起床后出门去上班了。

在去公司的路上，夏晚安记着艾姜和高琳那边还没结束的事。

她也知道只要她回去上班，她们肯定又要闹出什么事情，不过她也记得宋有蔓告诉她的那句话，她有个暧昧对象，年龄都可以当她的爸爸了。于是在快到公司时，夏晚安给父母打了个电话。

她跟妈妈撒娇，说中午想吃妈妈烧的菜，还说要爸爸亲自送到公司来。

从小爸妈就疼她，所以二老根本招架不住她的请求，一口就答应了。

中午十二点，夏父准时开车到了公司楼下。

夏晚安接到电话立刻跑了下来，然后她挽着父亲的胳膊，故意找了个没人会经过的地方在父亲的陪同下吃午饭。

吃完饭，她还缠着父亲陪她去附近的商场走了一圈，选了一个最新上市的包包，等父亲刷了卡后才在父亲的陪伴下回公司。下车之前，夏晚安和小时候一样亲了亲父亲的面颊，而后进了韩氏大楼。

在进电梯之前，夏晚安透过玻璃扭过头看了一眼路边，发现一辆跑车撞了父亲的车，两个人站在路边正在交谈，而那辆跑车的车主是高琳。

这手法不得不说挺高明的，不过应该不是高琳能想出来的吧？是艾姜给高琳出的主意吧？

而艾姜让高琳这样做的目的是为了拿到她父亲的电话号码吧……

夏晚安眉梢微微挑起笑了笑，就转身进了电梯。

下午五点，夏晚安去了韩家老宅，祖母看到她很是欢喜，还送了她一对洁白通透的玉镯。

张妈告诉她，那是祖母的陪嫁嫁妆，是祖母的奶奶留给祖母母亲的，祖母一直喜欢得不得了，这么多年都没舍得戴。

面对祖母的好意，夏晚安的心底有种说不出来的难过，若是真要和韩经年离婚的话，她是真的挺舍不得祖母的。

祖母待她就跟亲孙女般，什么好的都想着她。

因为要回郊外的小别墅，所以她吃完饭就跟祖母道别了。

出门前她叫了一辆车，等她到了小区门口时车子恰好也到了。

她钻进车里，司机开口问："去花园小筑？"

这声音有些熟悉……夏晚安抬头看了一眼，恰好和扭过头的司机对视了一眼，然后两个人都愣了。

三十秒后，两人异口同声地开口："是你？"

两人见对方开了口，便闭了嘴等对方讲话。

过了三四十秒后，两人见对方都不出声，明白都是在等对方说话，于是又一次异口同声地开口："好巧……"

话音刚落，两个人都笑了。然后司机这次没等夏晚安出声，抢先开口："夏小姐，你先说。"

“我也没什么好说的，就是觉得好巧，没想到是你……”

夏晚安记得这个人的名字，他叫何澈，是艾姜的前男友。

他和她若是算认识的话，勉强称得上一句“不打不相识”。

“是啊，这么说起来我们还挺有缘分的……”何澈一边发动车子一边开口，“不过我们的缘分可远远不止这些。”后半句话何澈的声音有点轻，坐在后面的夏晚安没听清，“啊”了一声。

何澈回头给了夏晚安一抹笑容，是那种很温暖、很宠溺的笑容，连带着他黑框镜片背后的眼睛都泛起了光亮：“没什么，夏小姐。”

夏晚安“哦”了一声便没再说话了。

何澈并未介意她冷淡的态度，又主动开口：“夏小姐，要听点音乐吗？”

“不用，谢谢。”

“那暖气呢？觉得温度合不合适？要不要调高点？”

“不用。”

“对了，你旁边有水。”

“哦。”

夏晚安说话字数递减，何澈却热情不减：“需不需要我帮你拧开瓶盖？”

“不需要……”顿了顿，夏晚安又开口道，“但是我有一个别的需求，我需要你闭嘴。”

何澈一点也没有因为夏晚安不留情面的话而生气，反而轻轻地笑了一声后就真的闭上了嘴，专注地盯着正前方的道路，认真地开车。

车内很安静，温度合适。

由于到郊区还要一段时间，夏晚安对何澈这个人不是特别放心，偷偷地打开了手机上的录音机避免出现什么问题，然后脑袋抵着车窗睡着了。

等她再醒来时车子已经下了高速公路，而她的身上披了一条毯子。

夏晚安错愕了一会儿，抬头看了一眼开车的何澈。

是他给她披的？

何澈察觉到了她的视线，回了一句：“醒了？”

然后他看她一直在瞄身上的毯子，又开口说：“放心吧，这条毯子是全新的，没人用过。”

她不是介意毯子有没有被人用过，她是觉得他这样悄悄地给人披毯子的行为有点怪怪的……

夏晚安想着，就开口问：“你对每个客人都这么体贴吗？”

“当然不是，这是今天的第十五个女性客人才有的待遇。”其实他是想找第十五个女朋友来着，只是没想到第十五个女性客人竟然是小丫头……借他一百个胆他也不敢打她的主意啊。

夏晚安在心底嘀咕了两句，然后就“哦”了一声，又不说话了。

车内很安静，偶尔传来手机导航的声音。

夏晚安坐在车里打量了一圈车内的环境，这辆车不是什么大牌车，看起来旧旧的，应该是开了很久了。

她若是没记错的话，何澈是在一家互联网公司上班，所以他这是晚上兼职跑专车？夏晚安想着，就随口问了一句：“你跑专车是兼职？”

何澈被夏晚安问得一愣，不过很快他就不着痕迹地掩饰了自己迟疑的模样，很淡定地回了一句：“是啊……”

其实他只是在经历了第十四次失恋后，打算开始第十五次恋爱才开的专车。

“白天上班，晚上跑专车，那还真是挺辛苦的。”夏晚安这句话说的是真心话，像何澈这样的人其实算得上一个靠得住的人了。

他有工作还不忘记在下班时间赚外快，他虽然不是那种大富大贵家庭出身，但是他有一种努力生活的态度。若是艾姜肯跟他好好相处的话，未来的日子即便不能飞黄腾达，但也会过得很幸福、很舒心。

艾姜以为自己甩掉了一个贫穷的男朋友，可她不知道她这一丢弃或许丢弃的是她一生中最能给她幸福的人。

听到夏晚安的话，何澈笑了：“没办法，要过日子嘛，想多赚点钱就得吃苦。”

夏晚安很赞同地点了点头。

下了高速公路，没多久他们就到了花园小筑。

何澈按照夏晚安的指挥将车子稳稳地停在了目的地。

付费时，夏晚安在打车软件里勾选了二十元打赏金的选项。

听到手机叮咚一声，何澈拿起手机看了一眼，看到夏晚安给自己打赏后轻轻地笑出声。

何澈侧过头，透过车窗看了一眼夏晚安进屋的身影，他脸上的笑意更浓了。

何澈的车前一秒消失，后一秒一辆白色的保姆车就缓缓地停在了夏晚安亮着灯的别墅门口。

车内坐着三个人。

开车的张特助拿着望远镜看清楚别墅里夏晚安晃动的身影后，立刻开口道：“没错，韩总，夫人就是住在这里。”

韩经年没说话，伸出手要走了张特助的望远镜，对着窗口看了起来。

车内很安静，韩经年透过车窗盯着外面的别墅看了一会儿，然后掏出自己的手机给夏晚安打了一个电话，刚接通就被夏晚安挂断了。

车内的气压一下子低到了极致。

韩经年不甘心地又拨了一次，依旧被挂断了，他只好掏出张特助的手机模仿张特助的语气给夏晚安发了一条微信消息：“夫人，韩总想见您，他想跟您谈谈。”

良久，夏晚安回了消息：“我不想和他谈，除非是谈离婚的事情。”

韩经年的脸色忽然变了。

离婚？不可能的，他们这辈子都不可能离婚！

第二天被闹铃叫醒后，夏晚安准时到了公司。她所在的部门虽是设计部，但偶尔也需要应酬。

夏晚安虽然上班好几年了，但还是有点不太适应这种酒桌上谈事情的方式。

不过还好他们部门的人不算少，应酬的事也都是轮着来的。算下来大概三个月应酬一次，这样的节奏在夏晚安可忍受的范围之内。

其实今天不该是夏晚安应酬的，但是原本轮到应酬的人恰好今天有事，最后只能是夏晚安陪着顾誉之去了。

今晚的饭局人不算多但也不算少，其中有两个算是韩氏企业的大代理商。

这种饭局少不了喝酒，既然要喝酒，那吃亏的永远都是年轻漂亮的女性。

也正是因为如此，夏晚安才不喜欢应酬。

今天来的几个公司的代表都带了女性，那些女性要比夏晚安放得开很多，她们坐下后会在自己领导的示意下主动敬酒。

几杯酒下肚，有些人的本性也就暴露了。那些平时看着衣冠楚楚的男人开始跟合作方带来的女人讲不着边际的笑话，甚至有的男人在女人敬酒的时候，故意靠近女人搂搂她的腰。

那些女人面对男人这样明目张胆占便宜的行为像根本没察觉一样，继续敬酒恭维他们。

夏晚安虽排斥这样的场合，但还是尽可能地让自己保持着最得体的微笑，待在自己的位子上降低存在感。

不过存在感这种东西对于漂亮的女生来说，真的是很难降低的。

这一屋子的女人，精心打扮过后加起来的颜值都不及夏晚安一个人。

所以那些男人表面上都在和别的女人推杯交盏，实际上暗地里一直往夏晚安身上不怀好意地打量。

昨晚跟踪夏晚安的韩经年半夜从郊区回到城里后，原本没退的烧又变得严重了。

上周整整一周的时间他没好好休息也没好好用餐。谢林为了可以让韩经年睡得久一些，给他的药里加了一点安眠药，以致韩经年再醒来时已是下午六点。

虽然他住院了，但公司还是有不少紧急文件需要他签字。他醒来没多久，孙秘书就抱着一大摞文件出现在了病房。

韩经年靠在床头，左手输着液，右手拿着笔，一边翻看文件一边处理公务。

约莫晚上七点半的时候艾姜来了，她拿着一份文件一脸急匆匆的模样，道：“韩总，张特助，孙姐。孙姐，这份文件您忘带了，我下班的时候发现了，就赶紧给送了过来……”

韩经年的注意力一直放在文件上没去看艾姜。

艾姜从出现在病房开始视线一直都没离开过韩经年。

不得不说这个男人的颜值是真的高，他明明一脸病态地穿着又宽又松的病服，却依旧遮掩不住他与生俱来的矜贵气质。

“哦，是的……小艾不说，我都没注意到我少拿了一份文件。”孙秘书看到艾姜手里的文件才反应过来自己的确是少拿了一份文件。

不过在她接过文件后，又忍不住蹙了一下眉心，不对呀，她记得她来医院之前检查过文件，都带全了呀，怎么还会少拿了一份呢？

在孙秘书的疑惑中，艾姜主动开口：“那个……没什么事的话我就先走了，韩总，张特助，孙姐，再见。”

韩经年和张特助沉浸在那些需要紧急处理的文件里，没反应。

依旧是孙姐回的艾姜的话：“好的，小艾，你下班慢点走。”

艾姜笑着点了点头，然后依依不舍地看了一眼韩经年，见他始终没抬头看自己，略带一丝失望地转了身。

她一边往门外走一边佯装接到电话的样子掏出手机："喂？晚安吗？"

话音刚落，艾姜装作不经意地甩了一下头发，余光清楚地瞄见正在床上处理文件的韩经年忽地抬头看向了她。

她装作什么都没发现的样子，一边继续假惺惺地讲电话一边往门外走："你在应酬？有个人一直在灌你喝酒？你已经喝醉了吗？"

说着，艾姜就走出了病房，还体贴地将病房的门带上了。

等她走出一段距离后，她才将根本没有电话打进来的手机从耳边拿下来，放进了随身携带的包里。

病房里，前一刻艾姜关了门，后一刻韩经年就看向了张特助："查一下。"

知道韩经年是什么意思的张特助立刻点了点头，去打电话了。

孙秘书跟了韩经年好些年，看得出来他这是有更重要的事情要处理。

孙秘书识趣地说："韩总，我明早再来拿这些文件，现在我就先回去了，家里的两个孩子还等着我做晚饭。"

韩经年点了点头，准了孙秘书的话。

等孙秘书离开后，张特助立刻走到韩经年病床前，开口道："今晚夫人跟着顾誉之去京市大饭店应酬了，应酬的人里有老宋，他的确是出了名的喜欢借酒发疯、调戏女人……"

张特助的话还没说完，韩经年就伸出右手拔掉了左手手背上的针。

"你去备车，我要去趟她那里。"

"韩总，您现在去不得，您还在发着烧，而且谢医生说了，您得休息！休息！我替您去就好了，我保证夫人好好的……"

在张特助喋喋不休的过程中，韩经年当他不存在般，直接拿了一身西装踏进洗手间去换衣服了。

"韩总，我给您全程录像，我用性命担保，夫人……"

张特助的话还没说完，换完衣服从洗手间出来的韩经年冷冷地扫了他一眼，说："需要我把刚刚的话再重复一遍吗？"

张特助吓得一句话都不敢再说了，可他因为不放心还在犹豫不决。

韩经年蹙了蹙眉："张——承！"

张特助顿时一秒钟都不敢再耽误了，直接转身奔出病房去楼下发动车子了。

等张特助离开后，韩经年再次进了洗手间，顶着还在发烧的病躯用最快的速度洗了一把脸，刮了刮胡子后戴上手表，又拿了一个创可贴，一边遮掩左手手背上的针孔，一边步伐匆匆地下了楼。

在五瓶白酒瓶空掉后，那个色眯眯的宋老板终于按捺不住地看向了夏晚安："顾总监呀，你今天带来的这个妞有点冷漠呀，怎么都不知道敬我们各位一杯酒呀？有点不懂规矩啊！"

妞？捕捉到这个字，夏晚安蹙了蹙眉心，眼底浮现了一丝不悦之色。

坐在旁边的顾誉之笑着说："小夏不会喝酒，我来替她敬大家。"

说着，顾誉之端起了酒杯："来来来，宋老板，我敬您。"

"不不不，顾总监，你今天敬了我不少酒了，我不跟你喝了。我要跟你口中的这个小夏，夏小姐喝。"宋老板说着就拎起了酒瓶，拿着喝果汁的杯子倒了满满一大杯白酒推到夏晚安的面前："夏小姐，既然你不敬酒给我喝，那换我敬酒给你喝，这总成吧？"

这么一大杯白酒，谁喝下去都受不了呀……

夏晚安垂着头，遮掩住眼底的厌恶之色，勉强地维持着礼貌，回道："对不起，宋总，我真的喝不了，请您理解。"

"哪有小姐不喝酒的？"被拒绝的宋老板有些不悦了，他刻意重重地强调了"小姐"两个字，话里的意思明显带了侮辱性。

夏晚安见这位宋老板的话越说越难听，脸上一直很标准的礼貌微笑就直接没了。

顾誉之见状急忙出来打圆场："宋老板，您消消气，我替小夏喝，喝三杯……"

顾誉之刚想去端酒杯，宋老板就冷哼了一声，一脸不悦地出声："这酒桌上的女人都是什么货色，你真当我不知道？我就要这位小姐喝……"

说着，宋老板还看了一眼夏晚安："夏……小姐，喝呀！"

夏晚安抿了抿唇，正想着该怎么应对时突然有人走到了她身边。

她还没来得及往后看，就有一个熟悉的声音从她头顶响了起来："顾总监不能替她喝，那宋总，您看我呢？"

一屋子笑着的人全看向了夏晚安身后的人，然后大家嘴里的笑声渐渐转小了。

宋老板在看清楚来人后，就像撞到鬼一样忽地睁大了眼睛，喉咙里发出的笑声戛然而止。

站在夏晚安身后的人压根没理会僵住的宋老板，直接伸出手端过了夏晚安面前的那杯白酒，一声不吭地递到嘴边，全都灌进了腹中，然后他用力地捏着酒杯往餐桌上重重地一放，再开口的声调更冷更沉了："宋总，请问这样可以了吗？"

被韩经年放在桌子上的酒杯缓缓地裂开了一道缝隙，然后在他手松开的一刹那，直接碎在了桌子上。

宋老板宛如小鸡啄米般疯狂地点着头，道："够……够……够了，韩……韩……韩总……"

韩经年没说话，望着宋老板的眼神阴沉得仿佛能滴出冷水来。

宋老板被韩经年看得浑身发抖，险些滚到地上，说："韩总，我错了，我真的错了，我真的错了，我再也不敢了，我……"

跟在韩经年身边的张特助见宋老板始终没开窍，便友情提醒了一句："宋老板，您道歉的人对了吗？"

"哦哦哦……"被这么一提醒，宋老板立刻看向了夏晚安，"夏……夏……夏小姐，对……对……对不起，我错了，我有眼不识泰山，您别和我一般见识……"

没等夏晚安有所反应，韩经年就侧过头看了一眼旁边的张特助。

张特助立刻懂了韩经年的意思，他拍了拍手，很快有服务员送了一个超大容量的杯子进来。

张特助接过杯子，将桌子上所有的白酒都倒了进去，然后放在宋老板的面前："宋总，道歉要有道歉的诚意，不是吗？"

宋老板看着眼前跟自己脸一样大的杯子犯愁了。

这杯白酒喝下去，他还有命吗？可他不喝……他就已经没命了……

宋老板纠结再三，最后只能咬咬牙，抱起眼前的杯子，将白酒生生地灌入腹中。

宋老板前一秒放下杯子，后一秒就冲进了洗手间。

韩经年冲着望向自己的张特助点了点头，张特助了然地又拍了拍手，然后进来了两个男服务员将已经彻底瘫在洗手间的宋老板半拖半搀地弄走了。

风波过后，很快就有服务员进来将餐盘换了新的，就连刚刚宋老板坐过的椅子都换了。

一屋子的人这才慢慢地缓过神来，纷纷向韩经年打招呼。

韩经年没理会大家，而是看向了坐在夏晚安身边的顾誉之。

顾誉之愣了愣，然后飞快地懂了韩经年的意思，急忙起身让位子："韩总，您坐这里……”

在挪位子的过程中，顾誉之没忘记把服务员送来的新椅子换到自己刚刚坐过的那个位置上。

从进包厢一直站到现在的韩经年这才落了座。

因为他的到来，包厢里的气氛冷淡了许多，大家说话也很拘谨。

刚刚那些不怀好意地看夏晚安的人再看她时变得敬畏了许多。

韩经年没跟夏晚安讲话，夏晚安也没跟韩经年讲话，但在韩经年坐下后，夏晚安扭过头打量了他一眼。

他怎么来了？还有……他的脸色怎么看着这么差？

张特助冲着夏晚安笑眯眯地开口：“韩总无意之间听到艾秘书跟您打电话，听说您被灌酒了，就立刻赶过来了……”

韩经年是为了她特意赶过来的？

仿佛有一块石子落入心湖般，夏晚安的心底激起了一圈又一圈的涟漪。

张特助见夏晚安没说话，以为她没懂艾秘书是谁就又补了一句，道：“艾秘书叫艾姜。”

夏晚安回过神急忙应了一声：“哦。”

话音刚落，她的眉心缓缓地蹙了起来。

她并没有跟艾姜通过电话呀……难不成艾姜是故意骗韩经年过来……那也就是说……等会儿高琳也会出现？

这时，包厢的门突然被推开，穿着一身名牌、打扮得花枝招展的高琳走了进来。

不过来的却不是高琳一个人，她的后面还跟着一个男人，那男人夏晚安再熟悉不过了，是她的亲哥哥夏晨安。

“王叔叔，您好，我在隔壁跟朋友吃饭。听我爹说您在这里，所以我就过来跟您打个招呼……”高琳踩着高跟鞋直接走到了背对着门口的王总身边。

原本还纳闷夏晨安怎么会过来的夏晚安听到高琳这句话，突然什么都懂了。

今天这一切还真是挺巧的呀，她一年也就应酬三四次，偏偏这次被她碰到了宋老板这种色鬼……搞不好她那个今晚突然不能来应酬的同事不是真的不能来应酬，而是被高琳收买了。

在夏晚安思考时，高琳突然冲着她开口：“对了，夏小姐，我刚刚在大厅撞见了这位先生，听他问前台你在哪个包厢，我想到你跟阿之是一个部门的，就热心地带他过来了……”

夏晚安记着自己在群里把夏晨安当她老公的事，所以没露出破绽。对着高琳客套地道过谢后，她看向夏晨安，柔声地问了一句：“你怎么来了？”

“你不是让人给我打电话，说你喝多了，让我来这里接你吗？”夏晨安低声回了夏晚安一句话后才在她身边坐下。

他接的电话是个陌生号码，说他老婆夏晚安在京市大饭店喝多了，需要他来接她一趟。

他当时就纳闷了，他家宝宝明明是他亲妹妹，怎么就变成他老婆了？

等他来了后，看到夏晚安好好的，韩经年也在，他就知道那个打电话的人的真实目的其实是为了让他过来……

夏晨安脸上的表情没有太大的变化，但眼底的光变得有些锐利。

因为接电话的时候，那人说过夏晚安是他老婆，所以他没像从前那样一见韩经年就立刻笑嘻嘻地喊一句“亲爱的妹夫”，而是跟韩经年客套地点了点头，换了个称呼：“韩总。”

夏晚安看到夏晨安一系列的反应时就大概猜到了前因后果。

想必不是高琳就是艾姜给哥哥打的电话……艾姜知道她有哥哥，但是从未见过她的哥哥，所以她真的以为她的哥哥是她的老公，至于电话号码，估计就是她家有蔓小可爱给的了。

艾姜忽悠高琳对付她，然后让韩经年来看戏，好让韩经年认清楚她是一个什么样的人！所以归根结底，高琳这个蠢货吃了上次的亏后，不但不知悔改，还又被艾姜利用了！

在夏晚安思考时，和众人打过招呼的高琳举着酒杯走到了夏晨安的面前：“你好，你就是夏小姐的老公吧？”

坐在夏晚安身边的韩经年在听到这句话时，绷紧了唇角没说话。

夏晨安拿了新酒杯给自己倒了一杯酒，没说自己不是夏晚安的老公，也没说自己是夏晚安的老公，只是笑着碰了碰杯，回了一声：“你好。”

面对夏晨安疏离的态度，高琳也不介意，喝了酒后她就坐到了王总的身边。

途中她经过顾誉之的身边时放缓了脚步，她以为顾誉之会跟她讲话，却没想到顾誉之只是垂着头看着面前的盘子。

她心底虽不甘心，但却极力忍着，反正过一会儿，阿之就会彻底看清楚那个夏晚安的真面目！

高琳坐下后，又举着酒杯敬了大家一杯："以后有机会，大家一定要合作呀。"

商场上，能做朋友自然不会做敌人，所以大家也都客套地举着酒杯，说着"一定一定"。

等到放下酒杯后，高琳扭过头看了一眼跟着自己一起进屋的服务员："对了，你去帮我们把电视打开，放点音乐。"

"好的。"服务员微笑着应了一声，然后拿着遥控器去开电视了。

只是打开电视后，里面出现的却是一段视频……

一辆车缓缓地停在了路边，随着镜头的晃动，一栋高耸入云的大楼落入了大家的眼中。

在场的所有人都认识那栋大楼——那是韩氏企业的大楼。

车里的人并未下来，在隔了大概五分钟后，一个在场人同样都很熟悉的身影从韩氏大楼里跑了出来。

所有的人都将视线情不自禁地往夏晚安的身上看去。

不过很快大家的注意力又回到了视频上。

只见视频里的夏晚安迈着轻快的脚步奔到那辆车前，拉开车门钻进了副驾驶座。

车子缓缓开动，停在了韩氏企业大楼后面人烟稀少的小公园入口。

随即车门被打开，夏晚安率先从车里钻了下来，紧接着从驾驶座上钻下来了一个中年男子。

那个中年男子穿着中山装，手里拎着一个食盒。等他锁了车后，夏晚安立刻欢快地蹦到他面前挽住了他的胳膊，娇憨地跟他有说有笑地进了小公园里。

两个人找了一张长椅坐下，然后夏晚安迫不及待地打开食盒开始吃东西，她吃饭的过程中，不断地对着旁边的中年男人讲话，途中也不知她说了什么，中年男人还跑去不远处的小超市给她买了一瓶酸奶回来。

中年男人自始至终都没主动吃东西，但夏晚安会拿着自己用过的筷子喂他吃菜。

吃过饭后，两个人返回车上去了附近的一家高档商场。在一家奢侈品店里，夏晚安选了一个新款的包包，中年男人毫不犹豫地帮她刷了卡，然后夏晚安挽着男人的胳膊重新回到了车里。

车窗上贴了防偷窥膜看不清里面的情景，但两人上了车后，车子迟迟都没有发动。大概过了半个多小时，车子总算回到了韩氏大楼下面。副驾驶座的车门被打开，夏晚安从里面下来时衣衫有些不整，头发也乱糟糟的。

她对着车子的后视镜整理了一下头发和衣服，接过中年男人递来的刚买的包包后，冲着男人的脸上亲了一下，就挥了挥手进了公司。

随着夏晚安的身影消失在视频中，电视机也黑屏了，里面传出一些杂音。

“不好意思，我不知道是怎么回事……”服务员一边道歉一边很是着急地拿着遥控器摆弄电视机，直到视频播完了她才将电视机换到音乐频道。

在舒缓的音乐的衬托下，整个包厢里的人安静得有些诡异，但大家脸上的神情却很丰富，有些人在看向夏晚安时，眼神中甚至带着嘲弄。

大概过了一分钟，高琳觉得大家差不多消化掉刚刚那个突如其来的视频了，才装作刚回神的样子，不可思议地望着夏晚安开口：“夏小姐，我刚刚没看错吧？”

说着，高琳眨了眨眼睛：“里面的人是你？”

面对高琳的话，夏晚安佯装成很不安的样子，她先故意看了一眼旁边的夏晨安后才小声地说：“他只是来给我送饭。”

全神贯注看着夏晚安的高琳将她所有的表现尽收眼底。夏晚安的不安、夏晚安看向夏晨安时眼底的慌张，让高琳笃定夏晚安这是在心虚。

也让高琳更笃定夏晚安和那个中年男子之间就是有着不可告人的关系。

这样想着，高琳心情大好地端着酒杯晃了几下，然后笑吟吟地开口：“原来视频里的那位老先生只是来给夏小姐送饭呀，不过送饭都能送到商场里去买个奢侈品，不知道的……还以为夏小姐是那个老先生的小情人呢！”

高琳最后那句话隐藏的含义在场的人都能听得出来。

韩经年的眉心蹙了起来，眼底明显地划过一抹不悦之色。

夏晨安则是直接开口：“高小姐，请注意你的言辞！”

坐在两人之间的夏晚安看向高琳，摆出一副明明慌张却故作镇定的姿态，开口说：“高小姐，请……请你不要血口喷人！”

夏晚安的表现落在高琳的眼中，就是一副被抓包后死不认账的模样。

高琳想到顾誉之因为眼前的夏晚安跟自己分手，望着夏晚安的眼神中隐隐藏了一抹阴狠之色：“血口喷人？夏小姐，到底是我血口喷人，还是你做贼心虚？

“这一屋子的人都在，你问问大家看完刚刚那个视频是什么感受？

“你已经结婚了，还跟那个可以当你爸爸了的男人纠缠不休，坐在你身边的老公知道吗……”

高琳这话还没说完，夏晨安就突然变了神情，愤恨地出声：“闭嘴！”

“高琳！”

这次开口的人不是夏晨安，而是从高琳出现后一直没出过声的顾誉之。

他的声音听起来很严肃，是高琳认识他这些年来少有的情况。

高琳啪的一声将手中的酒杯摔了出去，道：“顾誉之，你是在为了这个女人阻止我吗？

“到现在为止，你还没看清楚这个女人的真面目吗？她有老公，还勾搭你，除了你和她的老公，她还有别的暧昧对象，她不是一只脚踩两只船，而是一只脚踩多只船！她是长得好看，可是好看也不能让你如此执迷不悟呀！”

“高琳！”顾誉之似是受够了般再次凶狠地喊了高琳的名字，“我再说一遍，我和小夏除了同事关系，没有别的任何关系！”

“是吗？没有别的任何关系，她会半夜给你打电话？没有别的任何关系，你会因为她跟我分手？她就是一个祸水！”说着，高琳起身抢走了服务员手里拿着的遥控器，将刚刚那段视频重新调了出来，调到夏晚安从车里衣衫不整下来的那一段，反反复复地给一屋子的人放了好几遍，然后才又开口，“看清楚了吗？你们说这个视频是什么意思？不要告诉我，衣服都乱成这样了还叫没事！你们一个个都瞎了眼，看到了当成没看到是不是？没关系，反正我已经提前让视频里的那个老先生过来了，他现在差不多也快到了吧。我倒是要看看他本人来了，你们还能装傻装到什么地步?!”

说完，高琳将遥控器往服务员的怀里一丢，就气喘吁吁地坐在了椅子上。

包厢里安静了大概三四分钟的样子，突然包厢门被推开，一个服务员领着一个中年男子走了进来：“不好意思，打扰了，这位先生说是来接夏小姐的……”

“请他进来吧……”高琳开口道。

等到中年男子进了包厢，服务员退出后，高琳才对着中年男子出声：“这位先生，我知道我很冒昧，但是我还是想问您几个问题可以吗？”

中年男子倒是很绅士，对着高琳微笑着点了点头：“请讲。”

“昨天中午，你是不是去韩氏企业跟夏小姐一起吃了午饭，还去商场给她买了东西？是不是？”

面对高琳的询问，中年男子笑得很友善，他点了点头：“对啊。”

高琳没说话，而是看向了包厢里坐着的其他人：“现在你们知道刚刚视频里的事情是真的了吧？”

听到这话，中年男子蹙了蹙眉，不解地问："视频？什么视频？"

一屋子的人无一人开口回答他的问题。

中年男子更纳闷了，不过他开口的语气却很镇定："这究竟是怎么了？"

高琳："没怎么，只是让大家彻底看清楚夏小姐的真实面目而已。"

"真实面目？"中年男子似是来了兴致，望着高琳开口，"哦？高小姐，那就麻烦您说一下夏小姐的真实面目是什么样子的？"

"夏小姐已婚，您知道吗？但她已婚却跟您牵扯不清，这是婚内出轨。当然夏小姐不只如此，她还勾引我的男朋友顾誉之……我很想知道一个已婚的女人有丈夫、有家庭，却在外面勾三搭四，这样的女人，你们说她的真实面目是怎样的？"

高琳说话时，中年男子的脸色已经彻底沉了下来，他没再理会高琳，而是直接看向了夏晚安和夏晨安。

"有人这样说安安，你就是这样无动于衷的态度吗？"中年男子开口，语调不高，但语气很重，明显是动了怒。

站在一旁的高琳听到这句话愣了。

过了一会儿，她才转头看向中年男子，发现他正在怒气腾腾地瞪着夏晨安，显然这句话是对着夏晨安说的。

在高琳的错愕中，中年男子又开口了："还有，我都来了这么久了，你们连个招呼都不准备跟我打？"

话音刚落，夏晚安仰头冲着中年男子娇憨一笑，撒娇着开口："爸。"

爸？听到这个称呼，除了韩经年、张特助、夏晨安，其他的人全愣住了。

高琳仿佛被当头砸了一棍子似的，一脸不可思议地出声："你喊他什么？"

然而，并未有人理会高琳。

中年男子面对夏晚安的一声"爸"，脸上的怒气消散了许多，只是目光落到夏晨安脸上时，脸色又沉了下来。

夏晨安接触到父亲的注视，急忙赔着笑开口："爸。"

不过他的笑并未让中年男子的神情有所好转。

高琳看着两个人都喊了中年男子"爸"，这才一点一点地转过弯来。

这个中年男子是夏晚安的爸爸？也就是夏晚安老公的岳父？

所以她折腾了半天，揪出来的压根不是夏晚安的情人，而是夏晚安的父亲？

可她的目的是为了让夏晚安在顾誉之面前彻底毁了形象！这样她岂不是弄巧成拙

了吗？

高琳飞快地转了转眼珠，随后就想到韩经年是因为夏晚安才出现的，于是又开口：“即便这位老先生是场误会，那韩先生呢？韩先生可是为了夏小姐灌了宋总足足两大缸白酒，韩先生这么护着夏小姐，跟夏小姐的关系非同一般吧？”

于是高琳紧紧地抓住这根救命稻草，开始做文章：“哦，对了，还有一件事，我想在座的各位可能都不知道吧？我听说，夏小姐深更半夜出入过韩先生的办公室？不知道夏小姐的老公知不知道自己的老婆和顶头上司有……”

高琳的话还没说完，坐在夏晚安身边的韩经年突然对着中年男子出声：“爸。”

整个包厢瞬间鸦雀无声。

所有人都以为自己出现了幻觉，错愕良久，才看向韩经年。

其中最为震惊的是喋喋不休的高琳，她张大嘴巴，看了看中年男子，又看了看韩经年：“韩……韩总，你……你喊他什么？”

同样震惊的还有顾誉之。

坐在韩经年身边的夏晚安，也因韩经年的这一声“爸”而面露惊讶。

这屋里还有很多别的企业的人，韩经年的这一声“爸”，岂不是间接地把他和她的关系暴露了？

在室内这么多人或震惊或错愕的神情中，中年男子笑眯眯地对着韩经年点了点头：“经年。”

韩经年站起身，然后看了一眼张特助。

接收到他的视线，张特助立刻起身搬来了一张椅子。

然后韩经年对着中年男子出声：“爸，您坐。”

他的第二声“爸”让包厢里仿佛被点了穴道的人都缓缓地回了神。

有人面露疑惑地看了看中年男子，又看了看韩经年，然后忍不住出声：“这个，韩总，能不能介绍下，这位是？”

韩经年没说话。

等中年男子坐下后，给他殷勤地倒茶水的张特助开口：“我给大家介绍下，韩总身边的这位女士，也就是大家口中的夏小姐，是我们韩总的夫人。夫人身边的那位男士是我们韩总的大舅子，也就是夫人的亲哥哥。至于我身边这位先生，是我们韩总的岳父，也就是我们夫人的父亲……”

听完张特助的这些话，高琳总算脑袋清醒了一些，她指着夏晨安下意识地开口：

“不对呀，夏小姐在群里发的照片，明明是这位先生的……”

“我们夫人喜欢低调，不想让公司的人知道她的身份。而当时高小姐在群里咄咄逼人，夫人迫不得已只能用自己的哥哥出来澄清一下。”

高琳被张特助说得脸一阵白一阵青。

她怎么都没想到，她本来只是想挽回顾誉之，现在别说挽回了，反而把顾誉之推得越来越远了……

高琳下意识地看向顾誉之，只见顾誉之脸色难看得仿佛恨不得从这个包厢里消失不见。

她心底浮现了一丝慌张，随即她就想到了一件事，然后又开口：“不对！”

随后，高琳看向夏晚安的父亲：“夏小姐姓夏，可你姓程。我追尾了你的车，我们走保险时我有看过你的姓名，你叫程统一，你们两个人的姓都不一样，她怎么可能是你的女儿？她不是你的女儿！你们在骗我，你们联合起来骗我！”

面对高琳的激动，程统一显得越发沉稳淡定：“高小姐，谁规定女儿的姓一定要跟着父亲？实不相瞒，我夫人姓夏，我们家所有事情都以我夫人为主。请问高小姐，有问题吗？”

一句话噎得高琳说不出来一个字。

过了一会儿，她看向了夏晨安。

她没说话，但夏晨安似是懂了她心底在想什么一样，开口说：“我有两个名字，户口本上的名字是夏晨安，但是私下有很多朋友也会喊我程安。”

听到这里，高琳总算明白了，她处心积虑筹备了这一切，原本是要埋夏晚安的坑，结果反而埋了自己。

望着此时此刻神情变幻的高琳，夏晚安知道高琳的戏唱完了，现在该轮到自己登场了。

高琳和艾姜觉得，她们在一步一步算计夏晚安，可她们又哪里想得到，其实在她们算计夏晚安的时候，夏晚安早就将计就计了。

当初，艾姜以还夏晚安钱的名义，请夏晚安吃夜宵，夏晚安就知道有诈。

夏晚安就是要顺着艾姜的计划往下演，包括在群里晒结婚证、放哥哥的照片，都在她的计划之中。因为她哥哥有两个名字呀……可知道这个事情的人并不多，宋有蔓是其中一个。

在这一系列的事情中，唯一的一个意外是韩经年。

她未曾想到韩经年会出现，也未曾想到韩经年会对着外人说出他和她的关系……

想到这里，夏晚安似突然想起什么一样，转头对着坐在自己右侧的夏晨安开口："哥，有蔓说她电脑出了问题，让你有时间去帮她看一看。"

"哦，我知道了……"夏晨安应完这话后，扭头又看了一眼夏晚安，"有蔓为什么不自己告诉我？"

夏晚安递给夏晨安一抹不自量力的眼神："因为有蔓和我是真爱呀！"

坐在夏晚安左边的韩经年听到这句话，忽地扭头看了一眼夏晚安。

张特助察觉到了韩经年这举动，默默无语：怎么韩总到现在还吃宋小姐的醋呢？

将夏晚安和夏晨安的对话尽收耳中的高琳皱起眉："有蔓？野有蔓草的有蔓？宋有蔓吗？"

夏晚安等的就是高琳这句话，不过她却故意顿了一会儿，才不冷不淡地看了一眼高琳："对呀，高小姐，难不成你也认识宋有蔓？宋氏企业的宋有蔓？"

宋氏企业？

听到这四个字，高琳摇了摇头："不，我不认识你口中的那个宋有蔓。"

"这样吗？那高小姐的意思是，你也认识一个宋有蔓？"夏晚安仿佛闲聊般抿着唇笑了笑，"我一直觉得有蔓这个名字蛮新颖的，应该少有重名，没想到竟然还是有的。不过，我无聊的时候查过我们公司的人员档案，没有叫宋有蔓的……"

高琳一脸震惊地问："你刚刚说什么？韩氏企业没有叫宋有蔓的？不可能！不可能！怎么可能？"

高琳似是受到了刺激一般，喃喃低语了好一会儿。然后她留了句"你们等我一会儿"，就起身奔出了包厢。隔了大概五分钟，包厢门再次被推开，进来的不再是高琳一个人，还有被她紧紧拉着手腕的艾姜。

高琳还没说话，顾誉之就开口了："艾秘书？你怎么在这里？"

"艾秘书？"高琳将这三个字重复了一遍，然后缓缓地扭头看向艾姜，"阿之怎么喊你艾秘书？"

说着，她又看向了顾誉之："你喊她艾秘书？"

"对呀……"这次开口的不是顾誉之，而是张特助，"她是总经理办公室的，叫艾姜，所以是艾秘书呀！"

"艾姜，艾秘书，艾秘书，艾姜……"高琳喃喃地念出这几个字，忽然扭头看向了艾姜。

只是她后续的话还没说出口，已经察觉到室内不对劲的艾姜就像被吓到了般，哆嗦着身体抢先开口："你……你是谁呀？为什么在楼道里碰到我就一把抓着我把我带到这里？"

原本要质问艾姜的高琳，被艾姜的这句话噎得当场傻在了原地。

她像被人当头砸了一棍子似的，睁大眼睛，盯着眼前的艾姜蒙了好一会儿，然后才出声："你说什么？你问我，我是谁？"

高琳似是听到了天大的笑话一般，下一刻就忽地笑了，然后她不断地点着自己的胸口，直视着艾姜的眼睛，声嘶力竭地问："我是谁，你不知道吗？你在这里装什么装？当初可是你自己凑上来跟我说阿之和夏小姐有关系的！你现在装作不认识我？"

高琳越说越激动，到了最后，她瞪向艾姜的眼神狠厉得像下一秒会将艾姜撕碎了一般。

艾姜似是被她吓到了一般，脸色苍白，浑身瑟瑟发抖，就连开口的声音都哽咽了起来："我不知道你在说什么，我真的不知道你在说什么，我根本不认识你……"

"不认识我？"高琳彻底愤怒了，开口时声音都走了调，"不认识我，那你还戴着我买给你的项链？穿着我买给你的鞋子?!"

"你在说什么呀？我真的听不懂，这项链和鞋子是我自己买的，而且是在网上买的仿品……"说着，艾姜就掏出手机找出了购买记录。

高琳似是没料到艾姜会有这一手，一时间又傻在了原地，不知该如何是好。

看着这一幕，夏晚安微微低头，扬了一下唇角。不得不承认，艾姜真是聪明，她见自己在高琳面前露出了真实姓名就立刻开始装傻了。

除此之外，她还在网上提前买了一些假货来挡灾。

相比之下，高琳就真的愚笨多了，送给艾姜那么多奢侈品，却没留个送她东西的证据。

"好啊，亏我一直感激你，从未想着牵扯你下水。结果你倒好，现在翻脸不认人了？"高琳显然是真的被气到了，她胸口起伏得厉害，甚至眼底都冒了泪光，"既然如此，那你就休怪我不留情面，你别忘记了，你可是给我发过很多短信的……"

说着高琳也掏出手机，也许是因为生气，她翻记录的指尖颤抖得无比厉害。

只是，她拿着手机看了一遍又一遍，然后一脸错愕地出声："怎么会呢？我明明没有删除我的短信记录，为什么没有了呢？"

听到这话，夏晚安瞬间懂了。

艾姜还真是狠呀，不管成功还是失败，她早就提前想好了抽身之策，高琳手机里的短信想必是被艾姜删了吧？

高琳忽然抬起头，目光凶狠地瞪向艾姜："是你，是你，是你刚刚说你手机没电了，借我手机的时候，悄悄地把短信删了，对不对？是你！是你删的！"

"我什么时候跟你借手机了？而且我手机的电是满的呀……"艾姜怯生生地将手里的手机按亮了屏幕，将电量展现给大家看。

高琳从未想到自己句句属实的话，居然在艾姜这里全都变成了谎言。

她无比委屈，却又无法为自己辩白，愤恨、憋屈混搅在一起，她盯着楚楚可怜的在落泪的艾姜，突然就暴躁地抬手，狠狠地甩了艾姜一巴掌："好啊，你这个小贱人，居然敢坑我！"

高琳那巴掌是用足了力道的，将艾姜的上半身都打得偏了过去。

很快，艾姜的脸上清晰地肿起五根手指印。

然而气昏了头的高琳又是一巴掌狠狠地甩到了她的脸上："你收了我那么多东西，反过来想假装不认识我？你想得美！要不是你，我能落到现在这地步？你口口声声说帮我挽回阿之，结果呢？结果害我来这里，贴上去被人打脸！"

高琳越说越恨，下手也更狠了，直接开始用长长的指甲抓艾姜的脸："你不是说，你认识夏晚安最好的朋友吗？你不是说，她那个朋友很讨厌她吗？你不是说，她那个朋友说的话都是万分属实的吗？你不是说，夏晚安有个可以当她爸爸的暧昧对象吗？最后呢？最后那真是她爸爸！

"你还跟我说让人看清楚夏晚安的真实面目？是啊，大家都看到了夏晚安的真实面目，韩总夫人，这个真实面目够刺激吗？"

高琳说着，就不顾形象地脱掉高跟鞋，开始砸艾姜："这就是你给我出的好主意？结局就是让阿之离我越来越远？当初阿之跟我说，他跟夏晚安没什么的时候，他压根就没骗我。是你，是你，是你非说阿之和夏晚安之间有问题，都是你……如果不是你，阿之不会跟我分手的……是你害了我……"

高琳一想到这里，整个人直接失去了理智，揪着艾姜的头发，开始用她的脑袋撞地板。

艾姜因为额头被磕破了，原本被高琳抓破的脸上很快变得鲜血淋漓。

望着这样的场景，夏晚安微微垂下了眼皮。

艾姜是很聪明，可是再聪明又怎样？她以为她毁掉了所有的证据，就可以瞒天过海了吗？是，就算她真的瞒天过海了，可失去了顾誉之的高琳又怎么可能会放过她？

高琳是冲动，是不够聪明，可艾姜忘了一点，高琳之所以会这样愚笨，是因为她爱顾誉之，若是不爱，她又怎会如此盲目？

如今，高琳人财两失，气急败坏的她是不可能会放过艾姜的。想必接下来的一段日子，艾姜一定会很难熬。

不过这又能怪得了谁？还不是她艾姜咎由自取。

包厢里变得这般乌烟瘴气，大家自然是无心再待着了。在保安进来拉架时，大家也顺势散了。

夏晚安离开时，经过艾姜的身边，她停顿了一下。艾姜似是察觉了，吃力地抬头看向她。

四目相对，夏晚安从艾姜的眼底看到了恨意。她没躲闪，迎着艾姜仿佛恨不得杀了她的视线，回了艾姜一抹笑，然后用口形无声地对艾姜吐了两个字："爽吗？"

艾姜接收到夏晚安无声的话语，惨不忍睹的脸上瞬间浮现出一抹怒意。

艾姜一直以为自己胜券在握，她一直以为夏晚安和宋有蔓只是表面姐妹，直到刚刚她才知道是她错了！

宋有蔓一直都在骗她，宋有蔓和夏晚安从小长大，怎么可能会不知道夏晚安的老公是谁，夏晚安的父亲是谁！

而夏晚安，看似是被自己抓在掌心里玩得团团转的人，可实际上，自己才那是那个被夏晚安玩转在掌心上的人！

她还以为高琳冲拉她过来是让她来看夏晚安笑话的，可最后……只不过是她被看了笑话而已。

艾姜胸口处的怨怒像要爆炸般，她望着夏晚安眉开眼笑的姣好容颜，忽地挣扎着想扑上去撕烂夏晚安的笑。

只是她被高琳劈头盖脸不顾轻重地揍了一顿，她挣扎了好几次，都没能从地上爬起来。她望着夏晚安的眼神像淬了毒，阴狠得吓人。

接触到艾姜的目光，夏晚安唇角的笑更灿烂了。

夏晚安并未在艾姜身上多浪费时间，她轻飘飘地收回落在艾姜身上的视线，很快就离开了。

在她走出包厢门时，她听见身后传来高琳凄厉的声音："阿之！"

夏晚安下意识地回头，看见顾誉之也准备走了，恰好经过高琳的身边。

面对高琳带着哭腔的喊声，顾誉之的脚步微微顿了顿，但最后还是走了。

“阿之，阿之，阿之！”高琳疯了般，一遍又一遍地喊着顾誉之。

她似是感受到自己要彻底失去这个人了，慌张无措的她不顾保安的阻拦，再次扑到艾姜跟前，狠狠地冲着她的肚子踹了好几脚：“你还我阿之，你还我阿之……”

说着说着，高琳就突然蹲在地上，捂着脸哭了：“对不起，阿之，我不是故意不相信你的，我就是怕，怕你不爱我，怕你跟任何女生说话，我怕……”

夏晚安盯着哭得好不伤心的高琳微微有些晃神，但还是转身离开了。

去父母家吃过饭后，夏晚安与韩经年坐着张特助开的车子回到了她住的小别墅前。夏晚安下车准备关车门时，突然想起自己好像并没有告诉韩经年和张特助她住哪里。可他们并没问她，就把她送到了目的地。

所以……她离开的这段时间里，他是查过她了？

夏晚安抿了抿唇，关上车门，进了别墅。

等别墅亮了灯，张特助才发动车子离去。

路上，张特助说了他一直想说，但因为夏晚安在而没机会说出口的话：“韩总，今晚的事，您怎么看？”

韩经年没说话。

张特助又道：“高琳显然是被夫人下了套，只是艾秘书那边，您真的觉得和她没关系吗？

“艾秘书虽然拿出了购买仿品的纪录，但是我可以看得出来，她的项链和鞋子是真的。

“而且，高琳对夫人说了那么多过分的话，可夫人好像并没有跟高琳计较的意思，反而半路转了话题说了宋小姐，还说我们公司里没有和宋小姐同名的……这显然是在暗示高琳。所以我猜测，高琳之所以会对夫人不依不饶，应该是艾秘书在背后捣的鬼，而且……艾秘书用的可能是宋小姐的名字。

“夫人显然是早就知道了……夫人之所以不动声色，就是为了让高琳弄清楚艾姜的真面目，又不脏了自己的手……

“这么说下来，夫人才是最‘腹黑’的人啊！”

韩经年睁开眼，看向张特助。

张特助连忙解释：“韩总，我是在夸夫人聪明！”

韩经年重新合上眼睛。

张特助继续往下说："韩总，您还记得之前在港城出差的时候，艾秘书打电话说夫人结婚的事吗？现在看来，艾秘书一直都在背地里针对夫人呀……"

说到这里，张特助又开口："对了，韩总，刚刚孙秘书给我打电话，她说她去医院时真的检查过文件，没有遗漏的。她还说，她临离开公司时去过一趟洗手间，当时艾姜好心地帮她拿过那些文件……"

听到这里，韩经年又睁开了眼睛。

所以，艾姜那会儿来医院，是有预谋的？

三秒过后，韩经年出声了："让她走吧。"

其实今晚在京市大饭店，张特助就已经想到艾姜会是这样的下场了。

不管艾姜有没有和高琳合作，但是按照他对韩总的了解，只要有嫌疑，都不可能再留了。

不过，张特助为了保险起见，还是确定了一遍："走？是开除的意思吗？"

没人回应他。

张特助一边开车，一边又出声："韩总？"

车内依旧一片安静。

张特助下意识地回头，看到韩经年已经栽倒在后车座上了。

张特助猛地踩了一脚刹车，等车子停稳后狂奔下车，冲到了韩经年身边："韩总，韩总？"他边说边伸手摸了摸韩经年的额头，烫得惊人。

许是靠得近了，张特助隐约听到韩经年嘴里在说着什么。

他低头凑近了一些，听了好一会儿，总算听清了他在念叨什么："晚安……别墅……别墅……晚安……"

尽管只有两个词，但张特助立即懂了。

他都自身难保了，还想着夫人！

第八章

在最深的噩梦里拥抱他

次日，设计部发生了一件大事。

顾誉之辞职了。

顾誉之年少有才，算得上一个不可多得的人才，只要他在韩氏继续做下去，迟早有一天会功成名就的。

所以他的辞职在公司里引起了轩然大波。

很多人都在猜测顾誉之为什么辞职。

有人说，顾誉之是被竞争公司高薪挖走了。

总而言之，猜测五花八门。

只有夏晚安知道，顾誉之是自己离职的。

昨晚回家后，她闭上眼睛，脑海里浮现的都是高琳哭得惨不忍睹的画面。

她不是圣母，也不是那种恩怨不分明的人，可是高琳却让她恨不起来。

因为高琳身上有她的影子，高琳爱顾誉之，她是爱惨了顾誉之才会那么卑微。

夏晚安越想越睡不着，最后爬起来给顾誉之打了个电话，将艾姜利用高琳的前因后果都讲了一遍。

第二天到公司，顾誉之离职的消息还没传开，夏晚安就收到了顾誉之的邮件。

“小夏：

谢谢你昨晚打电话告知我实情。

我想了一夜，你说得对，高琳在我上班的时候会频繁地守在公司楼下，是因为太爱了，爱到没有安全感。她是很任性，可她也为了我背井离乡地跑到了京市。

而我明知道她对我控制欲那么强，却一直都不跟她分手，也是因为爱，因为爱，才愿意包容她的缺点。

这次的事情，与其说与你和艾秘书有关，不如说是我和高琳之间原本就存在问题，只不过是你们让我和高琳之间的问题提前爆发了。

我想了很久，我其实挺感谢这次的事情，让高琳了解到了自己的问题，也让我了解到自己因为工作的确忽略了她很多，没能给她足够的安全感。

我打算辞职了，就当是用我奋斗了这么多年眼看着即将成功的大好前程，给高琳也给我自己上一课。

让高琳知道，爱情里最重要的是信任，也让我知道，爱情里最重要的是陪伴。

总之，谢谢你，小夏。

若不是你，我和高琳或许就真的不会有将来了。

对了，所有的事情我都跟高琳讲了。她让我对你说句对不起，另外邮件附赠的东西，算是她给你的道歉。

顾誉之留。”

看完邮件，夏晚安点开了邮件里附赠的一个文档。里面是高琳和艾姜发的所有短信内容。

夏晚安想，这一定是高琳后来缓过神后找人恢复的聊天记录吧。

不过这记录，对于早就猜到来龙去脉的她来说暂时没什么用了，但是将来说不定能派上用场……

想到这里，夏晚安从包里翻出一支口红，拔掉后盖，露出一个小巧的U盘。

将高琳给自己的这份文档拷贝进U盘时，她没忘记加密。

与此同时，医院。

穿着一袭白衣的谢林推开病房时，神情有些严肃：“韩总。”

靠在床头正在开视频会议的韩经年看了他一眼，意识到可能出什么事了，便递给张特助一道眼神，示意他先中止会议。

等病房里安静下来后，谢林将手里拿着的文件袋递给了韩经年。

拆开文件袋，从里面抽出厚厚的一叠白纸时，韩经年一眼扫到的是“夏晚安”三个字。

这是她的体检报告。

体检报告的最后有谢林写下的体检结果，但韩经年还是选择从第一页开始看起。

他看得很认真，比看任何一份文件都认真。

他看到中途时，神情变了，连带着病房内的气压都跟着急速下跌。

良久，韩经年的视线才从检查报告上移到谢林的身上。

接收到他的眼神，谢林开口将情况详细地阐述了一遍：“夫人哪里都没问题，唯独有问题的就是在她体内查到了药物残留。这个药物最大的作用就是避孕，而且是紧急避孕。”

听到谢林的话，韩经年握着文件的指尖加重了力道。

站在一旁的张特助吓得小心脏一直跳。这是要出大事的节奏呀，该不会是夫人背着韩总偷偷地吃避孕药吧？

谢林：“这种药物的避孕效果很好，同时副作用也很强。长期服用会使人不孕不育的，而夫人目前的情况来看，显然已经被这药物伤身了。”

听到谢林这些话，张特助连忙开口：“不对呀，夫人要是长期服用，她可以用长期避孕药啊，为什么要长期服用紧急避孕药……而且，谢医生，如果只是偶尔吃一次紧急避孕药，会有事吗？”

谢林摇头：“不会，因为人体有一定的代谢功能，偶尔一次紧急避孕只会导致经期紊乱，但是不会对人体造成过多的伤害，而夫人目前这样的情况，显然是长期且频繁地服用紧急避孕药才出现的状况。”

长期、频繁……随着这两个字钻入张特助的耳中，他下意识地开口：“谢医生，你的意思是夫人长期且频繁服用药物，可是韩总和夫人在一起的次数那么少，夫人若是想避孕，她完全没必要这么做……”

后续的话还没说出来，张特助似是懂了什么般，扭头看了一眼旁边的韩经年。

男子精致漂亮的眉眼不知何时变得凌厉无比，他眼底涌动的全是令人毛骨悚然的杀意。

“所以，这药不是夫人自己吃的，而是有人悄无声息喂给夫人吃的？”张特助后背没来由地一阵发寒，“若不是韩总突然派你给夫人体检，可能等我们发现情况的时候，夫人已经彻底不可能再怀孕了。”

张特助话音刚落，韩经年眼底急速涌出无穷无尽的暴戾。

“是的。”谢林接了话，“一般情况下，如果不做深度体检，也不会有人发现问题。而且即便做了，也未必有人能和我一样发现问题。”

张特助：“可是，是谁给夫人下的药？又究竟是怎么下的药？当初结婚，韩总之所以要对外封锁消息，为的就是不让他的事情牵连到夫人的身上。可现在看来，早在两年前，夫人嫁给韩总的时候就已经被牵连了……”

韩经年突然开口：“她现在怎么样？”

谢林知道韩经年指的是夏晚安的身体情况：“夫人现在的身体受损挺严重的，她天生体寒，再加上服用了药物，目前来看，怀孕应该是一件很困难的事了……”

韩经年握着文件的指尖没来由地一阵猛颤，就连他的声音里都带了微微的颤抖：“有办法吗？”

“我尝试着给夫人开点药调理调理，目前的情况你也知道，冰冻三尺非一日之寒，所以即便解冻，也是需要时间的……”

谢林是医学界精英里的精英，他说能救的人，哪怕是半只脚踏进了鬼门关，也能被他从阎王爷手里抢回来。而此时他用了“尝试”这两个字……

韩经年的心仿佛被什么东西狠狠地刺中了一般，疼得他窒息了一阵。过了一会儿，他才微微点了点头。

病房里安静得有些不像话。

不知道过了多久，韩经年才出声：“不管付出多大的代价，医好她！”

谢林：“是。”

“你们先出去吧。”

不知是不是张特助的错觉，他从韩经年的语气里听出了一抹慌张，他下意识地开口：“韩总……”

韩经年没等张特助后续的话说出口，就又扔了两个字：“出去！”

张特助和谢林都不敢再说什么，一前一后地离开了病房。

等到病房的门被带上，整个房间里彻底安静下来后，韩经年才抖着指尖再次翻开了那份体检报告。

是他连累了她，是他害了她……这么多年了，一直都是这样，只要是和他亲近的人，都逃不掉这样的结局……

从小就是这样，妈妈、爸爸、大哥、二哥……现在要轮到她了吗？

不！他绝对不允许同样的悲剧再发生了！

曾经是他年少，很多悲剧，他只能眼睁睁地看着，无计可施。

如今不一样了，如今完全不一样了！

他想守护的东西不多，哪怕他拼了他这条命，也要护她一生周全！

夏晚安下班后回到小别墅，差不多是晚上八点钟了。

她煮了一份晚餐，填饱肚子后，想到今晚有雷阵雨，就去小花园里在自己种的蔬菜和鲜花上搭了一层塑料膜做保护。

处理完花花草草后，夏晚安回到室内泡了一壶茶，听着轻音乐，惬意地看了一会儿书，然后等到手机提醒她睡觉的闹铃响起后，就立刻丢下书抱着睡衣跑进了浴室。

收拾好一切躺在床上，夏晚安习惯性地拿起手机跟宋有蔓发消息。

就像心有灵犀般，她的消息还没发出去，宋有蔓的消息就过来了。

野有蔓草："安安，你知道我刚刚发现什么了吗？"

全京城最美的崽："什么呀？"

野有蔓草："刚刚我去韩知谨家借卫生纸的时候，我看他在打游戏就凑过去看了一会儿，然后中途韩知谨接了微信语音电话。"

夏晚安看得出来，宋有蔓的话没说完，就耐心地等着。

结果她等了好一会儿，都没等到宋有蔓的消息过来，夏晚安刚准备问宋有蔓去哪里了，结果屏幕就亮了。

全京城最野的崽："等韩知谨挂断语音电话后，他去朋友圈看了一眼，然后我眼尖地偷看到了艾姜发的朋友圈，但是没看清楚内容。我好奇嘛，回来后拿着我自己的手机去看，结果我才发现艾姜居然把我从好友里删了！"

看着宋有蔓换的微信名，夏晚安一阵无语。

全京城最美的崽："所以你刚刚发消息发到一半不见人了，是去改名字了？"

全京城最野的崽："对呀，我看你跟你哥，还有韩知谨那家伙都是这个名字，那我肯定也要改啊！"

夏晚安和宋有蔓又交流了一会儿，然后就互道晚安了。

在放下手机之前，夏晚安没忘记在自己的微信里搜一下艾姜，发现自己也被她从好友里删了。

周六晚上，夏晚安洗衣服时手机突然响了。

是张特助打来的电话。

电话一接通，夏晚安还没开口，张特助就焦急如焚地出声道：“夫人，您见过韩总吗？”

“没有呀……”夏晚安蹙了蹙眉，隐约觉得有什么事发生了，顿了顿，又开口问了句，“怎么了？”

“韩总不见了……从昨晚开始到现在，我一直都没找到他。电话无人接听，公司、家里以及他平时去的地方，我全找过了，统统都没找到他。”

韩经年一个成年人，应该不会出什么事吧？

这想法刚闪过夏晚安的脑海，手机里就又传来了张特助的声音。

“韩总从没这样过，以往即便找不到他的人，但也能联系上他，这次我这么不放心，是因为……因为……今晚零点过后，就到了他的生日。”

听到最后一句话，夏晚安这才急忙翻开了日历。

最近发生的事情比较多，若不是张特助这么一提，她只能等到明天记事本提醒才会想起韩经年的生日到了。

“夫人，您是知道的，韩总他从不过生日的……确切地说，他不允许任何人在他面前提起有关他生日的字眼，但是昨天艾姜提了……”

夏晚安紧紧地皱起了眉心：“艾姜？”

“是这样的……”电话那端的张特助似是发觉了夏晚安的语气有些不对劲，连忙出声解释，“艾姜已经被韩总辞退了，但昨天她又跑来办公室闹了一场，还说给韩总准备了一份生日礼物，然后韩总发了很大的火。等艾姜离开后，韩总再也没说过话，之后我就再也没见过韩总了……”

有关韩经年的生日，夏晚安以前也是疑惑的，她不懂他为什么不过生日。直到前不久，祖母告诉她韩经年的父亲是死于他生日的那天，她才彻底明白。

夏晚安思考了一会儿，说道：“张特助，麻烦你再找找他，我也帮忙找找，有消息了我们再联系。”

“好，夫人。”

挂断电话后，夏晚安给韩经年打了一个电话，如张特助说的那样，真的是关机的状态。

夏晚安强迫自己冷静下来，韩经年到底会去哪里？

明天是他的生日，而他的父亲是在他生日的前一天带他去取生日蛋糕时出的事……他这么忌讳生日，显然是跟他父亲的死有关。

夏晚安叫了一辆车后奔去了更衣室，飞速地换了一身衣服，然后一边给和自己约好一起去做SPA的宋有蔓打电话，一边匆匆地下了楼。

“有蔓，我临时有点别的事，今晚我们的活动可能要泡汤了……”

夏晚安边和宋有蔓讲电话边锁了门，往路边走去。

她叫的车已经到了，一眼望去，她觉得有些眼熟，不过因为和宋有蔓在通电话，她没太在意。她确定车牌号是正确的，便拉开车门钻了进去：“有蔓，你不要生气嘛，回头我好好补偿你……”

夏晚安话音刚落，前面传来了一个很轻的笑声。

夏晚安挂断电话后，不满地抬头冲着司机瞪去。

随之，她撞上了一双藏在黑框眼镜后面的含笑眼眸，仿佛会放电。

夏晚安睁大了眼睛：“怎么又是你？”

何澈眼底宠溺的笑意更深了：“如有巧合，纯属意外。”

夏晚安撇了撇嘴，然后扭头看向了窗外。

车子很快开动，冲着夏晚安定位的地方驶去。

快到目的地时，夏晚安接到了张特助的电话：“怎么样？找到了吗？”

“夫人，我去了第一个地方，没有看到韩总。”

“哦。”夏晚安失落地应了一声，见车子停了下来，便匆匆忙忙地下了车。

望着女孩冲进前面教堂的背影，何澈微皱了皱眉心。

小丫头刚刚接电话时说“找到了吗？”，她是在找什么人吗？

何澈正思考时，看到夏晚安从教堂里出来了。

她边看手机边望向马路，像要拦车的样子。

何澈将车子往前开了一截，到夏晚安面前时，他落下车窗，按了一下喇叭。

夏晚安闻声看来。

何澈弯了弯唇角：“包车吗？”

三秒后，夏晚安拉开车门，勉为其难地钻了进去：“算了，看你这么努力赚钱的分上，就包你的车吧，算是我照顾你的生意。”

这还是生平第一次有人跟他说……照顾他的生意。何澈暗自抖了抖唇角，然后一脸认真地对着夏晚安道：“谢谢老板。”

在夏晚安的指挥下，何澈去了好几处地方。

每一次夏晚安都是饱含希望地下车，然后万分失望地回到车上。

在寻了第五个地方后，夏晚安眉眼间的担忧和不安已经浓烈得化不开了。

忽然，夏晚安像想到什么一样，拍了拍何澈的椅背："快，去南郊的墓园。"

车子抵达南郊的墓园时，已是晚上十一点钟。

夏晚安下车时，何澈看了一眼黑沉沉的墓园，忍不住问了一句："你是在找什么人吗？"

正准备关车门的夏晚安点了点头。

"你一个女孩子，大半夜来墓园不害怕吗？"

何澈前一秒话音落定，后一秒夏晚安就气呼呼地瞪向了他："先生，你能不能不要哪壶不开提哪壶？"

被呛的何澈轻轻笑了一下："要不要我陪你？"

夏晚安总觉得何澈对自己过于关心，忍不住问了一句："你是不是对我有什么企图？"

何澈低头笑了，眉眼间尽是温柔："我看着那么像坏人吗？"

夏晚安认真地点了点头："是的。"

何澈忍俊不禁，道："我这还是第一次被人说是坏人……算了，我不勉强你，我留在这里等你……"

顿了顿，何澈又说了一句："这样吧，你留我个电话号码，如果有什么事给我打电话。"

夏晚安犹豫了一会儿，将手机递给了何澈。

何澈输入了十一位数字，然后按了拨通键。等到自己电话响了，他才挂断，将手机还给了夏晚安。

夏晚安接过手机就进了墓园。

等夏晚安的身影消失在夜幕中，何澈盯着她的手机号看了一会儿，并未做备注。

因为她的电话号码他太熟悉了，熟悉到完全可以倒背如流的地步了……

大半夜，一个人走在阴森森的墓园里，真的是一件非常考验心理素质的事情。

夏晚安借着墓园昏暗的地灯，沿着台阶经过了好几个墓碑。直到快到韩经年父母的墓碑前时，她看到了他。

那一刻，夏晚安险些喜极而泣。

等她站定在韩经年面前时，她才颤抖着嗓音开口：“韩经年？”

随着这三个字落定，有一滴泪从夏晚安的眼角滚落了下来。

夏晚安对着一脸颓然地蹲坐在墓碑前的男子，再次开口：“韩经年？”

只是这次，她连他的名字都没喊完，墓园的地灯突然齐刷刷地熄灭。

今晚没有月光也没有星光，荒郊野岭的半山上，顿时黑到没有一丝一毫的光线。

突如其来的黑暗让夏晚安的大脑一下子蒙了。过了大概十秒钟，她才意识到，这样伸手不见五指的环境会要了韩经年的命！

“韩经年？”她本能地又喊了一声他的名字，然后就匆匆忙忙地去翻包。

她还没碰到手机，一道重力毫无征兆地击中了她的后脑勺，她连一声闷哼都没来得及发出来就倒在了地上。

夏晚安再醒来时，只觉得头重脚轻，整个人昏昏沉沉的。

她分不清自己到底在哪里，所处的空间黑漆漆的，没有一丝光线。

她僵硬地缩在冰凉的地板上，浑浑噩噩地坐了一会儿，然后想到自己昏迷之前刚找到韩经年……

想到这里，夏晚安就出声喊了他的名字：“韩经年？”

“韩经年？”漆黑的房间里除了她的声音再无其他的声响。

难道韩经年没和她在一起？

那他在哪里？会不会和她一样也被困在这样黑漆漆的房子里？

若是这样……那怕黑的韩经年……

夏晚安不敢往下想，她再次开口喊了韩经年的名字，依旧没人回应她。她坐起了身，跟个瞎子似的在房间里摸索着寻找，试图找到韩经年。

她的动作牵扯到了她后脑勺被重击过的地方，疼得她险些再次晕过去。

夏晚安不清楚自己到底在房间里找了多大的区域，她甚至都不知道在这样完全封闭的黑暗空间里过了多久，她只知道在她绝望得以为韩经年真的不在她身边时，她听见了一个很轻的闷哼声。

她屏着呼吸，静静地等，过了大概三十秒钟的样子，又有很细微的声响传来，不过不是闷哼声，而是类似呼吸不畅的喘息声。夏晚安辨认出了大概方位，冲着声源处摸索过去。

她跌跌撞撞地走了大概十几米的样子，终于找到了声源处。随着她的靠近，她明显感觉到那道呼吸声越来越急促……像随时都会窒息身亡一般。

夏晚安确定这就是韩经年，她一边喊他的名字一边蹲下身，胡乱地往周围摸去："韩经年？"

她的手碰到了一片衣襟。

她顺着那片衣襟继续往上摸，然后她辨认出来，这是韩经年的腿。

她急忙爬到他身边："韩经年，你还好吗？"

她边喊边去检查他的身体。他浑身抖得厉害，嘴里还在说着话，声音很低，但语气时而尖锐时而悲怆。

"爸爸，爸爸……你不要离开我……我怕……

"对不起，爸爸，妈妈，哥哥，是我害了你们，是我害死了你们……

"你胡说！你胡说！我不是扫把星！不是我给这个家带来的不幸！不是，不是！这一切都不是因为我！不是因为我！"

韩经年说着说着，整个人似是崩溃了一般，整个人变得无比激动。

夏晚安在得知韩经年有黑暗恐惧症后，特意去网上查过，这种病确切地说是一种心理疾病，患者长期在黑暗中会出现幻觉，会以为脑海里想的事是真实发生的，甚至还会以为有人要杀害自己，当他承受不住这样的压力后，会产生自虐甚至精神崩溃、死亡的结果。

她虽不知到底是谁把她和韩经年关在这里，但她可以确定一点，他们要的就是韩经年的命！

夏晚安见韩经年的情绪越来越激动，就下意识地就开口："韩经年，你是在做梦，你现在脑海里想的都是假的，韩经年……"

"你要杀我！是你要杀我！"韩经年不知哪里来的力气，突然用力地一挥，将夏晚安直接挥倒在了地上。

疼痛使夏晚安眼前一黑，等她缓过劲来刚想从地上爬起来时，韩经年忽然就压在了她的身上，狠狠地掐向了她的脖子："是你，是你要杀我，是你，是你……"

他的力道很重，掐得夏晚安脖子生疼，夏晚安无法呼吸。

她清晰地感觉到自己肺部里的氧气越来越稀少，整个人也越来越难受，到了最后，她都能感觉到自己的四肢越来越没有力气了。

再这样下去，韩经年真的会生生地掐死她的……

夏晚安拼命地挣扎着，可她哪里抵得过男人的力道？就在夏晚安以为自己要被韩经年掐得昏死过去时，韩经年突然松开了她的脖子。

夏晚安下意识地往后躲去。

等到她和韩经年拉开了一段距离后，她才闭着眼睛大口大口地呼吸起来。

不远处的韩经年比起刚刚更激动了，他像随时都会崩溃一般："不是，不是我害的爸爸……爸爸，你不要死，爸爸……爸爸你不要离开我……"

听着韩经年的嘶吼声，夏晚安浑身一颤，一股本能的恐惧感瞬间爬满了她的心间。不可能不怕的，她刚刚险些被他掐死，怎么可能不怕？

可她眼前的人是韩经年啊！

是她偷偷喜欢了八年的韩经年呀！

"都是我，都是我，都是我……都是我害的你们，我该死，我该死！"

听到韩经年再次喊出的话，夏晚安也不知自己到底哪里来的勇气，整个人猛地从地上跳了起来，不管不顾地扑过去，一把紧紧地抱住了韩经年。

韩经年几乎想都没想就挣脱了夏晚安，将她甩倒在地上。

夏晚安不顾疼痛爬起来，带着倔强再次抱住了韩经年："韩经年，是我，我是夏晚安，韩经年……"

韩经年哪里听得进去她的话？黑暗让他沉浸在自己的梦魇里走不出来。

他只有一个想法，那就是将身边的人甩开。

有了之前的经历，夏晚安这一次几乎是整个人黏在他身上。

然而即便如此，韩经年还是一点一点地挣脱了她。眼看着自己要再次被他丢出去，夏晚安忽然踮起脚尖，抬头吻上了他的唇。

夏晚安忍着丝丝的恐惧感，温柔地亲吻着他。

渐渐地，她感觉到韩经年手上撕扯她的力道在一点一点地减缓，他崩溃的情绪也在慢慢地恢复。

直到他彻底平静下来后，夏晚安才离开他的唇："韩经年……"

随着她的声音响起，她清晰地感觉到男人的身体狠狠地颤了一下。紧接着他的声音就从她的头顶响起，沙哑中带着几分无力："是你吗？"

夏晚安软着声调，像哄孩子般轻轻地开口："嗯，是我。我一直在都在你身边的，所以你不要害怕……"

漆黑的空间里很安静，韩经年迟迟都没反应。

过了好一会儿，夏晚安才听见他呆呆的声音："你一直在？"

"对啊，我一直都在的……"夏晚安的声音依旧很温和，像春风吹过大地，让韩经年的心一瞬间变得无比踏实。

韩经年的眼眶蓦地一酸，他一句话都说不出来了。

他抬起手抓住她的胳膊，将她往前一带，把她牢牢地扣入怀里。

夏晚安被他抱得有些疼，却没吭声。

不知过了多久，韩经年又出声了，他的语气中带着一抹不易察觉的紧张和不安："我……我刚刚是不是很糟糕？"

听到这句话，夏晚安的心头像有无数细针扎过，泛起密密麻麻的疼。

从祖母口中听到韩经年小时候的事时，她就已经觉得很残忍了，作为当事人的韩经年当初又是以怎样的心境熬过来的？

那个时候他才五岁呀……

亲眼看到自己的父亲死在了自己的面前，却又无计可施……

夏晚安吞咽了好几口唾沫才发出声音："没有，没有很糟糕……"

她的话惹得他的身体微颤了颤。

"真的……没有很糟糕吗？你……不嫌弃我吗？"

"不啊，不嫌弃，怎么会嫌弃你呢？你只是做了一个噩梦而已，这有什么好嫌弃的？谁没有做过噩梦呀……"

韩经年的心忽然剧烈地跳动了起来，连带着他圈着她的胳膊都有微微的颤动："我刚刚是不是说了很多胡话，我是不是……说了我爸爸和我妈妈，还有我哥哥他们……"

夏晚安虽然看不清韩经年的神情，但她能感觉到韩经年的紧张，她迟疑了一会儿，才轻轻地"嗯"了一声："其实，那些事情我都知道了……奶奶告诉我了……"

"你都知道了？"韩经年的语气中有一抹慌张，"那你也知道，我……我……"

夏晚安知道他接下来想说什么，便轻柔地回了他的话："你想说，我也知道你害死了爸爸的事吗？"

随着她话音落定，她感觉到男人的身子紧绷得厉害。她下意识地伸出手，拍了拍他的后背："韩经年……那不是你的错，爸爸不是你害死的。若是爸爸当时不那样做，死掉的就会是你和爸爸。爸爸那样做是因为他爱你，他保护了你的性命，所以你更要好好地珍惜你自己，这样才不枉费爸爸用命换你那次大难不死……"

在她的话语中，韩经年的身子渐渐地松懈了下来。

她说了那么多的话，虽然韩经年半晌都没出声，但韩经年抱着她的力道却在明显加重。

过了好一会儿，韩经年才开口："你真的是这样想的吗？你真的不觉得是我连累了爸爸他们吗？你不怕我是扫把星吗？你不怕，我会……害了你吗？"

"不怕！"几乎没犹豫，夏晚安脱口而出，"我不怕，这都什么年代了，谁还信那些子虚乌有的事情？什么扫把星，什么命硬克死亲人，都是一派胡言。韩经年，你不要信那些胡说八道的话，说那些话的人都是神经病，我们不要理他们！"

女孩的声音婉转温柔，落入韩经年的耳中宛如天籁之音。

她说……我们不要理他们……不要理那些在他失去了一个又一个亲人后，指指点点说他是扫把星，说他克死了所有亲人的人……

韩经年忽然低头，堵住了女孩喋喋不休的嘴。

他吻得很轻柔，很小心翼翼，像在呵护世间最珍贵的宝物。

夏晚安的呼吸渐渐有些凌乱，就在她闭上眼睛想要回应他时，他的唇突然离开了她的唇，她感觉到自己肩膀上一重，他倒在了她的身上。

"韩经年！"

夏晚安吓了一跳，她惊惶失措地喊了好几声他的名字，见他没反应，就手忙脚乱地去摸他的胸口和鼻间，确定他呼吸和心跳都还正常，这才松了一口气。

她想一定是韩经年刚刚在黑暗中苦苦煎熬了太久，耗尽了太多心力和体力，此时松懈下来便昏睡了过去。

她没推开韩经年，而是撑着韩经年的身体坐在地上，让韩经年躺在自己的怀里安心地睡。

漆黑的环境里无比安静，静得她能听见他的呼吸声和心跳声。

可她并不觉得恐慌，甚至有些心安。

比起之前提心吊胆地找他，此时此刻留在他的身边，哪怕是上刀山下火海，她也是心安的。

也许是韩经年的困意传染给了夏晚安，没一会儿，夏晚安也靠着墙壁睡着了。

不过睡了没多久，她感觉自己怀里有些不对劲，就醒了。

是韩经年……

他不知何时醒来了，见自己处于这样的黑暗中又开始浑身发抖了……

夏晚安急忙伸出手，上下轻抚他的后背："没事没事，我在这里……"

在夏晚安轻软的声音和安抚中，韩经年紧绷的身体和神经渐渐地放松。

韩经年睡了没多久就醒来了。

入眼的漆黑让他条件反射性地心悸发慌。

只是在他不自觉地发抖时，他察觉到自己在一个柔软温暖的怀抱里。

是夏晚安……当这个认知划过他的大脑，他的心奇迹般地定了下来。

"晚安？"

韩经年喊了一声夏晚安的名字，见她没反应，便伸出手摸了摸她的脸，确定她是睡着了，这才放心地坐起身，将她拉到自己的怀里，给她找了个舒服的姿势。

这么多年来只要在漆黑的世界里，他必然会控制不住地发狂战栗甚至休克，这次竟然出现了例外。

好像夏晚安一直都是他的例外。

他和夏晚安结婚两年，两年的时间里，夏晚安给他的印象都是安静和干净。除此之外，他找不到第三个印象。

是什么时候开始他注意到了夏晚安？是那次公司停电，夏晚安救了他？还是夏晚安当他女伴那次，他看到了夏晚安后背的伤？或者更早些……早到在韩知谨组织的那场聚会上碰到夏晚安，听见夏晚安对身边的一个女人说不认识他……

父亲走的那一年，他无意间听到家里的保姆说他是扫把星，他的到来克死了他的母亲、他的大哥，还有他的父亲。

那个时候他年少不懂事，还跑去向奶奶哭诉。然而看到奶奶着急的样子后，他再也不敢问扫把星这类的话，他怕奶奶担心。

他虽没说，但他心底一直耿耿于怀。

大概就是从那个时候开始，他就不喜欢和人过于接近了。

他怕自己的不幸会牵扯到那些无辜的人，更怕自己的不幸会牵扯到他在意的人。

而张承和谢林是在大哥二哥离世后，祖母费了很大的心血从她所资助的家庭中千挑万选出来的人才。

祖母对张承和谢林很好，好到仿佛是自己家的孩子。他心底清楚，祖母这样做的目的其实是为了他。

为了让他在这个世界上不是孤苦伶仃的，为了让他在这个世界上有可以完全相信的人。

一开始，他其实是拒绝跟张承和谢林走得太近的。若不是为了让祖母放心，他想，张承和谢林是不可能真的走进他的世界的。

这么多年来，他一直觉得不会有人打破他一成不变的人生。

甚至就连结婚，他也未曾想过让法律上认可的另一半来干涉自己的生活。

他是这样想的，也是这样做的……可是，他和夏晚安接触的次数越多，对夏晚安了解得越多，在夏晚安那里出现的例外就越多。

从不吃别人东西的他，会吃夏晚安做的饭；从不对任何人妥协的他，会为夏晚安让步；从不会被任何人影响情绪的他，会因为夏晚安愤怒、喜悦、生气……

当他知道，夏晚安因为他的缘故一直被人暗地下药时，他是害怕的；当他陷入黑暗，听着她温声细语的话语时，他是无畏无惧的。

从未正视过夏晚安对自己来说究竟是怎样存在的他，直到此时此刻才发现……夏晚安是上帝送给他最珍贵的礼物，也是上帝写给他最动人的情书。

夏晚安是他软肋，亦是他的盔甲。

“韩经年？”耳边突然传来女孩的声音，将韩经年的思绪拉了回来。

他“嗯”了一声。

听到他的回应，因为刚睡醒还有些茫然的夏晚安感觉大脑清晰了许多。

她这才发现，原本抱着韩经年睡觉的她，不知何时变成了躺在韩经年的怀里。

夏晚安从他怀里坐起来：“你还好吗？”

怀里突然一空，韩经年微微皱起眉心，闷闷地“嗯”了一声，像在赌气。

黑暗中的夏晚安看不到男人的神情，也没察觉到男人的不悦，在确定他还好后就言归正传，说：“韩经年，现在我们不知道身处何处，也不知道绑架我们的人到底是谁，更不知道有多少人，所以如果等会儿有人来的话，你装死吧……”

韩经年还在因为女孩离开自己的怀抱而闷闷不乐，便没说话。

“他们给我们搞了个这么漆黑的地方，肯定是知道你怕黑。所以你要是装死的话，他们肯定会放松警惕，我们指不定能知道他们接下来要做什么。就算不知道，在他们放松警惕的情况下，我们也好逃跑……我来墓园找你之前给我哥打过电话，张特助也知道我在找你。如果他们迟迟联系不上我，应该会知道我出事了吧？”

夏晚安说了好久的话，见韩经年始终不出声，忍不住拍了他一下：“你听到我说话了吗？”

韩经年："听到了。"

是她的错觉吗？她怎么觉得韩经年的语气那么哀怨，好像受气的小狼狗一样？

夏晚安刚准备开口问韩经年，突然有脚步声传来。

夏晚安急忙改口："快点装死！"

她见韩经年还坐着，就推了推他："快点'死'呀！"

下一秒，韩经年往地上一躺，不动了。

夏晚安见状也倒在地上，装作昏迷的样子。

脚步声越来越近了，随着一道哐啷的声音，一道很微弱的光线打了进来。

借着那抹光，夏晚安睁眼看了看四周，辨认出这是一个废弃的厂房，窗户被封死了，难怪关上门的时候一点光都没有。

正想着，夏晚安看到有两个人走了进来。

他们手里拿了手电筒。随着他们的靠近，光线越来越强。因为长时间没见光，夏晚安下意识地抬起手挡了一下光线，等到眼睛适应后，才匆忙地打量了一下来人，然后赶紧闭上眼。

这两个人一高一矮，穿着拖鞋和裤衩，光着的膀子上满是文身。

他们先走到韩经年的跟前，高个子男人弯身探了探韩经年的鼻息。

矮个子男人拿着手电筒上下照着韩经年，见高个子站起身后，问了一句："怎么样了？"

"还活着，但是气息不怎么稳。"高个子男人回完话，就对着矮个子男人说，"人已经检查完了，我们走吧。"

矮个子男人没说话，而是拿着手电筒往夏晚安照了一下。借着光线，矮个子男人扭头看到了夏晚安的脸，眼底明显地划过一抹惊艳和垂涎。已经转过身的高个子男人看到矮个子男人站在原地没动，催了他一句："走了！"

矮个子男人依依不舍地盯着夏晚安又看了会儿，然后才转身跟上高个子男人："老三那边的车祸现场布置得怎么样了？什么时候可以把人弄过去？"

听到这句话，夏晚安微微皱起眉心。

他这话的意思是制造一个车祸的假象，让人以为韩经年是出车祸身亡的？

在夏晚安转动思绪时，高个子开口："应该快好了吧……"

"那个妞也要跟着那个男人一起死吗？那个妞长得不是一般的水灵，真就这么死了，太暴殄天物了，应该让我享受……"矮个子男人的话还没说完，突然传来砰的一声响。紧接着，他嘴里发出一道痛呼声。

夏晚安下意识地睁开眼，看到原本躺在自己身边装死的韩经年不知何时站在了那两个人面前。他正一脸阴沉地瞪着被自己踹翻在地上的矮个子男人。

夏晚安还没缓过神来，韩经年又是狠狠一脚，踹向了矮个子男人的下半身。

“啊——”

矮个子男人发出杀猪般的惨叫声，捂着裤裆在地上滚来滚去。

看到这一幕，夏晚安下意识地坐起身。

韩经年突然暴怒打人，是因为刚刚那个矮个子男人说了垂涎她的话？

高个子男人回过神来，骂着脏话就冲韩经年出手了。

夏晚安压根没看清楚韩经年到底做了些什么，只见他往旁边一晃，高个子男人就被他重重地撂倒在地。

韩经年出手又狠又准，几乎没给高个子男人任何反抗的机会。

他又是一脚踢中他的要害，伴随着尖厉的惨叫声，高个子男人和矮个子男人一起在地上哀号着、蠕动着。

夏晚安连忙从地上爬起来，奔向韩经年。

看到夏晚安靠近，韩经年冰冷如刀刃的眼神瞬间切换成了一贯的淡漠。

站定在韩经年的面前，夏晚安刚想问他“没事吧”，结果话都没到嘴边，她就盯着韩经年的身后变了脸色。

也许是刚刚的动静惊扰了这一高一矮两个人的同伴。

不一会儿，门外已经聚集了十几个凶神恶煞、人高马大的男人，那些人的手中或拿着钢管或拿着木棍。

看到她异样的面色，韩经年低声问了句：“怎么了？”

他见夏晚安不说话，就转头往身后望去。

看到那群逼近的人，韩经年面色平静，没有害怕也没有恐慌。

即便他的头发、衣衫都很凌乱，也依旧掩不住他那一身与生俱来的优雅和矜贵。

他望着那群人，眼神无比淡漠，俨然没把那些人放在眼里。

看他如此镇定，夏晚安想到他刚刚出手那么干脆利索，心也跟着定了下来：“韩经年，你是不是能搞定他们呀？”

韩经年诧异地扭头看了她一眼：“你武侠小说看多了？”

夏晚安被韩经年问得一愣，过了一会儿才摇了摇头。

“既然没看多，那你还这么问我？他们十几个人，还拿着工具，我怎么可能打得过他们？”

夏晚安心想：打不过你干吗这么淡定，在这种人命关天的时刻要酷真的好吗？

在两人聊天之际，有人已经冲了过来。

韩经年本能地将夏晚安往身后一拉，然后抬脚踢中了一个人的手腕。在对方棍子飞出去的那一刻，韩经年眼疾手快地伸出手接住了那根木棍，稳稳地挡住了第二个人砸下来的木棍。

韩经年这一系列的举动几乎是一气呵成，夏晚安却看得心惊肉跳。

韩经年应该是训练过的，看得出来他的武力值还是很高的。然而就像他说的那样，这毕竟不是武侠世界，就算他再能打也不可能以一敌十，更何况还有一个拖后腿的夏晚安。

尽管地上已经东倒西歪躺了几个被韩经年打倒的人，但韩经年还是渐渐地有些撑不住了。

夏晚安亲眼看到棍子和钢管敲在他的背上、胳膊上甚至腿上……可即便如此，他仍像一座不可摧毁的山一样挡在她面前，始终不让那些人伤到她丝毫。

他白色的衬衣慢慢被血迹沾染，他手里的木棍被敲断了，他的腿再次被打中，他跪倒在地上。因为体力透支，他胸膛起伏得厉害，发丝上的汗水顺着他充斥着凌厉和戒备的精美五官往下淌。

那些人叫嚣着冲着他围了过来。

在那些棍子劈头盖脸地砸落下来时，他捡起手边的一根棍子站起了身。

此时，他就像远古神话里浑身浴血的战神。

然而他站起来没多久，就再次倒在了地上。

有人拿着棍子，冲着他的脑袋落挥去。

看到这一幕，夏晚安下意识地喊了一声：“韩经年——”

她的声音还没落定，那根快要碰到韩经年脑袋的棍子飞了出去，伴随着哐的一声响，周围突然响起此起彼伏的打斗声和哀号声。

是哥哥，还有张特助和谢医生……

夏晨安从小就最能打架，夏晚安一直都知道的……只是平时看着跟笑面虎一样的张特助身手居然这么敏捷？还有谢医生，那个只会捧着医学资料看的书呆子居然也这么厉害？

看着一个接一个被他们撂倒在地上的人，夏晚安甚感不可思议地眨了眨眼睛。

“想什么呢？”

耳边突然传来的声音将夏晚安的思绪从眼前刺激的画面中拉了回来。

她扭头，看到一身狼狈却又不失凌厉的韩经年不知何时来到了她的身边。

韩经年见女孩不说话，眉心浮现了一抹担忧：“伤到哪里了？”

夏晚安摇了摇头：“没……”

“那是吓到了？”韩经年伸出手遮住了夏晚安的眼睛。

“也没……”夏晚安拉开韩经年手，往一片混乱中看了一眼，“我就是在看他们打架啦。没想到张特助平时看着那么胆小，打起架来居然这么厉害。还有谢医生，我以为他只会拿手术刀呢……”

韩经年的神色突然冷了下来。

原来她刚刚呆呆的不是伤到了也不是吓到了，而是在看张承和谢林！

“张特助，小心点，后面……左边！张特助左边！好险啊！”

夏晚安虚惊一场，拍了拍胸口又开口：“谢医生！小心啊，右边！”

韩经年的眼神更冷了。

“张特助，你反应够快的呀！

“哇，张特助，你这一脚好帅呀！

“谢医生……”

夏晚安的下颚突然被抓住，一只漂亮修长的手带着十足的力道将她的脸硬生生地转到了另一个方向。

韩经年沾染了血迹又带着几分凌厉的脸映入夏晚安的眼帘。男人的唇突然贴上了她的唇，将她后续要嚷的话和呼吸尽数吞进腹中。

直到夏晚安唇瓣发麻，韩经年才放开她：“吵死了。”

夏晚安眨了眨眼睛，以为自己听错了：“吵……死了？”

“嗯，现在安静多了，刚刚吵得我伤口都疼了。”

夏晚安睁大了眼睛盯着韩经年看了一会儿，然后才慢慢地转头看向旁边已经收尾的战场。

不远处的地上，东倒西歪地躺满了人，那些人的口中要么哭爹喊娘要么吱哇乱叫，哪个不比她吵？

韩经年是被人揍傻了吧？

见女孩再次看向打斗的那边，韩经年的脸色又阴沉了下来。他捏着女孩下巴的指尖，微微一个用力，将她的脸再次扳了回来，他道："不许看！"

看着眼前瞪着自己的韩经年，夏晚安一脸不解。

为什么不许看？

还有，是她的耳朵出问题了吗？她怎么觉得韩经年刚刚的语气，霸道、小气，又酸溜溜的？

在夏晚安晃神时，韩经年又开口了："女孩子不许看这些打打杀杀的画面。"

原来是因为这个才不让她看呀，她是那么容易被吓到的女孩子吗？

夏晚安脱口而出："你可以把我当成男孩子！"

说着，夏晚安弯了弯眉眼，兴致勃勃地又转过了头："那么酷炫的打架现场不看太可惜啦，我要看张特……"

夏晚安后续的话还没说完，韩经年的唇又堵上了她的唇。

直到旁边传来一道喀喀的声音，夏晚安才发现那些人已经被哥哥他们处理完了，而哥哥他们不知何时已经走到了她和韩经年的身边。

夏晚安下意识地挣脱了韩经年的吻。

韩经年不悦地蹙了蹙眉，掐着她下巴的指尖并未松开。他看都没看旁边靠近的三个人，而是直勾勾地盯着夏晚安的唇看。

他的眼神变得有些热烈，他的脑袋情不自禁地靠近。

挣脱不掉钳制的夏晚安在他的唇又要贴上她时，她猛地将脑袋往前重重一撞，撞在了韩经年的鼻子上。

伴随着一道闷哼声，韩经年掐着夏晚安下巴的力道明显松懈了许多。趁此机会，夏晚安一把推开韩经年，逃离了他的身边。

将这一幕尽收眼底的夏晨安、张特助以及谢林，不约而同地扑哧笑了一声出来。

只是他们的笑声刚开了个头，捂着鼻子的韩经年就冷冷地扫了他们一眼。

三个人立刻绷紧了唇角。

最会说的张特助最先出声："韩总，夫人，你们还好吧？"

接着出声的是夏晨安，他将夏晚安拉到他身边，道："宝……安安，有没有伤到哪里？"

最后出声的是一向木讷的谢林："韩总的伤口要赶紧处理，避免感染。况且现在也不知道这里到底安全不安全，所以我们趁早离开吧。"

谢林的话刚落定，张特助和谢林就同时弯身去扶韩经年。

但两个人的手还没碰到韩经年，就被他先避开了。

望着单手撑地，吃力地站起来的韩经年，谢林和张特助的心里都咯噔了一声，一抹极其不好的预感爬上两个人的心头。

见韩经年走得吃力，原本和他拉开了一定距离的夏晚安于心不忍，还是伸手搀扶住了他。

韩经年走路的速度比较慢，所以他和夏晚安走在了最后。

在五个人相继走出厂房的时候，原本捂着胳膊在地上呻吟的一个皮肤黝黑的人面露凶光。

他伸出完好的右手，从后腰处摸出一把匕首，然后趁着五个人不注意时从地上爬起来。他举着匕首，冲着韩经年后背狠狠地刺去。

夏晚安隐约觉得身后有些异样，她随意地回头看了一眼，看到一个凶神恶煞的人举着刀冲着韩经年扑来。

她下意识地喊了一声“小心”，看着刀越来越近，几乎想都没想就挡在了韩经年的身前。

“韩总！”

“夫人！”

“宝宝！”

随着几个人错杂的喊声响起，那把匕首已经抵到了夏晚安的胸口。

那人的速度很快，快到所有人都来不及反应。

刀尖很锋利，夏晚安的胸口很快就染满了血。

眼看着那人的手腕狠狠一个用力，匕首即将捅进夏晚安的心口，持刀的男人却突然发出一道撕心裂肺的尖叫声，然后匕首落地。伴随着当的一声响，他捂着自己的右手腕躺在了地上。

下一刻，夏晚安就落入了韩经年的怀里：“晚安！”

随后谢林折到了夏晚安的身边，张特助和夏晨安为了避免再出意外，一个拦住了厂房的出口，一个弯身去检查那个持刀男人。

检查完伤口，谢林一边给夏晚安做简单的止血处理，一边对着神情凝重的韩经年开口：“没事，很浅的伤口。”

听到这话，韩经年的神情总算好转了，不过还有些不放心。他刚想向谢林再确认一遍夏晚安的情况，不远处的夏晨安突然出声：“麻醉针？这是说周围还有人，而那个人在千钧一发的时刻救了安安？”

话音刚落，夏晨安捏着一根很细的针从刚刚刺伤夏晚安的那个人身边站了起来。

他环顾四周，根据自己的射击经验，很快估算出射出麻醉针的人所处的大概方位和距离，然后就冲着不远处废弃的几个集装箱奔去。

夏晨安将集装箱处能藏身的地方全都找了一遍，却没看到一个人影。

夏晨安不死心地又找了一遍，确定这里藏着的人已经走了，才折回韩经年身边：“你们先去医院处理伤口，我留在这里善后，我估计警方的人差不多也要到了。”

韩经年没说话，先看向了张特助。

张特助懂韩经年的意思，知道韩经年是在询问自己刚刚那些被打倒在地的人的情况，于是连忙开口回：“那些人都起不来了，不会再有刚刚的情况发生了。”

听完这话，韩经年才对着夏晨安微微点头，同意了他的说法：“你小心点。”

等韩经年几个人上车离开后，几辆警车鸣着笛从远处开来。

不一会儿，一地身残狼狈的人全被带上了警车。

等到警车一辆接着一辆地开走，最后一个离开的夏晨安也上了车，整个废弃的工厂彻底安静了下来。

黎明到来前的夜格外黑，一阵风吹来，夹杂着丝丝缕缕的血腥气。

在这样荒凉又诡异的地方，一个人从不远处的一个池塘里钻了出来。

他单手撑地，翻上岸后，无视浑身滴答滴答往下流淌的水，直接对着正前方看不到尽头的玉米地，说了句：“出来吧。”

话音落定，一个穿着火红色运动装的女人身姿敏捷地扒开玉米走了出来，道：“老板。”

何澈从兜里摸了一支类似枪支一样的东西，丢给陈苍：“这东西还你。”

陈苍接过麻醉枪，犹豫了一下又道：“老板，要不这支麻醉枪还是留给你……”

陈苍还没把话说完就收到了何澈扫来的视线，她立刻闭了嘴，乖乖地将麻醉枪塞进裤腰后的口袋里。

何澈这才开口：“另外，那个能让丫头奋不顾身挡刀的男人的资料，三天内，我要知道他全部的信息……”

“是，老板。”顿了顿，陈苍见何澈一副要走的架势，又连忙出声，“老板，这里温度比较低，您这样会感冒的。要不先回我车上，换身衣服……”

“不用了……”还没等陈苍把话说完，何澈就出声打断了她的话，“我不冷……阿嚏！”

揉了揉鼻子的何澈像想到什么一样，又动了唇。这次他连话都没说出来，就又是一声重重的“阿嚏”。

他吸了吸鼻子：“还有，你去查下今晚对丫头和丫头护着的那个男人下手的那群人都是什么来路！”

“老板，这群人对付的不是小姐，而是那个男人，所以……我觉得这些事情我们还是不要掺和的好。毕竟你看，动辄用十几个人绑架那个男人，这显然是背后有大人物指使……”

“大人物？”何澈的语气里藏了一抹不屑，他道，“敢动丫头，就算是大人物，我也要让他变成废物！”

陈苍张了张口，像还想要再劝两句。

何澈没等她开口，就笃定地出声：“还有，那个男人是丫头宝贝的人，既然是丫头的宝贝，那也是我的宝贝。你是知道的，丫头若是出事，老爷子是饶不了我的！”

陈苍不敢再有异议：“是。”

时间回到四个小时前。

由于宋有蔓和夏晚安的关系，艾姜没少参加韩知谨组织的聚会，因此也认识了一些韩知谨的朋友。

其中有个男生叫蒋平，家里产业不大，是韩知谨这些朋友里出了名的花花公子。

艾姜看得出来，蒋平对她也好，对夏晚安和宋有蔓也罢，一直都有几分不怀好意。不过因为韩知谨警告过他的缘故，他并不敢造次。

从韩氏企业离职的那天，艾姜给韩知谨发过一条微信，不过并没有收到韩知谨的回复。

艾姜知道，因为她和夏晚安、宋有蔓撕破脸的缘故，所以韩知谨不理她了。

不过韩知谨不理她，她倒是不介意，而是时刻关注着朋友圈。直到周六晚上，她看到了蒋平发的朋友圈。

艾姜一眼就认出蒋平发的图片，那里是金碧辉煌。

以前她很少理会蒋平，但是这一次她却在蒋平的朋友圈评论里明知故问地回了句：“蒋平哥哥，这是哪里呀？”

蒋平立刻回了她的信息："金碧辉煌。"

艾姜没急着回复蒋平，因为她知道按照蒋平的习惯，她主动跟蒋平讲话了，蒋平就一定会来找她……

如她猜测的那样，半分钟后，她收到了蒋平发来的微信："艾妹妹，你要不要过来一起喝酒呀？"

艾姜没说去，也没说不去，而是问了句："蒋平哥哥，都有谁呀？"

蒋平发来了一条语音："就是我们这几个呀，知谨啊，小宋啊，芹菜啊……"

艾姜又问了句："韩知谨在，那晚安和有蔓她们一定也在吧？"

蒋平："没有啊，她们两个今晚没过来。"

看到这条消息，艾姜的眼睛亮了。

蒋平："艾妹妹，你到底来不来呀？"

艾姜急忙回："蒋平哥哥，我真的可以去吗？"

蒋平："当然。"

艾姜："那好吧，等会儿见。"

艾姜赶到金碧辉煌时，已经差不多晚上十点了。

乘坐电梯上楼时，精心打扮过的艾姜看着镜中穿了一件低领修身裙，将身材展露无遗的自己十分满意地弯了弯唇。

推开包厢门，艾姜一眼就看到了坐在门口的韩知谨。

韩知谨望见他，眼底明显划过一抹不悦："你怎么过来了？"

艾姜摆出一副不知所措的样子，怯生生地看向蒋平。

接触到她的视线，蒋平心痒难耐，立刻站出来帮她说话："是我喊她过来的。"

"哦。"韩知谨应了一声，就没再看艾姜了。

蒋平冲着艾姜摆了摆手，示意她坐在自己身边。

蒋平本就好色，现在喝了酒，更是过分。艾姜刚坐下不久，他的手就圈住了艾姜的腰，整个人也不断地往艾姜身上贴："艾妹妹，来喝了这杯酒……"

艾姜虽然嫌弃，却没办法。以前是因为夏晚安和宋有蔓带着她，她才有机会来参加这样的聚会，如今韩知谨不理她，她只能依附蒋平。不一会儿，她就被蒋平灌了好几杯酒。

艾姜强忍着胃里的恶心，曲意逢迎蒋平。

直到有服务员送来了新酒，艾姜装作体贴的样子起身，帮一屋子的人开酒瓶。

因为是啤酒，屋里的人喝了不少，此时也都喝欢畅了。

艾姜趁着大家不注意，偷偷地将一粒很小的药丸丢进了最先开的啤酒瓶里。

药丸很快就化了，然后艾姜将酒瓶递给蒋平，娇声娇气地说："蒋平哥哥，我胳膊够不到韩知谨那边，麻烦你把这瓶酒给韩知谨。"

蒋平被她弄得气血翻涌，完全忘了自己离韩知谨比她离韩知谨还远。他接过那瓶酒，伸长了胳膊，放在韩知谨面前："知谨，你的。"

不知跟谁在聊天的韩知谨"哦"了一声，连头都没抬一下。

艾姜继续开酒瓶，然后等到每个人手里都有一瓶酒后，她凑到蒋平耳边提议："我们大家喝一瓶吧？"

趁这机会，蒋平的手用力地抓了一下艾姜的胸，然后招呼大家干杯。

韩知谨听到有人催自己喝酒，"哦"了一声，然后又按了几下手机，这才拿起面前的酒瓶， 咕咚咕咚地喝了大半瓶。

看着那瓶被自己下了药的酒进入韩知谨的腹中，艾姜的眼底闪过一抹兴奋的光。

大概过了十分钟，她看到韩知谨解开了衬衣的第一颗纽扣，拿着冰镇的啤酒又灌了自己大半瓶。

艾姜知道，那是药效开始发作了。

如她所计划的那样，又过了一段时间，韩知谨起身离开了包厢。

艾姜见状，扭头对蒋平开口："蒋平哥哥，我去趟洗手间。"

"我也去。"蒋平也跟着起身。

艾姜没想到蒋平会这么难缠，但她也不敢表现得太过明显，只好笑着答应了。

和蒋平一前一后出了包厢后，艾姜看到韩知谨进了电梯。

她急忙往前走了两步，见韩知谨上了楼，知道他是去楼上他常住的那个包厢里休息了。

"艾妹妹，你跑什么呢？"蒋平很快就跟了上来，拉过艾姜的手将她往墙上一压就低头吻她了。

艾姜不敢直接推开蒋平，装作很投入的样子，阿谀奉承了一会儿蒋平，然后就捂着肚子装作很急的样子，出声道："蒋平哥哥，你先让我去洗手间好不好？"

"好——"蒋平又啃了两口艾姜的脸，这才放她进了洗手间。

艾姜一脸嫌恶地进了洗手间，但她没去上厕所，而是躲在暗处，看到蒋平进了男洗手间后，立刻出了洗手间往楼上跑去。

从电梯出来，艾姜左拐，转了一个弯，总算追上了韩知谨。

只是韩知谨不再是一个人，他的身边多了一个女人……那个女人即便化成灰艾姜也认得，那是宋有蔓。

宋有蔓怎么会出现在金碧辉煌？又怎么会和韩知谨恰好碰上面？

在艾姜阴冷的注视下，她亲眼看到宋有蔓刷开了1008的房门，搀扶着韩知谨走了进去。

等到门被关上，艾姜的手握成拳头，身子猛烈地哆嗦起来。

她原本想追上韩知谨，搀扶他进房间，然后勾引被下药的韩知谨。若韩知谨和她发生了关系，她就好拿捏韩知谨了！

然而，她好不容易布好的局就这么被宋有蔓毁了！

第九章

她把可怕的韩总驯服得如此服服帖帖

从废弃的厂房离开，回到谢林的医院，已是早上六点了。

在车上，一夜没怎么睡的夏晚安抵不住困意来袭，靠在椅背上睡着了。

车子停稳在住院楼前时，韩经年不允许任何人吵醒夏晚安。无奈，谢林只好让人抬了个担架出来，将夏晚安抬进了病房。

因为韩经年身上也带着伤，谢林和张特助一直建议在夏晚安处理伤口时，韩经年也去做一检查。

不过，建议终究只是建议。韩经年并未采取他们的建议，执意撑着一身疲惫和伤痕站在夏晚安的病床前。他跟监视器一般，直勾勾地盯着谢林给夏晚安做全身检查。

整个过程，谢林同步向韩经年汇报。

“胸前的伤口无大碍，我让琴姨给夫人缝了几针，已经包扎好了。”

琴姨是谢林的小姨，也是学医出身。

“夫人的后脑勺遭受过重击，有点轻微脑震荡，不过无碍。

“夫人的腿上有瘀青，并不严重，可能是磕碰到了哪里。

“夫人脖子上的掐痕有点重呀，这是谁掐的？这力道……是要夫人命的节奏呀……琴姨，检查下夫人的喉咙，看看有没有受损……”

听到这里，韩经年的手蓦地一抖。下一刻，他的视线就落在了自己的双手上。

她脖子上的伤是他在黑暗中失控时伤的……

“小夏的声带轻微受损，不过不严重，修养几天就好了。”

听到这话，韩经年的唇角紧绷了一下，手握紧成拳头。

他像在自虐，力道大得可怕。

直到给夏晚安做完全部检查，确定她没有其他的问题后，张特助才察觉到韩经年的异样：“韩总，您的手怎么了？”

话音刚落，谢林和琴姨的视线也落在了韩经年握成拳头的双手上。

透过五指指缝，成串的血溢了出来，滴答滴答地落在了地上。

“韩总！”

“经年！”

韩经年对周身的声音置若罔闻，视线始终停留在躺在病床上睡着的女孩身上。

张特助和谢林尝试了好几次，都没能让韩经年松开手。无奈之下，谢林一个抬手，准确无误地敲晕了韩经年，然后在张特助的帮助下将韩经年拖去旁边的病房去做检查了。

夏晚安睡到下午一点时，开始高烧不退。

她从小就是一个健康宝宝，很少生病。

这一回却是足足昏迷了三天三夜才醒过来。

她一睁眼，立刻有护士兴奋地跑出了她所在的病房，去喊谢林了。

不一会儿，她的病房门被推开。进来的有谢林，还有喋喋不休的张特助：“谢天谢地，夫人，您可算醒了，您要是再不醒来，天都要塌了！”

夏晚安一脸茫然地转着眼珠打量了一圈周围的环境：“我在医院？”

“对。”对比张特助，谢林安静多了。

谢林拿了一支体温计，递给夏晚安。

夏晚安接过后，又问了句：“我怎么觉得我好像睡了很久？”

“何止是很久？夫人，您睡了三天三夜！您知道这三天三夜我们过的是什么日子吗？”提到这里，张特助心酸得直揉胸口，“那简直就是痛不欲生、生不如死、死去活来……”

夏晚安翻了翻白眼，直接问了她更关心的事：“韩经年呢？他……”

“韩总？”张特助从来都是话最多的那一个：“刚被敲晕……”

夏晚安眨了眨眼睛，以为自己听错了：“什么？”

张特助毫不犹豫地指了指在给夏晚安测血压的谢林：“夫人，是谢医生下的手，跟我没关系。谢医生这三天敲晕了韩总八次！”

八次？

夏晚安一脸难以置信地看向谢林。

“医者父母心……”谢林一边观察夏晚安的心电图，一边挤出一句话给夏晚安解惑，“韩总在的这三天，把我医院的病人都折腾走了，就连护士都请假了一大半……我是迫不得已才这样做的。”

夏晚安瞠目结舌，过了好一会儿才转头看向张特助。见张特助冲自己点了点头，她才出声问：“韩经年，他……疯了吗？”

张特助：“韩总还没疯。不过，夫人，你要是再不醒来，他估计真的会疯。”

夏晚安不懂为什么会扯到自己身上。

“韩总是因为您高烧不退才这样的……韩总说年纪轻轻就在M国拿了四个医学博士学位的谢医生是个江湖骗子，说他医院里的药都是假药……

“这三天，韩总几乎把所有护士都吼哭过。截至昨天零点，已经没有护士愿意进他的病房了。哦，她们都是绕着他的病房走。最后没办法，惊动了老太太和张妈过来看他……”

张特助说着，又补了句：“夫人，您知道吗？这医院是谢医生的没错，但也是韩总自己投的钱啊，你见过医闹闹自己的吗？”

通过张特助的描述，夏晚安大概了解了有关韩经年的情况。

“不过韩总现在的情况真的有点糟糕。夫人，他不吃不喝已经有三天了，他身上也带了伤。再这么下去，我怕他身体真的撑不住……”

夏晚安抿了一下唇角，微微抬头说：“等他醒了，你们记得告诉我一声，我过去看看他。”

下午三点时，夏晚安因为想去洗手间而醒了过来。

她走出病房，发现楼道里空荡荡的，没有一个人影。

所有的动静都是从隔壁病房里传出来的。有类似杯子摔在地上的声音，还有模糊的话语声以及隔壁病房门突然被拉开的声音。一个护士抹着眼泪跑了出来。她看到夏晚安后，立刻止了眼泪，哽咽着喊了声："夏小姐。"

这护士夏晚安记得，就是上午她醒来时去喊谢医生的那个女孩子。

夏晚安见她哭得伤心，忍不住问："怎么了？"

"没……没什么……"小护士摇了摇头，看了一眼隔壁的病房门道，"是韩先生醒了……"

韩经年醒了，她哭什么?

想到上午张特助跟自己描绘的那些场景，夏晚安又开口："他又发脾气了？"

小护士点了点头。

夏晚安回了她一个笑容："我替他跟你说声对不起，你不要往心里去，快去洗把脸吧。这么好看的一个女孩子，哭起来太影响颜值了。"

小护士被夏晚安逗得扑哧一笑。

夏晚安这才放心地转身往韩经年的病房走去。

原本要离开的小护士看到这一幕，立刻拦住了夏晚安："夏小姐，你不要过去……韩先生实在是太可怕了，我怕你等下也被他吓哭……"

夏晚安顿时乐了，她回了小护士一个安抚的笑："放心吧，我过去不是哭的，是让他给你道歉的。"

"夏小姐，你的好意我心领了，道歉就不用了……"

韩先生那么可怕，她只是提醒了他两遍要吃药就被他凶了。夏小姐跑进去让韩先生给她道歉，岂不是等于去送命？

"夏小姐，真的不用了……"

看着小护士摆出一副恨不得要跪下来求自己的架势，夏晚安有点哭笑不得。

她拍了拍小护士的手背，递给她一个温暖灿烂的笑容，然后推开韩经年病房的门走了进去。

"韩总，您得吃药呀，不吃药伤口会发炎的，发炎了就会造成感染，到时候很危险的。"

"这粥你若还是不肯喝，那我只能等下给你打营养针了。"

"经年，是不是奶奶说的话你也不听了……"

在一屋子七嘴八舌的劝说声中，夏晚安开口喊了一声："奶奶。"

"安安……"韩老太太闻声，转头看向夏晚安，然后拄着拐杖走到夏晚安的身边，“安安，你醒了？现在好点了没？还烧不烧？”

“奶奶，我已经没事了。”夏晚安搀扶着韩老太太走到沙发前，让韩老太太坐下后，才看向病床上的韩经年。

在一屋子人的劝说下一直靠在床头冷着一张面孔、闭着眼睛的韩经年，在夏晚安声音响起的那一刻，立刻掀开眼皮看向了夏晚安。

他的视线随着她转了好一会儿，才等来她看向自己。

对上她的目光，他立刻开口：“过来。”

夏晚安没急着过去，而是看向张特助端着的盘子：“这是什么？”

张特助小声地回道：“是粥，谢医生让准备的，说韩总必须得吃点东西……”

“哦。”夏晚安伸手端走了盘子上放的小碗，掀开盖子看了一眼里面的白粥，然后拿起旁边的勺子，一边搅拌着粥一边走到病床边，把碗往前一递，“把粥喝了。”

一屋子人的心都齐刷刷地提到了嗓子眼。

这几天，谁劝韩经年吃东西都少不了挨一顿骂。

挨骂那还算运气好，说不定下一秒这粥就要跟碎了一地的玻璃杯一样了。

就在所有人都在为夏晚安捏一把汗时，韩经年突然伸出了缠满绷带的手。

“韩……”张特助下意识地开口，生怕韩经年一巴掌扇走夏晚安手里的粥。

结果，张特助连话都没说完，韩经年的手就按在了女孩的后脑勺上，将她整个人强势地压低。然后，他微微抬高了身子，用额头贴上了女孩的额头。

过了一会儿，韩经年才将额头从她的额头上挪开。

再看向韩经年时，夏晚安发现他眉眼之间的神色开始变得舒缓，像卸下了某种担忧。

所以，韩经年刚刚那样的举动是看她有没有退烧？

夏晚安的心急促地跳动起来。看着他缠满了绷带的手，她心一软，就坐在了床边：“我喂你。”

简单的三个字，让韩经年的眼睛突然一亮，仿佛承载了夜空里的满天星辰。

夏晚安舀了一勺粥，先递到自己嘴边吹了吹，然后才递到韩经年的嘴边。

韩经年就像被夏晚安操控的机器人一般，张口乖乖地将粥吞进了腹中。

站在旁边的张特助、谢林、韩老太太和张妈以及躲在门外偷看的小护士，此时此刻的神情已经能用“惊悚”两个字来形容了。

这三天三夜，他们可是用尽了无数方法，都没能让韩经年吃一粒米喝一口水。

在几个人被震得完全回不过来神时，夏晚安已经将一碗粥全数喂进了韩经年的嘴中。

那碗粥没多少量，夏晚安知道韩经年三天三夜没吃东西，所以扭头就问："还有粥吗？"

张妈奔到夏晚安跟前接过碗，又盛了一碗粥，还将所有的小菜都端了过来。

然后，几个人跟做梦似的，看着夏晚安将张妈准备的粥以及小菜全都塞进了韩经年的嘴里。

喂完粥和小菜，夏晚安扭头看了一眼谢林："药呢？"

谢林急忙将韩经年要吃的所有药以及水全都奉上。

夏晚安看着谢林递给自己的一大把药，想着自己一口也能吞进去，于是便一并塞到韩经年的口里，将水递到他嘴边："喝水，仰头，往下咽。"

在夏晚安的指挥下，韩经年一气呵成地将药吃得干干净净。

所有人再次傻眼了。

他们这三天三夜都快被韩经年折腾成神经病了，结果夏晚安一出现，那些对他们来说比登天还难的事就这么解决了？

压根没留意到周围一伙人满脸错愕的夏晚安放下水杯，顺手抽了一张纸巾，给韩经年擦了擦嘴，然后才开口说："让谢医生给你做个检查？"

谢林听到这话，背上一寒，本能地想撒腿就逃。

做检查？这几天他无数次想给韩经年做检查，哪次不是被韩经年虐得七荤八素？就连仅存的几次检查，也都是敲晕韩经年之后偷偷摸摸做的……

谢林心底正念着完了完了，又要少不了一顿骂时，韩经年竟毫无波澜地点了点头，答应了。

谢林惊得下巴险些掉在地上。

请问他这是在做梦吗？

夏晚安见谢林迟迟没过来，忍不住催了一声："谢医生？"

谢林回神，应了一声，然后走到韩经年的面前，给韩经年量血压、测体温、检查伤口。

在这一系列的过程中，谢林让韩经年伸手，韩经年就伸手；谢林让韩经年转身，韩经年就转身……总而言之，他要多配合就有多配合，简直是谢林从医这些年来遇到的最温顺无害的患者。

谢林跟踩在棉花上似的，软绵绵地给韩经年做完检查，而后开口说：“得打点滴，伤口处有轻微的感染迹象。”

夏晚安：“那快点打吧。”

谁打？这几天谁敢给清醒的韩经年打点滴？

针头都不知道被韩经年掰断多少根了……

谢林没敢接话，而是本能地看向韩经年。见韩经年神情依旧平稳得没有任何起伏，他才开口说：“我去准备药。”

很快谢林又回到了病房，他的身后还跟着一个推着小车的女护士。

谢林进入病房后，小护士站在门口踌躇不决。

夏晚安认识那小护士，就是刚刚被韩经年吓哭的那一个。她见小护士站在门口，一副视死如归的样子，忍不住笑了，她冲着小护士招了招手：“进来吧。”

小护士点了点头，然后一闭眼一咬牙就推着小车踏进了病房。

她将小车放在离病床约莫一米远的地方，就不往前走了：“谢……谢医生，东西我送到了，我……我现在尿急，我……我……”

小护士磕磕巴巴的连句话都没说完，就撒腿冲着门外跑去。

她跑了没两步，就被夏晚安喊住了：“稍等一下。”

小护士站定在原地，半晌不敢往回看。

夏晚安看向韩经年：“你刚刚，是不是对着这个女孩发脾气了？”

韩经年摇了摇头：“不知道。”

不知道？她亲眼看见这个小护士哭着从他病房里跑出去的……

夏晚安刚想说话，韩经年又开口：“我对她们的长相没兴趣。”

夏晚安嘴里的话顿时被噎了回去。所以他的不知道指的是他不知道自己对着谁发了脾气？

不对，这是重点吗？重点是，他把人家小女生吓哭了！

夏晚安又道：“我刚刚从我病房出来时，看到她哭着从你病房里跑了出去……”

夏晚安的话还没说完，韩经年就开口：“对不起。”

正在准备点滴的谢林听到这句话后，险些将针头戳进自己的指甲缝里。

张特助觉得自己已经没脸看现在的大老板了，他从来不知道高傲冷漠到不食人间烟火的韩总竟然这么没节操！

就连从小看着韩经年长大的韩老太太和张妈，都感觉世界在这一刻变得无比玄幻。

同样质疑人生的还有小护士，她不敢相信韩先生竟然跟她道歉了。

足足过了半分钟，小护士才回过头，她嘴里的话是对着韩经年说的，但却看向了夏晚安，眼底闪烁着遮掩不住的崇拜："没关系，韩先生……"

这个小姐姐简直就是她的偶像！

这么可怕的韩先生……小姐姐不但不怕，还能把他驯服得如此服服帖帖！

京市南边的一家KTV里，坐了一个人。

那人在炎热的夏季穿着宽大的衣服，戴着帽子和口罩，将自己遮掩得严严实实。

他似是在等什么人，尽管看不到他的相貌，但仍能感觉到他的不耐烦。

大概过了五分钟，包厢的门被推开，进来了一个行色匆匆的男人。他前一秒关了门，后一秒就立刻压低嗓音开口："我刚得到了消息，我们的那些人全完了，他们下半辈子只能在牢里度过了。"

"他们没有暴露什么吧？"遮掩得很严实的人问了自己最关心的问题。

"没有，当初联系他们的时候，我说过每隔一段时间给他们家里一笔钱。我也警告过他们，若是走漏了什么风声，之后的钱就会断掉，所以目前来看他们那边是不会乱说的。"

顿了顿，后来的男人又开口道："这次真的很邪门，那么黑的地方，韩经年居然也能熬过来……"

"当时他是一个人，还是？"

"不是，还有夏晚安。那些人是跟着夏晚安才找到韩经年的。"

"又是这个女人，这是她第三次坏我的事了！"将自己藏在衣服里的人说话的语气阴森森的，带了一股杀气。

"那您看我们要不要想个办法……做了她？"

"她一个富家养出来的女人，能搞出什么惊涛骇浪的大事？至于让你这么着急地弄死她？要知道，多一条人命就多一份风险，没必要节外生枝。更何况，弄死她对于我来说就跟掐死一只蚂蚁一样简单，所以暂且不要管她。我们的当务之急是韩氏企业设计部空下来的总监位置，顾誉之不是离职了吗？让我们安插在设计部门的人务必拿到总监职位……"

"我们在设计部安插了两个人，要不要让他们都想办法争夺一下总监的位置？有两个人的话比较保险。”

“不用，让范明一个人争就可以了，另外一个让她继续潜伏着就好。”

同一时刻。

距离KTV十多千米远的某公寓。

洗完澡的何澈收到了陈苍打来的电话，说他要的东西已经发到了他的邮箱里。

他扔下毛巾，没理会还在滴水的头发，快速地走进书房打开了电脑。

点开邮箱，何澈拉开椅子随意地坐下，按着鼠标开始看邮件。

十分钟后，何澈忽然笑了：“原来丫头结婚了呀……”

八月十二号，周日，晴。

也许是因为今天是她和韩经年的结婚纪念日，夏晚安醒来后心情一直都处于很低落的状态。

下午四点，夏晚安出门去赴秦书简的约，她们约在一家会所见面。

夏晚安到的时候，秦书简已经在了。两人平时常用短信聊天，见了面也不尴尬，交谈时气氛十分融洽。

秦书简是真的又呆又可爱，惹得夏晚安笑了无数次。

为了保证上镜好看，秦书简吃得很少，所以很早就放下了筷子。

在夏晚安喝汤时，秦书简一边表示羡慕一边透过玻璃窗往会所大堂扫了一眼。然后，她拍了拍夏晚安的胳膊，指着恰好走过的一个穿金戴银的肥胖女人，出声道：“小四妹妹，你快看，那个人像不像韩经年的老婆……”

夏晚安只看了一眼，就被嘴里的汤呛到了。

“小四妹妹，你慢点喝，我又不跟你抢……”秦书简一边抽了纸巾递给夏晚安，一边伸出手拍了夏晚安后背两下。

夏晚安咳得脸都红了，等好不容易缓过来劲，她立刻严肃地冲着秦书简开口：“韩经年的老婆就在你眼前。”

秦书简以为夏晚安在讲笑话，哈哈笑了，紧接着就指着盘子里的一颗小白菜：“你是指这个吗？”

夏晚安忍着把小白菜甩到秦书简脸上的冲动，咬牙切齿地张了口。只是她的话还没说出来，便透过玻璃窗看到了一道熟悉的身影……

夏晚安到嘴边的话忽然消失，脑袋下意识地转了过去。

“小四妹妹，怎么了？”秦书简纳闷地问了一声，然后就顺着她的视线望去。

一道高大的身影撞入了她的眼底，他那张比女人还要美几分的脸上正挂着痞气的笑。

纵使他比年少时长高了很多，也成熟了很多，可秦书简还是一眼认出了那个人是她的高中同学，叫程安。

“没什么，我看到了一个熟人，正好给你介绍一下……”收回视线的夏晚安没察觉秦书简的异样，抽了一张纸巾，擦了擦唇角，然后起身，“你在这里等我一下，我去把他喊过来……”

说着，夏晚安就款款地迈着步子走出了餐厅。

直到夏晚安快走到程安面前时，秦书简才回过神来。

小四妹妹说的熟人是程安……那个在她十八岁生日刚过的那一晚就跟她……

秦书简脸色一白，她看到夏晚安不知道和程安说了什么，然后夏晚安挽着程安的胳膊转身冲自己所在的餐厅走来。

几乎没有迟疑，秦书简飞速地收拾了一下自己的东西，悄悄地从餐厅后门逃走了。

“咦？秦书简呢？”夏晚安看着空荡荡的餐桌，愣了愣，然后四处找了起来。

“宝宝，你说谁？”夏晨安清楚地捕捉到了夏晚安嘴里吐出的那个人名。尽管他的声音一如既往地温柔，可他的神色明显冷了几分。

“秦书简呀，就是那个大明星，我之前跟你说过的……难不成是去洗手间了？”

“可能是吧……”夏晨安嘴里这么说，心底却冷笑了一声。

那个女人，他太了解了，她怕是已经逃之夭夭了！

随即，夏晨安抬起手摸了摸夏晚安的脑袋：“宝宝，我有点急事要去楼上一下，你先在这里待一会儿。”

夏晚安眉眼弯弯地点了点头。

夏晨安迈着匆匆的步伐离开，不过他并未上楼，而是直奔地下停车场。

夏晚安一人坐在餐桌前，继续喝汤吃菜。不过她吃了没两口，兜里的手机就响了，是秦书简打来的电话。

“小四妹妹，我临时有点急事先走了，回头再联系你啊……对了，我给你带的礼物放在会所前台了，你记得拿……”

秦书简说到这里，似是想到什么一样，突然又冒出了一句：“小四妹妹，你今天介绍给我的那个熟人，你跟他很熟吗？你们看起来很亲昵，你是脱离了韩经年那个苦海，又进入了一个新的苦海吗？如果是这样的话，小四妹妹，我求求你还是回到韩经年那个苦海吧……”

无语了一会儿，夏晚安敏锐地捕捉到了重点：“等等，你认识我要介绍给你的那位熟人？”

电话那头的秦书简听到这句话，立刻奓毛了：“谁要认识他呀！”

夏晚安：“姑娘，遇到这种事，你若是不想让人知道你们认识，你可以说你不认识他，但你说谁要认识他，就等于告诉我，你认识他，懂了吗？”

“小四妹妹，这你都能听出来？你好聪明哦！”

夏晚安心想：是正常人都能听得出来好吗？

“小四妹妹，我认不认识他不是重点，重点是你真的不要和那个人走得太近，他是个坏人！”

听到这话，夏晚安来了兴趣：“哦？说来听听，他有多坏？”

“放到武侠电视剧里，他就是那种人人诛之而后快的大魔头；放到仙侠电视剧里，他就是那种毁天灭地被人封印的魔鬼；放到历史剧里，他就是那种刮民膏、戮大将、无恶不作的奸臣。总之他就是那种恶贯满盈、丧尽天良的无耻之徒！”

夏晚安听着秦书简的描述，简直是一脸蒙：秦书简口中的人真的是她认识的哥哥吗？

秦书简刚说完，就透过自己跑车的挡风玻璃看到了双手撑在她的车头，微微弯身隔着玻璃俯视她的程安。

秦书简吓得浑身一哆嗦，完全没理会手机那边的夏晚安，直接挂了电话，然后像鸵鸟般缩进了车座下面。

她藏起来还不行吗？

夏晚安盯着被秦书简莫名其妙挂断的手机，噘了噘嘴，然后给夏晨安打了个电话，无人接听。于是她便发了条微信告诉他，她先撤了。

从会所出来，已将近晚上九点。

夏晚安站在路边，抬头看了一眼一颗星星都没有的夜空，心想还有三个小时，今天就过去了……这一年，又是她一人的纪念日。

发了一会儿呆，夏晚安掏出手机准备叫车回家，看到了两分钟前收到的两条短信。

“今天是你和韩经年的领证纪念日吧？真遗憾，他好像不记得了。

“哦，对了，夏晚安，或者，我该喊你韩太太，我是迟慕，我回来了。”

迟慕……

这两个字让夏晚安握着手机的指尖不经意地微颤了一下。

她认识迟慕，虽然她们从未有过交集，但她对迟慕记忆深刻。

迟慕，26岁，迟家的独生女。

迟慕和韩经年从幼儿园到小学，再到初中高中都是同班同学。

迟家是韩氏企业的股东之一，由于两家关系较好，在夏晚安注意到韩经年时，也注意到了迟慕。那个时候的迟慕，是夏晚安最羡慕的人，因为只有她能出现在韩经年的身边。

在韩家给韩经年筹备结婚的事时，迟慕是韩经年妻子的第一候选人。

可是谁都没想到，最后韩老太太居然看中了和韩氏企业没有任何瓜葛的夏家。

夏晚安在和韩经年领证的那一天就搬入了韩经年的公寓。

领证的那天晚上，韩经年同样也没回家……不过没人知道的是，本该洞房花烛的那晚，迟慕来过。

那晚，迟慕穿着一件大红色的风衣，踩着一双十厘米的高跟鞋，按响了韩经年的门铃。

夏晚安打开门看到迟慕，说：“韩经年不在家。”

“我知道，所以我也没打算进去。”迟慕摘下墨镜，面带微笑却又暗藏攻击力地看着她，“简单来说，如果我是来找韩经年的，我就不需要来这里了，因为我知道他在哪里。我就是来找你的，夏晚安小姐……哦，不对，我现在应该喊你，韩太太。”

她不太喜欢迟慕的态度，所以隔着玄关望着站在门口的迟慕道：“说重点吧。”

“我来找你是下战书的！别以为你现在嫁给了韩经年，就一辈子能和他在一起了，我迟慕看上的男人，我迟早是会得到的，不管用什么方法和手段，我都会得到他的！所以，夏晚安小姐……哦，不，韩太太，韩经年我先暂借给你一段时间当老公，今晚我要飞去F国。等我再回来……你可能就要失去‘韩太太’这个称呼了！”

迟慕把自己的意思表达得清清楚楚后，就一个强势的转身踩着高跟鞋离去了。

不过迟慕走了没几步就被夏晚安喊住了：“等等。

“迟小姐，你知道我最擅长做什么吗？”

迟慕挑了挑眉，一脸傲慢，没有出声。

夏晚安懒洋洋地往鞋柜上一倚："我啊，最擅长打狐狸，尤其是成精的狐狸。

"成精的狐狸，知道是什么意思吗？就是狐狸精，用现代的话讲叫小三。迟小姐，你想做个猖狂的小三，我没意见。但是我告诉你，这个世界上只有我夏晚安不要的东西，绝对没有别人能抢得走的东西！"

说完，夏晚安直接当着迟慕的面将门关上了。

手里的手机再次振动起来。

从往事里回过神的夏晚安低头，看到屏幕上又进来了一条新的消息。

依旧是迟慕发来的："你知道韩经年现在在哪里吗？他在跟我用晚餐，你和他的领证纪念日，他和我在一起……你若不信，可以来京市大饭店的幸运阁看一看。"

盯着手机上的那条消息看了良久，夏晚安才退出短信，点开叫车软件。

她定位的地点是花园小筑。

没一会儿，她叫的车到了。她钻进车里后，没等师傅开出多远就出声道："师傅，不好意思，我现在临时有点事，想去京市大饭店。"

会所距离京市大饭店很近，不过十分钟，车子就停在了京市大饭店正门口的马路边。

夏晚安还没下车就隔着车窗看到了从京市大饭店旋转门里走出来的韩经年和迟慕。

也不知迟慕对着韩经年说了点什么，韩经年扭头看了她一眼，然后两个人往台阶下走了几步。快到喷泉旁边时，迟慕扶住京市大饭店门口的一盏路灯，弯腰整理了一下自己的凉鞋。

以上是夏晚安看到的画面，但实际上真实的情况是这样的——

由于傍晚下过雨，现在的气温有些低，从京市大饭店走出来时，恰好一阵风吹来，带着一股凉意。

穿着吊带短裙的迟慕抱着肩膀瑟缩了一下，看到韩经年胳膊里搭着的西装外套，然后说了句："没想到京市夜里居然会这么冷……"

话音落定，她还打了个颤。

韩经年看了一眼冻得瑟瑟发抖的迟慕，他有点纳闷，不明白饭局结束后，迟慕为什么要跟着自己一起离开，于是就"哦"了一声。

恰在此时，一阵风吹来，略感寒意的韩经年点了点头："嗯，今天温度是不高。”然后他就将手里拎着的外套优雅从容地穿在了自己的身上。

不过迟慕并没有气馁，因为从小到大，韩经年对她都是这副模样。确切地说，他对谁都是这副模样。

迟慕一边跟着韩经年往外走，一边没话找话：“我那辆车现在好难开啊，总是莫名其妙地熄火，也不知道等下能不能开回家。”

韩经年始终没接话。

“今天我来京市大饭店的路上，居然熄火了三次……”

在迟慕频繁地提到这个话题后，韩经年总算又一次出声：“你买到了假车？”

短短两年没见，韩经年已经从“直男”进化成“直男本男”了吗？一个正常男人听到这样的话，就算是没有任何暧昧关系，但是出于绅士风度不应该来一句“要不要我顺路送你回家”吗？

往前走了一段距离后，迟慕觉得凉鞋的鞋带有些松，于是就开口道：“我鞋带松了，能不能让我扶你一下系个鞋带？”

他没说话，她以为他同意了，刚准备伸手碰他的胳膊。他条件反射般扫了她一眼：“我又不是柱子，你扶我做什么？”

这男人结婚两年了，居然比以前更加不解风情了？

迟慕忍着心底的憋屈，扶住旁边的一盏路灯，随便弄了一下鞋带。当她再站直身子时，透过路边一辆车子落下的后车窗看到了夏晚安。

只是短短的一秒，她就仿佛喝醉了般迈着微晃的小步，走到韩经年的面前，然后扑入了他的怀里……

迟慕眼角的余光一直都在路边的车子上，在她用极大的力气搂住韩经年的脖子时，她看到那辆车子重新发动开走了。

在那辆车子消失在迟慕视野的那一刹那，她的唇角勾起了一抹冷笑。就在她打算装成醉酒的样子表示自己失态时，她的胳膊被韩经年大力地扯了下来，然后整个身体被韩经年狠狠地撂倒在了地上。

迟慕只觉得五脏六腑都被摔得乱了顺序。

韩经年线条分明的脸上没有丝毫怜惜的神情，语气锋利无比：“这次只是一个警告，下次你敢再碰我，我就废了你这一双手！”

说完这话，韩经年片刻都没多留就走了。

他一边往路边的车子走，一边将西装外套和领带扯下来，扔进了垃圾桶里。

车子抵达SJ酒店门口，张特助都还没来得及给韩经年开车门，韩经年就已经先下车直奔电梯上楼了。

张特助把车钥匙给门童后连忙跟上，在路过大厅时，他看到酒店大堂的钟表……

八月十二号，二十一点三十七分。

咦？八月十二号，他怎么觉得这个日子……好像不简单呀？

张特助一边往电梯那边走，一边在脑海里搜索着和这个日期有关的事。

不是韩总的生日，也不是韩总母亲的生日，韩总的生日刚过，韩老太太的生日在冬天……他们也没在这一天签过什么大的合同……突然，张特助拍了一下脑门，“啊呀”了一声！

今天是韩总和夫人领证的日子……

从前，韩总对夫人不上心，这种日子韩总根本不会在意，他自然也不会傻到往枪口上撞，去提醒韩总这种事情。

可现在不一样了。现在韩总明显对夫人上心了，前两天夫人出院后，再也没来过医院看韩总，韩总明显有些焦躁不安……更重要的是，夫人和韩总分居后，到现在还没和好的迹象。

今天这么重要的日子，对韩总来说简直就是天赐良机啊！

张特助冲向了韩经年的房间。

张特助推门而入，依照对韩经年的了解，直奔浴室门前，抬起手咚咚咚地敲起了门：“韩总，韩总——”

张特助见里面的人迟迟没动静，只有哗啦啦的流水声，于是敲门的力道更重了。

这都什么时候了，洁癖比老婆还重要吗？

腹诽过后的张特助下一秒就机智地开口：“韩总，是夫人……”

流水声没了，取而代之的是脚步声。紧接着面前的门被拉开，露出只遮掩住了下半身，浑身淌水的韩经年。

面对这样一幅美到惊心动魄的美男出浴图，张特助维持着非礼勿视的姿态，开口说：“韩总，今天是您和夫人领证的日子。”

韩经年的神情没太大的变化，眉眼间甚至还泛着一抹茫然。

张特助在心底叹了一口气，韩总这是压根不知道他刚刚的话是什么意思，只好继续说道：“韩总，今天对您和夫人来说，是意义非凡的一天，也是值得纪念的一天……”

韩经年依旧没反应，神情怔怔的，不知道在想些什么。

张特助以为他没懂自己的意思，又开口："这一天就像夫人的生日、情人节、七夕情人节、圣诞节一样，您都应该陪着夫人一起过……"

随着张特助的话，韩经年的手掌不经意地握成了拳。

若不是张承提醒，他都不记得他们领证的日子。

他对日期没太大的印象。他只记得，他和夏晚安领完证大概半年后，奶奶提醒他回家看看夏晚安，他才后知后觉地想起来，他还有个名义上的妻子。

"韩总？"

韩经年回神，看了一眼张特助，他的眼神有些飘忽。过了一会儿他才出声，似是极力地压抑着翻滚的情绪："你去备车吧。"

"是，韩总。"张特助识趣地退出了韩经年的房间。

韩经年在浴室门口愣了一会儿，才转身进了洗手间。

不一会儿，吹干头发的他穿着一身休闲装，拉开了酒店房间的门。

坐上车，张特助开口："韩总，我们去花园小筑？"

韩经年刚想点头，但又怕夏晚安不在家，他迟疑了几秒，从兜里摸出了手机，给夏晚安打了个电话，无人接听。他掏出张特助的那部手机，点开了微信。

还没给夏晚安发消息，他就在朋友圈里看到了半个小时前夏晚安发的动态消息。

"我想喝点小酒，穿着小裙子，在风吹的夜晚，跌跌撞撞地扑入你的怀中……"

配图是一大瓶洋酒和一个加了冰的水晶杯。

动态消息的下方有定位，是距离SJ酒店不远的一家清吧。

所以，现在的她正在酒吧喝酒？

韩经年握着手机的指尖蓦地一抖，下一秒他就抬起头，对着前面开车的张特助出声："去后面那条街的酒吧。"

十五分钟后，车子稳稳地停在了酒吧门口。

韩经年径自推开车门，大步流星地朝酒吧走去。

张特助急忙停好车，追了上去。

"欢迎光临——"

在轻缓的音乐下，韩经年穿过一桌又一桌的宾客，在酒吧最里面靠窗边的角落里看到了夏晚安。

女孩面前的桌上已经有五个空酒瓶了。

他下意识地朝夏晚安走去，只是他还没走到夏晚安跟前，夏晚安就撑着桌子站起身，踩着小高跟鞋迈着踉跄的步子，停在了三个年轻男生的面前。

坐在最外侧的那一个男生眉清目秀。

夏晚安盯着那个男生看了几秒钟，然后眉眼弯弯地笑了。

不知道她说了句什么，那个小男生的脸噌的一下红了。紧接着，夏晚安伸出双手扒开了小男生T恤的领口。

小男生白皙的锁骨和半个胸膛毫无征兆地出现在众人的视野里。

看到这一幕的张特助惊叫了一声，紧接着他就发现站在自己前面的韩经年，不知何时已经窜到了夏晚安的身边，将小男生从她的魔爪中拯救了出来。

韩经年冷着一张脸，拉着夏晚安往酒吧门外走去。

走了没多久，夏晚安突然扒着一张桌子，盯着一个穿着西装的男人开口："小哥哥，你热不热，要不要我帮你脱衣服……"

夏晚安话音刚落，手就伸向了男人的领口。

在她的手即将碰上男人的那一秒，韩经年往后退了半步，弯身单手将她扛在肩上，黑着一张脸离开了酒吧。

张特助在结账，没能跟出来。韩经年走到车前将夏晚安直接放在了车头上。

双脚离地的夏晚安晃着两截白生生的小腿，左看右看了一会儿，然后就将视线落在了韩经年的脸上。她弯着唇笑了："小哥哥，你一晚上多少钱？"

韩经年迟疑了两秒，才反应过来这句话代表什么，他的脸色立刻就沉了下来。

坐在车头醉得一塌糊涂的夏晚安压根没察觉到任何危险，她依旧晃着小腿，仰着头，笑盈盈地望着韩经年开口："小哥哥，一晚上十块钱行不行？"

夏晚安还掰起手指数了起来："一、二、四、六、七、九、十……"

然后，她对着韩经年举起七根白嫩嫩的手指："看到没有，这就是十，十块钱行不行？不能再多了……"

生平第一次被人当街调戏的韩经年看着醉醺醺的女孩，深吸了一口气。然后他冷着一张脸，绷着声音说："不用钱！"

"啊？不用钱？"夏晚安歪着头盯着韩经年思考了一会儿，然后就打了个酒嗝，"那算了，小哥哥，当我没问过你刚刚那句话吧，毕竟……便宜没好货。"

韩经年的脸色比刚刚更糟了。

结完账从酒吧出来的张特助好奇地问了一声："夫人，什么便宜没好货？"

韩经年冷飕飕的视线瞬间扫向了张特助。

夏晚安闻声望向了张特助，她盯着张特助眨了眨眼睛，然后从车上滑了下来。

韩经年怕她摔到，伸出手扶了她一把。等夏晚安在地上站稳后，她立刻拍开了韩经年的胳膊，冲着张特助踉踉跄跄地走了过去："小哥哥，你属什么的？"

小哥哥？夫人这是醉迷糊了吧？

张特助下意识地看了一眼韩经年，然后他的腿不禁抖了起来，连带着回夏晚安的话音都有些颤："夫人，我属狗。"

"胡说！你明明是属于我的！"

张特助险些跪在地上。

夫人这不是醉迷糊了，夫人这是醉起来要人命啊！

他预感到他可能会跟知谨一样，要去非洲看钻石了……

他连接夏晚安话的勇气都没了，直接看向了韩经年："韩总，夫人……她喝醉了，喝醉……"

最后一个"了"字还没发出来，夏晚安的手已经揪住了他的衬衣领口。

张特助本能地想去扯夏晚安的手，可他的指尖距离夏晚安的手还有十厘米远时，他感觉到了铺天盖地席卷而来的杀气，吓得立刻把手缩了回去。

站在夏晚安身后的韩经年握住夏晚安的手，将夏晚安的手指一根一根地从张特助的衣领上掰了下来。

整个过程，韩经年看向张特助的眼神都是冷飕飕的。可他手上的力道极其轻柔，甚至在女孩的头发不小心缠上张特助的扣子时，毫不犹豫地揪下了那颗扣子，然后弯身横抱起女孩，冲着张特助扔了句："把衬衣换了，以后再也不许穿！"

"是！"死里逃生的张特助溜到后车门前，赶紧帮韩经年拉开了车门。

回到车上，张特助发动车子时，问："韩总，我们去哪里？"

"家。"韩经年加大了手臂的力道，将险些从怀里挣扎出来的女孩扣得更紧了一些。

夏晚安攀着韩经年的肩膀往上坐了坐，然后就直勾勾地盯着韩经年的五官看了起来。

"小哥哥，你知道我们这犯罪率为什么这么高吗？"

韩经年没说话，任由夏晚安的手在自己的脸上捏来捏去。

"因为……"夏晚安眨了眨眼睛，口气撩人，"你迷人的五官是众人犯罪的开始。”

一直时不时瞄向后车座的张特助，突然觉得自己不该去关注后车座的两人。

“我想在你的身上留下一样东西……”夏晚安边说边在韩经年的怀里转了个身，然后将手伸到自己的包里掏出一支口红。

她往自己的嘴上涂了一层口红，然后抿了抿唇，扑到韩经年的脸上亲了好几口，在男子白皙的脸上留满了口红印：“小哥哥，我给你盖了章，从现在开始，你就是我的人了！”

车子开到韩经年公寓的地下停车场。车子前一秒停稳，后一秒韩经年就推开车门下了车，然后他弯身将醉得坐都坐不稳的女孩从车里拉了出来抱在怀里，大步流星地进了电梯。

一路上，夏晚安一直在他的怀里胡闹。韩经年的神情紧绷着，可他的喉结却明显地上下滑动了一下，连带着抱女孩的力道都加大了些。

到了家门口，韩经年输入密码，连鞋子都没来得及换就直接抱着夏晚安进了卧室。

韩经年将夏晚安往床上一放，俯身堵住了她的唇。

他吻得越来越深，吻到她的呼吸渐渐不稳，发出像小猫一样的呜咽声时，他才停下来。

韩经年盯着醉眼蒙眬、红唇微肿的夏晚安看了一会儿，然后像想起什么一般，忽然伸手掐着夏晚安的下巴，稍稍地掰正了她的脸，直视着她的眼睛，问道：“我是谁？”

夏晚安憨笑着：“你是小哥哥呀。”

“你再看清楚点，我到底是谁？”

吃疼的夏晚安微微蹙了蹙眉心，嘀咕了一句：“你好像我老公……

“咦？你好像不是好像我老公，你就是我老公，我老公叫韩经年……”

听到这里，韩经年的手离开了夏晚安的脖子，低头再次堵住了她的唇……

很快，室内的气氛变得有些热烈，轻轻浅浅的喘息声飘了出来。

许久，房间里才安静下来。

同样的午夜时刻，迟蔓刚从医院里出来。

虽然被韩经年那样羞辱，可她脸上的神情极其平静，就仿佛什么事都没发生过一般。

她让司机把自己送到了自己住的公寓。回到家里后，她不顾医嘱给自己倒了一杯红酒，一口气喝完后，掏出手机拨了一个电话出去。

很快，电话接通了，里面传来一道分不清男女的声音："迟大小姐，这么晚了，打电话来不知有何贵干？"

迟慕一脸冷傲："第一，我回来了；第二，两年前你跟我说的话还作数吗？"

"作数，当然作数。我说过了，只要迟小姐愿意和我合作，不管什么时候都作数。"

"那好，我答应你，我可以帮你搞垮韩氏企业，我也不要你所谓的好处，我只有一个条件，我要韩经年！"迟慕干脆利索。

"迟小姐，您还真是对韩经年一往情深啊……"

"别跟我说废话，我就问你答应不答应！"

"答应，当然答应！"电话那头分不清性别的人轻笑了一声，又开口，"为了庆祝我们达成合作，我要送你一份大礼。这个礼物叫艾姜，她对夏晚安的恨，不亚于你对夏晚安的恨……"

"谁说我恨夏晚安了？就她，也配入我的眼得到我的恨？"迟慕毫不迟疑地打断了电话那端人的话。

"是，迟小姐，您不屑和夏晚安一般见识，但是艾姜愿意，她现在巴不得毁了夏晚安。相信我，她对你来说绝对有用……而且据我所知，迟小姐，韩氏企业设计部总监的位置十之八九会是夏晚安的，所以迟小姐，迟家是韩氏企业的股东，这个位置您要不要……"

迟慕一脸不屑："区区一个韩氏企业的总监位置，我看不上，我要当的是韩氏企业第一设计师！"

"看来迟小姐很自信呀？第一设计师，这可不是随便什么人就能当的……"

"让你失望了，在F国待了两年的我，手里没点王牌怎么敢回来？"

"哦？看来这个王牌的分量很足呀？"

"JO，你觉得足不足？"

"果然够惊喜呀，时尚之父，当然够足。"

面对电话那端的恭维，迟慕无动于衷，不过挂电话之前，她问了一句："现在我们合作了，你可以让我知道你是谁了吗？”

“迟小姐，别急，你喊我Q就好，至于我的庐山真面目，机会到了，我自然会让你知道……”

迟慕没再说话，冷笑了一声，直接挂了电话。

洗完澡，韩经年先给夏晚安吹干头发，然后把她放在床上后才去洗手间给自己吹头发。

等他出来，床上躺着的女孩不见了。他蹙着眉，刚想喊“晚安”，结果就在落地窗前的一盏落地灯前看到了穿着粉色睡裙的女孩。

夏晚安蹲在地上，面对着墙壁，指尖不知道在写些什么。

“怎么跑到这里来了？”韩经年走到夏晚安跟前，弯身刚想抱起夏晚安，就听见夏晚安嘴里低喃了一句：“这不是我家……”

在他不解时，蹲在地上的夏晚安又出声了：“这不是我家……他说过的，这个房子的房产证上没写我的名字。”

韩经年的呼吸跟着一窒。

“这不是我家，就算我们结婚了……也不是我家……他所有的东西都跟我没关系……”

韩经年的心里泛起钻心的痛。

他当初愤怒之下，口不择言的话竟伤她这般深吗？

“我有事从不敢找他的……生日是我一个人过，除夕也是我一个人过，中秋节还是我一个人过……从来都是我一个人……他从来都没想过我是这个家里的人……”

这个“敢”字就像一把凌厉的刀，狠狠地刺进了韩经年的胸膛。

“我不喜欢这个房子里的床单被罩，可我不敢换……我也不喜欢这些窗帘，虽然很漂亮，但是不够温馨……我想养只猫，但我不敢养，因为这不是我的房子，我还想把阳台改成花房……”

女孩的声音变得有些哽咽。

“厕所灯坏了，是我自己换的；下水道堵了，也是我自己搞不定后，喊物业的人来弄的；去年秋天，我得过一次急性肠胃炎，是我自己叫的救护车。在这个家里，我一直都是一个人……”

韩经年觉得自己像被困在了一个密不透风的环境里，无法逃离，无法呼吸。

这种窒息感和沉闷感压抑得他仿佛随时会爆炸。

他一直都在纠结，夏晚安太过疏离他。可他却忘了，在他注意夏晚安之前，夏晚安对他来说，一直都是空气一样的存在。

他从未关心过夏晚安，夏晚安进韩氏企业都是奶奶和大嫂当着他的面提的，他都没走心。

他从没尽过一个当丈夫的责任，他和夏晚安虽然结婚了，可他们就像两条不相干的平行线一样，没有任何的交集……

女孩没再说话了，指尖在墙壁上不断地划动着。

过了一会儿，韩经年胸口的疼痛才平歇下来。他盯着她葱白的指尖看了半天，才看清楚她写的是一个又一个的“正”字。

她反复地写“正”字是什么意思？

在韩经年的疑惑中，夏晚安突然开口：“374，375，376……”

随着数字从她嘴里低喃吐出，她手指间写出了一个又一个的“正”字。

“405，406，407……”她还在写。

韩经年看了一眼墙壁上的时间，已经凌晨两点钟了。他蹲下身，轻轻地拉了拉她的胳膊：“睡觉了……”

夏晚安没理他，手指在墙壁上动得飞快。

他并不知道夏晚安写了多少个“正”字，只是听到她嘴里念了一个“500”时，他再次出声：“晚安，已经很晚了，我们睡觉了……”

说着，他握住夏晚安在墙壁上不断写字的手，想将夏晚安抱起来。

结果他的手还没搂住夏晚安的腰，夏晚安就激烈地推开了他，然后往墙壁前挪了挪，继续抬起手写“正”字：“530，531，532……”

韩经年没再打断她，陪着她在墙角蹲着。

室内很安静，偶尔有她的数数声响起：“594，595，596……”

第597个“正”字，她只写了三笔就停了下来。

然后她盯着自己指尖落定的地方，定定地看了好久好久，才动了唇，语气很轻：“原来，都攒了这么多个正字了呀……”

韩经年不知道她到底是什么意思，“嗯”了一声。

她似乎没听到他的声音一般，依旧目不转睛地盯着墙壁看，半晌她才出声：“我不会让第一千个正字出现的……”

“什么第一千个正字？”

沉浸在自己思绪里的夏晚安置若罔闻，继续自言自语：“可是我都不知道，我还能不能撑到第九百九十九个正字出现……”

说完这句话，夏晚安的身子往旁边倒去。

韩经年及时伸出手接住了她，她顺势搂住了他的胳膊，像找到了一个让她很安心的依靠，窝入他的怀中闭上了眼睛。

夏晚安轻浅又有规律的气息喷洒在韩经年的手臂上，韩经年知道她这是入睡了。

他小心翼翼地抱起她，把她放在床上。给她盖被子时，他听见夏晚安带着几分醉意的低喃：“我不是机器人……可我就算是机器人，我也会有报废的那一天……我觉得我快报废了……”

夏晚安的话让他心底一疼。

韩经年没动弹，就那么维持着给夏晚安盖被子的动作，低着头静静地凝视着夏晚安。

房间里安静得他都能听见她的心跳声。

他的眼睛一眨不眨地望着她的睡颜。他突然意识到，他好像比他想象中沦陷得更深。

生日那天，他和她被人困在漆黑的房间里，他以为他对她只是在意。可今天他才发现，他因她的痛而痛，因她的欢喜而欢喜……真是情不知所起，一往而深。

韩经年定定地看着夏晚安，不知道看了多久，他才微微俯身，在女孩的额头上落下一个轻吻。

在他的唇离开她的额头时，他停顿了一会儿，一个很轻的声音从他嘴里吐出：“欢迎光临。”

欢迎光临，我的心。

夏晚安一觉睡到了第二天上午十点。

宿醉使她头疼欲裂，她揉着脑袋，在床上翻了两次身，才发现自己所处的环境是……韩经年的公寓？

她怎么会睡在韩经年的房子里？

夏晚安一边按压着发疼的太阳穴一边下床去洗漱，然后她在洗手间的镜子上看到了一张便条：“锅里有粥，餐桌上的保温杯里有醒酒汤。”

看字迹，夏晚安知道是韩经年留的纸条。

夏晚安洗漱更衣后去了餐厅。

如纸条上写的那样，桌子上摆放着一个保温杯，打开后，里面是冒着热气的醒酒汤。

不过，保温杯的下面压着一份文件，文件的旁边放着一个精巧的纸盒子，纸盒子里还有沙沙沙的声音传出……

夏晚安盯着文件和纸盒分别看了一会儿，然后纳闷地先拆开了纸盒。

纸盒里面蹲着一只白色的小猫，冰蓝色的眼睛漂亮得仿佛两颗闪闪发光的宝石。

只是一眼，夏晚安的心就软了。

小猫盯着她看了会儿，然后动着圆鼓鼓的身子往前挪了一小步，把脸放在夏晚安的掌心，很轻地蹭了蹭，嘴里还发出一道奶声奶气的喵声。

看着小猫的可爱模样，夏晚安简直要流鼻血了。她逗弄了小猫一会儿，等它不认生了，便将它从盒子里抱了出来。然后她才发现，盒子的下方放了一张卡片。

她一手搂着小猫一手拿起卡片，翻开看了一眼："纪念日快乐——韩经年"。

夏晚安盯着八个字，瞬间定住。

纪念日快乐……是指昨天他和她的领证纪念日吗？而这只小猫，是他送给她的礼物吗？

夏晚安又拆开了文件袋，发现里面装的是房产证……

房产证上的地址她再熟悉不过了，就是她住了两年的这套房子，只是房子的主人从"韩经年"变成了"夏晚安"。

他为什么这么做？变相地向她道歉认错？

在夏晚安疑惑时，她瞄见了房产证上的登记日期。

这是三周前的事了……也就是说，在她搬出他家的第三天，他就已经把房产过户到她名下了？

夏晚安握着文件的指尖情不自禁地加重了力道。

当初在京市大饭店，高琳事件落幕的那晚，韩经年没问她地址就把她送回了花园小筑……那时她就在想，她离开韩经年的家后，韩经年找过她。现在看来，韩经年不单单找过她，还做了房产变更的事……

这是不是说明，那次和她不欢而散后，韩经年并不是不在意，而是懊恼过也后悔过？

也许，她在韩经年的眼中，不再是从前那个可有可无的存在了？

周一，是去老宅吃团圆饭的日子。

夏晚安这次带上了名为小镜子的小猫。

到老宅时不过下午五点半，挺不赶巧的，大嫂陪着祖母去附近的超市了。

不过让夏晚安感到意外的是，老宅里的保姆除张妈之外，其他的全都换了。

夏晚安一个人在客厅里坐了会儿，见祖母和大嫂迟迟没有回来，略感无聊的她就抱着小镜子起身去院里随便走走。

在走到后花园时，小镜子突然从她怀里蹿了出去，一溜烟不见了踪影。

夏晚安一边喊“小镜子”，一边顺着它跑开的方向去找它。最后，她不知不觉就绕到了老宅后面的一栋小别墅前。

隔着栅栏，她一眼就看到了蹲在小别墅院中白桌上的小镜子。

夏晚安喊了两声“有人吗”，见迟迟没人应答，就走进院里抱起了小镜子。正准备转身离开时，她身后小别墅的屋门突然被推开。

夏晚安闻声，抱着小猫回头望去。

一个坐在轮椅上的女人，手动推着轮椅，从屋里滑了出来。

那女人穿着一件白色丝质长裙，看起来飘逸灵动。她的五官很精美，眉眼与韩经年有些神似。

夏晚安是认得这个人的，虽然现实中她并未见过。

这个人是韩经年的姑姑，也就是韩经年父亲的亲妹妹、祖母的亲女儿——韩晴晴。

韩晴晴当年不顾韩家的反对，跟着一个穷学生私奔了。后来，那个穷学生抛弃了韩晴晴和她肚子里的孩子。韩晴晴走投无路，只能回来投靠娘家。因为是家族丑事，所以韩晴晴和她的女儿很少在世人的眼前露面。

有关韩晴晴的事，夏晚安都是听韩知谨提的。韩晴晴是舞蹈专业出身，在二十多年前，她算是名震京市的第一名媛。她跳得一身好舞，被很多人称为“京城第一白天鹅”。

不过韩晴晴在和那个穷学生私奔后，出了一场车祸，双腿废了，从此以后就只能与轮椅为伍。据说，在那场车祸中，韩晴晴还是因为救穷学生而受的伤……

总而言之，从韩知谨的描述中，夏晚安大概了解到韩晴晴是个敢爱敢恨的人，且义无反顾地爱着那个穷学生。

韩晴晴的女儿叫韩一笑，夏晚安见过一次，就是她当韩经年女伴时在宴会上遇到的那个小哑巴。

在夏晚安来回思考时，韩晴晴已经推着轮椅到了她的面前。

韩晴晴气质高雅，态度温柔，就连开口的声音都如和风细雨："你是经年的妻子，夏晚安？"

夏晚安回神，急忙喊了一声："姑姑。"

韩晴晴浅笑着点了点头，然后她的视线就落在了夏晚安怀里的猫上，说："这猫真漂亮。"

夏晚安将小镜子往韩晴晴面前递了递："它叫小镜子。"

"名字也可爱。"韩晴晴伸出手，轻轻地抚了抚小镜子的脑袋，然后又对夏晚安开口道，"今天应该是周一吧？又是老宅聚餐的日子……正好你过来了，帮我带点东西回老宅……"

"哦，好的。"夏晚安急忙跟上韩晴晴进了小别墅。

"我行动不太方便，所以麻烦你去餐桌上亲自拿。那是桂花酿，我亲手酿的，我妈妈最爱喝，你带过去，晚上你们聚餐的时候可以尝一尝。"

在韩晴晴的指示下，夏晚安一手抱着一小瓶桂花酿，一手抱着小镜子离开了小别墅。

小别墅和老宅虽是相通的，但也隔了一段距离。夏晚安在穿过露天泳池，走上花园蜿蜒的小石子路时，听见了一个抽泣声。

夏晚安下意识地放缓了脚步，她确定自己没听错后就停了下来。她在原地站了一会儿，辨认出那抽泣声是从一大片玫瑰花中传出的。

韩家的后院不会有外人进来的，所以会是谁在那里哭？

夏晚安穿过一株一株的玫瑰花，循声寻找。

往里走了大概十多米的样子，夏晚安在一株开得正娇艳的黄玫瑰旁边看到了一道娇小的身影。

那是一个女孩，她蹲在地上，脸埋在膝盖处，肩膀急速颤抖着，像受了天大的委屈一样，哭得好不伤心。

夏晚安将桂花酿放在地上，然后伸出手轻轻地拍了拍女孩的后背。

女孩下意识地回头看来，看到夏晚安的脸，她的眼中闪现了一抹惊讶。

同样惊讶的还有夏晚安。她怎么也没想到，躲在这里哭泣的女孩会是韩经年的表妹韩一笑。

韩一笑看到夏晚安，很快就止了哭声。她抹了抹脸上的眼泪，冲着夏晚安比画了几个手势。

夏晚安没了解过手语，但她通过韩一笑的动作，连猜带蒙地辨认出韩一笑可能是在问自己怎么会来这里。于是，她便回给韩一笑一抹笑："我在找猫，听见有人在哭就过来看看……"

韩一笑点了点头，顶着满脸的泪水，冲着夏晚安回了个笑。

夏晚安从兜里摸出一张纸巾递给韩一笑，然后搂着猫顺势蹲在了韩一笑的身边："你是遇到了什么困难吗？需不需要我帮忙？"

韩一笑接过纸巾，比画了两个动作，是在给夏晚安道谢，然后她一边擦眼泪一边摇着头，冲着夏晚安咧着嘴笑了一下，表示她没事。

夏晚安刚想再安慰她两句，结果瞄见韩一笑露出的一小节手臂上有着类似被鞭打过的伤痕。

而且不止一道，好几道交错在一起，有些伤已经结痂了，有些伤还往外渗着血，像刚被打出来的……

夏晚安下意识地抓住了韩一笑的手腕："你手臂上的伤是怎么回事？"

韩一笑像受了极大的惊吓般，猛地将胳膊收了回来，藏在袖子里，然后起身朝花园外跑去。

她跑了没两步，就被夏晚安再次拉住了胳膊："一笑，你身上的伤到底是怎么回事？奶奶知道吗？大嫂知道吗？你妈妈知道吗？还有韩经年，他们知道吗？"

韩一笑止住的眼泪再次簌簌而落，她一面慌张地冲夏晚安摇头，一面发出咿咿呀呀的声音。

夏晚安虽听不懂她在说什么，但知道她在恳求自己不要告诉别人。

也许是看夏晚安没答应，她突然朝地上跪去，泪水落得更猛了。

夏晚安怎么也拉不起来她，为了不让她跪下去，只能被迫答应她："我答应你不告诉别人，但是你能不能告诉我是怎么回事？"

夏晚安想到韩一笑不能说话，便掏出自己的手机："你认识字对吧？这样，你打字告诉我……"

说着，夏晚安解锁了自己的手机屏幕，点开记事本将手机递到韩一笑的面前。

韩一笑拼命地摇头，不想接夏晚安的手机。

最后，她见夏晚安态度坚决，只能接过夏晚安的手机。她哆嗦着指尖，在键盘上敲了一句话："我没事，那些伤都是我自己弄的，跟任何人无关。"

夏晚安蹙起了眉心。

这怎么可能是她自己弄的？那些伤，一看就是有人用力抽打的……

韩一笑又着急地按着键盘，打了一行字："真的和别人无关，算我求求你，你就当作没看到。千万不要告诉他们，也不要告诉任何人，求求你了，拜托……"

夏晚安知道，韩一笑口中的"他们"指的是韩家的人。

韩一笑到底经历了什么事，受了这么大的屈辱都不肯让家里人知道？

夏晚安越发疑惑了，她本想问韩一笑为什么要这样，不过当她抬起头看到韩一笑充满乞求和惊慌的眼神时，她到嘴边的话蓦地就被韩一笑噙着泪的样子噎了回去。

韩一笑是有什么难言之隐才这样的吗？从她身上的伤口来看，她应该长期受虐待，可她从来不敢让人知道，是因为施暴者威胁她？

韩一笑若是不想说，她这么强逼下去，只会让一笑崩溃……

夏晚安迟疑了一会儿，然后将到嘴边的话改了："好，我答应你，我帮你保密。"韩一笑眼底冒出了一抹希冀，用无声的神情问夏晚安是真的吗？

夏晚安点了点头，一脸郑重地向她保证："是真的，你放心，我会当今天从没见过你。"

韩一笑像死里逃生般长松了一口气，然后冲着夏晚安不断地弯腰。

虽然她无法说话，但看到她手上的动作，夏晚安知道，她这是在跟自己道谢。

看着她这样的反应，夏晚安有些心酸。

韩一笑却像了却了心头大事一般，跟她道完谢后，冲着她挥了挥手，一副要离去的样子。

夏晚安在她转身的一刹那喊住了她："一笑。"

韩一笑顿足，回头望向夏晚安的眼神里充满了担忧，似是生怕她改变主意。

夏晚安从随身背着的包里摸出一支笔和一张好久之前用过的高铁票，然后在上面写了一串数字，递给韩一笑："我答应帮你保密是因为我知道，你没勇气面对你现在的遭遇。如果有一天，你撑不下去了或者你想反抗了，你给我发短信，我会来帮你的。"

韩一笑诧异地盯着那张废弃的高铁票看了好一会儿，才伸出双手接了过来。

"时间不早了，我要回老宅那边，你也不要一个人在这里待着了，快回去吧。"

韩一笑听话地点了点头，然后往旁边挪了半步。

夏晚安明白她这样是让自己先走的意思，就弯身拎起地上的桂花酿，对她说了句“再见”，先行离开了。

目送夏晚安的身影消失在视野后，韩一笑低头，用指尖反复摩挲了那一串数字许久，才将卡片小心翼翼地放在了自己衣服最内侧的口袋里。

夏晚安是这个世界上第一个对她说“帮”字的人，也是第一个救过她的人……她永远都记得，当初在宴会上，夏晚安为了保护她不被侍者捧着的一大盆热气腾腾的羹砸伤而毫不犹豫地护她的场景……

她叫夏晚安，是她的表嫂，是这个世界上唯一对她好的人，所以她也要加倍地对她好。

第十章

他永远都不可能丢下她一个人的

从老宅出来，韩经年带着夏晚安去医院做复查。

夏晚安原本以为只有韩经年要做复查，没想到居然连带着她也要一起做复查。

从医院离开，回到花园小筑，差不多已是晚上十一点钟。

夏晚安向韩经年和张特助道别后，一手抱着猫一手拎着谢林开的一大袋子药，进了自己的小别墅。

等她屋里的灯亮起后，张特助才发动车子。在开出夏晚安所住的别墅小区时，张特助透过后视镜发现韩经年的脸色阴冷得可怕。

张特助立刻关掉了车载音乐，道："韩总，是谢医生给夫人的检查结果依旧有问题吗？"

韩经年微微点了点头。

"韩总，我们已经提前跟老太太沟通好了，老太太为了避免打草惊蛇，找机会发脾气把家里的保姆全都换了。即便这样，今天夫人去老宅吃饭，还是被下了药吗？"

"是……"韩经年沉默了好一会儿，然后说了一句让张特助百思不得其解的话："她吃的东西，我全都吃了。但是，我的体内没药物残留，可她的体内却有。"

张特助也迷糊了："难道问题不是出在老宅？可是不应该啊……"

韩经年没再说话。

车内安静了良久，张特助想到了一件更重要的事情，道："韩总，夫人的身体状况现在是不是很差？若是谢医生的药起不到作用，夫人真的无法怀孕，那你是不是要考虑……"

张特助后面的话还没说出口，韩经年的眼神就无比凌厉地扫向了他："张承！"

张特助吓得赶紧噤声，过了大概半分钟，张特助又大着胆子出声："韩总，您还记得您当初为什么答应这门婚事吗？"

张特助话音刚落，韩经年脑海里突然浮现出那份文件。

他沉默了好一会儿，才出声："我记得，但是……我不考虑。"

他记得他当初为什么肯点头娶她，但是他不考虑张特助刚刚没说出口的建议。

尽管韩经年的话说得很简练，但张特助还是听懂了。张特助张了张口想再说什么，只是他的话还没到嘴边，坐在后车座的韩经年又出声了，语气和刚刚一样，淡淡的，却又藏着浓浓的力道："她不是棋子，她是我的妻子。"

张特助顿时一个字都说不出来了，也不敢再说了。

韩总摆明了在告诉他，无论最初他娶夫人的缘由是什么，他都不会舍弃夫人的。

夏晚安在韩氏一直都是在很随意地混日子。

不过顾誉之走后，总监一职就落到了她的头上。

设计部的一些人虽然不太服气，但是也没办法。

对夏晚安来说，升职最大的好处就是有了独立办公室，她可以肆无忌惮地睡觉了！她再也不用担心同事吵到自己的美梦，也不用担心自己万一睡觉的姿势不好，被人拍下来偷偷当表情包……

于是，第一次当总监的夏晚安，吃过午饭后，就美美地窝在自己的办公室里狠狠地睡了一个午觉。

醒来后，夏晚安伸了个懒腰，端着自己的猫爪杯走出办公室，打算去泡杯咖啡，做点总监应该做的事。

结果，她一出办公室就发现整个办公区的气氛不太对劲……

夏晚安一脸古怪地打量了一会儿凑在一起窃窃私语的同事，然后揣着纳闷的心思进了茶水间。等煮完咖啡，她刚准备回办公室，就看到陈晴天，也就是小陈进来了。

"晚安……"陈晴天还没说后面的话，就意识到自己喊错了称呼，急忙改口，

“不对，夏总监……”

“得了，你还是喊我晚安吧……”夏晚安一边拿勺子搅拌咖啡，一边冲着陈晴天招了招手。等到陈晴天靠近后，她才小声地问：“今天公司发生了什么事呀，我怎么觉得气氛很奇怪？”

“哦！”陈晴天立刻激动地开口，“今天我们大老板的红颜知己来公司了！”

刚喝了一小口咖啡的夏晚安听到“红颜知己”这四个字，险些将咖啡喷了出去。

“大老板是韩经年吗？”

“对啊，难不成还有别的大老板吗？”陈晴天没留意到，夏晚安已经暗暗地将纸巾戳烂了。陈晴天自顾自地继续说，“大老板的红颜知己是我们公司大股东迟董的女儿，好像叫迟慕……今天迟慕特意来公司看韩总了，还拎着蛋糕……我远远地看了一眼迟慕，她真的好漂亮啊……她现在还没离开呢……”

夏晚安猛地抬头瞪向了陈晴天：“比我还漂亮吗？”

“那倒没有你漂亮，但是她比你打扮得更花哨。”

夏晚安十分满意陈晴天的这句“没有你漂亮”，她眉眼弯弯地“嗯嗯”了两声，然后拍了拍陈晴天的肩膀：“可以理解，毕竟基础不够，装备来凑！”

说完，她留了一句“早点回工位好好办公”，就端着咖啡杯从容地回了办公室。

关上门后，夏晚安啪的一下将杯子放在办公桌上，浑身上下完全没了刚刚淡定的气质。

迟慕居然拎着蛋糕来找韩经年？她怎么可以这么厚脸皮地来找他?!

夏晚安狠狠地跺了几脚地板。

陈晴天说，迟慕到现在还没离开……

夏晚安仰着头，盯着天花板看了一会儿，然后就奔出了办公室，直接乘坐电梯去了楼上。

电梯门打开，夏晚安出来后看了一眼总经理办公室的秘书区，发现只有一个秘书在。

她穿过秘书办公区时，问了秘书一句：“韩总在办公室吗？”

忙着的秘书点了点头：“在的。”

“韩总一个人在办公室？”

“不是。”秘书摇了摇头。

夏晚安以为迟慕在办公室里，便没再问，直接留了句“谢谢”，然后走到韩经年的办公室门前，抱着出其不意的目的一把推开了门："韩总……"

韩经年办公室里，原本一群股东正在开会，众人各抒己见，好不热闹，这一刻却瞬间安静了下来。

所有人都望着门口。

夏晚安没见到迟慕的身影，下意识地往后退了半步，然后万分尴尬地冲着大家干笑了两声："那个，不好意思，我……我梦游走错地方了……"

办公室里有人扑哧笑了出来。

夏晚安的脸噌的一下就烧了起来。

不是说迟慕在办公室里吗？分明是迟慕她爹！

在夏晚安崩溃时，有人开口："这位就是今天刚升职为设计部总监的夏晚安小姐？"

股东C："韩总，这么年纪轻轻的一个女孩担任总监一职，这决策太轻率了吧？"

股东D："是啊，韩总，您看她这上班时间，居然说什么梦游，公司是让她来睡觉的吗？"

夏晚安听到这里，眨了眨眼睛，总算转过弯来。

这一办公室的股东大佬指责的人是她？

在夏晚安沉思之时，又有人开口了。这次说话的人，夏晚安可以叫出名字——他叫迟耀，也就是迟慕的爹。

迟耀："韩总，我觉得夏小姐真的不合适，夏小姐这样的女孩子养在家里当个花瓶就好了，还是不要来公司捣乱了，我觉得设计部有资格担任总监一职的是范明！"

夏晚安缓缓地蹙起了眉心。

养在家里当个花瓶……这么鄙视她吗？

这样一想，夏晚安就出声了："迟先生，你是在说我吗？"

迟耀压根就不屑搭理夏晚安。

韩经年的脸色沉了下来。

夏晚安盯着迟耀看了一会儿，然后就踩着高跟鞋进了韩经年的办公室。关了门后，她盯着迟耀开口："迟先生，既然在你眼里我这么不堪，那么我想我的作品你也不稀罕吧？既然你不稀罕，那么请你把我的《遇见》还我！"

迟耀被夏晚安噎得脸色有些难看，但他到底是经过大风大浪的人，很是沉得住气：“夏小姐这话就说得有意思了，夏小姐的《遇见》又不是送给了我，找我要什么《遇见》？”

“我的《遇见》是没给你，毕竟那是我看在韩总的面子上勉强给公司的作品。但是，我的《遇见》还没上市，只是一个宣传片，现在的预购就已经破了之前作品的销售记录，而这些钱总跟你们有关系吧？

“我想各位股东那么看不起我，也不愿意靠着我赚这个钱，况且你们都是有头有脸的人，这点骨气和尊严还是有的，对吧？

“所以，让我不当总监也可以，《遇见》这个作品的所有收入都跟你们各大股东没关系，只要你们答应这一点，我立刻辞了总监这个位置！

“如果你们实在是对我总监这个位置很有意见，也好办！”夏晚安说着，看向韩经年，“还是我刚刚那句话，我要回我的《遇见》……”

触碰到夏晚安眼神的那一刹那，韩经年懒洋洋地往办公椅上一靠：“可以。”

韩经年话音刚落，下一秒就看向了张特助：“既然这样，那就停止《遇见》一系列宣传，把《遇见》这个作品物归原主。”

股东A：“韩总，已经宣传的作品，怎么可以临时撤下来，这样得造成多大的损失？”

股东C：“而且我们下个月就要上市了，这么一撤，韩氏企业的股票也会跟着下跌！”

股东E：“韩总……”

韩经年没出声，任由几个股东叽叽喳喳地说了一会儿。之后，他才抬眼一一扫过在场的每个人：“去年一月份，财务部总监离职，张总安排了自己的外甥接管了这个职位；去年六月份，宣传部的组长离职，林总安排了自己的女儿接管了这个职位；今年年初，商务部的副总监离职，谢总推荐了自己的一个老同学接管了这个职位……上个月，我们公司的第一设计师艾琳反水，迟总三番五次地提出让自己的女儿成为韩氏企业的第一设计师……

“你们安排的人，我睁一只眼闭一只眼过了，我不说不代表我不知道……”

说到这里，韩经年的语气凌厉了许多：“你们忘了韩氏企业是谁做主了吧？我的人你们也敢有意见？”

一屋子的人全沉默了。

韩经年面色阴冷地盯着垂头不语的各大股东看了一眼，然后又开口：“还有事吗？”

大家面面相觑，却无一人敢说话。

张特助见状，站起身，笑眯眯地看着各个股东，然后直接送客：“既然大家都没事了，那就请大家离开韩总的办公室，不要打扰韩总工作了。”

股东们在座位上犹豫了一会儿，有人最先妥协起身离开，然后就有了第二个、第三个、第四个……到最后只剩迟耀一人。

张特助面带微笑地对他做了个请的手势：“迟总，请。”

没有达到目的的迟耀狠狠地瞪了一眼夏晚安，冷哼一声，气呼呼地离开了。

张特助见股东都走了，也识趣地退出了办公室，还顺带将办公室的门带上了。

偌大的办公室里，顿时只剩下了夏晚安和韩经年两个人。

夏晚安盯着韩经年看了两眼，寻思着自己刚刚对迟耀说的那些话会不会太过分了，她要不要给韩经年解释一下？

在她心底泛着小心思时，韩经年站起身，绕过办公桌走到了她面前：“睡够了吗？没睡够，可以梦游到里面的休息室继续睡。”

终于明白意思的夏晚安瞬间被惊到了。

韩经年不可能不知道她刚刚是胡诌的理由，可韩经年居然这么一本正经地当真了，这还真让她尴尬啊……

夏晚安转了转眼珠，脑袋一抽风就说了一句：“也能梦游到把你当成人形抱枕抱着睡吗？”

前一秒说完这话，后一秒夏晚安就羞得只想找个地缝钻进去。

她怎么可以在情急之下说出这样的话？

夏晚安咬了咬唇角，刚想干笑两声来句“我开玩笑的”把这件事给掩饰过。结果她还没张口，站在她面前的韩经年居然出声了：“等我五分钟，我发个邮件。”

说着，韩经年就折回办公桌前，俯身对着电脑，指尖飞快地敲起了键盘。

她就是那么随口一说啊，更何况她在楼下刚睡醒……

就在夏晚安想等韩经年忙完了，跟他说清楚后就回楼上时，身后的办公室门被敲响了。

没等韩经年开口说“请进”，办公室的门就被推开了。拎着一盒蛋糕、打扮时尚而又性感的迟慕走了进来：“经年……”

看到夏晚安的迟慕，语气明显停顿了一下，连带着脸色都冷了几分。不过她很快就忽视了夏晚安，一边关门一边出声："我中午去韩家老宅看奶奶了，离开的时候，恰好经过这家芝士派，想到你上学的时候就挺喜欢吃他们家的无糖蛋糕，就顺便买了一份给你送过来……"

迟慕这话说得挑不出任何毛病，可夏晚安听得出来，她字里行间都充满了炫耀。

夏晚安抿了抿唇，没反应。

迟慕当她不存在，她当然也要当迟慕不存在。

不过迟慕在经过夏晚安身边时却扫了夏晚安一眼，眼中充斥满了挑衅。

随后，迟慕飞扬跋扈地站在办公桌前，将蛋糕轻轻地放在办公桌上，道："其实我在半个小时之前就过来了，听说你在办公室里开会，我就没冒冒失失地进来打扰你。"

迟慕咬重了"冒冒失失"这四个字。

正在发邮件的韩经年敲打键盘的动作缓了下来。他没等迟慕把话说完，就一边看着电脑屏幕上的字幕，一边继续按着键盘，语气寡淡地出声："你现在就在打扰我。

"另外，我只有两个哥哥一个表妹，并不记得有什么堂姐堂妹。所以迟小姐，还是不要随便认我祖母为奶奶的好。"

迟慕脸上的表情明显有些挂不住了。

不过由于夏晚安在场，从小养尊处优出来的优越感让她没办法就这么认输。她努力地维持着面上的镇定，就像丝毫没脾气般面带微笑地开口："经年，你误会了我的意思，我喊'奶奶'是对老太太的尊敬……"

"那你应该喊韩奶奶。"已经处理完邮件的韩经年站直了身子，他稍稍整理了一下袖扣，然后又出声，"迟小姐还有别的事吗？如果没的话，还请你回避一下……"

顿了顿，韩经年又补了句："我要陪我老婆睡觉了。"

夏晚安愣住了。

虽然韩经年对迟慕没什么好感，夏晚安深感欣慰，可是他完全不需要补后半句话呀！这不是什么值得炫耀的光彩的事呀！

她下意识地看了一眼迟慕，发现这女人的神情难看到了极致。

不过，韩经年拉着夏晚安还没走进休息室，办公室门口就传来了张承的声音："迟总。"

韩经年和夏晚安齐齐停下来，回头望去，迟耀又来了。

迟耀早已没了之前的恼怒，脸上挂着笑："小慕在呀？那还真是巧了，我来就是为了跟经年你说一声，小慕从F国回来，我给她办了个接风宴，就在这周五，地点是京市大饭店。经年，你记得来呀，你跟小慕认识这么多年了，她最希望在宴会上见到的就是你……”

韩经年是夏晚安的丈夫，可迟耀却说迟慕最希望见到的是韩经年，这岂不是代表着他们父女两个正在光明正大地挖夏晚安的墙脚吗？

夏晚安无声无息地抿了一下唇角，她刚准备将手从韩经年的掌心里抽出来时，站在她身边的韩经年淡淡地出声：“可以带家属吗？”

迟耀面上不动声色，可眼神却冷了下来。

家属？

指的是这个空有一副长相，凭着运气不知道从哪里搞来一个设计稿的花瓶吗？

相对于迟耀来说，迟慕明显有些沉不住气，不过说出口的话还是维持了她的风度：“我请的朋友，可能夏小姐都不怎么熟悉。所以，她去的话，我怕到时候没人跟她讲话，她会比较尴尬，也怕到时候招待不周，让她……”

“她不需要认识你的朋友，”韩经年无比耿直地打断了迟慕的话，语气冷漠极了，“她只需要认识我就够了。”

迟慕眼神冷了下来，明显已经动了怒：“我……”

站在一旁的迟耀没等女儿把话说完，就笑呵呵地打断了迟慕的话：“可以带家属，当然可以带啊……”

迟慕诧异地看向父亲，似是在质疑父亲为什么不帮自己说话。

迟耀无视女儿的目光，依旧维持着很谦和的笑容，继续开口：“经年，你也别多想，小慕就是怕夏小姐跟那些人不熟悉，也是为她着想，没别的意思。若是经年你不介意，我们自然也不会介意的……”

韩经年微颔了颔首，没再说什么。

“既然我该说的事都说完了，那我就走了……”说着，迟耀看了一眼女儿，“小慕，爸爸正好有事跟你说，所以你跟我一块走吧。”

迟慕不情愿地看了看韩经年。

“小慕！”迟耀又开口，语气明显加重了许多。迟慕这才道了句“再见”，然后踩着高跟鞋，飞扬跋扈地迈着步子离开了办公室。

迟耀笑眯眯地对着韩经年道：“这孩子被我惯坏了……经年，那我就走了……”

等韩经年点头后，迟耀才将视线收回去。不过途中，他往夏晚安身上不轻不重地落了一眼，然后就在张特助的“迟总，慢走”声中离开了韩经年的办公室。

“走吧！”韩经年说着转了个身。

“干吗？”夏晚安下意识地问。

韩经年看了一眼面前的休息室，语气很自然地说：“睡觉啊……”

夏晚安蒙了，不是吧，他竟然还记得睡觉？

夏晚安急忙阻拦韩经年牵着自己往休息室走的动作，说：“我还有工作没完成，不能睡了，得回楼下办公……”

韩经年迟疑了三秒钟，才点着头“哦”了一声。

夏晚安抽回了被韩经年握住的手：“那我下去了啊……”

她等了一会儿，见韩经年没反应，就摆了摆手，留了句“拜拜”便溜了。

等夏晚安进了电梯后，她才后知后觉地反应过来，刚刚在办公室里，韩经年听她说要下楼工作时的神情好像有点不对劲……

夏晚安歪着头想了想，觉得韩经年好像很不情愿……很不情愿？也就是说，他其实很想同她一起睡？

夏晚安的耳根忽然烧了起来，她望着不断往下递减的楼层数，想到刚刚在韩经年办公室里经历的种种，她的心跳速度按捺不住地加快了。

在股东面前，韩经年是维护她的；在迟慕父女面前，韩经年是尊重她的……即便迟慕想尽办法给她使绊子，可韩经年却从未让她有丝毫难堪。

所以，真的如同她猜想的那样，韩经年变了，变得和从前不一样了，也变得有些在乎她了？

这是不是代表着，她暗恋了他六年的故事，终于要有进展了？

夏晚安的心跳得更快了，心脏仿佛要从她的嗓子眼里蹦出来。她胸膛里的情绪汹涌得很厉害，有激动也有悸动，还有胆怯。

“小慕！”

从电梯里出来，迟耀看到迟慕不管不顾地往外走，急忙开口喊住她。

迟慕并未理他，踩着高跟鞋风风火火地往前走。

“小慕！”迟耀又一次出声，语气比起刚刚重了许多。

迟慕往前走了两步，终究还是停了下来。

迟耀走到迟慕跟前，看了一眼要冲自己发飙的女儿，没等她开口就先出声：“有什么事上车再说。”

迟慕耐着性子跟着父亲上了车。

等车门关上后，迟慕立刻出声：“爸爸，你明知道我根本不希望那个一无是处的女人去参加我的接风宴，为什么你还要答应经年？

“爸爸，我今天真的受够了！我来公司给经年送蛋糕，我在办公室里待了那么久，他一眼都没看我，一眼都没看！

“可是爸爸，你看经年是怎么对那个女人的？他居然告诉我，他要陪老婆睡觉……现在是上班时间啊，他要陪她睡觉?!那个除了有张脸，不管是出身还是才华都比不上我的女人，凭什么可以让韩经年这样对她？”

“好了好了，消消气……”迟耀等女儿把心底的怨气都发泄出来后，才好声好气地开口哄她，“你也知道，那个花瓶比不上你，既然比不上你，你又何必为她动这么大的气？”

“我怎么能不动气？你看啊，好不容易请动了韩经年来参加我的接风宴，我本想制造绯闻，让大家以为我和他余情未了。可他那一句带家属，不就断了我的计划吗？”

“那可未必……”迟耀一脸淡定地摇了摇头，“离周五还有三天，三天的时间可是够做很多事情的。”

听完这话的迟慕转头看向了迟耀：“爸爸，你这话是什么意思？难道你要对那个小门小户的女人出手？”

迟耀冲着迟慕摇了摇头：“不，当然不是我出手，出手的人是Q。”

“Q？”迟慕诧异。

“Q原本的计划是让范明当设计部的总监，结果那个花瓶突然跳出来坏了Q的好事。这已经是她第四次坏了Q的好事了，Q之前不想理她，是因为觉得她掀不起大的风浪。但现在不一样了，Q已经不想再纵容她这样下去了。

“Q早就拟定好了对付那个花瓶的计划，Q会派人潜伏到那个女人的家里，偷拍那个女人的照片。而我们什么都不需要做，只需要让Q提前对那个花瓶下手就好了。等到你接风宴的那天，我们推波助澜帮Q一把，把那些照片曝光出来。到那个时候，你觉得韩家的老太太也好，韩经年也罢，谁还会再护着她？而且你要知道，那晚的接风宴，我们请的可是整个京圈有头有脸的人物……”

听到这里，迟慕的唇角勾出一抹满意的笑，她道：“爸爸，你这招够狠。你这是直接以绝后患，让那个女人彻底在整个京圈都无立足之地了呀！”

“所以，现在开心了吗？我的宝贝女儿……”

“开心了，谢谢爸爸。”。

“不过小慕，爸爸有些话得给你说在前面。爸爸的目的是要和Q吞掉整个韩氏，你可以迷恋韩经年那个臭小子，但是你不要忘了我们的目的。”

“爸爸，你放心吧，我不会坏了你的好事的，我只是想让韩经年成为我的宠物而已。”

不知道是不是自己的错觉，夏晚安今天回到花园小筑后总觉得家里有些奇怪。

一直很温顺的小镜子变得有些焦躁，一直喵喵喵地叫着。

夏晚安以为是小镜子不舒服，出来后，她拿着手机给宋有蔓发了个视频消息，小镜子在看到手机屏幕里的小纸巾后，总算安静了下来。

挂断视频电话，夏晚安抱着小镜子倒在床上睡着了。但是睡了没多久，床上的小镜子突然喵了一声，蹿出夏晚安的怀里，蹦上了梳妆台。

被吵醒的夏晚安不满地喊了一声“小镜子，别闹”。她翻了身，刚准备继续睡，就隐隐地听见卧室门外有流水声传出。

夏晚安以为自己听错了，微微蹙了蹙眉心，屏着呼吸又仔细地辨认了一会儿。

哗啦哗啦的声音一直未停……这临湖的三栋别墅都是她的……除她以外，没有任何人住，怎么会有流水声？

难不成是她忘了关紧哪个水龙头？不对呀，她今晚回家后，除了用过楼下厨房的水，就只有主卧的浴室了……

小镜子焦躁地从梳妆台上蹦到了旁边的衣柜上，喵喵喵地叫得更急了。

夏晚安听着猫叫声，越想越心惊。已经彻底没困意的她在床上迟疑了片刻，最终还是掀开被子拿着手机下了床。

她走到卧室门口，刚拉开门，外面的流水声就突然停了。

夏晚安的心也提到了嗓子眼，她握着门把手，颤得极其厉害。过了好一会儿，她才壮着胆子走出卧室。

在她站到楼道的那一刻，她清楚地看到正对着楼梯口的次卧亮着的灯突然被熄灭了。

她的手一抖，手机险些掉在地上。

这栋小别墅只有她一个人住，所以她很少去次卧，次卧的灯也是常年关着的，可刚刚却亮了……

这是说她家的次卧有人？也就是说，刚才的流水声是从次卧里传出来的？

难怪小镜子今天这么异常，原来是在她下班回家之前就有陌生人潜入了她的家里！

是小偷？

只是短短的一瞬，夏晚安就转身重返主卧。

在她不知道次卧里的人是男是女，身上有没有凶器之前，她不能过去……因为她在明敌在暗，她一旦过去，很容易让对方误以为她发现了他，极有可能引发对方做出过激的行为。

夏晚安将卧室的门反锁时，她清楚地听见隔壁次卧的房门被打开的声音。随后她就听到有脚步声从远到近，在慢慢地靠近她的主卧房门。

正常来说，若是小偷，一旦被惊扰，第一反应是往楼下跑，然后用最快的速度逃走……可这个人不但没逃，反而冲着她的房间走来……所以他的目标不是钱财而是她。

就在这想法闪过夏晚安的大脑时，她清楚地感觉到自己的主卧门被人从外面推了推。

夏晚安的心跟着七上八下，随后她就举起了手机。

她的第一个反应是拨打“110”，可当她解锁完手机屏幕后，她突然想到要是被外面那人听到了类似报警之类的话语，难免不会破门而入，到那个时候，她只会更危险……

她也不能发短信，因为现在已经将近凌晨一点钟了，短信很有可能不会被人看到，太浪费时间了……

各种想法在夏晚安的大脑中一一闪过，下一秒她就在通话记录里找到韩经年电话号码拨了出去。等到电话接通后，她什么也不说就挂了。

她觉得韩经年应该能意识到她这里有突发状况，会赶过来。

门外的人推门的动静更大了，隐隐还有拧动门把手的声音传来。

突然，她身后的门先是被重重地推了一下，随后就有人抬脚狠狠地踹在了门上。

小镜子受到惊吓在卧室里窜来窜去，还发出不成调的叫声。

夏晚安紧张得呼吸都乱了，她左顾右盼，发现房间里的家具都很重，她不可能挪过去堵住门……她奔到阳台上打开窗，爬到窗户上看了一眼高度，这要是跳下去，怕是会摔伤腿，到时候跑都没法跑……

更衣室的门是玻璃的，不适合藏人；而浴室是没有藏身之地的，一旦他们踹门而入，她就会被堵死在里面彻底没逃生的机会……

在夏晚安飞速地转着大脑分析情况时，卧室的门被踹得摇摇晃晃。

距离她挂掉韩经年的电话已经过去十二分钟了，根据以往的经验推算，韩经年还有十八分钟就能到……

她一个女人肯定应付不了这种危险的情况，这不现实，但是不管有多不现实，她必须让自己拖过这十八分钟……

夏晚安就从更衣室里拿了一双高跟鞋，一手握一只，屏住呼吸藏在了阳台的墙壁后面。

她前一秒刚站稳，后一秒伴随着砰一声巨响，卧室的门被踹开了。

夏晚安的心忽然提到了嗓子眼，她用力地抓着手中的高跟鞋，努力地稳着自己的心神，绷紧神经留意着已经进入主卧的两个人。

房间里响起一阵翻箱倒柜的声音。

“奇怪了？她人藏哪里去了？”

“阳台上看了吗？”

很快，有一个脚步声渐渐靠近阳台，一步一步，距离夏晚安所在的地方越来越近。

夏晚安紧张得呼吸都停止了，她握着高跟鞋的手里全是汗。她紧紧地盯着阳台入口的地方，时刻准备着他一进来，她就立刻将手中的高跟鞋劈头盖脸地砸上去。

那人的脚步声近得就在跟前了。夏晚安将手抬起来，然而就在她以为那人要走进阳台时，突然楼下传来了门铃声。

房间里的所有声音顿时全都消失了。

门铃声未停，还在响，在漆黑安静的夜里，显得格外刺耳。

“我下楼去看看，你留在房间里继续找她，找到了记得把正事先办了……”

说着，那人向楼下走去。在他的脚步声消失在卧室门口时，留在卧室的另一个人推开了阳台的门……

门铃声一直没停，越按越急。

走下楼的人留着板寸头，皮肤黝黑。他来到门口后，先看了一眼监控器，发现门外站着一个送外卖的男人。

那女人大半夜叫了外卖？

板寸男没多想，直接打开了门，用很凶的声音对着外卖小哥伸出手：“把外卖给我吧。”

外卖小哥一边慢吞吞地将随身背着的箱子从身上拿下来，一边问：“请问这是夏小姐的家吗？”

板寸男不耐烦地回道：“是。”

“那能请夏小姐本人过来告诉我一下验证码吗？”

“要什么验证码？送外卖还搞得这么麻烦，这外卖你到底送不送，不送就滚蛋！”板寸男彻底没了耐心，说的话粗鄙了许多。

外卖小哥戴着一顶帽子，看不清他的相貌，但他的唇角已经泛出冷意。不过他开口的声音却很平稳：“我们是有这样的流程，夜里送餐都需要一个验证码……”

板寸男彻底没耐心了，他理都没理外卖小哥，直接伸手关门。

只是在门合到一半时，楼上突然传来一个女生的尖叫声。

外卖小哥周身散发的气场瞬间变得凌厉，他没等板寸哥缓过神来就将手中的外卖箱往板寸男的脑袋上一砸，趁板寸男不注意冲进了房间。

外卖小哥往楼梯的方向跑了没几步，门口站着的板寸男就缓过神来。板寸男骂了句粗鲁的脏话，冲着外卖小哥就扑了过来。两人很快就纠缠在一起，打成了一团。

阳台门拉开的一刹那，夏晚安的心猛地提到了嗓子眼。

很快，她就看到一只脏兮兮的球鞋迈了进来，紧接着一个人高马大、身强体壮的男人出现在了她的视野里。没等对方发现自己，也没任何犹豫，她直接抬手将高跟鞋重重地砸在了那个男人的脸上。

夏晚安特意挑了鞋跟最细的一双鞋。

男人被戳中后，下意识地捂着脸蹲在了地上。

夏晚安随手扯下窗帘，趁着男人没反应过来，在他身上胡乱地裹了几下就冲出了阳台。

然而，阳台上的那个男人比她想象中恢复得快。她刚跑到卧室床边抱起焦躁无比的小镜子，正准备往门外奔去，那男人就撕碎了裹在身上的窗帘，骂骂咧咧地站起身，冲着她追了过来。

男人应该是经过特训的，他虽然看着粗笨，但是动作很敏捷。在夏晚安还没跑到卧室门口时，他就已经追到了她的身后，伸出手一把抓了她的长发，将她生生地拖回了卧室内。

钻心的痛让夏晚安本能地尖叫了一声。随后，她怀里的小镜子就蹿向了男人，龇牙咧嘴地伸出爪子挠向男人的脸。很快，男人的脸上就出现了几道血痕。

男人抬手抹了一把脸，看到血迹后，恼怒的他立刻松开了夏晚安的头发，一把揪住小镜子的后背，愤恨地骂了句“看我不弄死你”，然后抬手想将小镜子重重地摔到墙壁上。

看到这一幕，夏晚安顾不上头皮上的疼，直接起身抓住男人揪着小镜子的那只胳膊，张口冲着他的手臂咬去。疼痛让男人下意识地松开了小镜子，不过下一秒，男人就将夏晚安重重地摔倒在地上……

“又是打老子，又是咬老子。老子先弄死你，再弄那个小畜生！”说着，男人就揪起夏晚安的胳膊将她甩在床上，弯身开始撕她的衣服。

楼下，板寸男渐渐不支，在他第五次被外卖小哥揍翻在地时，嘴角溢出丝丝血迹的他彻底起不来了。

外卖小哥并未在他身上浪费过多时间，在他身上又狠狠地补了一脚后就直接冲着楼梯奔去。

他刚到楼梯口还没踩上楼梯，突然窗外有刺眼的灯光打来，他下意识地回头，只见一辆车停在了夏晚安的别墅门前。

车门推开，穿着一身黑色西装的男人从里面走了下来……

尽管隔了一段距离，但外卖小哥还是一眼认出了那个男人，他扶着楼梯的手微微加大了一些力道。不过短短的三秒钟，他就做了决定，转身走到门口将门锁打开，然后朝别墅的后门奔去。

在跨过躺在地板上的板寸男的身体时，外卖小哥停顿了一秒钟，然后抓住板寸男的胳膊将他一同拖走。

楼上，夏晚安拼了命地挣扎，可不管她用了多大的力气，她身上的衣服还是被男人撕开了。

她身上大片大片的肌肤暴露出来，男人一边粗鲁地制止她，一边拿着手机对着她拍照。

眼看男人越来越过分，她心底渐渐地涌起走投无路的绝望感……

别墅后门刚被关上，别墅正门就被推开。

正疑惑门怎么没锁的韩经年，看到室内这明显发生过一场打斗的乱糟糟的场景，心底顿时咯噔一声，随后就冲着楼上奔去。

刚到二楼，韩经年就听到了从主卧传来的呜咽声和猫叫声，他几乎没任何停顿地直奔主卧门口。

一个粗壮的男人将夏晚安压在床上，一边撕扯她的衣服，一边拿着手机对着她不断地拍照。

手机闪光灯发出的光亮像一把尖锐的刀，狠狠地捅进了韩经年的心口，让他整个人无法控制地开始颤抖。

下一刻，他的身影如同旋风般跑到床边，揪住那个男人的胳膊，毫不留情地将他掀翻在地。

他看都没看那个男人一眼，直接脱掉身上的西装外套，弯身将其裹在女孩的身上。

下午，她闯入他的办公室时，还那样朝气蓬勃、鲜活灵动，面对一群股东的刁难还口齿伶俐地为自己辩解。

可这才短短几个小时，她却成了这样……

是谁这么大的胆子，居然敢这样对她?!

韩经年颤抖着指尖，将夏晚安的身体包裹得严严实实后才出声。他的声调同样抖得厉害，还带着几分小心翼翼："别怕……晚安，别怕……"

说着，韩经年就站起身转身看向已经缓过神来正准备逃跑的男人。韩经年几乎没犹豫，抬脚踹上男人的腹部，将他直接踹到了墙壁上。

受了重击的男人，落地后冲着地上猛地咳嗽了一声，吐出了一口血。

韩经年面无表情地扫了一眼地上的那摊血，然后就将视线落在了男人的脸上。他死死地盯着男人，一步一步地走到了男人的跟前。

他前一秒在男人的身前站稳，后一秒就抬脚踩在男人的手背上。

伴随着一个凄厉的尖叫声，韩经年的脚用力地在地上拧转了两下。

男人顿时一丝声音都发不出来了，全身疼得开始战栗抽搐。

疼痛使男人早已没了凶狠的气势，他脸上挂满了惊慌和恐惧。

他明知自己的身后是墙壁，可他还是往后靠了靠，直到身子贴紧墙壁退无可退时，他才战战兢兢地抬头，对上了韩经年的视线。

韩经年的每一次出手都没打在他的要害上，不会立刻让他昏厥，也不会让他出事。但是韩经年每一次都打在了人身体最脆弱的地方，那种刺骨的疼痛简直就是凌迟，比一刀了结他要更折磨人。

男人想死却又死不了，这种求生不得求死不能的折磨，让他的心态渐渐地瓦解，直到最后彻底崩溃了。他一个大男人，被刺激得直接尿裤子不说，还哭得一把鼻涕一把泪地求韩经年饶了他……

韩经年就像一个聋子般压根不理男人的话，他把男人当成了人肉沙包，发泄着胸膛里的那股怒气。直到自己整个人的气渐渐地顺了，他才停下来。

男人已经被韩经年折磨得上气不接下气，韩经年看都懒得看他，整理了一下衣服就走到床边，俯身抱起夏晚安，然后看了一眼小镜子。

在小镜子跳到夏晚安的怀里后，他踢了踢地上躺着的男人，留了句“跟我走”，然后就抱着夏晚安往卧室门外走去。

那男人不想跟韩经年走，可他哪里敢？只能连爬带滚地跟在韩经年的身后走出了夏晚安的别墅。

走到车前，韩经年先拉开车门，将夏晚安小小翼翼地放进车里，帮她系好安全带后才关了车门，然后按了一下遥控打开后备厢，看了一眼地上的男人：“上去。”

男人诧异地盯着韩经年看了两秒，直到韩经年没耐心地蹙了蹙眉，他才拖着残躯挪到车尾爬进了后备厢。

韩经年又按了一下遥控，等到后备厢合上后，他才绕过车头上了车。

在路上，韩经年给张特助打了电话，等他一路开到他那栋公寓的地下停车场时，张特助已经等候在那里了。

韩经年下车按开了后备厢：“把后备厢里的东西弄走，记得让谢林给他看看，别让他死了。”

然后，韩经年打开了副驾驶座的车门，将夏晚安从里面抱了出来，又看了一眼小镜子，等它跳进夏晚安的怀里后，他就抱着一人一猫进了电梯。

回到家，韩经年直接抱着夏晚安进了浴室，打开了水龙头。哗啦哗啦的流水声，惊得小镜子喵呜一声从夏晚安的怀里跳了下来。它甩了甩飞溅在身上的水珠，一溜烟地跑出了浴室。

等水温合适后，韩经年才将夏晚安放在地上，把她身上裹着的西装随便往旁边的浴缸里一丢，就拿着花洒冲着她的身上浇去。

韩经年帮她搓洗头发的动作，温柔得可怕。

提心吊胆了一夜的夏晚安慢慢地抬头看了一眼韩经年，男子表情淡漠得不像话，可他紧绷的唇角却泄露了他的不悦，俊秀的眉眼间挂着紧张和愤怒以及隐隐的心疼。

心疼……韩经年是在心疼她吗？

夏晚安的心像被什么东西狠狠地击中了一般，掀起惊涛骇浪。

韩经年反复给夏晚安洗了好几遍才停下来。将水龙头关掉后，他抽了一条浴袍裹在她身上，然后牵着她的手走到洗手台前，取了吹风机开始帮她吹头发。

等她头发全干后，韩经年又拿着梳子仔细地将她的长发梳理了一遍。

“你去更衣室里换件衣服？”

韩经年用的是疑问句，显然是在征求夏晚安的意见。

被韩经年眼底的心疼影响到的夏晚安愣愣地站在洗手台前，没反应。

“怎么了？是哪里还不舒服吗？”

夏晚安回神，轻轻地摇了摇头。

她没说话，一向话少的韩经年再次出声：“那要不要我陪你去换衣服？”

夏晚安急忙又摇了摇头，然后还是什么话都没说地进了更衣室。

韩经年将自己身上湿漉漉的衣服处理掉后，胡乱地冲了个澡，然后裹着浴袍离开了浴室。

他再回来时，夏晚安已经换好衣服坐在梳妆台前涂护肤品了。对比平时，她的动作明显迟缓了许多。

她是被那个男人吓到了吗？

等夏晚安忙完后，韩经年才将手中的热牛奶递到她的面前：“喝点牛奶。”

夏晚安没接，但她望向韩经年的眼神中充满了不安。

韩经年刚想问她“怎么了”，话到嘴边，他突然像想到什么一样又停了下来。过了片刻，他将手中的牛奶杯放在梳妆台上，然后转身进了浴室。

他在脏衣篓里翻了一会儿，摸了一个手机出来，然后回到夏晚安的面前：“手机在这里，密码是886611。”

夏晚安诧异地看了一眼韩经年。

接触到她的目光，韩经年出声解释：“我那会儿捡起他的手机时，随便按了几下，帮他重设了个密码。”

夏晚安还是没说话，却低头在手机上输入了密码。在屏幕解锁的那一刹那，韩经年又开口道：“里面的东西我没看。”

对她来说，这部手机里的照片应该是她最狼狈、最难堪、最不想被人知晓的东西。所以，他在更改了密码后就将手机收起来了，别说去看，就连相册都没点开一下。

夏晚安握着手机的指尖微微颤了颤，一股说不出来的情绪瞬间席卷了她的胸口。

那样难以入眼的画面，别说是其他人，就算是她自己都不想去看。当然她更不愿意让韩经年看，那是她最懦弱、最受屈辱的一幕……

她现在抱的希望就是只要照片被毁了就好，可她没想到，韩经年竟然告诉她，他一眼都没看过……

夏晚安等到胸口的波动稍稍平定了一些后，才点开相册。

她没放大照片，只是看着缩小的一排排照片，她的面色都变得有些苍白。

她忍着指尖的颤抖，一键选取所有的照片，然后按了删除。

将照片从手机里彻底清除掉后，夏晚安这才将手机丢到梳妆台上。

“那现在可以喝牛奶了吗？”

听到韩经年的声音，夏晚安轻轻点了点头，然后接过韩经年递上来的牛奶，双手捧着杯子一小口一小口地将牛奶吞进腹中。

夏晚安喝完牛奶后就爬上床了，她躺在温暖的床褥里迟迟无法入眠。只要她一闭上眼睛，眼前总是不受控制地晃出那个男人撕扯她衣服的画面。

短短十分钟，她闭眼五次，又睁开眼五次。

韩经年守在床边，哪也没去。他见她一直这么睁眼闭眼，轻轻地抬手摸了摸她的头发：“我在旁边，没事的，睡吧。”

夏晚安又闭上了眼睛，这次时间比之前久一点。但是过了大概七八分钟，她还是睁开了眼睛。

韩经年躺在她身边将她拉入怀中，将她安置妥善后，轻轻地问道：“现在呢，你还怕吗？”

夏晚安没说话，窝在他的怀里动也没动。

房间里很安静，韩经年见怀里的女孩半天没反应，以为她睡着了。他刚想松一口气，却突然发现怀里女孩的身体轻轻地颤了一下，紧接着很小声的抽泣声溢了出来。

韩经年的心蓦地紧缩了一下，随即胸膛里就泛起了密密麻麻的疼痛感。

过了片刻，他才将她从怀里拉出来。她的脸已被泪水彻底打湿，睫毛湿湿的，眼角的泪水不断地往外滚。

被韩经年拉入怀中后，夏晚安闻着他身上熟悉的清冽气息，一直紧绷着的情绪慢慢地松缓下来。不知怎么回事，窝在他的怀里，听着他的心跳声，她鼻尖一酸，就想落泪。

她越控制，那种想哭的欲望越强烈。到后来，眼泪就像断了线的珍珠般一颗一颗地往下落。

韩经年眼见夏晚安越哭越凶，眼眸深处渐渐地浮现出一抹慌张。甚至他抬起手帮她擦眼泪时，他的手指都无措得不知道该怎么放。

他笨拙地帮她擦去眼泪："别哭了……已经过去了……"

他把她紧紧地抱入怀中。

夜很深，韩经年就这么静静地陪着夏晚安。一直到她哭够了，哭累了，情绪慢慢地平静下来后，韩经年才把她从怀里拉出来，帮她擦干脸上的泪水，然后开口问哭了大半晌的她："要不要喝点水？"

夏晚安摇了摇头没说话，但她因为哭得太久，不由自主地打了个嗝。

韩经年见状，连忙伸出手轻轻地拍她的后背。

兴许是被他耐心的陪伴和呵护软化了，她终于开口："你总算赶到了……"

简单的六个字，让韩经年的心再次猛烈地抽疼起来。

出事的过程中，她一直都在等他吗？

"你知不知道，我真的很怕，怕你赶不及……他们来了两个人，要不是中途有人按门铃，我肯定完了……我一直在数时间，还好你赶到了……他们两个人踹坏了我的门，那个拍照片的坏男人还想摔死小镜子……还好你接到电话后知道过来找我，还好我没直接报警逼急他们，如果不是拖延了那一段时间，我都不敢想象会发生些什么。

"你知不知道，我真的好怕你赶不过来……"

她磕磕巴巴的，声音细细的，像在吐槽。

韩经年没打断夏晚安，认真地听着她念叨。直到她说累了，不再说了，他才开口："不会的。"

"我不会赶不过来的……"韩经年又出声，声音淡淡的，但语气里却带着难得的坚定，"我永远都不会赶不过来的。"

韩经年心想，就像我永远都不可能丢下你一个人一样，不管我身处何方、在做什么，只要你需要，我都会排除万难赶到你身边。

夏晚安眼底闪过一抹惊喜，随后又出现了一丝不安。她抿了抿唇，挣扎了一小会儿，小声地问："永远吗？"

"对，永远。"韩经年没有半分迟疑和犹豫。

夏晚安没说话，人却靠进了韩经年的怀里。

也许是他的话安抚了她，也许是她哭了这么一阵子，把压在心头的那股恐惧和难过都哭出来了，她贴上韩经年的胸口后，没一会儿就睡着了。

第二天早上七点，围着卡通猫图像的围裙站在厨房里熬粥的韩经年接到了张特助打来的电话。

他一边调火候，一边将手机举到耳边。

"韩总，您让我盘问的事情，我已经盘问出来了。这人是一个无业游民，平时游手好闲，最喜欢赌博，是有人花了大价钱雇他们潜入夫人小别墅里的……他们的目的是要拍夫人的照片……我有很认真地询问究竟是谁让他们这么做的，但是这人嘴很严，怎么也不开口。最后还是谢医生扎了他的笑穴，才让他松了口。

"他说具体幕后人是谁，他真不清楚，但是他知道一点，就是有关夫人的照片，是要在迟慕小姐接风宴上用的。至于目的，这人说他也不清楚。但是我想不需要他说，我们也大概能猜出来，怕是要借此毁了夫人，让夫人身败名裂……"

韩经年自始至终一句话都没说，他所有的注意力看似都放在面前的那锅粥里，可随着张特助的话越说越详细，他的眉眼渐渐地冷了下来。

直到张特助把该说的都说完后，他才出声，语调明明很平静却听得人毛骨悚然："迟慕？"

在电话另一端的张特助没来由地打了个寒战："是，韩总，迟慕小姐。"

"好，很好。"韩经年说了三个字后，就将手机从耳边拿了下来。在他正准备挂电话时，突然像想到什么一样，又将手机举到耳边，"对了，昨晚在我赶去她那里之前，有人先到了。你查下那个人是谁， 我怀疑那个人很有可能就是上次在废弃的厂房，用麻醉针救她的那个人。"

"是，韩总，我知道了。"

韩经年没再说什么，直接挂了电话。

他放下手机后，继续盯着锅里的粥看。

直到粥煮得差不多了，他才关了火，然后回卧室看了一眼床上的女孩。见她还在沉睡，没有醒来的迹象，他才悄无声息地离开了家。

一走出家门，韩经年的脸色立刻冷沉了下来。他按了电梯，直奔地下停车场，然后弯身钻进车里狠踩一脚油门，将车开了出去。

还没到早高峰的京市路上无比顺畅，不过短短的十分钟，韩经年的车子就拐进了一个小区，停在了一栋楼下。

他前一秒下车，后一秒就立刻有两个穿着黑色工服、人高马大的男人走了过来，冲着他恭敬地弯身，喊了声“韩总”。

韩经年没说话，只是冲着他们点了点头，然后就带着两个人进了电梯。

抵达三十一楼，韩经年从电梯里出来后按了一下门铃。过了大概五分钟，门后总算有了动静：“谁呀？”

韩经年没说话，又按了一次门铃。

门很快被打开，刚睡醒的迟慕带着几分惊喜地看向韩经年，道：“经年？你怎么来了？”

韩经年没理她，只是往前踏了一步。等到迟慕让开门口，他一手抵住门，回头看了一眼，随后那两个人高马大的保安立刻闯进了迟慕的家里。

“经年，你这是什么意思？”

面对迟慕的不解，韩经年一声不吭地抬起脚迈着步子进了屋。关上门后，他才递给那两个保安一道眼神。

两个保安接收到他的示意，立刻拖着迟慕往卧室走去。

“经年，你这是做什么？

“经年！你为什么要这么对我？

“韩经年！”

在迟慕的嘶喊声中，韩经年面色不变地走到阳台前，慢条斯理地欣赏起窗外初升的太阳。

“韩经年，你疯了吧？你知不知道我爸爸是谁？我爸爸可是你们韩氏企业的股东！你们不要碰我！你们知不知道这样是犯法的！我可以告你们的！

“啊，不要扯我头发，我告诉你们，我不会放过你们的！

“不要撕我衣服，不要拍照，不要……呜呜呜，你们走开，你们不要这样……”

迟慕原本放尽狠话的嘴中，渐渐传出求饶的哭声。

足足过了二十分钟，卧室里才彻底安静下来。

两个保安一前一后地走出来，恭恭敬敬地将手中的手机递给韩经年：“韩总，您要的东西全在里面了。”

韩经年微微点了点头，接过那部手机。

“韩总，我们就先走了？”其中的一个保安开口。

韩经年等两个保安离开迟慕的家后，才慢悠悠地踏着步子去了迟慕的卧室。

迟慕哭得双眼红肿，浑身瑟瑟发抖。

望着这样的一幕，韩经年面色平静得没有丝毫波澜。他走到床边，俯视着床上的迟慕，冷着声调，一字一顿地开口：“感受如何？”

迟慕抿了抿唇，没说话。

韩经年唇角弯出一抹冷笑，再开口时声音冷得仿佛深冬季节里的三尺寒冰：“迟慕，我的话只说一遍，你给我一字一字听好了。

“夏晚安是我老婆，你动她就等于动我！

“她是我的底线，谁碰她我都会跟他干到底！

“从现在开始，你只要敢对我老婆动歪心思，我绝对会原封不动地还给你！”

说到这里，韩经年的眼神变得凶狠，就连开口的语气都像藏了一股煞气：“今天的事，只是我给你的一个警告，若有下次，我肯定十倍奉还！”

说完，韩经年简单地整理了一下袖扣，扬长而去。

迟慕哭了好一会儿才冷静下来。

她撩开身上裹着的被褥站起身，赤着脚进了洗手间。

她冲了半天的澡，等到将心底的那股硌硬全都冲淡了后，才裹着一件浴袍从浴室里走出来。

她对着镜子涂抹化妆品时，瞄见自己眼角有一道红肿，是她那会儿被两个保安强行撕扯衣服时划伤的。

红肿得最厉害的地方，微微有血丝渗了出来。

明晚是她的接风宴，这伤口虽小，但一时半会儿也好不了，就算是化妆，也未必可以遮掩得不露痕迹。

她这样完美的人，是不可能允许自己的外在有任何缺陷的！

迟慕拿起手机给父亲迟耀打了个电话：“爸爸，接风宴我要推迟，推迟到下个月的同样日期。”

“为什么？”

迟慕犹豫了一下，终究还是没跟迟耀说韩经年对自己做的那些过分的事：“不为什么，就是我指甲太长了，不小心划伤了眼角，我想等伤口好了再说……爸爸，你直接对大家说，我临时身体不舒服住院了，接风宴迫不得已推迟一段时间就好了。”

挂断电话，迟慕盯着镜中的自己看了一会儿，然后又拿起手机拨了个电话出去。

“Q吗？你究竟是怎么办事的，你的人到底都是些什么垃圾？两个大男人，两个啊，都搞不定一个智障花瓶？就你这样也想扳倒韩经年？呵……”

“这次是个意外，迟大小姐，您消消气，下次我保证不会再出现问题。”

“下次？”迟慕毫不客气地冷冷一笑，然后开口道：“算了吧，Q，这个不起眼的女人，我对付就好，你去进行我们最主要的计划吧。”

“迟大小姐，你指的是启动张承那个计划？”

“对，只要让张承背叛韩经年，就等于剁掉了韩经年的一条胳膊。”

“既然迟大小姐都这么说了，那我就听迟大小姐的安排，迟大小姐这边还有没有需要我配合的？”

“嗯……”迟慕想了一下，“你不是说送个礼物给我吗？礼物现在可以送了。”

“礼物？迟小姐指的是……”电话里的Q停顿了好一会儿，而后恍然大悟地道，“艾姜？”

迟慕高傲地“嗯”了一声。

“这个好办，我随时可以把这个礼物送到迟大小姐的面前。所以迟小姐，您想具体什么时候见她？今天还是明天？”

迟慕本想说“都可以”，但是眼角的余光扫到自己脸上的伤痕后，又改了口：“下周吧，到时候我提前联系你。”

“好，静等迟大小姐的电话。”

迟慕没说话，直接将手机从耳边拿下来挂断了。

数天后。

距离韩氏企业一千米远的一家咖啡厅里。

艾姜一下车，就被咖啡厅门口站着的一个穿着一身干练的白色工作服的女人拦住了：“请问，您叫艾姜？”

艾姜点了点头：“是。”

“我们家小姐已经到了，里面请。”女人冲着咖啡厅做了一个请的手势，然后就带着艾姜进去了。

两个人一路无言，拐了几道弯后进了咖啡厅里面最隐蔽的一个包房。

推开门，艾姜看到一个穿着异常华丽的女人。她身上随便一个配饰，都高档得能顶她大半年的收入，更别提那件破六位数的纱裙以及至少百万的手表和包。

艾姜在门口站了片刻，直到领自己来的人出声，她才收回艳羡的目光，冲着领自己来的那个女人轻轻点了点头，而后走了进去。

站在那个衣衫鲜亮的女人面前，艾姜有些自惭形秽，以致开口时声音都有点底气不足："你好。"

坐在沙发上的女人看都没看她一眼。

接艾姜话的依旧是领艾姜进来的那个女人："艾小姐，您请坐。"

艾姜道了句"谢谢"后坐了下来。然后，她望着对面高高在上的女人开口道："请问您是？"

"艾小姐，我给您做个介绍，这位小姐叫迟慕。她的父亲叫迟耀，是韩氏企业的股东。"

迟慕低着头自顾自地玩手机，依旧一个眼神都没甩给艾姜，开口说话的还是她的助理。

"迟小姐，您好。"

迟慕还是没理会艾姜，室内的气氛微微有些僵硬，艾姜却一点也不在乎地开口："迟小姐，不知道您约我出来有什么事？"

迟慕按着手机又玩了一会儿才放下。她端起面前的咖啡轻轻地抿了一口，掀起眼皮扫了一眼艾姜。随后，她就咧着唇角轻笑出声："原来，你就是那个喜欢韩经年的小秘书？"

艾姜动了动唇还没出声，迟慕又开口了："就凭你，也配喜欢韩经年？你也真是癞蛤蟆想吃天鹅肉！"

"癞蛤蟆"艾姜放在腿上的手指情不自禁地攥成了拳头，可她望着迟慕的神情依旧恭顺谦柔："迟小姐……"

"算了，你不用给我解释，我也不想听。我就一句话，从现在开始，你不要再对韩经年痴心妄想了！"迟慕没等艾姜把话说完就倨傲地打断了她的话。

艾姜抿了抿唇，没再说什么。

室内安静了片刻，艾姜再次主动出声："那……迟小姐，您找我有什么事吗？"

“夏晚安那个狐媚子，你认识吧？”迟慕直截了当地切入主题。

“认识，我和她是多年的同学。”

“据我所知，你是因为没斗过她，被韩经年从韩氏清理掉的对吧？我想你心底一定很恨她吧？正好，我也一样……”迟慕没等艾姜再开口，就接着往下说了自己的需求，“直接告诉你，我要韩经年这个人。”

艾姜一向很聪明，她听到这里立刻懂了迟慕的意思：“所以，迟小姐是想和我联手一起除掉夏晚安？”

迟慕点了点头，连话都懒得说了。

艾姜斟酌了一会儿，才道：“迟小姐，我可以跟你联手，毕竟我也很讨厌夏晚安……”

第十一章

夫人，你的思想实在太可怕了

九月上旬，夏晚安设计的《遇见》作为韩氏企业这一期的主打产品全球铺货上线。

短短的十二个小时，《遇见》就打破了韩氏企业上一个产品全天最高销售额的纪录。

九月上旬的京市已经入秋，白天虽然依旧很热，但一早一晚比夏季凉爽了许多。

升职为设计部总监后，夏晚安身上肩负的职责比以前要多很多。尤其进入九月后，她还要带领整个部门筹备策划明年春季上市的新产品。

所以，九月上旬，夏晚安几乎每天都忙得不可开交。开会、画设计图、团队加班……等她好不容易可以松口气的时候，已经是九月中旬了。

由于最近太忙，有两周没跟宋有蔓吃饭的夏晚安有了空闲后，做的第一件事就是跟宋有蔓约见面的时间。

凑巧的是当天是周五，宋有蔓正好有时间，两个人便约了晚上一同吃晚饭。

夏晚安和宋有蔓约好晚上六点半见。

夏晚安本以为会堵车，出发的稍微早了一些。结果没想到一路顺畅，她到的时候刚过六点钟。

宋有蔓还没来，夏晚安没去餐厅里等她，而是去楼下的超市逛了一圈。

走到日用品区时，夏晚安瞄见了货架上一排一排的卫生巾，她想到过两天是宋有蔓来亲戚的日子，而宋有蔓这个人从小就马马虎虎的，很少会记得这些。宋有蔓每次都是来了月事后才急匆匆地去买卫生巾。

于是夏晚安就停了下来，在货架上挑选卫生巾。有日用的，也有夜用的，然后她又拿了一大包暖宝宝和一盒红糖姜茶。

结完账从超市出来，夏晚安接到了宋有蔓的电话，挂断后她直接去了楼上。

进入餐厅，夏晚安一眼就看到了挑好了位置正等她的宋有蔓。

夏晚安走上前，宋有蔓立刻扑过来抱住了她。两人聊了一会儿，顶不住肚子饿的宋有蔓才招呼服务员来点餐。

等服务员离开后，夏晚安将装有自己买的东西的那个袋子递给了宋有蔓，道："给你的。"

"什么东西呀，安安？"宋有蔓边说边打开了购物袋。看到里面一包一包的卫生巾后，她忽然愣住了。

她好像已经很久没有用这个玩意了？

每月的十九号是她生理期的第一天。从第一次来月事起，这个日子都准得风雨无阻、雷打不动。

对比之下，夏晚安就不一样了。夏晚安每月的日子都会往后拖十天半个月，偶尔还会往后拖上一个月；碰上寒冬腊月最冷的那段日子，甚至能拖上两个月。

宋有蔓细想了下，上个月十九号，她的"亲戚"就没来。生理期时她虽不会很难受，但多多少少还是会有些异样感，可现在距离十九号只剩下两三天了，她却没有一点胸胀和腹部不适的感觉。她和韩知谨的那一晚是上个月的三号，到今天已经有四十五天了……

想到这里，宋有蔓心底蓦地咯噔一声。

"蔓蔓？"

"有蔓？"

夏晚安见宋有蔓直愣愣地盯着购物袋里的东西动也不动，忍不住出声喊了她两声。见她还是没反应，夏晚安就伸出手在她眼前晃了晃。

宋有蔓像受了天大的惊吓般，浑身猛地哆嗦了一下。

看到她这反应，夏晚安蹙起了眉心，语气里充满了担忧："怎么了？"

“没事……”宋有蔓急忙摇了摇头，她稳定了一下心神后才抬头看向夏晚安，然后又笑着开口，“我就是有点感动，当初我们闲聊，你说每个月记着给我买卫生巾，结果就真的每个月都想着我……”

夏晚安本以为宋有蔓是出了什么事，现在听到她这话，反倒不好意思起来：“你不也一样吗？小的时候，我们两个跑出去玩，后来迷路了。当时是冬天，还下着大雪，我冷得厉害，你就说你好热，把衣服和袜子统统都给了我。结果我们被我哥找到，回到家我一点事都没有，你却病了大半个月。”

这下换宋有蔓不好意思了，她的耳根微微一红，然后拍了一下桌子，凶巴巴地开口：“安安，你还没老，怎么就得老年痴呆了？人家说，得了老年痴呆的人才会把小时候的事情记得特别清楚！”

“有蔓，你知道我此时此刻从你脸上看到了哪四个字吗？”

宋有蔓将脸凑到夏晚安的面前：“我当然知道，你看到的四个字一定是——我很漂亮，对不对？”

夏晚安翻了翻白眼：“刚刚我看到的四个字是恼羞成怒，现在我看到的四个字是脸皮太厚！”

“你你你，你再仔细看看，你好好看看……”宋有蔓一把抱住夏晚安，一边用手不断地抓她的腰间，一边将脸直接贴到她眼前，“你说，到底看到的是哪四个字？”

夏晚安被宋有蔓缠得没辙，投降认输：“我错了，是我很漂亮，我很漂亮……”

“这还差不多……”如愿以偿的宋有蔓消停了下来。

服务员恰好在此时上了一盆红烧杂鱼，放开夏晚安的宋有蔓闻到这味道，突然胃里一阵翻滚，然后直接冲着夏晚安的怀里干呕起来。

“有蔓，你怎么了？”夏晚安连忙伸出手，轻轻地拍宋有蔓的后背。

过了好一阵，宋有蔓才缓过劲来：“我没事，就是胃里不太舒服。”

“怎么会胃里不舒服？是吃坏东西了吗？”夏晚安端了一杯温水递到宋有蔓的面前道。

宋有蔓道了句“谢谢”后，接过水杯低头喝了两口，突然又顿了下来。

她最近这两天频繁地想吐……再加上她两个月没来月事，她该不会真的是……

这想法闪过宋有蔓的心头，她握着水杯的力道情不自禁地加重。

“有蔓，要不这样吧，我们吃完饭，我陪你去谢医生那里看看……”宋有蔓现在看着没什么事了，但夏晚安还是有些不放心。

听到这话，宋有蔓急忙收起思绪，抬起头对上了夏晚安的眼睛："谢医生？"

"哦，谢医生叫谢林，是韩经年的家庭医生。韩经年跟我说过，有什么事直接去找谢医生就好了……我跟你说哦，有蔓，谢医生很厉害的，年纪轻轻却在M国拿了好几个博士学位呢……"

从夏晚安的话里听出丝丝炫耀意味的宋有蔓忍不住嘀咕了一句："韩经年那个无情的小白脸就知道开外挂，有本事他跟我公平竞争！"

"有蔓，你说什么？"宋有蔓声音小，夏晚安没听清。

"没什么……"宋有蔓立刻冲着夏晚安灿烂地笑了，"安安，听你刚刚那话，好像你和韩经年最近进展得还不错呀？"

听到这话，夏晚安的眼睛顿时变得亮晶晶的。她抿着唇带着几分娇羞地笑了笑，然后不好意思说了句："还可以吧。"

"只是还可以？"宋有蔓脸上写满了"你的反应早已泄露了你的内心"。

夏晚安又笑了，眉眼处尽是欣喜，可耳根处却泛了浅浅的红："什么事都瞒不住你，怎么说呢，有蔓……嗯，就是我觉得最近的我们有点过日子的感觉了。他晚上加班会告诉我，出差也会给我打电话，没事干的时候还会回家陪我吃饭……家里也不是以前那种冷冰冰的氛围了。嗯，还有，你也知道我是那种窝里横的性子，在熟悉的人面前喜欢胡闹。我在他面前胡来了好几次，他也没生气……"

听着夏晚安的念叨，宋有蔓的眼底浮现一抹由衷的开心。

不过夏晚安说着说着，脸上的小表情就泛起丝丝不安："但是有蔓，你知道吗？越这样我越不安……我觉得他可能是喜欢我了，但是我又不敢相信，我好怕这是一场梦。总而言之，有蔓，我到底还是有些底气不足的……"

宋有蔓夹了几只夏晚安最爱吃的虾，剥好皮后，将虾仁放在夏晚安的小碗里："安安，我就是你的底气，就算没了爱情，你也不会一无所有。所以你不用怕，也不用底气不足。"

夏晚安甜甜地笑了，她一边吃着虾仁，一边抬头冲着宋有蔓眉眼弯弯地笑了："有蔓，一样的，我也是你的底气。"

宋有蔓挑了挑眉，刚想说"我当然知道"，结果话到嘴边，她的胃里又是一阵不适。她脸上的神情没太大的变化，可她的眼眸深处却泛起了一抹慌乱。

见她没说话，夏晚安又开口回到了重点上："有蔓，我们绕远了，回到刚刚的话题，吃完饭我们去一趟谢医生那边？"

宋有蔓有点担心自己的猜测是对的，她摇了摇头："没事，我可能就是昨晚贪吃，有点着凉，明天喝点粥养养胃就好了。"

夏晚安见宋有蔓执意如此，也没勉强她："那好吧，不过你要是明天还这样，你告诉我，我陪你去医院。"

将夏晚安送到楼下后，宋有蔓驱车往自己住的小区开去。

途中等绿灯时，她透过后视镜看到了一家二十四小时营业的药店。她纠结了一会儿，最终还是将车停在路边，然后拿着手机下了车。

回到家，宋有蔓从包里翻出自己买的东西，走向洗手间。

过了一会儿，结果出来了。

总共有五支验孕棒，都是两条红色的杠……如她晚上吃饭时担忧的那样……她真的怀孕了。

一瞬间，宋有蔓的心彻底乱了。

她和韩知谨的那晚已经过去一个多月了，韩知谨从不曾提起……如今她有了身孕，这孩子……她留还是不留？若是留，那她又该怎么向家里人交代？

况且，现在的她从没想过当妈妈的事……

张特助陪韩经年出差回来，送完韩经年便开车回了自己的家。

由于已经凌晨两点钟了，整栋住宅楼都很安静。张特助推开家门后，第一件事就是先去主卧看母亲。

谁知他推开门，看到的却是空荡荡的床……

张特助以为母亲去了洗手间，随口喊了一声："妈？"

无人回应。

张特助皱了皱眉心，又提高嗓音喊了一声："老太太？"

依旧没人回应。

张特助纳闷了，他打开主卧的灯走到洗手间门前，抬手敲了敲门，刚想喊声"美少女"，结果话都没到嘴边，浴室的门竟然被他敲开了。

这么晚了，母亲不睡觉也不在洗手间，去哪里了？

张特助在家里找了一圈，确定就连家里的犄角旮旯里都没有母亲的身影后，心底泛起了一抹不安。

他下意识地摸出手机给母亲打电话，结果主卧里传来了母亲的手机铃声。

母亲不在家……就连手机也没带？不应该啊……

就在张特助疑惑时，他的手机铃声突然响起。

是个未知来电。

张特助迟疑了两秒，接听后，里面传来一道非男非女的声音，机械感很重，显然是通过变声器发出来的："张承，你好。"

电话里的人没等张承开口，就径自出声："我想接下来的这个声音，你一定很熟悉吧？"

紧接着，张特助的手机里就传出了一个女声："承承，你为什么不跟妈妈商量就派人把妈妈带到T国来了？"

T国？

张特助皱了皱眉心，下意识地开口喊了声"妈"。他后面的话还没说出口，那道机械式的声音又传了过来："张承，你最好不要报警，也不要妄图使用任何别的手段，否则你将再也见不到你的母亲。"

张特助握着手机的力道逐渐加重："你到底想做什么？"

"我想做什么，等会儿你就知道了。我劝你不要在这里过多地浪费时间，半个小时后，如果我的人没见到你，我保证你接下来接到就是关于你母亲的噩耗！"说完，这人报了一家KTV的名字。

张特助："你到底是什么人?!"

电话那头的人像没听到张特助的话般径自开口："记住我刚刚说的话，不要报警，也不要尝试无所谓的挣扎，除非你舍得拿你母亲的命来赌！"

电话随即被挂断。

对方的来电经过了网络特别处理和加密，张特助根本无从得知来源和号码。

他冷着一张脸，拿起车钥匙，离开了家。

二十分钟不到，张特助将车子停在了那人所说的那家KTV的门口。似是有人专程在KTV附近候着他一般，他前一秒下车，后一秒手机又响了，还是那个未知来电。他接听，依旧是那个不男不女的机械音："进入KTV后，请你去三号包厢。另外，请别挂断我的电话，因为等下我还有别的指示。"

从未被人这么威胁过的张特助冷着一张脸踏进KTV，顺着指示找到了三号包厢。

推开门，张特助看到的是两个戴着墨镜和口罩的男人。

“进包厢了？”手机里又传出那个机械般的声音。

张特助心想，电话那端的人对自己的一举一动了如指掌，怕是这个房间里已经安装了摄像头，而这个人就在另一端监控着自己。

面对这种敌人在暗，他在明的场景，张特助神情沉重，却没有半点慌张：“是，进包厢了，然后呢？”

“张先生真不愧是韩经年身边的人，都这样了，居然还能如此沉得住气，佩服佩服！”手机里那个人说着阴阳怪气的话。

张特助听得反胃：“少绕弯子，有话直说！”

“好吧，既然张先生不想跟我客套，那我就干脆点。张先生，实不相瞒，我很欣赏你，我想请你和我合作，反正你辅助韩经年也是辅助，不如来辅助我怎么样？只要你肯点头，我保证韩氏企业的江山会彻底属于你和我，到时候你可不是韩氏企业区区一个总经理特助的职位，我让你做总经理，怎么样？”

张特助像听到笑话一般，冷笑一声：“都是成年人了，就别做这种异想天开的梦了！”

“这么说来，张先生这是……誓死要效忠韩经年了？我还真是好奇，韩经年到底哪来的魅力，竟能让张先生这样难得的人才不离不弃？如果我没记错的话，有件事没多少人知道，那就是韩经年的短板很明显吧？他怕黑，一不小心就会丧命……张先生，你一辈子跟着一个这样的人，你真的甘心吗？”

听着电话里那个不男不女的人如此鼓吹和引诱，张特助连开口说话的兴趣都没了。

他直接走到沙发前，悠闲地坐下，然后拿起桌子上的叉子，戳着果盘里的水果吃了起来。

电话那端的人也渐渐地没了耐心，声音中略带了一些怒意：“张先生，我这个人做事向来讲规矩，先礼后兵……”

张特助没等他把话后面的话说完，就把手中的叉子往桌子上一丢：“你直接兵吧！”

电话那端的人：“既然张先生敬酒不吃吃罚酒，那好吧，我……”

“打住，我纠正一下，我这个人只吃我想吃的酒，不管是敬酒还是罚酒，只要我不想吃，没人能逼我吃。”张特助又一次打断了对方的话。

电话那端的人显然已经不耐烦了：“行，那就请张先生看一下大屏幕。”

随着那人话音落定，包厢里的大屏幕亮起，里面出现的是一艘游艇。一道张特助极其熟悉的身影站在游艇的甲板上，很是开心地在一个陌生女人的陪伴下拍照。

那是他的母亲……而那个给他母亲拍照的人是个T国人。

“张先生，你的母亲到现在还以为她这次到T国是你特意安排的。如果你乖乖配合我，我就保证你母亲吃好喝好玩好，并且在事成之后完璧归赵；如果你不肯乖乖配合我，那很抱歉……”这个雌雄难辨的声音说到这里，刻意停顿了一下，然后带着几分骇人的语气开口，“张先生，我只能让游艇出现故障，沉海了。当然，你母亲身上的救生衣并不是真的救生衣，至于其他人……可是都提前有所准备，很容易逃生的哦。”

那人是在拿他母亲的命逼迫他。特意把他的母亲骗去T国，毕竟跨了国度，游艇沉海，哪怕他知道这是一场谋杀，可在没有证据的情况下，是极难展开调查的……

张特助抿着唇，目光沉沉地盯着大屏幕，半晌没说话。

“行了，说你的目的吧。”

“好，第一件事，张先生，请你配合我的人做个全身检查。”

张特助沉默了三秒后，往沙发上懒洋洋地一靠，什么话都没说，只是用表情示意他们来检查。

一个男人走到张特助身边，很是认真地将他全身都检查了一遍，就连他的袖扣和腰带都特意用仪器扫描了。

确定他身上没有录音笔和微型录像机后，电话里那个不男不女的声音才又开口：“第二件事，麻烦张先生把你现在的这部手机交给我的人。”

不得不承认，这人的心思缜密到了极点，做事可谓是滴水不漏，不允许自己在任何人手中留下把柄和蛛丝马迹。

张特助紧抿了一下唇，终究还是将自己的手机递了出去。

“第三件事，麻烦张先生配合我录个视频。这视频的剧本我已经提前让人写好了，我的人会递给你，我会给你五分钟的时间做选择以及背台词。”

包厢内，拿走张特助手机的那个人变戏法似的从衣服里掏出一张薄薄的纸，递到了张特助的面前。

张特助只是看了一眼纸上的内容，面色就变了。

这人不单单控制了他的母亲，还要控制他……这是摆明了不给他留任何退路，也就是说，若是他今日不和对方合作，就只能选择被摧毁！

“剧本拿到了吧？张先生，从现在开始，我的人会给你计时……”随着电话里那人的指令，站在门口的人掏出了一个计时器。

计时器滴滴滴的声音在包厢里显得格外清晰。

张特助目不转睛地盯着剧本，动也不动。他脸上的神情让人摸不清他此刻到底在盘算些什么。

五分钟，说快不快，说慢也不慢。

那个不男不女的声音就像来自地狱的恶魔般，又一次在电话里响起：“张先生，怎么样？这视频，录还是不录？”

张特助没急着回答，而是抬头看向了大屏幕里的母亲。

他静静地看了母亲好一会儿，然后发现母亲的鬓角不知何时生了白发。

他面色停顿了一刻，然后低头看向手中的那张薄薄的纸。

白纸黑字，字字清晰……张特助看了一遍又一遍，纸上的词已被他记住。

他握着纸的指尖微微发抖，可他开口时声音却是一如既往地冷静平稳：“所有的词，我都背下来了。”

“好，很好，看来张先生这是答应录这段视频了……哈哈哈……”伴随着悚然的笑声，包厢里的另外两个人做好了准备。

一个负责拍摄，另外一个负责和张特助对戏。

拍摄的人对好角度后，示意可以开始了。

对戏的人从沙发旁边拎起一个箱子走到张特助面前，那人将箱子打开，里面放满了红色的钞票。

负责对戏的人先开的口：“这只是订金，事成之后，我再给你现在两倍的钱。”

张特助盯着箱子里的那些钱看了一会儿，似是动摇了般，伸出手拿起一叠钱在掌心里拎了拎，然后出声：“我想想。”

负责对戏的人：“张先生，你这是嫌弃钱少吗？那这样，事成之后，我给你现在五倍的钱。”

张特助点头：“行吧，不过，这件事你们一定要保密，毕竟透露韩氏企业的商业机密给你们，这是犯法的。”

对戏的人：“放心吧，张先生，我还想着长期和你合作的，不会让你有事的。”

张特助这才面露笑意：“那好，愿我们合作愉快。”

视频拍摄完了，负责拍摄视频的人拿着手机按了一会儿。

不用想，张特助也知道，这是把这段视频发给了那个不男不女的人。

像验证张特助的猜测般，不一会儿，他的手机里就传来了他们刚刚拍的那个视频的对话声。

听着那对话，张特助的视线再次落在了大屏幕里的母亲身上。

他当然知道这个视频代表着什么……代表着他收了别人的钱，把韩氏企业的商业机密透露出去了。这虽然只是一个视频，并无证据，但若是流传出去，那也是可以毁了他的。

可他没别的选择，他总不可能眼睁睁地看着自己母亲沉入大海，活生生地被淹死！

等到视频播放完，那个雌雄难辨的人又开口："张先生，这视频我暂且帮你保管，如果你乖乖地听我的话，我就让这视频永不见天日；如果你不听我的话，我就把这视频发给韩经年，发给韩氏企业的各大股东。那个时候，恐怕你张先生……会成为一只丧家之犬，无容身之地吧?!"

张特助没说话。

那个阴阳怪气的人又出声了，不过这次的话却不是对着张特助说的："把东西给他。"

随即，包厢里的一个男人将一个很小的药瓶放到了张特助的面前。

手机里那个机械的声音再次传出："张先生，我只需要你做一件事，做好了这件事，我保证你和你母亲享尽荣华富贵，一生无忧。韩经年最信任的人应该就是你了吧？所以，我希望你可以想个办法，让韩经年来T国旅游。等到了T国后，你想办法把他引到我面前来。当然来之前，你要让他把这个药吃了……我念你和他有旧情，剩下的事我就不劳烦你了。

"怎么样，张先生，这事不难办吧？我相信你是可以办得到的。一句话，将韩经年带到我面前来的那一天，就是你母亲平安回到你身边的那一天。我给你一周的时间。

"如果一周内，你还没做出选择，那么我就当你放弃了你母亲的命以及你的大好前程。

"最后，张先生，等你的消息，希望你不要让我太失望。"

随后，电话就被挂断了，大屏幕里的视频也被切断了。

拿走张特助手机的那个人将张特助手机里的电话卡拔了出来，放在了桌子上，然后和另外一个戴着墨镜和口罩的人一起离开了。

只剩张特助一人的包厢里瞬间冷清了许多。

张特助像被点了穴道般，保持着一个姿势在沙发上呆坐了许久，然后才缓缓地转动视线，看向桌子上的那个小药瓶。虽然那个人没告诉他这究竟是什么药，但一定不是什么好药。

让他把韩总引去T国，怕是想要韩总的命吧！

他们可真是锲而不舍啊……这么多年了，到了今天还不肯放弃……尤其是今年，他们的行动很是频繁。从三个多月以前电梯维修公司停电，到韩总生日那晚连带着夫人一起被绑架，再加上这次……已经第三次了吧？三次……若是没有十足的把握，行动越多，破绽就越多。他们这样不冷静，看来是因为他们看到韩总把韩氏企业越做越大，已经按捺不住了！

不过这次，他们还真是给他抛了一个天大的难题，一边是他母亲的命，一边是韩总的命……

张特助似是冷笑又似是苦笑般地低头笑了一声，然后他就拿起桌子上的酒往腹中灌去。

张特助不知道自己到底喝了多少酒，他只知道，他越喝大脑越清楚，清楚到就连他已经不曾想起的很多年前的往事，都无比清晰地浮现在了他的脑海里。

他出身一般，父亲是拉长途货车的，父亲在他很小很小的时候因为一场事故去世了，家里只剩了嗷嗷待哺的他和没文化也没工作的母亲。

母亲为了生计，摆地摊、捡破烂，甚至乞讨……总之做过很多卑微的事情。可不管母亲多辛苦，也从未委屈过他。从他记事起，他一直都过着吃饱穿暖的日子，甚至连上学，母亲都未曾耽误过他半分。

其实最开始，他并不知道母亲的艰辛。直到他七岁那一年，忘记带作业本的他回家取作业本时，看到母亲在就着白水吃馒头……那时他才知道，他母亲次次跟他说吃过了，其实都没吃。他顿顿有粥有菜，而母亲却是一个馒头掰两半吃……

让他和母亲摆脱这样困境的是韩老太太。韩氏企业一直都有做慈善，他初二的那一年，母亲因为辛苦了多年，身子垮得很厉害，生了一场重病却无钱医治……就在他们走投无路时，他得到了韩氏企业的救助资金。

对他和他的母亲来说，那是救命稻草，是希望与光明。

韩老太太给他交了学费，还给他母亲找了最好的医生，甚至还给他们安排了很好的住所。

其实韩家资助的人很多，甚至有很大一部分人并不知道自己是受到了韩家的资助。

韩家并未强行要求任何人必须要效忠韩家，不管是他也好还是谢林也罢，都是自愿帮韩家做事的。

用韩老太太的话来讲，只有心甘情愿才能走得更长久。

不得不说，韩老太太收买人心的本事，是他在这个世界上见过最厉害的。

韩老太太就是能让你无怨无悔，心服口服……因为，即使你是韩家的受惠者，即使你在韩氏企业打工，可你享受的待遇从不是一个下人的待遇。她能让你感受到尊重，也能让你感受到切切实实的关心。

对他来说，韩老太太虽不是他的亲祖母，可和亲祖母也没什么差别了。因为韩老太太疼他，疼谢林，并不比疼韩经年少。

这就是为什么他和谢林明明很出色，明明可以有更好的前程，可他们从未想过要那更好的前程——因为在他们的心里，韩家就是他们最好的前程。

母亲对他有恩，韩家对他也有恩，都是如海般深的大恩……请问，这让他怎么选择？

次日是周六，晚上韩经年有个饭局。

张特助和往常一样，准点来接韩经年。他抵达地下停车场后，给韩经年发了消息。等了大概五分钟的样子，他看到电梯门打开，穿一身黑色西装的韩经年从里面走了出来。

他和往常一样，热情地下车，一边喊“韩总”，一边殷勤地帮韩经年拉开了车门。

韩经年弯身钻进车里时，侧头看了张特助一眼。

等张特助关上车门，坐上驾驶座时，一向话少的韩经年竟然主动出声：“你身体不舒服？”

张特助受宠若惊地扭头看了一眼韩经年，然后飞快地摇了摇头：“没，没啊。”

“是吗？”韩经年语气淡淡地反问了一句，然后又掀起眼皮看了一眼张特助，“实在不行，去找谢林看看。”

张特助十分感动，刚想说句“韩总，你对我真好”，结果这话都还没来得及说出口，翻看文件的韩经年又淡淡地来了句：“你眼窝发青，我怀疑是肾虚，建议你还是找谢林调理一下。”

张特助的感动瞬间烟消云散。

“你还没结婚就这样了，结了婚……”韩经年后面的话没说，但盯着文件的他却缓缓地摇了两下头。

张特助：韩总这是在暗指他那方面不行吗？

碍于男人的尊严，张特助挺直了腰板，据理力争了一次：“韩总，我的肾很好！我只是昨晚喝多了酒而已。”

韩经年盯着文件漫不经心地“哦”了一声，然后一边翻动纸张，一边淡淡地来了句：“怎么？漫漫长夜，太寂寞了，都要靠买醉来麻痹自己了？”

张特助：韩总这是在跟他间接地炫耀自己有家室吗？

想到自己悲壮而又辉煌的五十八次相亲五十八次失败的战斗史，张特助无比心酸地开口：“韩总，我是有心事。”

“嗯，可以理解，你都单身二十六年了，再没点心事，可能这一辈子都要打光棍了。”

张特助无语。他错了，他不该跟韩总据理力争的。他早该想到，不管他怎么据理力争，到了最后受伤的都会是他。

九点半左右，和陈行长的饭局结束了。

张特助开车，韩经年坐在后车座盯着电脑忙公务。

一切看起来很和谐，只是快到地下停车场时，韩经年突然像想起什么一样，合上电脑，出声：“下周我是不是不需要出差？”

“是，韩总。”张特助顿了顿，又问，“怎么了？”

“周一你把我所有的会议都安排成视频会议……然后帮我订两张机票，飞T国的，时间是周二晚……”

韩经年的话还没说完，张特助一个急刹车。

韩经年的身体往前微微倾了一下，随后眉心紧蹙了起来。

“韩总，对不起，是我失误了……”张特助边说边稳住情绪，重新踩油门。

韩经年并未指责什么，可张特助握着方向盘的指尖控制不住地颤抖起来。

过了好一会儿，张特助才镇定下来：“韩总，您去T国……是?”

韩经年用手捏着眉心处："带她去转转。"

今晚若不是陈行长说他会经常带他太太出去玩，韩经年根本不会想到带夏晚安出去旅游。他们结婚两年多，都没一起出去旅游过。

之所以选择T国，是因为韩经年之前无意之间听到夏晚安打电话，说好想去T国吃小菠萝……

夏晚安懒洋洋地坐在办公桌前，打开电脑登录微博，想看看最近有没有什么好玩的八卦消息。结果她点开热搜榜，排在第一名的就是她无比熟悉的：#秦书简 时光和你都很美#。

可爱又单纯的大明星又上热搜第一了？

夏晚安顺手点了进去，看到置顶的第一条微博内容后才反应过来，原来秦书简最近拍的名叫《时光和你都很美》的电影要上线了。

夏晚安顺手截了热搜有关秦书简的话题图，粘贴到了秦书简的微信里发给她，顺便还送了句祝福。

全京市最美的崽："小三姐姐，祝你电影大卖大火哦。"

秦书简平时很忙，很少能立即回复夏晚安的微信，结果今天倒是挺赶巧，她这消息刚发出去，秦书简就回了。

秦书简："小四妹妹，我刚想找你呢！之前我不是跟你说电影上线了给你送票吗？说吧，你要几十张票？"

夏晚安抖了抖唇角，敲着键盘，回话过去。

全京市最美的崽："你……确定你没多打个'十'字？"

秦书简："没有啊，小四妹妹，只要你来看我的电影，别说几十张票了，就算是包场也没问题！"

全京市最美的崽："宝宝，我很开心你这么爱我。但是，为了表达我的诚意，我决定自己去买票支持你。"

秦书简："小四妹妹，你对我真好！"

这就叫对她好了？这孩子的要求还真是够低的！

夏晚安刚想回消息，秦书简的消息又来了。

秦书简："小四妹妹，你的心意到了就好，不用特意为了我去买电影票。这样吧，等电影首映那天，我请你来看首映好不好？"

全京市最美的崽："好啊好啊，那我们首映那天见。"

结束了和秦书简的聊天，夏晚安继续去看别的微博热搜。然后，她无意之间看到"承蒙一笑"这四个字，突然想到了一件事，这件事是有关韩一笑的……

那天迟慕拎着一盒蛋糕走进韩经年的办公室时，脸上洋溢着的笑跟韩一笑曾经对她露出过的笑容有点相似。

后来她仔细回想了一下，发现韩一笑的眉眼和迟慕至少有七分相似。

韩一笑的亲生母亲是祖母的亲生女儿韩晴晴，可她的父亲究竟是谁呢？若真的像传言说的那样是个穷学生，那她为什么会和迟慕的眉眼有七分相似？

夏晚安沉思了一会儿，点开了韩知谨的微信，给他发了消息，想通过他问一些事。但韩知谨没理她。

夏晚安以为他在忙，并没催促。

等了大概五六分钟，韩知谨那边依旧一点动静都没有，于是她又发了条消息过去。这次的消息依旧如同石沉大海，杳无音讯。

今天是周一，韩知谨不可能不上班呀……他居然理都不理她？

夏晚安干脆拿着手机直接去了韩知谨的办公室。但韩知谨的秘书说他还没来，夏晚安只好原道返回。

她刚按了电梯的楼层就有人喊住了她："夫人？"

夏晚安回头，看到了穿着一身黑色西装，手里拿着一个灰色文件袋的张特助。

他身边没跟什么人，难怪会喊她夫人……

"夫人，您来楼上怎么不跟我说一声？是来找韩总吗？韩总现在在约见重要的客户，可能要等一等……不过我可以帮您给他通报一声……"说着，张特助就掏出了手机。

"不是，"夏晚安连忙阻止，"我是来找韩知谨的。"

"哦，这样啊……"张特助收住了拨电话的动作，"那，夫人您这是忙完了，准备下去？"

夏晚安本想点头说"是的"，但是话到嘴边，她又停了下来。

她盯着张特助看了一会儿，像想到什么一样，突然问："张特助，你跟韩经年是不是认识很多年了？"

夏晚安这问题问得有点莫名其妙，张特助愣了愣才点头说："是，怎么了，夫人？"

“张特助，你现在忙不忙？”

“还好，”顿了顿，张特助开口，“夫人，您是有事要找我吗？”

“嗯。”夏晚安点了点头，然后看了一眼旁边的办公区域。她觉得张特助没有独立的办公室，在这里谈韩家的家事似乎不太妥当。

张特助看到夏晚安这副模样，知道她这是想找个清静的地方和自己聊，于是又连忙开口：“夫人，要不我们去天台？那里有个茶室，除韩总和我之外，基本不会有人上去的。”

夏晚安听到这提议，一口答应下来：“好。”

跟着张特助从楼梯走上天台后，夏晚安看到了一个玻璃打造的房子。

玻璃房四周栽满了与玻璃房一样高的绿植，房内装了空调，所以茶室内温度适宜，不冷也不热。

进入茶室后，张特助先招呼夏晚安坐，然后一边煮水一边开始在柜子上翻找茶叶：“夫人，您要喝什么茶？有绿茶、红茶、熟普、生普……”

“熟普吧。”夏晚安坐下后，绕着茶室打量了一圈。

等到张特助坐在自己对面后，夏晚安才又开口：“张特助，我找你是想问你，有关一笑的事情你知道多少？”

“小小姐？”张特助先洗了一遍茶，然后给自己和夏晚安各倒了一小杯茶后，才接着出声，“小小姐怎么了？她有什么问题吗？”

“没，”夏晚安连忙摇头，“一笑没什么问题，我只是很好奇她的生父是谁。”

“这个……恕我直言，夫人，你还是别想着知道了……因为整个韩家老宅的人都不知道小小姐的生父是谁，包括韩老太太在内。”

听到这话，夏晚安惊了：“连祖母都不知道？”

“是啊，要不然老太太为什么不肯让小姐住进老宅里，非要让小姐带着小小姐住在后面那个旧房子里呀！”张特助一边继续煮茶，一边开口往下说，“我听说小姐怀着小小姐的时候，被老太太抓回来过一次，老太太当时给了小姐两条路，一是跟那个穷学生断绝来往，留在韩家；二是和老太太断绝母女关系，当时的小姐毫不犹豫地选择了那个穷学生……为此老太太还大病了一场。

“后来，老太太就真的当没小姐这个女儿了，不管什么场合什么地点，她都再也没提过‘韩晴晴’这三个字。

“小姐带着小小姐再回韩家，那都是韩总五岁时的事了。当时的小小姐四岁半，听张妈说长得特别漂亮，就跟洋娃娃一样。老太太收留她们母女两个，全是因为心疼小小姐……小小姐不会说话，老太太给她找了很多名医检查，最后只知道声带是无损的，也就是说小小姐其实应该可以说话的。至于小小姐为什么不肯说话，大概是心理阴影。老太太就此事跟小姐谈过一次，问小姐，小小姐的生父是谁以及小小姐是怎么不会说话的。小姐死活不肯说，老太太这才让她们母女住在后面那个旧房子里的……

“哦，对了，夫人，还有一件事，就是小小姐十岁那一年，被二少爷治得差一点就能说话了，但是很可惜的是，没等小小姐彻底好，二少爷就去世了……”

听到这里，夏晚安的手一抖：“二少爷？韩经年的二哥韩经纶？他是医生？”

“对啊，”张特助略感奇怪地看了一眼夏晚安，“夫人，您该不会不知道吧？”

夏晚安一脸茫然地摇了摇头，她只知道韩经年的二哥是在韩经年十岁左右离世的，至于缘由她并不知晓。

“夫人，二少爷可是医学奇才，谢林就是跟在二少爷身边长大的，他这一身医术，全都是二少爷手把手教的。张妈说二少爷超级温柔的，跟韩总性格截然相反。夫人，你看韩总对人有多冷，二少爷就对人有多柔。张妈还说，二少爷就是朵解语花，脾气好得一塌糊涂，跟谁说话都是和风细雨的……只可惜，二少爷在一次救援工作中意外身亡了，若是二少爷还在，指不定韩总的黑暗恐惧症都能治……”

张特助万分遗憾地叹息了好几声后，就端着茶杯，像喝酒般郁闷地灌了几杯茶，随后就望着夏晚安出声：“对了，夫人，我跟你说，二少爷还有个女朋友呢，但是没来得及带回家他就离世了。因为只是女朋友，还没到谈婚论嫁的地步，所以我们对二少爷那个女朋友基本上也没怎么了解。但是我妈跟老太太聊天的时候，老太太有提过一句，说二少爷的女朋友长得很漂亮，比二少爷小了八岁，二少爷喊她‘小qing’，至于是哪个‘qing’，大家就不知道了。”

张特助话里透露出来的消息太多太有料了，夏晚安一时半会儿没能消化完。

在她转着思绪，品味着张特助的话时，张特助突然嘿嘿一笑，凑到夏晚安面前说了一句：“夫人，二少爷和他那个小qing，是师徒恋……”

张特助话音落定，他随手放在茶桌上的手机突然响了起来。

夏晚安闻声，本能地往张特助的手机屏幕上扫了一眼，看到“未知名”这三个字后，她没多想，顺口说了一句：“张特助，原来你的手机也会接到推销电话呀？”

张特助却没出声，但他端着茶杯的指尖情不自禁地加大了力道。

是那个不男不女的人打来的电话……

“张特助，你发什么呆呢？这电话不用想都知道肯定是广告或者推销之类的电话啊，我经常接的……”夏晚安说着，就将手伸向了张特助还在振动的手机，“你要不信，我帮你接……”

“别动！”张特助突然加重语气。

夏晚安吓了一跳，转头看了一眼张特助。

张特助意识到自己失态了，急忙调整好情绪，开口说：“夫人，我是说，这就是推销电话，你不用接，我接过好几次了……”

说着，张特助就伸出手将电话直接挂断，然后顺势把手机塞进了自己的口袋里。

没一会儿，手机在他的兜里又振动了起来。

他装作什么事都没发生的样子，继续泡了一壶茶，然后才抬头看向夏晚安：“夫人，您在这里稍等我一会儿，我去趟洗手间，马上回来。”

张特助并未去洗手间，而是找了个没人会出现的地方接听了兜里还在振动的电话。

张特助并未开口，只是将手机举到耳边。

电话那头的人似是猜到了此刻的他不愿言语一般，径自出声，还是那个经过变声处理的机械语调：“张先生，已经三天了，请问你有答案了吗？”

张特助握着手机，还是没说话。

“张先生，我答应给你七天的时间，自然是会给够你七天的时间。不过我这边有查到韩经年订了明晚飞往T国的机票……我给你打这个电话只是想跟你说一句，张先生，你果然没让我失望。”

电话那头让人听着耳朵难受的声音停了几秒钟，又开口：“哦，对了，除此之外，我还想跟张先生报个平安，那就是张先生您的母亲现在正在做SPA，还有你的母亲今天好像格外想你，她今天至少问了我的人八次‘承承什么时候来T国跟我会合’……”

随即，电话里就传来了令人毛骨悚然的笑声，再然后电话就被挂断了。

张特助维持着接听电话的姿势站了良久，才将手机放下来。

转眼间都过去三天了，距离最后的期限越来越近了……

张特助低头盯着自己的脚尖，若有所思地看了会儿，然后抬头望向远处的城市。

高楼耸立，夕阳西下，这样美的大都市，他想……以后他可能都很难再看到了。

再回到茶室里的张特助，手里多了几份文件。

夏晚安好奇地看了几眼他手中的文件，然后才对上张特助的眼睛。

张特助笑眯眯地坐下，将其中一份文件摊开：“夫人，是这样的，您和韩总明晚不是要去T国吗？您也知道，韩总每天的工作实在太多了，即便是去度假，那也还是少不了要处理一些重要公务的……由于我无法跟过去，所以有些事情我得跟你对接一下，到时候在T国，你也能帮帮韩总……”

听完这话，夏晚安点了点头。

“原本我也想去找你的，不过现在碰上了，那我就跟你说一下……”张特助边说边将摊开的那份文件递到夏晚安面前，“这是韩总的行程表，我都做了标注。红色的全都是很重要的会议以及客户，这是周四的，这是周五的，这是周日的……

“我一定要点名的是下周二的，夫人，这个会议很重要……”

“等等……”夏晚安打断了张特助思路清晰的话，“周四、周五、周日的行程，你告诉我，我可以理解，可是下周我跟韩经年就回国了，所以下周的行程，我不需要知道了吧？”

“夫人，理论是这样的，但是万一下周您跟韩总回不来呢？所以您还是辛苦点，了解一下吧？”张特助用讨好的语气跟夏晚安商量着。

夏晚安沉默了几秒，觉得张特助说得也没毛病，就点了点头，答应下来。

张特助把现有的行程表全都跟夏晚安对接了一遍后，又补了句：“对了，夫人，这部手机您拿着……这是韩总工作的手机，一直是我在保管着，您收好了。所有重要客户的联系方式我都做了备注，如果他们约见韩总，您可以跟韩总聊一下。韩总答应后，您记得把行程都记下来，避免忘了……”

张特助不管是神情还是语气，都没有任何不对劲的地方，可夏晚安总觉得有些奇怪。

“对了，夫人，还有韩总的一些日常。韩总喜欢喝冰水，但是他会经常因为工作而耽误吃饭，他的胃不怎么好，所以您要帮他留意，避免他因为喝太多冰水导致胃疼；韩总对奶精轻微过敏，正常来说是不会出现什么问题的，不过大量食用还是会出现危险，所以还是要注意；韩总喜欢吃牛肉，不喜欢吃羊肉，韩总从来不吃生葱，讨厌吃海参；每个月会有设计师来给韩总定制衣服，韩总的尺寸是……”

张特助眼睛都没眨一下地报了韩经年的三围。

“另外，夫人，您记着，韩总喜欢尺寸稍微大两厘米的睡衣，这样宽松，他觉得舒服。还有，韩总喜欢真丝睡衣，他觉得质感比较好。最重要的是，韩总的贴身内衣一定要是纯棉的。”

听到这里，夏晚安心底已经酸得咕嘟咕嘟冒泡泡了。她终于知道哪里不对劲了，她瞪着喋喋不休的张特助，一拍茶桌，愤恨地来了一句：“张承，你老实说，你是不是喜欢韩经年？”

端起茶杯喝水的张特助被呛到了。

他剧烈地咳嗽了好一会儿，咳得脸都红了，然后才勉强顺过气，道：“夫人，你的思想实在太可怕了！”

夜里，张特助送韩经年和夏晚安回家后，并未开车回自己的家而是去了公司。

顶层的总经理办公室里空无一人，他走到自己的工位上，从抽屉里翻出了笔和纸。他愣了好一会儿，提笔在纸上写了两个字——辞呈。

写完，他一个人静静地盯着那封辞职信看了良久，然后扭头望向落地窗外的星星灯光。

他的喉咙像被什么东西堵住了一般，酸酸的、涩涩的，连带着他的眼睛都有些发胀。

很快，他就收回了视线，视线再次落在辞职信上，他的眼眶红红的。他飞速地将信塞进了一个信封里，然后翻出一个文件袋，起身进了韩经年的办公室。

他将辞职信放在韩经年的办公桌上，然后用文件袋压住。

他并未立刻离去，而是站在偌大的办公室里，打量了一圈这个他亲自盯着人装修出来的办公室，然后走进洗手间找了一个喷壶，给办公室里的绿植挨个浇了水，甚至还拿着毛巾将落了一层薄薄尘土的绿植叶子擦拭得干干净净。

张特助忙完时，已是凌晨两点。他乘坐电梯离开了公司。

张特助并没回家，而是先去隔壁的商店买了一大袋子啤酒，驱车去了医院。在灯火通明的急诊楼办公室里，他找到了正在奋笔疾书写医学报告的谢林：“来，谢医生，喝酒。”

面对门都不敲就直接闯入的张特助，谢林皱了皱眉，一板一眼地说：“对不起，我要对别人的生命负责，所以不能喝酒。”

“好吧，”张特助大大咧咧地往谢医生办公室的沙发上一坐，掏出一瓶啤酒，掰开盖子，往嘴里咕咚咕咚地灌了大半瓶，才又出声，“你看着我喝。”

闻到酒味的谢林眉眼间划过一抹嫌弃。他想把张特助轰出去，但是最后还是放弃了。他当张特助不存在般，提笔继续写自己的报告。

张特助喝了一瓶又一瓶，将啤酒瓶丢得满地滚："喂，谢医生，你说你戒酒戒烟戒女人，活得跟个和尚似的，有意思吗？"

谢医生一边写字一边头也不抬地回："你不戒酒不戒烟不戒女人，不也还是没有女朋友吗？"

张特助被噎得一句话都说不出来了。

他捏着易拉罐，将里面的啤酒都捏了出来。过了好一会儿，他说了一句"你赢了"，就又开始昂起头喝酒。

谢林起身走到洗手台前，用消毒液仔细地洗了五分钟的手，看到张特助还在那里不断地灌酒，便问了一句："你……心情不好？"

"没有啊，我就是突然想喝酒了，不知道去哪里喝，就跑你这里来了。这不万一喝多了，喝吐了，喝得胃出血了，好被抢救嘛……"张特助在地上打了个滚，然后坐到谢林的脚边，仰着头看着谢林笑嘻嘻地问了一句，"对了，谢林，你说你整天过得这么清心寡欲，你是真的没遇到能让你动心的人呢，还是你的心已经给了别人了呢？"

谢林擦手的动作微微停了停，不冷不热地说了一句"我是医者，心怀天下"，然后就走到自己的办公桌前，拉开椅子坐了下来。

"还心怀天下，你咋不说你拯救苍生呢？"张特助不以为然地喝酒。

谢林没接话，但他的手却拉开了抽屉。里面放着一张泛黄的照片，照片里有两个人并排站着，一个是二十多岁的年轻男子，穿着一件白色大褂，相貌清俊温柔，还有一个是看起来稍显年幼的男孩。

那个男孩，就是他……而那个穿着白色大褂的医生，是他的信仰。

谢林永远都忘不掉见他第一眼的场景，如凡人遇到了神祇，情不自禁地仰望。

谢林从不是学医的天才，可那个人却生生地让他变成了人们眼中的天才，因为那个人说过："我不会为了任何人停下脚步，如果你想靠近我，那就自己跟上来。"这一跟就是十年。

如今谢林只想完成他临死前的唯一遗愿：守护好他的弟弟韩经年。

是的，他的信仰就是韩经年的二哥——韩经纶。

突然，一个女护士急匆匆地推门而入，打断了谢林的沉思："谢医生，不好了，二十四号床的病人情况有点不对劲……”

谢林猛地推上抽屉，匆匆跟着女护士离去。

原本坐在地上喝得醉醺醺的张特助等到谢林办公室里只剩下他一人后，眼神立刻变得清明。他从地上爬起来，走到谢医生的保险柜前折腾了一会儿，然后解开了保险柜的密码，从里面翻了一瓶药藏进口袋里，离开了医院。

虽然是周二傍晚六点的飞机，但是周二这天，韩经年和夏晚安并未去公司。

下午四点，张特助准时候在了地下停车场。

四点零五分，拖着一个大箱子的夏晚安和两手空空的韩经年从电梯里走了出来。

由于不是周末，又是午后，去往机场的路十分顺畅。

路上，张特助不断地看时间。他见离登机的时间还早，便在开出机场高速后，装作车没油的样子，拐去了附近的加油站。

加完油，已差不多将近五点钟，距离飞机起飞的时间只有一个小时了。

等张特助赶至机场，已是五点十分。他勉强踩着点办理完行李托运和登机手续，领着韩经年和夏晚安急匆匆地赶往安检口。

“韩总，夫人，由于时间紧迫，你们过完安检就直接去C30登机。”

韩经年接过张特助递上来的护照和夹在护照里的机票，微微点了点头，表示知道了。

等韩经年和夏晚安踏进安检口时，张特助忍不住又出声：“韩总……”

韩经年以为张特助有什么事要说，扭头往后看了一眼，他虽没说话，但眼神中却充满了询问。

张特助觉得自己喉咙像被什么东西掐住了一般，有点难以发声。直到韩经年的眉心露出了一抹不耐烦，他才费尽全部的力气，压下心底波涛汹涌的情绪，笑嘻嘻地对韩经年和夏晚安挥了挥手：“夫人，韩总，祝你们玩得愉快！”

闹了半天，只是为了说这样的一句话……韩经年递给张特助一道看神经病一样的眼神，然后点了点头踏进了安检口。

夏晚安伸长了胳膊，也挥了挥手：“谢谢你，回来给你带礼物。”

“好的，夫人。”张特助提高了嗓音，很高兴地回了夏晚安的话。

急着安检的夏晚安没再回他，只是冲他又摆了一下手，就跟着韩经年消失在了他的视野里。

张特助脸上的笑容这才一点一点地消失。

他望着韩经年和夏晚安进去的那个安检口，看了好一会儿才自言自语般轻轻地吐了句“再见”。然后，他从兜里摸出一张飞往T国的机票，也抬脚踏向了安检口。

张特助抵达T国时，已是当地时间夜里十点。

过完海关，从机场出来后，张特助直奔洗手间。他从随身携带的包里翻出一堆乱七八糟的东西，然后对着洗手间里的小镜子折腾了大概一个多小时。等他戴上口罩再次定睛望向镜中时，被他特意修饰过的眉眼和韩经年的眉眼几乎一模一样了。

十二点整，张特助准时接到了“未知名”打来的电话，他答道：“他已经到T国了，想去酒吧小酌几杯，你那边有没有什么安排？”

“张先生，没想到你比我想象中要上道很多呀……”

张特助不耐烦地打断了他的话：“少废话，说重点。”

“kuins酒吧……”顿了顿，电话那端像知道他要说什么一般，又开口，“你的母亲是十二点五十五分的飞机，最晚十二点半你的母亲就要登机。在这半个小时里，若是韩经年出现了，你的母亲就可以顺利登机；若是韩经年没出现……我的人在机场，我有无数种方法让你的母亲登不了机。”

张特助眼底闪过一抹狠厉，他没说话，直接收起手机，赶去了kuins酒吧。

韩经年过完安检后接了个商务电话，一直聊到飞机起飞被迫关机为止。

坐在他身边的夏晚安也许是有些无聊，早就靠着飞机椅背沉沉地睡去。也许是困意会传染，韩经年在飞机起飞后没多久也闭上了眼睛。

睡着的韩经年不知怎么突然就醒了过来，他抬起手腕看了一眼时间，已经过去五个小时了，可飞机还在空中飞行，完全没有要落地的意思……

韩经年微微蹙了蹙眉心，整个人瞬间清醒。

这个点，飞机早该降落在T国的机场了，为什么现在还在高空飞行？

恰在此时，有个空乘小姐见他醒来，走了过来，道：“先生，请问您要喝点什么东西吗？”

韩经年答非所问：“怎么还没降落？”

他的话说得太过简练，空乘小姐愣了愣，才反应过来他指的是飞机：“先生，距离飞机降落还有三个半小时。”

还要三个半小时？

听到这几个字，韩经年的眉心蹙得更紧了。他以为自己的手表出了问题："现在几点了？"

"现在是京市时间晚上十一点零一分。"

听完这话，韩经年似是想到什么一般，从兜里翻出护照找出机票看了一眼，降落地竟然是马代岛。

他要去的明明是T国……

张承居然背着他擅自更改了他的旅游计划？

这个念头刚闪过韩经年的心头，他就忽然想起张承开车送他来机场的路上曾拐去过加油站。

不对，张承办事一向很可靠，若是他看到车子的油量不足，在去接他的时候就会提前加满油。

张承这样做的目的是为了故意拖延时间，好让他和夏晚安到机场时踩着点登机。

难怪他一过安检口电话就响了，想必这也是他安排的。

还有夏晚安，还没登机就困得打哈欠。她虽一向嗜睡，但也不至于困到坐上飞机就立刻睡着的地步……

若是他没记错的话，在去机场的路上，张承给夏晚安递了一瓶水。所以那瓶水，其实是被张承动了手脚，放了安眠药或者蒙汗药之类的东西？

张承这样做的目的显然是为了让他和夏晚安没机会去核查机票。

可张承为什么要一声不吭地把目的地从T国换成马代岛？

韩经年突然发现事情远比自己想象中要复杂得多。

在他说要去T国时，张承的急刹车；在他问张承订没订机票时，张承对他列举T国种种的缺点；在他和晚安踏进安检口时，张承喊住了他……

如今细细回想起来，这几日的张承好像很不对劲！

韩经年喊醒了沉睡的夏晚安："安安？昨天下午我约见客户时，张承跟你在公司天台的茶室里聊了什么？"

夏晚安双手捧着矿泉水瓶，歪着脑袋想了想："没聊什么啊，他告诉我你的一些重要行程，还给了我一部手机……他还跟我说了一堆你的生活习惯，你喜欢吃什么，不喜欢吃什么，就连你的三围尺寸和内……"

"他给你的是哪部手机？"

夏晚安急忙拿起自己随身背着的包，从里面掏出了韩经年的那部工作手机：

“喏，就是这部手机……”

韩经年的眉心拧成了一团。

“你不问我，我都忘记了。张特助昨天跟我说了好多你工作上的事情，就连你下周、下下周的一些重要行程都告诉我了……当时我还觉得蛮奇怪的，现在想想，我觉得他那架势就像在交代后事……”

韩经年接过手机的指尖微微地颤了颤，下一秒他就说了一句：“是，你说得没错。”

“啊？”夏晚安一蒙。

韩经年低着头，盯着自己掌心里的手机看了片刻，又喃喃出声：“他就是在交代后事……他肯定是出事了，否则他不会这样的，他肯定是出什么大事了……”

韩经年的自言自语让夏晚安听得更迷糊了，她下意识地问韩经年：“到底是怎么回事？”

可她的话都还没到嘴边，韩经年突然又开口：“也许他……会和他们一样，他会死……会死……”

当“死”字从韩经年的嘴里吐出，他突然就解开了安全带往飞机的洗手间走去。

“韩经年……”夏晚安下意识地喊了一声，但韩经年的速度实在太快了，快到她话音落定的那一刹那，洗手间的门就已经被关上了。

一分钟，两分钟，三分钟……五分钟，夏晚安见韩经年迟迟没从洗手间出来，忍不住起身，走到洗手间门口敲了敲门。

洗手间里很安静，没有传出任何声响。

夏晚安等了两三分钟后，又敲了两下门：“韩经年？”

随着她话音落定，她听见洗手间里传来了急促的呼吸声。

这呼吸声，夏晚安太熟悉了……是韩经年黑暗恐惧症发作了……

夏晚安抬手推门的动作更急了，就在她准备喊空乘人员过来帮忙时，洗手间的门从里面被拉开了，面色苍白、额头上布满汗水的韩经年直直地倒在了她的怀里。

韩经年抓着夏晚安的手，格外用力，也抖得格外厉害，他没有任何血色的嘴唇中吐出了几个字：“让飞机降落。”

说完，韩经年就陷入了昏迷之中。

听到这五个字，夏晚安先是愣了愣，随即就反应过来韩经年的用意。

他把自己关进洗手间断掉灯源，逼迫自己黑暗恐惧症发作，是为了让飞机因遇到特殊情况而不得不中途强行降落。

他刚刚一直说什么会死……指的是张特助？

而韩经年这样拿自己的生命做赌注，就是为了下飞机，好去救张特助？

意识到这些的夏晚安，有些心疼又有些心急。

心疼这样奋不顾身的韩经年，心急此时不知是什么情况的张特助。

韩经年的突发情况很快就惊动了空乘人员，紧接着就惊动了机长。人命关天的时刻，没人敢掉以轻心，夏晚安以最快的速度和航空公司进行协商。

十分钟不到，飞机已经开始下降。因为此时正处于T国上空，所以飞机自然是降落在T国。

落地后，机场的医护人员已经等候在机舱出口，夏晚安和韩经年直接上了救护车。

抵达医院没多久，韩经年就醒来了，睁开眼的他第一件事就是找手机。

其实夏晚安也有很多疑惑要问韩经年，但因为他急着联络谢林，夏晚安没有机会问出口。但从韩经年和谢林的对话里，夏晚安大概了解了事情的来龙去脉。

"韩总，张特助的母亲在上周五晚上去了T国……周六的凌晨，张特助去了城南的一家KTV……张特助有订您和夫人去T国的票，但是他同时也订了你们去马代岛的票……张特助在你们进入安检口后没多久也过了安检口，搭乘飞机去了T国……他应该比你们早半个小时降落在T国……"

听着谢林的话，韩经年的大脑飞速地转动着。

张承的母亲在T国，若是张承专程来找张母，他犯不着更改他和晚安的行程。结合张承前两天对他吐槽T国各种不好，由此可以看出来，张承的目的是不让他踏进T国……

张承为什么费尽心思阻拦他来T国？

难不成是有人要在T国对他不利？

当各种思绪划过韩经年的心头时，电话那端的谢林突然出声："糟糕！"

韩经年收起思绪，将注意力放在了谢林所说的话上。

"韩总，我的保险箱被人破解了，里面的试验药少了一瓶……而少的那一瓶是一种能激发人潜力的激素。这是二少爷当年研究出来的，这些年来我一直都在跟进。上半年我有提过一次，说药物已经出来了，但还在试验阶段……

“知道这个药的人只有我们三个，而昨天晚上，张特助拎着酒来过我办公室。”

说到这里的谢林，语气瞬间变得笃定：“韩总，是张特助拿走了这个药！他拿走这个药要做什么？难不成是要跟人打架？

“这几个月，我频繁拿小白鼠实验。小白鼠服用后，的确可以在短时间内爆发惊人的战斗力，但是也会很迅速地暴毙，张特助不要命了吗?!”

张承偷了谢林的试验药……

张承不让他来T国……

张承的母亲在T国……

张承一向对他很坦诚，张承不会无缘无故瞒着他……

将种种线索连在一起后，韩经年隐约猜到张承为什么要这么做，他握着手机的指尖蓦地一颤，下一秒他就开口：“谢林，你给我查，查现在张承在T国哪里。”

若是他的推测没错，一定是那个人拿张承的母亲要挟张承背叛他。

一边是他，一边是母亲……

被夹在中间的张承定是无路可走了，才会选择孤身一人去面对。

这个蠢货，简直是蠢到无可救药了！

韩经年的心头突然冒出了一股怒气，他强忍着将手机砸出去的冲动，对着谢林又说了句：“用最快的速度给我查！”

挂断谢林的电话，韩经年扭头就看到了夏晚安。他脸上原本升起的怒气瞬间消失得一干二净。

夏晚安知道韩经年接下来要去找张特助，也知道他们接下来会面临不可预知的危险。她看着韩经年的眼睛看了一会儿，然后开口：“我跟你一起去。”

韩经年没说话，而是下了病床走到夏晚安的面前。

他这副模样让夏晚安摸不透他到底在想些什么，她望着他又一次开口道：“好不好？”

韩经年微微低着头，盯着她的眼睛看了几秒钟，然后才点了一下头，说了一个“好”字。

只是在这个“好”字出口的同时，他抬手冲着夏晚安的脖子重重一击，直接将她击晕了。

动作结束，韩经年飞快地伸出另一只手，接住了夏晚安软倒向地面的身体。

韩经年将夏晚安打横抱起，放在了病床上。

他为夏晚安盖好被子后并未急着起身，而是盯着夏晚安的面孔定定地望了许久。直到他的手机叮咚响了一声，他才将视线落在屏幕上。

是谢林发来的消息，他扫了一眼又重新看向夏晚安。

韩经年抬起手，用指尖在她的脸上轻轻地摩挲了几下，而后忽然低头，吻住了她的唇。

吻了没一会儿，他就依依不舍地放开了夏晚安的唇，然后在夏晚安的眉心落下一个轻轻的吻，再然后他就拿起手机，离开了病房。

关上病房门后，韩经年一边接听谢林的电话，一边往电梯处走去。

挂断谢林电话之前，韩经年没忘记吩咐谢林："你在T国这边应该有认识的医生吧？派个人帮我照顾下晚安。"

第十二章

榴梿、方便面、键盘，你选一个

从机场出发，约莫二十分钟后，戴着口罩乔装成韩经年的张特助出现在了kuins酒吧门口。

不过他并没有急着进酒吧，而是装作有事的样子在酒吧对面的路边低着头看手机。

张特助心想，既然他们要对付韩经年，自然会派人在门口留意韩经年。若是韩经年迟迟不进入酒吧，那个幕后人肯定会给他打电话的。

他又不是傻瓜，当然不可能完全信任那个不男不女的妖人。他可以踏进这个酒吧，也可以把自己置身于危险之中，但在此之前，他必须要先保证母亲登上了回国的飞机。

和张特助心底推测的一样，由于“韩经年”一直低头玩手机，对方按捺不住又给他打来了一个电话。

为了避免被酒吧附近埋伏的眼线看出端倪，张特助在来之前特意往耳朵里塞了微型蓝牙耳机。所以在他看到来电显示时，他佯装掏耳朵的样子，按了蓝牙耳机上的接听键。

“我的人告诉我，韩经年已经出现在了kuins酒吧门口，可他为什么迟迟不进来？他一直都在看手机，是不是你在跟他说什么？你该不会事到临头要反悔吧？”

听着耳机里传出的机械的质问声，张特助始终没开口说话。

他低头看着手机，屏幕上虽然是接听电话的页面，但他的手却一直都在装模作样地点屏幕。从远处看来，他就像在跟人发消息一般。

由于张特助迟迟没说话，对面的人又开口：“张先生，我知道你的意思了。你是想确定自己的母亲有没有登机，对不对？”

回答这个问题用字比较少，即便戴了口罩，也不会被人轻易察觉到哪里不对劲。因此，张特助在接听电话后说了第一句话：“对。”

“那好，这样……你让韩经年进酒吧，我让你母亲登机。我们同时进行，怎么样？”

对于这个性别难辨的人来说，他的目的是韩经年，只要能让韩经年落网，他当然不会在意一个没什么用处的老太太。

如今韩经年就在他眼前，他费尽心思想除掉他，却这么多年都没成功。这次他好不容易逮住这样的机会，当然不会让到手的鸭子就这么飞了。更何况他的手里还有张承当初在KTV录下的把柄……

想着，他又补了句：“只要你答应，我立刻打电话放人……”

张特助：“好。”

很快，对方那边传来了用另外一部手机开了免提拨电话的声音，电话接通后，那个不男不女的声音先对着张特助出声：“我数三声，我们同时进行，三，二，一……”

“放人！”

随着蓝牙耳机里传出最后两个字，张特助抿了抿藏在口罩后面的唇，毫不迟疑地冲着马路对面的酒吧走去。在他推开酒吧门的那一刹那，他接收到了母亲踏进登机口的视频。

母亲的机票被检票的工作人员握在手里，但旁边在拖延时间，工作人员没立刻去扫描。

张特助知道，幕后人这是为了要确保“韩经年”成为自己的囊中之物才会放过他的母亲。

张特助毫不迟疑地抬脚踏进了酒吧，自动门在身后关上的那一刻，张特助看到手机屏幕里的母亲接到了检查好的机票，登上了飞机。

他的母亲对幕后人来说只是一个威胁他的工具，而他对他们来说也不重要，重要的是韩经年。如今他们以为“韩经年”到手了，自然不会再为难他的母亲。在飞机上，那么多乘客，没人会轻举妄动。而他的母亲抵达国内机场后，他安排的人会接她……无论如何，他的母亲总算是安全了。

自古忠孝难两全，他不可能背叛韩经年，也不可能放弃自己的母亲……所以当这个难以抉择的问题抛在他面前时，他只有一条路能走，那就是放弃自己。

张特助踏进酒吧后，立刻有一位服务员迎上来，用生硬的英语招待他落座。

酒吧标注着通宵营业，可里面的客人并不多，仅有的一桌只坐了几个男人。从面孔来看，他们并不是来自同一个国家，有欧洲人，也有非洲人……甚至其中有一个是亚洲人。

他们有的裸着上身露出张牙舞爪的文身，有的叼着粗壮的雪茄吞云吐雾。他们虽然聚在一张桌上，但彼此之间并没有任何交流。

不过在他进入酒吧的那一刹那，那几个人的视线全往他身上飘来……

张特助推测，这个酒吧今晚大概不对外营业。这几个人想必都是一些亡命之徒，甚至还有可能是全球通缉的要犯，若是他没猜错的话，他们这几个应该是那个幕后人花了大价钱雇来对付韩经年的。

面对酒吧服务员的招呼，张特助不慌不忙地点了一杯自己最喜欢喝的威士忌，然后将酒杯端在掌心里，一边晃着一边不动声色地打量着那几个人。

他们肌肉发达，应该都是练过的，其中一个人肩膀的肌肉格外结实，想必是打拳击的……

在张特助思考时，酒吧的背景音乐突然停止，紧接着响起一个极其熟悉的机械声音：“韩总，等你很久了。”

张特助猛地回头往四周望了一眼。然后他才发现不知何时调酒师和服务员已经退出了酒吧。

灯光昏黄的酒吧中，只剩他和那几个人。

“韩总，你一定没想到，有一天你最信任的张特助会亲手把你送到鬼门关来吧？”那道机械声音再次传入张特助的耳中，一直都在找说话的人究竟在哪里的张特助这才发现，那个人并不在酒吧里，他的声音是从酒吧的音箱里传出来的。

这个神秘人话音落定，那几个人已经陆陆续续地起身向张特助围了过来。

面对这样的情况，张特助知道自己很有可能在劫难逃，可即便如此，他眉眼间依旧没有丝毫变化。

甚至此时此刻，他想的并不是如何化解眼前的危机。

张特助心想，这个连性别都无从得知的幕后人隐藏得可真够深啊。

他原本还想着自己扮演成韩经年，让这个幕后人觉得目标到手，这么多年的心愿即将成功，然后这个幕后人就会让临死前的“韩经年”死得明明白白，那么他就能知道这些年一直在暗处处心积虑害韩经年的人是谁。结果谁曾想到……都到这关头了，那人居然也不想暴露身份……

也许是张特助扮演的“韩经年”太淡定了，音箱里那个不男不女的声音又响起了：“真不愧是韩总，都到这个地步了，竟还能这般沉得住气！

“不过我想韩总一定很好奇我是谁吧？很想知道我为什么一直要这么处心积虑地置你于死地吧？”

听到这话的张特助，抬眼望了一眼音箱。

那个幕后人一定在酒吧里装了监控，张特助的举动尽数被他收在眼中，他阴阳怪气地笑了一声，又开口：“看来，我还真是说对了呢。韩总还真想知道我是谁……要不，我就告诉韩总？

“嗯，好吧，其实我对你了如指掌，是因为我是你……”

幕后人说到这里突然停了，紧接着又变成了那种忽男忽女、令人毛骨悚然的笑声：“哈哈哈，韩总，既然你这么想知道，那我肯定不能告诉你了，这样才能让你死得心不甘情不愿嘛！”

听到这话的张特助：这人神经病吧！把韩总当猴耍吗？

张特助连话都不屑于说了，直接抬手摘下了口罩。当他的面孔一点一点地展露在大家眼前时，音箱里传出一个震惊的声音：“怎么会是你？”

张特助大口深呼吸了几下，因为长时间戴口罩而感觉有些憋闷的他瞬间舒坦过来。然后他开口道：“是啊，就是我，你是不是很惊喜？是不是很意外？是不是觉得很刺激？”

像他这样的话痨，因为怕露馅戴了口罩，一直都让自己保持韩总特有的高贵和冷艳还真是憋死他了。现在总算能说话了，他怎么也要多说两句吧？

想着，张特助又开口：“亲，你需不需要我给你做个自我介绍？我叫张承，是韩总的特助，你可以叫我张先生，也可以叫我张特助，我妈叫我承承，你也可以喊我张承承……”

记恨这个幕后人刚刚要了“韩总”的张特助，刻意咬重了“我妈”这两个字，借此告诉幕后人，他母亲已经安全回国了。

“你——”音箱里的那个机械声音由于带着说话人的怒气，声调忽高忽低，“你居然敢诓我？”

“我为什么不敢？你都敢绑架我妈，我诓你怎么了！”张特助很生气，不懂对方哪来的脸质问他。

也许是那位幕后人也有些诧异，面对张特助愤怒的话，竟喃喃低语了一声：“都这样了，你居然还能做到不背叛韩经年？”

听到这话的张特助冷笑了一声，道：“不是还能做到没背叛，是从来就没想过要背叛。”

“看来是我低估了张先生对韩经年的忠诚度，是我太自信了。”

“你不是太自信，你是自以为是。”张特助满眼嗤笑地开口。

“我早就说过了，我只吃我想吃的酒，不管是敬酒还是罚酒，只要是我不想吃的，没人能逼我吃！”

“张先生不惜豁出自己的性命也要保住韩经年，还真是让我感动呀！既然如此……那张先生，我就如你的愿，让你替韩经年死！”

机械声音落定，那几个来自不同国家的人将张特助团团围住。

同时要应付几个人的张特助，而且是几个强者的张特助，没多久就败下阵来。

他不清楚自己到底被人撂翻了多少次，他也不清楚自己的肋骨到底断了多少根，他更不知道自己的后背和腿上到底有多少伤口，但他很清楚自己做出今天这样的选择，结局会是什么。可即便如此，直到现在，他都没有丝毫后悔和遗憾。

他明明已经伤得很重了，甚至好几次站都站不稳了，可他的脸上却看不到半分痛苦。

伴随着咚的一声巨响，张特助再次被掀翻在地上。

他浑身的每个细胞里都泛起了尖锐的疼，他嘴角渗出的血滴滴答答始终没有停的迹象。他趴在地上，挣扎了好一会儿都没办法站起来。

“张先生远比我想象中要强多了，我雇的这些向来抗打的高手，居然被你打倒了一半，不过再强的老虎，也抵不过人多势众……”不知道藏在何处观看酒吧里所发生的一切的幕后人，又用那种不带感情没有起伏的机械声音开口。

“好了，猫捉老鼠的游戏也该收尾了。虽然我很遗憾，今晚来的人不是韩经年，但张先生对韩经年来说无疑是左膀右臂。我断了韩经年一条胳膊，也算值了……”

那幕后人特意停顿了几秒才又开口：“送他上路！”

张特助知道自己接下来要面临的是什么，他没有半点畏惧和慌乱，而是静静地出声，问：“几点了？”

“怎么？张先生是想知道自己上路的时间吗？也不是不可以……”

幕后人说出的依旧是那种阴阳怪气、让人听了极其不舒服的话。

“现在是T国时间凌晨一点二十分……”

T国时间凌晨一点二十分，也就是国内两点二十分……算下时间，现在韩总和夫人已经抵达马代岛了吧？

他认识韩经年这么多年来，从未忤逆过他的意思，也从未擅自更改过他的主张，这是第一次，想必也是最后一次了吧？

不过即便是死，他也要战死，不会允许自己就这么窝窝囊囊地任由人处死！

想到这里，张特助吃力地伸出手，从口袋里摸出了一瓶药。

这是谢林这十年来，在二少爷的研究成果的基础上研发出来的试验药……据谢林说，这药可以让人短时间内爆发力骤增……不过这药还不成熟，对人体的伤害应该也会很大……

不过伤害大又如何，他张承死都不怕，还怕吃了这药再死吗？

张承手一抬，直接将药倒进了嘴里。

在张特助将药尽数吞进腹中时，音箱里再次传来了那个难听生硬的声音：“动手！”

话音刚落，酒吧的门突然被人一脚踹开。

穿着一身西装的韩经年卷着浓重的杀气，大步流星地踏了进来。

“什么情况？”音箱里传出那个幕后人的疑问声。韩经年越走越近，幕后人透过监视器看到了韩经年的脸，紧接着又开口：“韩经年？”

听到这三个字的张特助，吃力地往韩经年看去。

韩总不是应该在马代岛吗？他怎么会出现在这里？

在张特助的疑惑中，音箱里又响起那个不男不女的机械声：“哈哈，有意思，还真有意思。真是踏破铁鞋无觅处，得来全不费工夫。我本以为这次计划就这么遗憾告终了，没想到韩总，您亲自送上门了！”

韩经年像压根没听到音箱里传出的说话声一样，径自对着地上的张特助淡淡地来了句："张承，你很能耐啊！"

张特助冲着韩经年挤出个笑容，弱弱地喊了声："韩总……"

韩经年沉着一张脸，没再说话，只是低着头盯着全身上下无一处是好的的张特助看。

张特助整个人就像浴血一般，触眼望到的地方都是鲜艳的红色。

韩经年脸上的神情没有任何变化，可他的手却在旁人看不到的地方握成了拳头。

张特助被韩经年看得心底发怵，他赔着笑，又勉强地出声："韩……"

这次他只说了一个字，韩经年就冷着一张脸蹲下身，然后把一颗带着清新草药香气的药丸送入了张特助的口中。

短短数秒，张特助就意识到这是什么药，他下意识地想吐出来。可他的下巴被韩经年往上一抬，圆溜溜的药丸顺着他的喉咙落入了他的腹中。

韩经年松开张特助后，张特助掐着脖子，开始对着地上呕吐，想把药丸吐出来。

韩经年一脸嫌恶地斜了张特助一眼，道："要吐给我回家吐，不要在外人面前丢人现眼。"

明明是充满不屑的话，可张特助却听得心底一暖。

这药是二少爷留给韩总唯一的东西……是二少爷当年倾尽全身的医术，用世间最名贵的药材调配出来的药丸。

在这世上，仅此一枚，就连当初老太太病重，韩总都没拿出来，现在却塞给了他……

躲在暗处的幕后人见自己就这么被韩经年直接无视了，顿时忍不住又开口了："韩总和张特助的感情可真是令人感动啊，感动得我倒想跟韩总玩个游戏了。韩总，我很想知道，如果你和张特助只能有一个人活着走出这个酒吧，你会选择谁活着？"

韩经年冷着一张脸，依旧不屑搭理音箱里传出的这个声音。

"怎么？韩总做不出来选择？那我来帮韩总选……"

音箱里的那个声音还没说完，韩经年突然拎起一旁的椅子，重重地砸在了音箱上："吵死了，小孩子才做选择，而我不是小孩子！"

椅子砸在音箱上，发出乒乒乓乓的声音，韩经年顺势揪住距离自己最近的一个人直接动手。

韩经年的举动，引得其他人也纷纷动了手。

五分钟后，警笛声从酒吧外隐隐传来。

夏晚安不知道自己到底睡了多久，她只知道自己睁开眼时脖子酸疼得厉害。

睡了太久的她大脑有些发蒙。她茫然了好一会儿，才意识到她所在的地方像一个车舱……

夏晚安下意识坐起身，打量了周围一圈，这才发现，这不是车舱而是机舱。

机舱？

她怎么会在飞机上，她不是在T国的医院吗？对了……韩经年，张特助！

夏晚安猛地掀开被子，跳下床。

她的举动惊扰了旁边一个昏昏欲睡的空乘小姐："夏小姐，您醒了？"

空乘小姐边说边站起身，带着夏晚安往机舱卧室外走去："韩总，张特助，还有谢医生都在外面……刚刚他们还说夏小姐您怎么还不醒来……"

走到卧室门口的空乘小姐推开门，对着外面坐着的三个人出声："韩总，夏小姐醒了……"

她的话音刚落，韩经年手里拿着的一叠文件啪的一声掉在了桌子上。

夏晚安纳闷地看了一眼散了一桌子的文件纸张，刚抬头对上韩经年的视线，韩经年就开口了："对不起，我错了。"

正准备给张特助伤口上药的谢林听到这六个字，惊得手里的药瓶直接掉在了地毯上。

浑身上下裹得跟木乃伊似的张特助只留了两只眼睛露在外面，听到韩经年这声干脆利索的道歉声后，他本能地想坐起来，结果扯到了伤口，疼得他咿呀乱叫。

夏晚安问："你是在跟我说话吗？"

韩经年看似镇定地坐在沙发上，可他的身体明显紧绷着，他的喉结上下动了动，才对着夏晚安"嗯"了一声。

真是奇怪了，遇事一向临危不乱的韩经年竟然还有这样的时候……还有，他一见她就立刻道歉，该不会是背着她做了什么不可原谅的事吧？

夏晚安盯着韩经年看了一会儿，然后弯身捡起脚边的药瓶，走到他身边："那你能不能先告诉我……你……为什么给我道歉？"

韩经年不说话了。

谢林和张特助看似没留意韩经年和夏晚安，实则注意力全都放在了他们两个人的身上。

韩经年动了好几次唇，都没发出声音。

夏晚安看着他欲言又止的模样，越发好奇了。她一边在心底猜测韩经年道歉的缘由，一边伸出手揉了揉自己酸疼的脖子：“真是奇怪了，我的脖子好痛……”

韩经年的身体猛地抖了一下。

“我睡着的时候，该不会是被人揍了吧？”

韩经年脸上的镇定明显已经绷不住了，坐在沙发上的他情不自禁地动了动身子。

夏晚安左右晃着脑袋，转动了几下脖子，然后在看向韩经年时，突然静止不动了：“你……”

夏晚安只说了一个字，韩经年就动了唇：“榴梿、方便面、键盘，你选一个。”

原本要问韩经年是不是背着她做了什么坏事的夏晚安，听到这句话当场傻眼了。

韩经年见夏晚安始终没说话，又开口道：“你选哪个我都跪，就算让我跪方便面，我也努力做到不掉渣。”

这下夏晚安不只傻眼了，还被韩经年的话惊呆了。

韩经年目光沉沉地望着夏晚安，见她还是没说话，又出声：“或者，跪遥控器而不换台，跪键盘而不打字。实在不行，我给你买口红……总之，打晕你是我不对，我认罚。”

夏晚安眨了眨眼睛，又眨了眨眼睛，然后她一字一顿地抓住了韩经年话里的重点：“打——晕——我？”

她突然想到，昨晚她原本说好要跟韩经年一起去找张特助的，结果她刚问完他，她就没知觉了……原来她是被韩经年打晕了。

难怪她的脖子这么疼，敢情是他的杰作？

“所以，韩经年，在医院我突然昏过去，是被你打晕……”

夏晚安的话还没说完，接到驾驶舱飞行员指示的空乘小姐走了进来：“韩总，飞机开始降落了，预计半个小时后着地。”

见有人进来，夏晚安立刻闭嘴扭头，留给韩经年一个后脑勺。她气鼓鼓的脸上写满了“韩经年好过分”这六个字。

韩经年一秒钟恢复成平时矜贵冷漠的模样，听着空乘小姐友好的话，他面色淡然地微微点了点头，表示知道了。

不过空乘小姐进来时听见了夏晚安怒气腾腾的声音，所以离开时，她一脸八卦地看了夏晚安好几次。

捕捉到空乘小姐的目光，原本想当场跟韩经年算账的夏晚安，想到自己被“家暴”这事若传出去会很丢人，于是就留了句“等回家，我们再解决这件事”，然后起身重新回到自己醒来的地方，躺在床上盖上被子独自郁闷去了。

夏晚安前一秒离去，后一秒实在是好奇的张特助就忍不住开口问：“韩总，你能不能告诉我，那个什么榴梿、跪方便面不掉渣，您是从哪里知道的？”

韩经年斜了一眼张特助。

接收到韩经年包含警告和威胁的眼神，张特助立刻抬手捂着胸口，哎哟哎哟地嚷了起来：“疼，疼，疼，谢医生，你快看看我是不是要死了，我好疼，呜——”

韩经年沉默了。

谢林也沉默了。

演得能不能再浮夸点？哪个濒临死亡的人能嚷得这么生龙活虎？

“谢医生，我还不想死，救我，救救我！我还没娶媳妇呢……”

被吵得有些烦的韩经年蹙了蹙眉心，递给谢林一道眼神。

接收到韩经年示意的谢林，毫不犹豫地撕了一条胶带，粘在了张特助的嘴上。

耳边终于安静了，韩经年靠在椅背上，盯着夏晚安所在的卧室房门紧张又不安地看了起来。

他都那么有诚意的道歉了，她好像还是很生气……什么“搜索一下，你就知道”，全是骗人的！

抵达京市，张特助直接被谢林拖去了医院。

昨天，张特助目送韩经年和夏晚安登机后，也跟着登机了，所以车子一直停在机场。等张特助和谢林上了提前安排过来的救护车离开后，韩经年和夏晚安直接去机场的停车场取车，然后回家。

回到家的楼下，韩经年停稳车后立刻下车，绕过车头走到夏晚安这边，帮她开了车门。

等夏晚安站稳后，他又大步流星地走到车尾，从后备厢里拎出行李箱，跟在夏晚安身后往电梯间走去。

上楼的过程中，韩经年盯着她背着的小包，出声：“我帮你拎包吧？”

夏晚安没说话。

包挎在夏晚安的身上，韩经年主动伸出手，见她不给自己，只好绞尽脑汁地换了个话题：“你饿不饿？”

回应他的依旧是沉默。

韩经年清了清嗓子，继续开口：“快中午了，你有没有什么想吃的？”

这次回应他的是电梯发出的叮咚一声响。

电梯门打开，夏晚安直接走了出去。韩经年飞速地拎着箱子追上夏晚安，然后抢在她前头输入了门锁密码，帮夏晚安打开了门。

等夏晚安进去后，他立刻拎着箱子踏进屋里，然后又抢先打开鞋柜，帮夏晚安拿出拖鞋摆在她面前。

夏晚安盯着脚边的那双拖鞋没动。

韩经年沉思了一会儿，直接蹲下身帮她解鞋带。

他的举动惊得夏晚安往后退了半步，然后她飞速地脱掉鞋子，穿了拖鞋，进了屋。

韩经年换好鞋后拉着行李箱进了主卧，将里面的衣物一件一件整理出来，挂在更衣室后，又把夏晚安的化妆品按照她以前摆放的位置，重新摆放回梳妆台。

等一切都归于原样后，他还没忘记把行李箱放到储物间去。中途，他又问了夏晚安一句：“你想吃什么？”

夏晚安佯装什么都没看到也什么都没听到的样子，窝在沙发上逗小镜子玩。

韩经年似是遇到了天大的难题，苦恼地看了夏晚安一会儿，然后就进了厨房。

半个小时后，他端着一碗面走到夏晚安面前：“我给你放了两颗蛋。”

顿了顿，他又补了句：“家里只有两颗蛋了。”

言外之意，家里仅有的两颗蛋我都给你了，请你原谅我吧。

想象韩经年说这句话的夏晚安，险些当场笑出来。怎么办，她好像生不下去气了？不过，她就这么妥协了，会不会显得她太好说话了？

作为一个有骨气的人，怎么也得要韩经年再主动跟她开一次口，她才能原谅他！

夏晚安面无表情地扫了一眼韩经年煮的那碗面，然后低头继续逗弄怀里的小镜子。

大概过了三分钟，夏晚安忍不住扭头看了一眼韩经年。他不知何时坐在了她身边，正捧着手机看。

夏晚安的目光不经意地扫到了韩经年的手机屏幕。

韩经年打开的搜索页面上方是一行字：女孩生气了，到底要怎么哄？

这个男人连哄个女孩都要上网搜索答案？

其实她不傻，她能想到韩经年为什么要击晕她，他是不想让她身处险地……

她并没有因为他动手有多生气，她更多的不开心是因为他留下她一个人。

他和她是夫妻，本应该是一体的，不管是危险还是平安。

想到这里，夏晚安犹豫了片刻，出声道："韩经年……"

韩经年飞速地抬头望向她，他一贯沉静的眼底有一抹亮光浮动。

碰触到他的视线，夏晚安抿了抿唇："你是怕我去了出事，所以才对我动手的，对吗？"

韩经年点了点头。

"你在飞机上跟我说，打晕我是你不对，你认罚，对不对？"

韩经年又点了点头。

"那好，这次的事情，我可以就这样算了……"

韩经年握着手机的指尖微微松展了一些。

"但是，我不希望有下一次……我的意思是，下次若是再遇到类似的情况，我不希望你像昨晚那样做……"

她知道韩经年是为了她好，可她想要的好，是和韩经年有福同享，有难同当。

"韩经年，你听懂了吗？"

韩经年第三次点头，这次还伴随着一道很轻的"嗯"声。

"鉴于你昨晚的表现，你还是发个誓吧……"

韩经年张了张口，最后还是选择了沉默。

若是下次再遇到昨晚那样的情况，他还是会那样做，所以他是不可能发誓的。

更何况，誓言这么重要的东西，他明知道做不到，怎么可能让自己轻易说出口？

夏晚安亲眼看到韩经年都张口了，却什么话都没说出来，顿时气得牙痒了起来。

他这是什么意思？打死都不发誓？所以他刚刚那么快的一声"嗯"是敷衍她的？也就是说，下次再遇到这样的情况，他还会像昨天那样做？

夏晚安动了唇："你的意思是你做不到？那好吧，既然你做不到，那我们就立个规矩吧，毕竟国有国法，家有家规……鉴于你昨天那么对我，要想让我原谅你也不是不可以，我不需要你跪什么方面便而不掉渣，也不需要你跪什么遥控器而不换台，更不需要你给我买口红……我只需要你从现在开始，一个月别和我见面。"

她都把话放得这么狠了，他总归要妥协了吧？

谁知，夏晚安话音落定的那一刹那，韩经年想都没想就硬邦邦地说："不行。"

夏晚安瞪着韩经年："你在飞机上是怎么说的？你说击晕我是你不对，你认罚，我现在罚你了，你却说不行？还有，昨晚我让你带我去，你答应了我，结果你又是怎么做的？韩经年，你这样三番五次骗我很好玩是不是？"

韩经年动了动唇，问："只有这一种方法，你才肯原谅我吗？"

"对。"夏晚安回得斩钉截铁。

过了好一会儿，韩经年艰难地点了点头，说了个"好"字，然后起身走进主卧，收拾了几件贴身衣物，对着夏晚安说了句"这一个月，你照顾好自己"，然后就转身走了。

看着门被关上，坐在沙发上的夏晚安彻底傻眼了。

韩经年居然就这么走了？

刚刚那种情况，韩经年不应该向她妥协，说以后再也不会那样了吗？

可韩经年怎么就走了？

他该不会真的一个月不回家吧？

那她岂不是等于挖了个坑把自己埋了？

谁能告诉她，韩经年的大脑到底是什么奇异构造？

夏晚安在沙发上恼火地滚了一圈，看到自己的包后，下意识地伸出手想去掏手机。可她打开包后又顿住了，她不能给韩经年打电话，不然岂不是把他惯上天了？

夏晚安一直折腾到凌晨三点钟才睡着。第二天一大早，她睡得正香正沉时，被手机铃声吵醒了。

睡得晕晕乎乎的她，任由手机响着。直到五分钟后，她意识到打电话的人完全没有罢休的意思，只好伸出手，在枕边摸啊摸。她摸到手机后连眼睛都没睁开，就凭感觉划动了一下屏幕，接听了电话。

"夏总监……我刚得到消息，迟耀召开了股东大会，要在今天确定迟慕成为韩氏企业的第一设计师……"

"几点？"夏晚安噌的一下从床上坐了起来，她边问边奔向浴室。

"上午九点半。"

得到回复后，夏晚安看了一眼时间，还有一个半小时。她回了一句"我知道了"，然后挂断电话开始洗漱。

迟慕仗着自己的父亲是韩氏企业的股东，所以就想从各大股东那里入手，拿走第一设计师的职位?

想到这里的夏晚安，一边刷牙一边在心底忍不住冷笑一声。

迟慕有问过她夏晚安同意了吗?

想到等会儿要跟迟慕见面，夏晚安刷完牙又认真地洗了澡、化了妆，甚至还对着镜子将头发吹了个很漂亮的造型。直到她对镜中的自己满意到不能再满意时，才去了公司。

韩氏企业顶层第一会议室。

韩氏企业各大股东以及高管围绕着圆形会议桌坐了一圈。

只有一个位子是空的，就是韩经年右手边的位子，是开会时张特助坐的地方。由于张特助在医院养伤，所以那个位子就空了下来。

迟慕在韩氏企业并没职位，所以会议室里也没有她的位子。在她跟着迟耀进入会议室后，她看了一圈被坐满的位子，自然而然地走到韩经年旁边空着的那个属于张特助的位子前，想坐下。

只是她的手还没碰到张特助的椅子，坐在旁边位子上的韩经年突然出声："这是张承的位子。"

言外之意，迟慕不能坐。

"可是，经年，张特助今天不是没来吗?"迟慕的指尖在半空中顿了顿，而后望着韩经年开口道。

韩经年蹙了蹙眉心，并未回答迟慕，但是他说出的话让迟慕在一屋子股东和高管面前更难堪了："公司里只有韩总。"

迟慕抿了抿唇角，眉眼间因为自尊心受损，浮现出隐隐的怒气。

今日最重要的事情是确保迟慕拿到韩氏企业第一设计师的位置，一旁的迟耀并不想因为这种小插曲而产生分歧，所以及时插了话："小慕，你坐我旁边，等下让秘书送张椅子进来就好……"

为了不让气氛太尴尬，迟耀还没忘记打圆场："韩总，小慕她被我惯坏了，也没怎么上过班，不太懂职场的规矩，以后还得请在场的各位多多包涵和指教。"

说着，迟耀悄悄地暗示了一下迟慕。迟慕纵使心不甘情不愿，但想到今天的头等大事，还是强逼自己忍了下来，挤出个笑容，对着一屋子的人礼貌又诚恳地认了错："很抱歉，是我不太懂规矩，以后我还得多虚心地向大家学习，到时候希望大家不要嫌弃我。"

迟耀父女都把话说到这份上了，自然不会有人再纠缠和在意这点小插曲，会议很快就召开了。

“是这样的，我们韩氏企业的第一设计师艾琳反水后，这个位置就一直是空缺的，我觉得长期空缺下去，对公司的发展很不利。所以我想，我们有必要抓紧时间把这个职位给确定下来。”

迟耀的这一番话说得句句在理，在场的人都纷纷点头，表示同意。

“既然大家都觉得我说得对，那我就直奔主题了。今天我让我的女儿迟慕来参加这个会议，就是为了让大家看一看迟慕的档案以及她的作品……”

迟耀话音落定，会议室的大屏幕上就出现了迟慕的简历以及作品。

迟慕拿出来的的确是一套很令人惊艳的作品，使得股东们对其赞不绝口。

“虽然我是推荐自己的女儿，但是我也不会拿公司的前途开玩笑。我觉得大家可以来投票，让大家决定小慕能不能进韩氏当第一设计师……”

迟耀都把话说到这份上了，人们当然不会再拒绝。

投票自然是匿名投票，很快结果就被统计出来了，现场投了迟慕票的人占了总人数的百分之六十。

迟耀对这个结果非常满意。最近这段时间，他一直都在游说这些股东，拼命地送钱送名酒。目的就是让大家卖他这个面子，给迟慕投这一票。

拿着投票结果的他立刻看向韩经年：“韩总，您看在场的绝大多数股东和高管都觉得迟慕能胜任这个职位，您的意见是？”

韩经年没说话。

迟耀也没说话，而是不动声色地递给某高管一个眼神。

那高管立刻装作随口一提的样子，出声道：“按照我们公司多年来的规定，一般经过股东和高管投票的人，基本上就是确认了。”

紧接着又有一个很小的股东也开口了：“是啊，是有这个规定。而且我们现在也没有合适的人选，职位这么一直空着也不是一回事，我觉得我们可以让迟小姐试试。”

“我是没意见，看韩总了。”

“韩总，您看要不要就这么定了？”

韩经年自始至终都没开口说话，任由在场的人各抒己见。直到大家把想说的都说得差不多了，全都看向他等他下决定时，他才微微垂了垂眼皮，将手中拿着的一支金色钢笔往桌子上一丢，然后往座椅上一靠，动了唇：“你们都同意？”

“我同意。”

“我也同意。”

“韩总，您决定就好。”

在一屋子人陆陆续续地开口表示同意时，会议室的大门突然被推开，一个声音传了出来：“我不同意。”

那个声音，清脆婉转，但又带着一股气势，使得在场人都转头往会议室的门口望去。

唯独韩经年，听到这声音后身子震了震，然后拿起面前的文件夹，遮掩住自己的脸。

面对众人的注视，夏晚安神闲气定地走了进来。

“这位是谁？”

“我怎么没印象啊？而且我们在开股东大会，她怎么可以擅闯进来啊？”

“这好像是设计部的夏总监，就是前段时间刚升职的那个女总监……”

“小嫂子？”

在各种议论声中，有一个声音吸引了夏晚安的注意力。

夏晚安闻声望去，然后在看到一个穿着白色西装的年轻男子后，她有了印象。

当初艾琳反水的那天，她去韩经年办公室看他时见过这个人……当时他有问她是谁，韩经年回了他一句“我太太”。但是在他准备对她做自我介绍时，被韩经年一句“她不需要知道你的名字”给直接忽略了。

面对这位不需要她知道名字的股东，夏晚安一时之间不知道该怎么称呼对方，最后只好回了个笑，“嗨”了一声。

“嗨，小嫂子。”未知名股东又喊了一遍小嫂子。

这次在场的人听得真真切切，大家都纷纷转头冲着他看来。其中还有一头雾水的人直接开口问他：“小嫂子？什么意思？”

未知名股东看了一眼用文件遮掩住自己整张脸的韩经年，又看了一眼夏晚安：“小嫂子的意思就是……她是韩总的夫人啊。”

这话在会议室里引起轩然大波。

“韩总的夫人？”

“韩太太？”

在一片躁动中，夏晚安看到只有韩经年身边的位子是空着的。于是，她走过去指着那椅子问："我可以坐在这里吗？"

韩经年依旧用文件遮着自己的脸，但面对夏晚安的询问，他立即回答道："可以。"

简单的两个字，使得在场的气氛稍稍凝滞了一些。

尤其是刚刚想坐张特助位子，却被韩经年无情拒绝的迟慕，她脸上的表情最为精彩。

迟耀也觉得有些气愤，不过他面上并未表现出来："这是我们的股东大会，虽然您是韩总的太太，但是这里好像也不是您该来的地方吧？"

夏晚安没理会迟耀的故意刁难。她落落大方地坐下后，面对一屋子人或探究或打量的眼神，微微上扬了一下唇角，从容不迫地出声："那迟小姐呢？迟小姐不也没有韩氏企业的股份吗？她怎么可以在这里？"

一句话噎得迟耀说不出一个字。

夏晚安这才目光温和地望了一圈办公室里的人："所以，现在我留在这里没什么问题了吧？"

并没有人出声否认夏晚安的话。

不过夏晚安还是特意等了一会儿，才又开口："我来没别的意思，就是跟迟小姐一样，韩氏企业第一设计师的位置，我也想要。"

夏晚安的话再次使得会议室里变得有些躁动。

迟慕听到这话，终于忍不下去了，开口道："你以为韩氏企业第一设计师是谁想当就能当的吗？我可是从F国毕业的设计师，无论是人脉还是资源，我拥有的都是世界顶级的。"

面对迟慕的愤怒，夏晚安还是那种温柔和气的模样："是啊，迟小姐说得没错，韩氏企业的第一设计师的确不是谁想当就能当的。所以，我觉得大家聚在一起投个票，就把职位给了迟小姐，真的太草率了。"

没想到夏晚安居然拿她的话把她给噎了回来，迟慕气得手指都发抖了。

夏晚安的唇角依旧噙着淡淡的笑："我想，在座的各位都不愿意让自己显得这么草率吧，那不如听听我的想法？

"悦榕会，大家都知道吧？世界顶级的名媛才能进入的俱乐部，本月底是悦榕会一年一度的鉴赏会，那个时候会有很多设计师展现自己的作品。到时候那些名媛也会为自己喜欢的作品投票，所以迟小姐，我们不如在那一天，在悦榕会上一较高下。谁的设计作品票数最高，谁就当韩氏企业的第一设计师……”

顿了顿，夏晚安笑眯眯地望向迟慕：“既有资源又有人脉的迟小姐，请问你敢跟我赌吗？”

正如夏晚安所言，悦榕会是世界顶级的名媛聚会，同样也是彰显身份尊贵的场合。那是很多新晋富豪家的千金和明星拼了命都想跻身进去的俱乐部。毫不夸张地说，有的人还将加入悦榕会奉为一生的梦想和追求。

奈何悦榕会俱乐部的规矩很苛刻，最多不会超过一百个会员。

也就是说，新的人想入会，必须等到已入会的人被踢出悦榕会俱乐部，有了空缺名额后才可以申请入会，然后再经过一系列各方面的审核，各项都达标后，方可入会。而入会后，还有一年的考核期，也就是说，这一年符合考核要求，才可以拿到刻有名字的悦榕会会员证。

不过说起悦榕会，最令夏晚安惊叹的不是入会基础要求个人资产必须要达到多少，也不是学历必须要多高，而是对身高、胸围、体重、腰围、腿长这些都有要求。

夏晚安一度觉得，设置这个考核标准的人一定是个大色狼……不对，据说创建悦榕会的是个美若天仙的女人，所以应该是个大色女！

不过，被夏晚安称为大色女的创始人至今都是谜一般的存在，无人知晓她的真实相貌和身份。

面对夏晚安的询问，迟慕迟迟没有作声。

悦榕会……迟慕当然知道，这是她的梦想。她这么多年来努力地让自己变得更好，就是为了有一天能成为悦榕会的成员。她千想万想都没想到，这个小门小户的女人居然会对她提出去悦榕会比赛。

若是她拒绝了，那岂不是等于她怕了夏晚安？可若是她不拒绝……悦榕会啊，能在悦榕会上拿出作品来的人，可都是世界顶级的存在啊。

“怎么？迟小姐是怕了吗？”

心底正犹豫的迟慕，听到夏晚安这句话，立刻冷着一张脸出声道：“谁说我怕了?!”

“好的，既然迟小姐没怕，那我就当迟小姐答应了我的挑战……”说着，夏晚安就笑盈盈地看了一圈其余的人，“我想其他人也没意见吧？”

一群人纷纷摇头。

当然没意见，总裁夫人明明可以有更好的捷径走，却偏偏选择在悦榕会上和迟家大小姐一较高下，谁还能有意见？

这个会议本身就是为了迟慕开的，结果半路杀出个夏晚安，将结局给强行改写了，所以会议也就被迫结束了，大家也都各自散了去忙自己的事了。

很快，会议室里只剩夏晚安和韩经年两个人了。

夏晚安纳闷地看了一眼从她进来就将自己整张脸埋进文件里的韩经年，忍不住皱了皱眉心。他看文件靠得这么近，不怕眼睛受不了吗？

夏晚安伸出手，戳了戳韩经年手里举得高高的文件。结果她的话还没说出口，文件后的韩经年就出声了："我一面都没跟你见。"

夏晚安愣住，过了好一会儿她才反应过来韩经年这话是什么意思。

敢情他这句话回的是她昨天说给他的那番话？

夏晚安一时间被韩经年这句回复噎得哭笑不得。

韩经年见夏晚安没说话，虽很好奇她此时在做什么，但并没去偷偷地看她，而是又开口道："还有二十九天零四个小时零六分钟……"

"你怎么不精准到秒钟？"

"我离开家的时候，当时的秒针差不多接近三十，如果真要是精准到秒针，预估剩下的时间是二十九天零四个小时零五分三十二秒……"

夏晚安猛地拍了一下桌子："韩经年，你是存心的是不是？我告诉你，从现在开始，我再也不理你了！"

握着文件的韩经年听到这句话，手指微微颤了颤。

会议室里安静了好一会儿，文件后的韩经年出声，他的语气中带着丝丝紧张："不是，不是存心的……是……是……"

他似是难以启齿，停顿了好几次才把后面的话给说了出来："是……那十几个小时太难熬了。"

原本被韩经年气到的夏晚安听到后半句话，整个人突然定住。

他是在说，他离开家后的那段时间，他过得很煎熬吗？

明明不是哄人的话，却胜似人世间所有的花言巧语，让夏晚安胸口憋的那股火瞬间烟消云散。

有句话怎么说来着？嫁鸡随鸡嫁狗随狗，谁让她自己选了一个"宇宙钢铁直男"，再加上他跟女生接触得少，压根不懂女孩心底的那些弯弯绕绕，所以现在只能她自己费心思调教了……

夏晚安想着就转了转眼珠子，盯着遮挡住韩经年面孔的文件看了一会儿，然后忽然站起身，抽走了韩经年手里拿着的文件。

韩经年的身子猛地一震，还没等他做出反应，夏晚安就俯身凑到了他的面前：“韩经年，你知不知道有句话叫……女孩说不要的时候，其实是想要？

“女孩说再也不想见到你的时候，是在等着你哄她？

“女孩说再也不要理你的时候，是在等着你挽留她？

“你知道遇到这种情况的时候，应该怎么处理吗？我告诉你……还有句话叫床头吵架床尾和……懂不懂这句话是什么意思？如果不懂，就去网上搜索，记住，床头吵架床尾和。一次不行就来两次，两次不行就来三次……”

一股脑说完这些话的夏晚安站直了身子，将从他手里夺走的那份文件往会议桌上重重一砸，然后丢下还在愣神的韩经年离开了会议室。

昨晚睡了不到四个小时就爬起来上班的夏晚安，下午下班回家后，给小镜子放了猫粮、换了干净的水，就去卸妆洗澡，然后倒头补眠去了。

在她睡得正昏天暗地时，她隐约感觉到床铺微微倾斜，紧接着她被拉入了一个温暖坚实的怀中。似醒非醒的她微微动了动眉心，还没分清这是梦境还是现实，她的身上蓦地一重，唇就被人堵住了。

随即熟悉而又清冽的气息充斥了她的唇齿。

夏晚安一个激灵，还没睁开眼睛，她的睡衣就脱离了自己的身体。

她飞速地掀开眼皮，看到的是韩经年那张颠倒众生的脸。他漆黑深邃的眸底映着她的面孔，还有隐隐跳动着熊熊燃烧的火焰。

韩经年……他回家了？

不对，是他听懂了她上午在会议室里传递给他的意思？

夏晚安躲开了韩经年的唇，刚想问他话，下一秒他又逮住她的唇，紧紧地封住。他微凉的指尖落在了她的肌肤上……

第二天，夏晚安直到中午才揉着险些断掉的腰从床上勉强爬了起来。

不过睁眼的她习惯性地摸手机时，摸到了一个类似于纸张的东西。

她纳闷地侧过头望去，发现自己的床头柜上放了一大束鲜花，上面挂着的卡片上只写了两个字：早安。

夏晚安却盯着简练到不能再简练的两个字，抿着唇笑了。

看来韩经年这个“钢铁直男”也不是无药可救嘛……

洗漱完的夏晚安将韩经年送的那一大捧鲜花插进花瓶后，就去厨房弄了点吃的。填饱肚子后的她窝在沙发上，一边逗着小镜子，一边想着韩经年糟糕的身体状况，而后拿起手机给韩经年发了一条很长很长的短信。

“家规：

每天必须回家吃一顿饭；

每周至少去三次健身房；

早睡早起，生物钟要规律，每晚十一点之前必须入睡；

戒酒戒二手烟，在二手烟的环境里待的时间不得超过半个小时，最好不要喝酒，如果实在推辞不掉，要少量饮酒……”

这是夏晚安前天晚上熬夜查了大半宿的资料，整理出来的拯救韩经年目前身体状况的方案。

消息发送成功后，过了半小时，夏晚安才收到韩经年的回复，只有一个“嗯”字。

嗯？这么敷衍？

夏晚安撇了撇嘴，没回韩经年的消息。反正这些家规无论他愿意还是不愿意，从现在开始她都要盯着他完成。

夏晚安并不知道，她这样短短的几行家规，生生改变了韩经年多年养成的生活习惯，也生生地使她成了一只母老虎。

因为在未来的三个月后，整个圈里的人提到韩经年，就是一段话：韩总戒酒了，他老婆让他戒的；韩总晚上十一点钟后不应酬、不接电话、不工作，他老婆的意思；韩总周一、周三、周五下午要去健身房，不接受任何工作安排，他老婆的命令……当然这些都是后话了。

距离在悦榕会上和迟慕比赛的时间越来越近了。回到办公室后，夏晚安将所有的心思都投到了比赛的设计稿上。

忙起来的时间，总是过得很快，不知不觉，窗外的天色已经黑了。

灵感爆发的夏晚安正全神贯注地盯着电脑屏幕忙碌着，她的办公室门突然被敲响。

她手上的动作未停，视线也未曾从电脑屏幕上离开，只是心不在焉地回了一句：“进来。”

办公室的门被推开，范明走了进来：“夏总监，您还没下班呀？”

夏晚安点了好一会儿鼠标，才抬头望了一眼进来的范明：“嗯，在忙事情。”

顿了顿，夏晚安又开口问：“怎么了？有什么事情吗？”

“没有，我就是忙完了今天的工作，准备下班，见您的办公室灯还亮着，就过来看看……”范明一脸憨厚地挠了挠头。

“今天是个意外，恰好有点事情要忙……”夏晚安回答。

过了会儿，范明指了指夏晚安的电脑，出声问：“夏总监，您是有什么棘手的工作在忙吗？需要我帮忙吗？反正我加班加习惯了……”

“不用不用，不是公司的工作，是我个人的事……我过几天要跟人比赛，所以在忙比赛设计稿的事。”

夏晚安说完这话后，看似端起一旁的水杯喝水，实则一直都在悄无声息地观察着范明。

她清楚地留意到，在自己说完刚刚的话后，范明的眼底明显一亮。不过只是短短一瞬，他就又变成了那种老实巴交的模样。

“原来是这样啊，那夏总监，您可要好好加油，提前祝您取得胜利。”

夏晚安吞咽掉口中的水后，回给范明一抹干净的笑：“谢谢你，范明。”

说完这话，夏晚安顺势垂了一下眼眸。

夏晚安放下水杯，从包里翻出一个U盘，插进电脑里：“时间也不早了，我也准备下班回家了。我把做了一小部分的设计稿带回家，晚上再忙吧。”

夏晚安在将半成品的设计稿拷进U盘时，用眼角的余光扫了一眼范明。

男子目不转睛地望着她插在电脑上的U盘。

她并没遮掩，就这么任由范明看，甚至还故意当作电脑运行很慢的样子。过了好一会儿，她才装作终于拷贝完了的样子，一边拔U盘一边关电脑。

从公司出来，范明和夏晚安分开后，立刻拨了个电话出去。

“老板，夏晚安已经开始做设计稿了，她的U盘样子我已经记下来了。我今晚回家就画下来，到时候发给您。”

“范明，你果然没让我失望，我等你的图稿。之后我会让人照着那个图稿做一个一模一样的U盘，然后我会让迟家大小姐提前在U盘里放一个与她的比赛作品相似的设计稿。等比赛之前，你想个办法把U盘调包。到时候，夏晚安这个女人，不但比赛会输给迟家大小姐，还会落个盗窃别人设计稿的臭名声。那时，不单单是夏晚安惹了一身骚，就连韩家也会跟着被嘲讽……指不定韩家还会因此将夏晚安逐出韩家的门！”

两天后周末的夜里，在韩氏大楼照例进行电路安全检查时，一道身影潜入了夏晚安的办公室。

那道身影将夏晚安电脑的电源连接到自己携带过来的移动电源上，然后打开电脑，输入他偷窥来的密码，畅通无阻地进入了夏晚安的电脑页面。

在主页上，这个人一眼就看到了“悦榕会比赛设计稿”的文件名。他飞速地点进去，打开设计稿，只是看了一眼就露出惊艳之色。随后他掏出U盘，将整个文件拷贝进U盘里，然后悄无声息地关掉夏晚安的电脑，拎着电源偷偷离开了。

从韩氏企业大楼出来，这个人拦了一辆车，匆匆离开。

回到家，他打开电脑，接通U盘，把夏晚安电脑里的设计稿拷贝出来后，他又一脸不可思议地看了好一会儿，才压缩了整个设计稿发到一个邮箱里。

第十三章

你就是我想要的一辈子

时间过得飞速，转眼间就到了月底。

悦榕会一年一度的鉴赏会也轰轰烈烈地在京市拉开了序幕。

时间是晚上八点钟，由于不是周末，夏晚安白天照常在公司里上班。

由于悦榕会的鉴赏会必须盛装出席，夏晚安便提前约了化妆师和造型师，让他们在鉴赏会举办地点SJ酒店等自己，刚好韩经年在那里订了顶层的套房。

下午四点，夏晚安约了一辆车，准备出发去SJ酒店。只是在她出发之前，范明突然拿着一份文件闯入了她的办公室。

夏晚安心底隐约猜到了范明的目的，不过她面上仍装作浑然不知的样子和范明谈着工作，中途范明提出要拿一份以前的文件对比一下。夏晚安知道范明铺垫了这么久，等的就是此刻，她便如他所愿地点着头说了句“等下”，然后就拿着钥匙走去办公室的书柜前，认真地翻找文件。

等她找到文件拿给范明后，没多久范明就表示自己知道哪里有问题，离开了她的办公室。

夏晚安叫的车早已经等在楼下了，等范明走后，她立刻拎着包急匆匆地离开了公司。

在去往SJ酒店的路上，她翻开包从里面拿出了一个U盘。

那U盘和她自己的那一枚U盘几乎一模一样，只是底端最不容易被人察觉的地方，并没有刻着的“An”。

果然，范明费尽心思地让自己去翻找旧文件的目的是为了换掉她的U盘。

想必这个U盘里的设计稿足以让她陷入身败名裂的地步吧？

夏晚安盯着被调包的U盘看了一会儿，眼底浮现出一抹轻视的笑。

七点半，盛装打扮好的夏晚安下楼去了现场。

里面已经到了不少人，就连迟慕也到了。

夏晚安刚到现场门口，人还没进去就被一位侍者不小心撞了一下。然后，侍者端着的一托盘的酒尽数洒在了夏晚安的身上，毁掉了她的礼服。

夏晚安被现场门口的保安拦住了：“不好意思，小姐，请您衣衫整洁后再踏进我们会场。”

面对侍者频繁的道歉和拦住自己的保安，夏晚安微微蹙了蹙眉心，然后她就像想到什么一般，抬头透过敞开的大门冲着现场望了一眼。果然，她看到了居高临下站在里面的迟慕，迟慕的唇角泛起了一抹得意的笑。

她防了所有，唯独没防得了这种卑鄙的招数！

要知道，会场大门八点准时关闭。若是她八点之前没有换上干净的礼服，就再也进不去了……

面对迟慕隔着各种光鲜亮丽的人，冲着自己暗暗投来的耀武扬威，夏晚安从兜里掏出手机，飞速地按了几下。

“我在SJ酒店，我要在八点之前拿到一套礼服。”

其间不断有人到来，拿出宴请卡在保安的帮助下过了安检进入会场。

距离八点越近，来的宾客越多，眼看着距离鉴赏会开场时间只剩下十五分钟，夏晚安难免还是有些焦躁起来。

没过多久，一个穿着黑色西装的男子拎着一个大袋子，满头大汗、气喘吁吁地跑到了夏晚安身边：“是夏晚安小姐吗？这是韩经年先生让我送来的礼服，请问您要在哪里查收？”

时间已经很紧迫了，上楼换衣服太麻烦了，夏晚安扫了一眼黑袋子，直接开口：“就在这里吧。”

穿黑色西装的男子还没来得及将礼服取出来，一个穿着白色T恤和蓝色牛仔裤的女孩跑了过来：“是不是夏晚安小姐？这是AllureLove让我送来的礼服。”

女孩兴许是有些着急，声调微微有些高，在她吐出那个英文名字时，引得在场所有人都面露诧异之色。

AllureLove，他可是时尚之父JO的徒弟，而且是唯一的徒弟，也是在JO隐退后，如今时尚界的统领者。

同样诧异的还有迟慕。

这个出身平平的女人怎么会认识AllureLove?

就在她准备张口问时，一个中年大叔抱着一个大盒子急匆匆地跑来了：“夏晚安小姐吗？您好，我是秦书简的司机，他让我把她过几天晚会用的定制礼服给您送来，说是江湖救急。”

秦书简?

随着这三个字传入大家耳中，大家不再只是好奇地望着夏晚安，而是开始窃窃私语起来。

“秦书简？最近电影票房大卖的那个女明星吗？”

“这女人究竟是什么来头啊？怎么认识的人全都是有头有脸的大佬？”

在大家的议论声中，迟慕的脸色明显已经挂不住了。

而夏晚安像想到什么一样，拿起手机看了一眼短信。

不看还好，一看夏晚安险些将手机直接摔在地上。

她明明是给韩经年发消息啊，为什么群发了?

所以，韩经年、AllureLove、小三姐姐，只是一个开端?

这猜测划过夏晚安的脑海时，她抬头看到好几个人拎着袋子冲着自己跑来。

夏晚安这次没等他们开口，就先抢在他们前面出声道：“你们都是来给我送礼服的？”

看着那几个人点头，夏晚安一个名字一个名字开始猜：“宋有蔓？”

“是我。”

“韩知谨？”

“是我。”

“夏晨安？”

“是我。”

夏晚安突然有些头疼地抬起手揉了揉脑壳，然后在猜到最后一套礼服时，忍不住蹙了蹙眉心："这是……谁送的？"

"韩一笑。"

原来是一笑小天使呀……

夏晚安望着一堆礼服，突然就犯难了，她要穿哪件？这……还需要考虑吗？肯定是韩经年送的那一套啦……

夏晚安招呼了一个服务员，请他带着这些人上楼把礼服放到韩经年的套房里。然后她接过韩经年送的那套礼服，准备找个洗手间赶紧将礼服换上。

在夏晚安的身影消失在洗手间门口时，SJ酒店大堂角落的某咖啡桌前，一个穿着洋裙、戴着一顶黑纱帽的中年女人低眉轻笑了一声："那女孩有点意思。"

"姐姐指的是那个姓夏的女孩子？"坐在中年女人对面的是一个看起来比她老十岁的女人，开口喊的却是"姐姐"。

"她进会场之前，那个侍者显然是被人买通了，故意撞的她，然后把酒洒了她一身，想将她拦在会场外面。结果她的反应实在令我意外。有意思，还真是个有意思的女孩，我喜欢她。"那个带着黑纱帽的女人轻笑了笑，又开口道，"距离鉴赏会时间已经差不多了吧？我们准备入会场吧，对了，你去安排一下，我要坐在那个女孩子身边。"

夏晚安几乎是踩着点踏进会场的。

会场的座椅上都贴了名字，由于她到得比较晚，所以位子找起来比较方便，只需要往空着的位子上看就可以了，所以很快，夏晚安就落座了。

她的左手边是走廊，右手边是一个很有气质的中年女子。

那女子穿着一件白色洋裙，戴着一顶黑纱帽，黑色的丝纱遮掩了她小半张脸。但露在外面的鼻子和嘴唇就足以让人感受到她的美了。

夏晚安虽只是悄悄地打量了两眼身边的女人，但这两眼却已让她惊艳。想必她身边的这个中年女人年轻的时候，一定是个祸国殃民的美人。

坐在夏晚安前两排的，基本上都是悦榕会的会员。那些来自世界各地的名媛，身材真的是个顶个的好，气质相貌也无可挑剔，在璀璨灯光的照射下，每一个都如同上帝精心打造的宠儿。

爱美之心人皆有之，不但是男人喜欢欣赏漂亮的女人，就连女人也喜欢欣赏漂亮的女人……夏晚安逐一扫过那些名媛，她看到最后时，忍不住自言自语地嘀咕了一声："难怪她会这样做！"

一直直视着正前方，保持着得体微笑的中年女子，听到这句话后转头看向夏晚安："什么？"这位中年女子开口的声音轻柔舒缓，宛如歌谣。

夏晚安没想到对方会误以为自己那句话是对她说的，还接了自己的话，便干脆将错就错地接了她的话："我指的是悦榕会的创始人，我是说她，难怪她会这样做！"

夏晚安的这句话成功地让中年女子来了兴致。她微微侧了侧身，往夏晚安这边稍稍靠了靠："能不能问一下，悦榕会的创始人做了什么？"

"就是她设定的那些可怕的入会规定呀！"

"悦榕会的入会规定很可怕吗？"中年女子语气有些诧异。

"资产学历这些就不说了，身高、体重、三围，这些也勉强可以不提，但是腿长、胳膊长，腿和胳膊的粗细……这些都有要求，还有肤色，过白不行，过黑也不行……这还不可怕吗？"夏晚安压低了声音，悄悄地跟身边这个极其容易接近的女人解释起来，"不过话又说回来，当我看到这些会员的时候，我真的觉得很养眼。这就是人间最美的景象呀，所以我有点理解她这个大色狼会制定这种规定的原因了！"

"大色狼？"中年女子将这三个字重复了一遍。

当她话音落定，不远处舞台上的主持人开口了："大家好，很高兴大家百忙之中来参加悦榕会一年一度的鉴赏会，现在我宣布，鉴赏会正式开始……"

全场响起热烈的掌声。

出于礼貌，夏晚安没回中年女子的话，而是面带微笑地望着舞台，跟着周围的人一起鼓掌。

等到掌声落定后，主持人举着话筒，开始字正腔圆地讲述烦琐的鉴赏会流程。

这时，夏晚安才歪头往旁边的中年女子那边靠了靠，跟说悄悄话似的回了中年女子刚刚的疑惑："是啊，她对女人要求这么苛刻，不是大色狼是什么？据说创始人是个女人，也对，我误会她了，她不是大色狼……是大色女……"

这个不知天高地厚的小丫头！

中年女人带着温婉柔和的笑，回了夏晚安的话："第一次听到有人这么评价悦榕会的创始人，还挺新鲜的。"

第一次听到有人这么评价悦榕会的创始人……夏晚安在脑海里将这句话转了两圈，然后就望了一眼中年女子："你该不会认识那位大名鼎鼎的悦榕会创始人吧？"

"不认识。"中年女子摇了摇头道，"你觉得我像认识她的样子吗？毕竟她那么色……”

夏晚安想了一下，也觉得她们不大可能会认识：“也对，姐姐这么漂亮，这么有气质，如果认识她，就应该坐在前面而不是坐在我身边了。”

“姐姐？”中年女子抿唇笑了一下，“小丫头，你应该喊我阿姨的。”

“阿姨？”夏晚安上上下下打量了一圈中年女子，“你……看起来也就比我大个十多岁，怎么就阿姨了呢？”

中年女子噙着笑，凑近夏晚安的耳边：“小丫头，我已经快七十了。”

夏晚安望着这个看起来比自己母亲还要年轻十岁的人，一脸不可思议。

“不过小丫头，你若是喜欢喊我姐姐，尽管喊就是了，没关系的。”中年女子望着夏晚安目瞪口呆的模样，眼底的笑意仿佛要溢出来了。

鉴赏会很快拉开了序幕。

所有来参加这次鉴赏会的设计师都提前抽签排好了顺序。迟慕在第十八位，至于夏晚安则是最后一位，第二十六。

不知不觉中，到了17号设计师，夏晚安在听到主持人说“18号设计师”做准备时，扭头看了一眼和她坐在同一排，但中间却隔了十多个人的迟慕。

看得出来，迟慕很有自信，在听到自己的号码牌时，唇角还微微往上扬了扬。

约莫五分钟后，17号的作品展示结束，18号的迟慕微微提了一下裙摆站起身，款款走向舞台，站在了舞台的正中央。她先对着台下的人礼貌地鞠躬，然后将手中的U盘递给了主持人。

“大家好，我叫迟慕……”

伴随着迟慕简单的自我介绍，她身后的大屏幕亮起，白色的页面正中间出现了三个字——“鹿和鲸”。

“这是我今天给大家带来的作品，名字叫《鹿和鲸》……”

在迟慕解说自己的作品时，大屏幕上出现了她的设计稿。

那是以蓝鲸和梅花鹿为元素设计的作品，蓝鲸灵活灵现，梅花鹿踏地而来，搭配蓝钻、粉钻和白钻，这一套作品堪称完美。

该怎么形容呢？就仿佛真的看到了林中鹿、海中鲸……

迟慕的这个设计稿成功地吸引了在场人的注意力，就连坐在夏晚安身边，一直对设计稿不怎么感兴趣的中年女子都停止了和夏晚安的聊天，感兴趣地望向大屏幕。

约莫过了十几秒钟，雷鸣般的掌声响起。

“这个作品实在太美了！”

“是的，这个设计师很有才啊！”

“我觉得她的想法完全不逊色于AllureLove……”

在这些赞不绝口的声音中，走到自己位子上的迟慕在坐下的那一刻，扭头往夏晚安这边扫了过来。

碰触到迟慕的眼神，夏晚安立刻抿紧了唇角，仿佛在愤怒，在诧异，在不解……

迟慕很高兴看到这样的夏晚安，她的唇角微微弯了弯，以一种很不屑的姿态收回视线。然后，她就傲慢地坐在了自己的位子上。

想必夏晚安怎么想都没想到，自己辛辛苦苦设计的作品还没展现在众人的眼底，就已经变成她的了吧？

夏晚安真以为自己只想了毁掉她礼服那个方法对付她吗？那她未免也太天真了！

不仅如此……还有更惊喜的呢，夏晚安U盘里存着的那个设计稿，也已经被调包了。

等下夏晚安登台，只要设计稿展现出来，就立刻会被戳穿是剽窃了她迟慕的创意。

在这么多出身高贵的人面前，夏晚安栽了这么大的一个跟头，怕是要给韩氏企业带来不可挽回的损失啊……毕竟她是韩经年的太太嘛……

想到这里，迟慕微微抬了抬下巴，心底充满了按捺不住的激动和期待。

时间一点一滴地流淌而过，一个又一个的设计师上了台，不知不觉就轮到夏晚安了。

在主持人示意“26号设计师”登台时，迟慕立刻露出一脸看好戏的神色扭头望向了夏晚安。

夏晚安则是在位子上纠结了好一会儿，迟迟都没起身。

“这是怎么回事？”

“26号设计师是谁呀？”

在大家的疑惑声中，主持人又一次开口：“26号设计师，请您登台，谢谢……26号设计师……”

直到主持人第四遍喊“26号设计师”的时候，夏晚安才佯装实在没办法的样子站起身。

看到是夏晚安，中年女子倒是惊讶了一下，随后就笑着抬手鼓起了掌：“小丫头，不要紧张，加油哦！”

她才不是紧张，她是……故意的！

不过面对这个全场唯一一个为自己鼓掌的“仙女奶奶”，夏晚安回了一抹笑。

为了让迟慕更骄傲更得意，夏晚安让自己那抹笑看起来十分勉强。

站在舞台上，夏晚安掏出U盘递给主持人时，眼角的余光往迟慕那边扫了一眼。

果然如她想的那样，迟慕看到她的U盘时，眼底那抹看好戏的光越发明显了。

和之前一样，在主持人将U盘递给工作人员时，夏晚安举着话筒做自我介绍：“大家好，我叫夏晚安……”

在她说话的过程中，她身后的大屏幕亮起。

夏晚安一边握着话筒继续说着简练的自我介绍，一边往迟慕那边看去。迟慕笑得更得意更肆意了。

夏晚安微微垂了垂眼眸，面色未动地继续说着嘴里的话：“我今天给大家展示的作品叫——”

虽然迟慕故作镇定，但她不断上扬的唇角泄露了她的期待和亢奋。

“《童话》。”

随着这两个字从夏晚安嘴里吐出，她身后的大屏幕上出现了“童话”两个字。

迟慕脸上的笑容瞬间静止。

怎么会这样？夏晚安展现出来的设计稿怎么不是她调包的那一个？怎么会是《童话》？《童话》又是什么？

重重叠叠的疑惑，一个接一个地席卷了迟慕的脑海。

夏晚安见迟慕笑不出来了，这才佯装总算镇定下来的样子，唇角浮现出一抹温暖的笑，语气轻松地继续做介绍：“我这次给大家展现作品，和以前展现的方式不一样，我做了一个视频……”

夏晚安话音落定，大屏幕上出现了一个短视频，背景音乐很有童年的味道。

视频里是一支笔在画画，画的是每个人童年时的梦，一座城堡、一个南瓜车、一条河、一个王子和一个公主，还有一望无际的麦田……

伴随着麦田的延伸，镜头越拉越近，最后变成了两颗稻草。

一双手拨开了稻草，里面出现一个翩翩起舞的公主。随着公主的舞跳得越来越快，那个手绘公主慢慢地变成了裙子上镶满了蓝宝石和钻石的公主。音乐声静止的那一刻，公主停止跳舞，所有童年的背景尽数消失。白色的背景布上，只剩那个用钻石和珠宝设计出来的翩然起舞的公主。

那是一枚胸针。

“我会创作这个作品，是因为每个人都有童年，而在童年里都有过童话一般的故事，所以这个作品叫《童话》。

“我的作品介绍完毕，谢谢大家。”

夏晚安对着台下众人礼貌地鞠躬，然后将话筒递给主持人，走下了舞台。

等她落座后，会场里才掀起雷鸣般的掌声，有不少人频繁地看向她。

在众人的眼光中，夏晚安不骄不躁地将U盘放进手包里，然后再抬头，状似不经意地往迟慕那边扫了一眼。刚

刚沾沾自喜、势在必得的人，此时眼神阴冷、笑容僵硬。

单单只是这样就已经沉不住气了？那等下她岂不是要崩溃？

夏晚安心底忍不住泛起一抹冷笑，随即她就无视迟慕，看向了大舞台。

“所有的作品都已经展现完了，现在请在场的各位悦榕会的会员，根据刚刚看过的作品开始投票……”

在主持人的解说下，大屏幕上出现了实时统计的投票结果，涨票最快的是18号迟慕和26号夏晚安。

“从目前的投票结果来看，第一名应该锁定在18号和26号当中……

“现在26号差18号两票，但是还剩下十个人没有投票……

“18号又多了三票，拉开了和26号的距离……哇，18号又多了两票，也就是说，26号和18号能不能打个平手，就看剩下的七张票了……

“啊，18号又多了一张票，那看来26号没有希望了……”

一直很紧张地盯着屏幕的迟慕，此时此刻总算松懈下来。

就算那个女人临时换了作品又怎样？就算是她的计划没有成功又怎样？夏晚安不还是输给了她？她依旧是鉴赏会的第一名，也即将是韩氏企业的第一设计师……

虽然这次没能在这里让夏晚安身败名裂，但是没关系，将来有的是机会……

迟慕心头的大石总算落定，她的唇角按捺不住地又扬了起来。

“好了，投票结果已经出来了，18号拿到了我们这次鉴赏会的第一名……现在有请18号设计师迟慕小姐上台，领取我们鉴赏会颁发的奖品和证书……”

在主持人的话语声中，在众多人的鼓掌声中，迟慕得意扬扬地站起身，冲着不同的方向鞠躬，然后落落大方地往舞台上走去。

在她踏上舞台时，台下突然有人出声："我说我怎么一直觉得18号作品很眼熟，我想起来了，六年前M国的一个展览会上，我有看到过类似的作品！"

这人的话宛如一道惊雷，惊得在场一阵哗然。

"什么？类似的作品？这是什么意思？"

"难不成18号设计师剽窃了别人的创意？"

同样变了脸色的还有迟慕，由于她没注意到究竟是谁开的口，所以她只能对着台下的人信誓旦旦地说："这个作品是我原创的，请说话的这位先生注意言辞！"

"我并没有不注意言辞，我是认真的！"那位先生又接了话。

这次大家都有留意到开口的人是谁了，是一个M国人，但是中文却说得很流畅，在座的有人认识他，是贵族出身，身世显赫。

"什么叫你是认真的？既然你认真，那你就拿出证据来！否则你就是污蔑，就是血口喷人！"

面对迟慕的咄咄逼人，这位M国先生却很优雅从容地道："不好意思，这位女士，我不跟你吵架，你稍等我片刻，因为时间太久了，我需要查找一下我保存的一些视频资料。"

那个M国先生说着就拿起手机，不知在跟谁联系。

为了维持自己的形象以及自己的底气，迟慕耐着性子等。

"找到了，找到了！"那位M国先生很兴奋地举着手机站起了身。

"这个作品是六年前我在M国的一个私人展览会上看到的。我会对这个作品印象比较深刻，是因为这个作品虽然出现在私人展览会上，但是并不是那个主人的，只是那个主人软磨硬泡借来的……

"这个作品叫*Years*，出自一个女孩之手，那个女孩我想大家都认识，叫Anan……"M国先生说到这里时，在场不少人开始议论。

"Anan？那个神龙见首不见尾的女设计师？"

"是那个设计作品全靠心情，而且好的作品一律不卖，只有自己的随笔之作才会拿到市面上卖的Anan？"

"就算是随笔之作，那也是被无数人追捧的作品啊。曾经还有人说过，若是Anan认认真真出作品，能分走JO首徒AllureLove所统治的时尚界的半壁江山……"

在大家的窃窃私语中，M国先生将自己的手机递给了工作人员："这里有我当初拿着摄像机拍摄作品的高清视频，你们可以认真地看一看，就连私人展览会的编码都有，你们可以联系相关的人员去查证……”

工作人员很快将手机拿给了主持人，然后大屏幕上很快就出现了M国先生所说的高清视频。

那是一套成品的首饰，同样是以鹿和鲸为元素设计的作品，虽然和迟慕的作品不完全一样，但两者的相似度高达百分之九十。

正如M国先生说的一样，这段视频拍得很全面，视频里不但有私人展览会的编码，还有作品名字以及介绍。

作品名：*Years*

出售：终生非卖品。

作品介绍：

遇见你的那一天，我的心底只有三个字：一辈子。你是我一眼就认定的、想要的一辈子。

遇见你之后，我变得好老套，想和你一起牵手逛街，想和你一起吃爆米花看电影，想和你一起骑单车去约会，想和你年年岁岁在一起。

遇见你我就知道，是你了，就是你了，即便八字不合也是你了。

此生唯一心愿：树深时见鹿，海蓝时见鲸，梦醒时见你。

成品远比迟慕的设计稿更精美、更让人震撼。准确地说，迟慕更改的地方，虽然让作品看起来更华丽了，却少了一些干净和纯粹。

在播放M国先生提供的那个视频的过程中，已经有悦榕会的人打电话去求证了。

很快，有人沉着一张脸出现在舞台上，贴在主持人的耳边低语了一阵，就下去了。

之后，主持人的脸色也变得十分凝重，不过出于职业素养，她还是维持着落落大方。等到视频彻底播放完，她才举着话筒看向迟慕：“18号设计师迟慕小姐，请问这作品真的是你原创的吗？”

站在舞台上的迟慕此时此刻显然已经蒙了。

她知道Anan，那是她的偶像，可她并不知道这个作品是Anan的。

不过，夏晚安手里为什么会有Anan的作品？

在迟慕还没反应过来究竟是怎么一回事，甚至都还没消化完这样天翻地覆的逆转时，主持人再次开口：“很抱歉，由于Anan这个作品过于私密化，导致我们这次鉴赏会出现了纰漏。刚刚我们的工作人员已经打电话求证了，这个作品的确是出于Anan

之手。”

主持人是对着话筒讲的这段话，字句清晰响亮到足以让会场里每一个角落的人都听得清清楚楚。

在场的人集体哗然，就连前面那两排教养极好的名媛都一脸不可思议地望向迟慕，眼底先是震惊，随即演变成被蒙骗的愤怒以及厌恶。

“那个作品居然是Anan的个人收藏作品，她竟然这么明目张胆地剽窃Anan的作品？”

“Anan可是我很喜欢的设计师，我一直都很想知道她究竟是谁。我到现在还在托各种人打探她的下落，看看有没有机会能和她见一面合个影什么的，这个18号设计师居然敢用我最钦佩的设计师的作品？”

“她是迟家的大小姐？就是那个被韩家老太太养大的那一户人家的大小姐吗？韩家老太太素养很高的呀，她可是我们悦榕会的前辈，怎么老太太那么好的涵养，这家人一点也没学到呀？”

“我很好奇，究竟是谁给她的勇气，让她敢用Anan的作品……”

“我听说，她好像还给我们悦榕会递交了申请入会名单，审核标准之类的好多项都过了呢。”

“若是审核会让她进了悦榕会，那我立刻退会！”

迟慕愣在原地，望着满场人投来的厌恶和嫌弃的眼神，一时间有些回不过神来。

她本想让夏晚安身败名裂的，怎么现在大家都在指责她？

她怎么就莫名其妙地变成了一个盗窃者，被人唾弃？这明明是她设想中夏晚安的结局呀？

从事发到现在，一直都安安静静坐在自己位子上拿着手机和宋有蔓聊天的夏晚安，见气氛有些混乱，才抬头望了一眼站在通往舞台第二个台阶上的迟慕。

迟慕的脸上哪里还有半点刚刚的傲慢、自以为是和沾沾自喜？此时此刻，她脸色发白，唇瓣哆嗦，眼神慌乱。

主持人开始出声维持现场的秩序：“因为18号迟慕小姐采用了不正常的手段来参加这次鉴赏会，所以我们取消了她的参赛名额。同时我们悦榕会也表示，以后所有的活动都拒绝迟慕小姐的参加，当然也取消了迟慕小姐申请成为悦榕会会员的资格。”

主持人的话说得不卑不亢，结束后，她还对着迟慕做了个请的手势：“迟慕小姐，请您离开我们的鉴赏会，谢谢合作。”

主持人话音刚落，两个穿着黑色西装的保安就走了过来。

“我真的没有想过抄袭Anan的作品，我真的不知道那作品是Anan的……”迟慕张了张口，本能地为自己辩解。她说得越多，眼角的泪就滚落得越多。

可是在场的人没人有心情听她解释，只觉得她是在狡辩，为了使鉴赏会圆满结束，也为了使这样一个肮脏的插曲快点过去，主持人对着保安递了个眼神，那两个保安直接架起迟慕，将她拖出了现场。

“我真的不知道这是怎么一回事，我……”

迟慕哪里抵得过两个人高马大的男人的力道，很快她就被请出了会场。

等到宽大的门被重重地关上，迟慕的叫嚷声彻底消失不见。

主持人举起话筒，语气愉悦顺畅得仿佛根本没有发生过迟慕这件事一般：“现在我宣布，悦榕会本年度鉴赏会的第一名，是26号夏晚安小姐……”

悦榕会晚宴结束，差不多已是晚上十一点钟。

夏晚安抱着奖杯和证书准备离开会场时，被一个令人心神舒畅的声音喊住了：“小丫头？”

夏晚安顿足回头，是那个坐在自己旁边的“仙女奶奶”。

夏晚安立刻展眉一笑：“姐姐。”

“仙女奶奶”的身边还跟着一个年过半百的女人。夏晚安一直没怎么留意她，所以一时之间不知道该怎么打招呼，就停顿了会儿，然后望着“仙女奶奶”开口：“姐姐，这位阿姨是？”

“仙女奶奶”被夏晚安逗得一乐，至于那个跟在她身边的女人则彻底黑了脸。

“小丫头，这位阿姨，是我小妹。”

小妹看着比姐姐要老很多……

夏晚安看着眼前这对不伦不类的姐妹花，“哦哦”两声。

“小丫头，我们准备走了，我喊住你没别的事情，只是想给你打个招呼。”顿了顿，“仙女奶奶”从手腕上脱下一个晶莹剔透的镯子，“对了，这个东西送给你，当成见面礼。”

“姐姐……”

“仙女奶奶”旁边的女人下意识地出声阻拦。

即便她不开口，夏晚安也看得出那个镯子昂贵无比。

她虽然和“仙女奶奶”的确有一见如故的感觉，可也没到收人家这么贵重的礼物的份上：“姐姐，好意我领了。这个礼物我不能收，太贵重了。”

“那没关系，一个小时后，我派人把这镯子送到你手上。”

言外之意，你现在收也是收，现在不收一个小时后还是得收……

夏晚安最后还是伸出手将镯子接了过来。

“小丫头，再见。”“仙女奶奶”心满心足地笑了，然后洒脱地走了。

直到走出SJ酒店上了车后，那个年过半百的女人才不满地开口：“姐姐，那个镯子是那么重要的东西，你怎么就送给她了？那是J……”

她的话还没说完，就意识到自己说错了话，抬起手捂住了嘴。

车内安静了好一会儿，年过半百的女人又出声：“姐姐，我从没见过你这么喜欢过一个人，你该不会是想让她当你的接班人吧？”

“仙女奶奶”并未说话。

“姐姐？”

似乎听到旁边的人急了，“仙女奶奶”这才开口：“你提了个很好的建议。”

“姐姐，你是故意气我的是不是？”

“没有……”“仙女奶奶”停顿了一下，扯到了别的话题上，“我问你，你觉得小丫头这个人怎么样？”

“有点小聪明，有点小天赋，其他的也没什么了呀？”

“嗯，对，这就是她最厉害的地方。她明明很聪明，很有天赋，是个很不简单的人，可是她却能把自己伪装得跟个小白兔一样，无害又干净……这就是她最厉害的地方，你以为那个18号选手是真的抄袭吗？不是的……是她没有跳出小丫头布的局，如果我没猜错的话，小丫头肯定给她挖了坑。她没逃过心底的恶念，然后自投罗网了。”

“可就算她像你说的这样很出色，那姐姐，你也不能这么看好她呀！你忘记了，她说你可怕，说你是大色女！”

“对，你不说我还真就忘了，你这么一说，我更得让她做我的接班人了，让她成为她口中那个苛刻的大色女。”

深夜的SJ酒店，相比白天要显得安静许多。

夏晚安乘坐电梯抵达顶层后，沿着长长的走廊往韩经年的套房走去。

不知是不是她的错觉，她总觉得有人在跟着自己。可每次回头时，她的身后却只有空无一人的楼道。

在快到韩经年的套房门口时，一个阴气沉沉的声音在夏晚安前方响起："夏晚安！"

夏晚安吓得停了脚步，然后看到迟慕从楼道的拐角处走了出来。

她身上还穿着晚上的那套礼服，只是不知道她经历了什么，礼服湿漉漉的，就连头发都滴着水。

她脸上的妆容全花了，裙摆好几处都沾染了类似血迹的红色。

若不是她那一身衣服，夏晚安真的很难认出眼前这个人是迟慕。

夏晚安蹙了蹙眉："迟慕，你要做什么？"

面对她的询问，迟慕没说话，只是一步一步地向夏晚安面前逼近。

这样的迟慕让夏晚安心底有些发寒，她总觉得迟慕有点不对劲，像受了什么刺激一般……

这想法刚闪过夏晚安的心头，迟慕背在身后的手突然伸了出来。迟慕手里握着一把泛着亮光的刀，冲着夏晚安的胸口直逼而来。

夏晚安条件反射地往旁边一躲，看着擦肩而过的刀，她只觉得一阵后怕。也不知迟慕哪来的力气和反应力，一刀落空后，转手又一刀冲着夏晚安脖子划来。

穿着高跟鞋的夏晚安仓促地躲开了一击后，险些因为地面上铺着的厚重地毯摔倒在地上。只是她刚站稳身子，就感觉到一股凉飕飕的风从背后袭来。

夏晚安心想完了，这下肯定要受伤了。这时，有一只手生生地握住了险些要贴上她后心口的刀……

预想中的疼痛迟迟没到来，夏晚安愣怔了一会儿，才回头望去。

最先入眼的是一小截精致白皙的手腕，手背因为用力而青筋凸起，骨节分明的五指修长秀气。

不过，夏晚安的注意力并未在这样漂亮的一只手上停留太久，因为她很快就被地面上的血珠吸走了目光。

三秒后，夏晚安猛地抬头看向了握刀的人。

韩经年应该是刚从某个饭局上脱身，身上还沾着淡淡的酒气，他那张颠倒众生的脸上布满了冰冷和骇人气息。他望着自己手里握着地那把刀，眼中有一股嗜血的杀气在升腾翻滚。

“韩经年，你快松开……”

韩经年的手僵硬了一秒，随即就听话地松开了那把刀。

夏晚安立刻将韩经年的手拉到自己面前。看着男子掌心里狰狞的伤口，夏晚安禁不住微抿了一下唇角，下一刻她就掏出手机，打电话报警。

迟慕像一个木头人似的，一动不动地站在原地，盯着自己双手握着的刀看。

血珠顺着刀往地面上坠……

迟慕将视线落在地面上那一大片血迹上时，忽然咯咯地笑了：“我杀了她，我杀了她……”

念着念着，她就猛地抬头看向韩经年和夏晚安，然后盯着夏晚安一脸困惑地道：“我不是杀了你吗？”

“我不是杀了你吗？”她一边喃喃自语，一边看向韩经年受伤的手。她像受到什么刺激般，忽然尖叫一声，“你为什么要救她！”

说着，迟慕就拿起那把刀冲着夏晚安再次刺去。只是她整个人往前冲了还没一步，手腕就被韩经年踢了一下。

随即她的手因为疼痛，松开了刀，同时她也因为那股力道摔倒在地上。

韩经年伸出另一只手，稳稳地接住了那把刀。

跌倒在地上的迟慕还在抓狂地叫着：“你为什么要救她？你为什么要救她？

“你为什么总是为了她跟我过不去？为什么？”说着说着，迟慕就抬起头，望着韩经年又歇斯底里地吼了起来，“我哪里比不过她？你告诉我，我哪里比不过她？我比她更早认识你，我比她更了解你，我到底哪里比不过她？”

韩经年似是觉得迟慕很吵，手里的刀在他漂亮的指尖绕了个圈，然后下一秒那刀就冲着迟慕飞去。

迟慕只觉眼前一道银光闪过，下一秒她就觉得自己脖颈一凉，是刀锋带着一阵凌厉的风，贴着她的脖颈划过。

迟慕顿时吓得尖叫一声，捂着脖子瘫软在地上，再也不敢出声了。

酒店的保安和警察很快赶了过来，酒店的保安队队长是认识韩经年的。

见韩经年受了伤，保安队队长立刻上前表示歉意：“韩先生，对不起，是我们疏忽了。”

韩经年面无表情地点了点头，搂着着夏晚安的肩膀往旁边让开了道路。

警察很快拍了照片、录了视频。

然后在警察带走迟慕时，一直很安静的韩经年突然出声："等下。"

为了保证韩经年和夏晚安的安全，警察挡在了迟慕的面前："韩先生，请问您还有什么事？"

韩经年没接警察的话，而是隔着警察对上迟慕的眼睛："你不是问我，你哪里比不过她？

"其实你这个问题本身就是错的，不是你比不过她，而是你根本不配和她比。"

一句话便令迟慕睚眦欲裂。

只可惜韩经年对迟慕的后续反应一点兴趣都没有，在说完话的那一刻，他直接拉过夏晚安的手，走向自己的套房。

次日是周六，韩经年难得周末没有应酬，两人去酒店的中餐厅吃过早餐后就驱车去了医院。

韩经年手上的皮肉伤昨晚已经及时喊谢林来做过处理，他去医院只是为了探望张特助。夏晚安想到自己也没什么事，索性也跟着过去了。

韩经年踏进张特助的病房时，检查结果恰好被小护士送来。韩经年随口问了一句："怎么样？"

谢林翻看检查结果，草草地扫了一遍："没什么大碍了。"

韩经年点了点头："正好，下周一回公司上班，上午九点接待S城秦总的任务，你负责。"

听到这话，谢林立刻对一旁的护士吩咐道："最晚明天，给张特助办理好一切出院手续。"

坐在病床上的张特助突然出声："韩总，等等，我有话要说……"

韩经年淡淡地瞟了一眼张特助："有什么话等周一到了公司再说吧。"

张承也想到了公司再说，可现在的他哪里还有资格去公司？

虽然T国一行，他的确是捡了一条命回来，可在城南KTV里，他录的那个视频还在幕后人的手里。

若是他回公司上班了，那视频一旦曝光，他就会背上一个商业犯罪的污点……

张特助又开口道："我……"

张特助只说了一个字，韩经年就又出声了。

韩经年的语气很平缓，但字里行间带了一抹不容反抗的气势："我说到公司再说，就到公司再说。"

张特助动了动唇，终究还是没胆量反抗。

韩经年这才牵过夏晚安的手，拉着夏晚安准备离开病房。他突然像想到什么一样，转身将从车上带下来的一个文件袋丢到病床上，然后走了。

病房里很快只剩张特助一个人了，他好奇地拿起韩经年丢在床上的文件袋，拆开后从里面先抽出了一个信封。

这个信封，他再熟悉不过，这是他去T国前的那一晚写的辞职信。

拆开信封，张特助习惯性地往手上一倒，结果倒出一床的碎纸片。

那些碎纸片一看就是出自韩经年之手，因为每一张碎纸片都是一样的大小……

张特助愣了片刻才去翻文件袋，里面还有个U盘。

他拿起床头柜上的电脑，连接U盘，电脑屏幕上出现了一个视频。

就是他在KTV被那个幕后人逼着录制的那段视频。

韩经年的手里怎么会有这段视频？

不对，是那个幕后人在T国失败后，一怒之下把这个视频发给了韩经年，而韩经年在看到这个视频后，果断地撕掉了他的辞呈。

所以，韩经年压根就没有怀疑过他？

张特助觉得喉咙里有些发堵的。

他突然想到好多年前，他问谢林为什么要对二少爷那么好时，谢林说这一辈子你总会遇到一个人，让你愿意以命相交。

他想，韩经年就是他愿意以命相交的人。

视频播放了许久都没有结束，意识到不对劲的张特助收起神思去看视频。他这才发现视频后半段的主角是韩氏企业的好几个股东，他们说的台词、做的事情和他当初说的、做的一模一样的……在看完那些视频后，张特助的手就控制不住地抖了起来。

都说男儿有泪不轻弹，可他真的忍不住……

跟在韩经年身边久了，他多多少少了解韩经年。韩经年居然为了他，暗自派人逼迫了好几个股东录了和他一样的视频……

这样事情一旦闹出来，就不单单是他一个人遇到了这样的情况，而是一群人……一群人的情况下，那就再也没有针对力了。

张特助在T国被人打得那么惨时，没落过一滴泪；小的时候，跟着母亲吃尽了人间各种苦楚，他也没有流过一滴泪；可现在……他的眼底酸胀无比，泪水克制不住地从眼角砸了下来。

真的好丢人啊！

想着想着，张特助又抬起手抹了一把眼泪。

迟慕被警方带走后没多久，迟耀就收到了消息。一整夜都在忙着迟慕一事的迟耀，直到第二天中午才回了家。

他一进家门，已转而投靠他的艾姜立刻站起身迎了上去："迟总，怎么样？见到大小姐了吗？"

迟耀摇了摇头，一脸惆怅："没见到，韩家的人介入了这件事。我托了无数关系，别说是见小慕了，连她现在的情况我都打探不到。"

听到这话，艾姜立刻暗暗地掐了自己一把，借着这股疼痛，她的眼底急速地汇聚出泪水："对不起，迟总，都是我的错，是我没看好大小姐……"

"好了好了，别哭了，也别自责了，谁也不会想到小慕会这么偏激，会拿着刀去杀人……"一夜奔波后的迟耀疲倦地揉了揉眉心，坐在了沙发上。

艾姜急忙走上前，站在他身后，一边抽泣一边帮他按摩肩颈："那现在情况严不严重？"

"不好说，杀人未遂，如果韩家迟迟不松口，那小慕少不了一场牢狱之灾了……"迟耀揉了揉眉心。

"那怎么办？难不成就让小姐坐牢吗？迟总，不行啊，小姐年纪轻轻的，一旦坐牢，那这一辈子就彻底毁了，还有……小姐哪里吃得了牢里的那种苦，这等于逼小姐去死呀！"艾姜说着，又开始落泪了，她甚至还故意让自己的一滴眼泪砸在了迟耀的脖颈上。

迟耀伸出手拍了拍她的手背，道："你说的这些我当然都知道……我这不也正在发愁吗？"

艾姜回握住迟耀又老又粗糙的手，忍着心底的反胃，畏畏缩缩地开口："迟总，我倒是有个想法……"

"想法？什么想法，说来听听。"

迟耀立刻来了精神。

"迟总，您肯定不希望大小姐坐牢吧？唯一能躲避牢狱之灾的方法，就是让大小姐有精神病……我知道您接受不了这个，可是您想啊，这样最多让大小姐在精神病院住一段时间。我们可以掌控时间，可以三个月康复，也可以两个月，甚至一个月……总好过坐牢吧？

“还有就是……大小姐在悦榕会的鉴赏会上闹出那么大的笑话，若是说有精神病史也可以圆过去，让您面子上也过得去……等事情平息了，大小姐从精神病院回来了，您好好补偿她就好了……”

艾姜说话时一直都在偷偷地观察迟耀的神情变化。

她见迟耀有所动容，便又开口：“当然，这只是我想到的没有办法的办法。迟总，您那么厉害，肯定会有更好的解决办法啦……”

随即，艾姜见好就收地转了话题，道：“对了，迟总，您去泡个澡吧？累了一夜肯定很难受，您好好休息一下，毕竟身体最重要。您要是垮了，那大小姐岂不是更惨了？”

迟耀想了会儿，点了下头，同意了艾姜的提议。

服侍迟耀进入浴室后，艾姜立刻摸出手机发了一条短信出去：“我安排你的事情，现在可以进行了。”

消息发送成功后，艾姜的唇角露出一抹阴冷的笑意。

第十四章

如果有人说爱你，记得报我的名字

自从悦榕会的评选结果出来后，夏晚安毫无争议地成了韩氏企业的第一设计师。她的任职发布会定在周三下午三点，在京市大饭店的二楼大堂举行。

两点半不到，发布会的现场就已经坐满了各大媒体的记者，同时还有相关频道的工作人员在现场调试直播设备。

两点五十五分，夏晚安在韩知谨的母亲，也就是韩经年的大嫂陆燕归的陪伴下出现在发布会上。

由于夏晚安和陆燕归的到来，原本喧哗的现场慢慢地安静下来，台下立刻有闪光灯不断地亮起。

快接近三点时，韩氏企业商务部的一个年轻的小姑娘暂且充当了主持人："大家好，很高兴大家能来参加韩氏企业第一设计师的发布会……下面请我们韩氏企业的陆总为大家介绍我们韩氏企业的第一设计师。"

主持人话音落定，陆燕归面带微笑，对着面前摆放的话筒缓慢开口："各位媒体朋友，大家下午好，我是陆燕归。现在我正式宣布，坐在我身边的这位夏晚安小姐，正式成为我们韩氏企业的第一设计师，她同时也是我们韩氏企业夏季推出的《遇见》那一系列的设计师……"

陆燕归大概进行了不到十分钟的演讲，紧接着主持人示意夏晚安发言。

演讲稿已经提前写好了。上午的时候，夏晚安特意牺牲了十分钟的睡眠时间将演讲稿背了一遍。

此时面对这么多的记者，很少这般公开亮相的夏晚安不能说不紧张，但她还是没出纰漏地将演讲稿用最随和的态度背了下来。

之后就是采访环节。

有些媒体是提前沟通过的，所以他们问的问题夏晚安也是提前知道的，因此回答起来也是得心应手。

不过绝大多数的媒体都没有提前沟通，那么多人，难免会有一些人问些比较刁钻的问题。

好在陆燕归在这一方面身经百战，每次都能用最平和的态度巧妙地将问题化解。

发布会是有时间限制的，很快就进入了尾声。

在最后的几分钟里，主持人看差不多了，便举起话筒问道："距离我们的发布会结束还有不到五分钟的时间，请问记者朋友们有什么想要问的吗？"

主持人等了会儿，见大家都没说话，便对着话筒准备说结束语。

只是主持人还没开口，台下最后一排的一个人突然站起来："我想问一下夏晚安小姐，请问您拿到韩氏企业第一设计师的职位，是凭借实力还是凭借潜规则？"

此言一出，全场哗然。

最先神情不悦的是坐在夏晚安身边的陆燕归："第一，请注意你的用词；第二，请你出示你的记者证或者媒体证，谢谢。"

陆燕归话音落定，立刻有工作人员走到那个人跟前。那是个年轻的女人，她一点也不紧张地从脖子上取下自己的证件递给了相关的工作人员。

核查完证件，这个女记者又开口了："现在核实完我的身份了，那夏晚安小姐是不是可以正面回答我的问题了？"

夏晚安觉得这个女记者来者不善，可她又摸不清这个女记者葫芦里到底卖的什么药，只能见招拆招，保持着镇定和从容，不徐不疾、礼貌大气地回道："我想《遇见》这一系列产品的大卖，应该是给这位记者朋友最好的答案。"

不得不说，夏晚安的这个回答无可挑剔，《遇见》的大卖，就是她实力的象征。

主持人以为此事到底为止了，见发布会的时间差不多了，举着话筒又要开口。和刚刚一样，她什么话都没来得及说出口，那个记者又出声了，这位记者丝毫没有被夏晚安的回答所影响，她的声音依旧铿锵有力："夏晚安小姐，你刚刚话的意思，我是不是可以理解为你是靠实力赢得韩氏企业第一设计师这个职位的？但是我想问你一句，韩氏企业那么多设计师，资历老的也不少，为什么最后选了你这么年纪轻轻的一个设计师成为第一设计师？据我调查了解，夏晚安小姐，您进入韩氏企业的时间并不长吧？好像才一年多？夏晚安小姐，我真的很想知道，您到底是用了什么方法，在一个国际知名的上市大公司里，升职得如此之快？"

面对大家投来的或质疑或疑惑或幸灾乐祸的眼神，夏晚安脸上的神情没有半分变化。

她保持着微笑，静静地回视着那位记者，问："你知道为什么苹果砸在牛顿的脑袋上，就有了牛顿定律吗？"

夏晚安这样不按常理出牌的反问惹得那位记者一愣。

不过她也没打算等那位记者回答，她径自扶着话筒，又出声道："因为牛顿是天才。这个世界上，有很多人能做到别人做不到的事情，你觉得不可思议的事情，可能在某些人的眼里就跟吃饭喝水一样简单。所以，请不要用你狭隘的眼光评判我的人生，谢谢。"

表达完自己意思的夏晚安，完全没有要跟那位记者继续纠缠下去的心情。

"很高兴大家来参加这次的发布会，谢谢大家。"

说完这话，夏晚安直接起身，准备离场。

只是夏晚安还没走到门口，那个被她噎得半晌说不出话的记者突然一脸愤怒地扯着嗓门大喊了一声："我之所以会在发布会上提出质疑，是因为我有证据，可以证明夏晚安小姐是靠着与韩氏企业总经理韩经年先生的暧昧关系拿到韩氏企业第一设计师这个职位的！"

她只是一个新记者，在前天晚上，她接到了一个电话，那人告诉了她有关韩氏企业第一设计师潜规则上位的事情。

这真是一个深水炸弹一般的消息，只要她将这个事情报道出来，那她就可以因为此事成为一个资深记者。

想到这里，她便破釜沉舟般，直视着一屋子的人开口道："请问，夏晚安小姐，你敢让我上证据吗？"

面对记者的质问，夏晚安没说话，只是转了个身，重新走到发布会的台上，坐在自己原本的位子上。

她这样的举动无疑是在告诉这位记者——请便。

这位记者也挺干脆，看到夏晚安这样的反应，知道她这是让自己上证据的意思，便拿起手机熟练地按了几下。不一会儿，会场的大门被推开，一个男人走了进来。

看到来人，夏晚安的神色瞬间冷了下来，原来这个记者所谓的证据竟然是他……

那男人看上去很忠厚老实，随着他的踏入，现场渐渐地安静下来。

就在大家纷纷猜测他究竟是谁时，他已经走到了那位记者的身边。那位记者将自己手里的话筒递给了他，他似是很紧张般，搓了好一会儿手才接过话筒，开口道：“大家好，我叫范明，是韩氏企业的十年老员工，这是我的工作证。”

说着，范明从脖子里取下了工作证，举到胸前一米远的地方，亮给会场里的所有的记者看。

“我大学一毕业就进入了韩氏企业，我在韩氏企业兢兢业业工作了十年。这十年来我一直把韩氏企业当成我的家，为韩氏企业立下了很多汗马功劳……十年，整整十年……我终于迎来了一个升职的机会，人事部都已经有人通知我，说我要成为设计部总监了，可……”

范明抬起手，忽然指向了夏晚安：“刚入职不过一年多的她，却成了设计部的夏总监。

“我一直无法理解，为什么会是她升职？韩氏企业大的设计作品，她连参与都没参与过，不管是论业绩还是论资排辈，都轮不到她……一个入职不过一年多的小员工，她的作品怎么就成了韩氏企业的夏季主打作品上线了呢？谁能有这么大的权限拍板定夺？

“还有，你们知道夏晚安在公司里是什么工作态度吗？”范明像极其愤怒一般，从兜里摸出手机点开了相册，然后将里面的照片举到众人的面前，“你们看，这就是夏晚安上班的态度，睡觉，睡觉，还是睡觉……

“就连开会的时候，她也是在打盹！我想问问各位，一个上班时间不是在睡觉，就是在去睡觉的途中的人，凭什么走到今天？直到最近，我才知道原来夏晚安是傍上了韩经年才得以混得如此顺风顺水！

“是，我承认职场上有很多无可奈何和无能为力的情况！我也承认，每个人有每个人的生活态度，我没资格去评判！”范明突然面目狰狞地往夏晚安面前踏了几步，然后双目赤红地盯着夏晚安，极其怨怒地开口，“可是我不服！我不甘心！就因为她夏晚安跟韩经年有不正当关系，所以我的十年努力就白费了吗？

“所以，我联系了这位记者，我要借这个发布会揭穿这个女人，就算我丢了工作，就算我在这个行业再也混不下去，我也要让全世界的人知道，她是一个靠潜规则上位的花瓶！”

范明的这些话使得现场变得极其混乱。

不少人冲到夏晚安的面前，伸长了胳膊举着话筒七嘴八舌地对夏晚安展开采访。

记者A：“夏晚安小姐，请您回答一下，上班时间您真的都是在睡觉吗？”

记者B：“夏晚安小姐，能不能问一下，您是怎么和韩经年先生认识的？”

面对眼前贴满了五花八门商标的话筒以及满场的混乱，夏晚安自始至终都神色平静。

不得不承认，范明这一套说辞的确给她带来了很大的困扰，但是困扰归困扰，却不足以让她畏惧，因为她和韩经年是夫妻啊！

真正令她想不通的是，她和韩经年是夫妻一事，韩氏企业不少员工都知道了，范明也不例外……可他在明知道她和韩经年是夫妻的情况下还这样造谣她是韩经年的情人，他背后到底藏着什么样的企图？

夏晚安暗自转着思绪，想了许久也没想通。

现场的气氛越来越难以控制了。陆燕归忍不住开口：“大家请安静一下，事情不是范先生说的这样……”

夏晚安伸出手按了一下陆燕归的肩膀：“大嫂，我来说吧。”

夏晚安清冷的一声“大嫂”使得现场不少人闭了口，众人一脸疑惑地望向了她和陆燕归。

面对大家的视线以及乱糟糟的场景，夏晚安面色平静地伸出手扶了扶自己眼前的话筒，开口道：“范明说得没错，我和韩经年的确有关系。

“从法律角度来讲，韩经年名下所有的资产都有我的一半。简单来说，就是你们可以喊我夏小姐，也可以喊我韩太太。不知道在场的各位对我这个答案还算满意吗？”

穿着一身简单套装的女孩在话音落定的那一刹那，眉眼间泛起一抹凌厉的气焰。

一时间，现场陷入了一种诡异的安静之中。

过了好一会儿，会场里才有人深感不可思议地出声：“夏晚安小姐这话的意思是，您和韩经年是合法夫妻？”

“敢情闹了半天，夏晚安是韩经年的夫人？”

“如果是这样的话，那人家自己家的公司，想怎么玩就怎么玩。”

陆燕归见事情已经解决了，语调不善地开口道：“好了，闹剧已经结束了，大家也请各自散了吧。还有安保人员，我需要你们给我解释一下，这究竟是怎么回事？为什么我们的发布会里会混进来这种拆台捣乱、挑拨是非的人！”

安保人员试图清理现场，只是在这些人员还没接近范明时，范明突然歇斯底里地大吼了一声：“夏晚安，你撒谎！你和韩经年根本不是夫妻。你们是怕我刚刚揭露的真相给韩氏企业带来不好的影响，故意和陆燕归演戏！”

“胡闹！”一向温柔冷静的陆燕归忽然拍了一下桌子，站起身，“我们家的事情，我们家里的人不清楚？需要你一个无关紧要的人在这里颠倒黑白？”

“我颠倒黑白？哈哈哈……陆总啊陆总，您还真会倒打一耙，真不愧是韩氏企业法务部门的老大……好啊，若我真是颠倒黑白，那陆总您给我解释解释，夏晚安嫁给韩经年多久了？何时嫁给韩经年的？为什么韩氏企业这几年来所有公开的宴会，夏晚安都没出席？若她真是韩总夫人，难道你们会不让她出席？好啊，你们或许会说是隐婚，就算夏晚安和韩经年是隐婚，那么再隐秘的婚姻总会有婚礼吧？有婚戒吧？”

说着，范明的视线落在了夏晚安空空如也的一双手上：“我就奇怪了，和夏晚安当同事这么多年来，为什么夏晚安从没戴过戒指？别说是钻戒了，就连对戒都没有！”

一直没有弄明白范明真正意图的夏晚安，此时终于反应过来了。

难怪一开始记者会说她是韩经年的情人。他们这样做的目的，就是为了让她亲口公开她和韩经年的夫妻关系，然后再扯出她为什么没有婚戒……

艾姜早就和迟慕搞在一起了，范明是迟慕的人……若是她没猜错的话，玩出这一招的人是艾姜！艾姜这是在拿她的痛处戳她啊！

她不得不承认，在这次的事情上，艾姜赢了。

她和韩经年是夫妻又怎样？连个婚戒都没有……到底是多不被看好和重视的妻子，才能落得一个连个婚戒都没有的地步？

“夏晚安小姐，您该不会想说，谁规定结婚一定要有婚戒吧？可是若是没有婚戒，怎么举办婚礼？所以，夏晚安小姐，您刚刚说您跟韩经年结婚了，那若是真的，是不是代表着韩经年先生什么都没给您，您就嫁给韩经年先生了？夏晚安小姐，您不觉得您这样的说辞很搞笑吗？韩经年先生不缺钱呀，怎么可能连个婚礼和婚戒都舍不得给自己的妻子呢？”

范明这一长串的话说得合情合理。

不少记者已经在对着夏晚安白皙秀气的手拍特写了。

随着那些咔嚓咔嚓的响声，夏晚安的指尖克制不住地轻颤起来。

原来，这次的意外并不是想让她身败名裂，而是想让她难堪，也同样是想羞辱她。

在生活里，仪式感很重要，每一个嫁给爱情的女孩，不管奢华还是简单，都会有个婚礼和婚戒吧？可她没有……她没有就算了，还被艾姜生生地当着媒体的面揭开了伤疤。

韩氏企业顶层，一号会议室。

周会进行得正热火朝天，张特助的手机突然在兜里振动了。

振动声惊扰了旁边的韩经年，他扫了一眼张特助，张特助做了一个“我错了”的手势，然后就拿着手机退出了会议室。一分钟没过，张特助忽然推开了会议室的大门，连滚带爬地窜到了韩经年的身边：“韩总，出事了！是夫人出事了！”

张特助立刻凑到韩经年耳边，用只有两个人才能听到的声音将发布会那边发生的事情简单地概述了一遍。

他话都没说完，韩经年就噌地站起身，奔出会议室。

发布会现场仍旧是一片混乱。

夏晚安脑海里不断地闪过她刚嫁给韩经年时的情景。

韩经年不让她公开，不让她告诉别人韩经年是她的丈夫，韩经年经常彻夜不回家。她进入韩氏企业一年多他都不知道。她知道，艾姜的真实目的就是想让她痛苦，她也很想让自己不要去想这些过往，可她做不到，因为她心底最痛的一面被翻开，被公之于众，被全世界消遣。

夏晚安努力地控制着自己，不让自己露出任何痛苦的痕迹，可她的手却颤抖得更厉害了，她真怕下一刻自己就会在众人面前失态。她维持着自己仅存的冷静，想转身走人，可她还没来得及动，会场的大门就突然被推开了。

不知是谁往门口看了一眼，然后就失声喊了一句：“韩总……”

“是韩总，真的是韩总。”

穿着一身黑色西装的韩经年浑身散发着冰冷的气势，正大步流星地冲着夏晚安走来。

当韩经年站在夏晚安身前时，整个发布会现场瞬间安静到了极致。

夏晚安没有说话，她望着韩经年，眼底泛起一抹诧异。

他怎么突然过来了？

陆燕归已从错愕中回过神来，说出口的话和夏晚安心底的疑惑一模一样：“经年，你怎么突然……”

视线一直黏在夏晚安脸上的韩经年，没等陆燕归把话说完就往前踏了一步，扣住女孩的后脑勺，低头堵住了夏晚安的唇。

陆燕归嘴里正吐着的字没了声息。

比韩经年稍晚一些赶过来的张特助气喘吁吁地冲进会场，还没来得及喘口气，就看到了让他这个“万年单身狗”备受暴击的一幕……

韩经年的吻温柔细致，像在呵护自己在这个世界上最珍贵的宝物一般。

夏晚安愣愣地被他亲吻了好一会儿才回过神来，她意识到周围那么多人看着，还有那么多摄像机对着，便急忙撇开头，躲开了韩经年的唇。

为了掩饰自己的不好意思，夏晚安下一秒就转移了话题：“你怎么来了？”

“你那条项链不是断了吗？我给你配了一条新的，今天正好拿到……”说着，韩经年往后退了半步，站到夏晚安的身后，将项链挂在了她的脖子上。

而项链的坠子是一枚钻戒，钻戒上镶嵌的钻石在夏晚安锁骨中间的下方折射出刺眼的光芒。

此时此刻的张特助对韩经年佩服得不得了。

原本他还在纳闷，从公司出来后，韩总去挑选戒指时为什么顺带买了一条铂金项链……原来是要给夫人挂在脖子上啊……

这些记者不是说夫人从没戴过戒指吗？可是谁规定戒指一定要戴在手上？

韩总这做法是在告诉大家，夫人的钻戒一直都挂在脖子上，平时看不到，那是被衣服遮住了……

不得不说，韩总就是韩总，轻描淡写的几句话、几个动作，就将所有的事情完美摆平了！

“这次小心点，不要再把项链扯坏了……”韩经年边说边抬起手，轻轻地整理了一下夏晚安的发丝，然后就牵着她的手朝会场出口走去。

会场上的记者总算从韩经年突如其来的出现中回过神来了。

记者E：“是谁说人家没有钻戒的，那个项链上挂着的不就是吗？你们看，那么大的钻石……”

记者C：“那夏晚安刚刚为什么面对范明咄咄逼人的话，没有解释呢？”

记者D：“这还用问吗？肯定是不屑跟范明解释呗。”

在众说纷纭中，有一些胆大的记者凑到韩经年身边，开始进行采访。

媒体S：“韩经年先生，请问您和夏晚安小姐真的是夫妻吗？”

记者A：“韩经年先生，我能问一问您和夏晚安小姐是怎么认识的吗？你们是谁先追的谁？”

记者G：“韩经年先生，请问您和夏晚安小姐结婚多久了？”

面对这些记者的采访，一直不想理会的韩经年在听到记者G的问题时，脚步忽然顿了下来。下一秒，他就扭头看向了聚在一起的那堆记者，然后对着一个个子很矮的女生淡淡地出声：“刚刚那问题是你问的？”

记者G受宠若惊地点了点头，以为自己是在做梦，颤着声音回了一句：“是……”

她后面的话还没说出口，韩经年就淡淡地说：“两年零六个月。”

记者G激动得险些当场啊啊啊地疯狂尖叫，她握着话筒的指尖明显在颤抖，她继续说：“韩经年先……先生，我……我可以再问您几个问题吗？”

韩经年微微点了点头：“可以。”

其他的记者一脸艳羡地望向了这个女生。

“韩经年先生，请问您和夏晚安小姐是隐婚吗？”

韩经年明显地感觉到自己手里握着的那只柔软的小手僵硬了一下，他微抿了一下唇，出声：“不是。”

“不是隐婚？那为什么在韩氏企业所有公开的宴会上，您都没有带夏晚安小姐出席过？”

韩经年没有半点迟疑地就给了记者G答案：“因为我没安全感。”

他这个回答使得在场的所有人一时之间都没转过弯来。

三秒后，大家才陆陆续续地懂了韩经年这话里的意思。

记者G：“韩经年先生，您刚刚话里的意思，该不会是您怕夏晚安小姐公开亮相得太多，被人拐跑或者惦记吧？”

“对。”

记者G扑哧笑了：“韩经年先生，您这话说得太谦虚了……”

记者G本想继续问下一个问题，只是她的话还没说出口，韩经年就出声了：“不是谦虚，是事实。自从遇到她，这个世界上所有的雄性对我来说都很危险。”

记者G问了最后一个话题：“韩经年先生，如果让您此时此刻对夏晚安小姐说一句话，您想说什么？”

韩经年淡淡的声音响在会场的每一个角落：“如果有人说爱你，记得报我的名字。”

发布会事故的幕后策划者艾姜怎么也没想到，事情会突然反转得那么厉害。

她悄悄打探过，夏晚安和韩经年是联姻，没有婚礼，没有婚纱，也没有戒指。

按理说，韩经年是不在意夏晚安的呀……为什么他会像踏着七色云彩般，突然降临在夏晚安的身边，让原本受尽屈辱的夏晚安一下子变成了众人仰望的公主。

艾姜望着直播视频中满屏的对夏晚安的羡慕和追捧之词，眼底渐渐地泛了红。

“哇，好帅啊，感觉像看了一场偶像剧。”

“妈呀，这男人我爱了！”

“跟我一起刷，如果有人说爱你，记得报我的名字……”

然后屏幕上飘过密密麻麻的“如果有人说爱你，记得报我的名字”。

望着那一满屏的字，艾姜气得拿起鼠标，想去砸电脑屏幕。只是她的动作都还没来得及做，屋门突然被推开，迟耀一脸愤怒地走了进来：“贱人！”

迟耀话音落定，抬手甩了艾姜一巴掌，直接将艾姜从椅子上打趴在地上。

“贱人，你不是说这次的事情一定能让那个花瓶难堪吗？现在呢？那个花瓶不但没难堪，还让我彻底折损了范明！”

迟耀越说越生气，他不解气地抬起腿踹了艾姜一脚：“真是成事不足败事有余！从现在开始，我不想再看到你，你给我滚！”

骂完艾姜，迟耀兜里的手机响了。他对着艾姜又骂了一声“滚”后，就摸出手机去接电话了。

艾姜狼狈地趴在地上，忍着眼底欲落的眼泪，胸口起伏了好一会儿才爬起来。她拿了自己的包，一步一步地走出了迟家的别墅。

这次她输了，输给了夏晚安……但是没关系，她不信她会输一辈子！

车子抵达韩氏企业，由于还没到下班的点，不管是夏晚安还是韩经年，都还有点手头上的紧急工作没处理完，所以两人在电梯里暂且分开了。

夏晚安办公室所在的楼层比较低，韩经年神情温和地目送着夏晚安走出电梯，等到电梯门一关闭，他的目光瞬间冷了下来："上个月八号，ST报刊虚假报道了有关韩氏企业的一些新闻，你通知律师，给他们发律师函……"

电梯门打开，说完这话的韩经年往会议室走了几步，然后又停了下来："还有范明……让他滚蛋。"

"是是是，韩总，我知道了，我马上去安排。"张特助说完就跑到了自己的工位上，开始打电话。

接下来的会议，韩经年有些心不在焉。甚至在会议结束时，张特助喊了他两次他都没反应。直到张特助轻轻地推了他一下，他才回神，一脸冷淡地说了句"散会"，就起身回了办公室。

张特助跟着进了办公室，将韩经年吩咐自己的事情一一汇报了一遍后，就准备识趣地离去。

只是他刚走到办公室门口，韩经年就喊住了他："张承……"

"什么事啊，韩总？"

韩经年吞咽了好几口唾沫后，清了清嗓子，用很僵硬的声音问："我……是不是很对不起她？"

张特助一脸茫然。

"就是，"韩经年斟酌了一下语言，又快速地吐出一句话，"我是不是亏欠她很多？"

张特助还是一副不明状况的模样。

韩经年见他还没领会自己的意思，有点恼羞成怒了，开口时声音中夹杂了一丝恼火："我和她结婚，没有婚礼，没有婚纱，也没有婚戒，是不是有点过分？"

闹了半天，韩总指的是这个……

不过话又说回来，这还需要问吗？何止是有点过分，简直是太过分了好吗?!

当然，张特助只敢腹诽，不敢明言。

"这……该怎么说呢？其实吧，这个世界上，虽然有很多女孩子嘴里说着什么送花送口红很俗气，甚至也有很多女孩子说，我有钱有能力，我想要的东西不需要男人送。但是吧，这也只是女孩子嘴里说说而已。在她们心底，还是很羡慕那些有礼物收的小姐姐们的！韩总，您听过这样一句话吗？就是，我喜欢花，但是我不会告诉你我喜欢花，我希望你自己能看出来我喜欢花，并且送我花。”

韩经年摇了摇头：“没听过。”

张特助清了清嗓子，只好硬着头皮自己往下圆：“没听过也没关系。总之就是这句话，最近在女孩子的世界里很火，意思就是，她们在意的不是花而是那颗心。

“所以，韩总，您现在懂了吧？就是婚礼也好，婚纱也好，婚戒也好，那都不是重点。有些人由于条件问题，婚戒可能是几块钱的地摊货，婚纱也可能是租来的，就连婚礼也是最简单的，甚至有些人，婚礼可能只是两个人吃一顿饭。但是不管形式是怎样的，他们都有那颗心，但是您和夫人就没有……”

张特助的最后一句话使得韩经年的神色瞬间冷了下来。

张特助意识到自己嘴快，说了戳韩经年心的话，求生欲使他急忙又开口：“韩总，这个不怪我，您好好想想，领完结婚证的当天您就没回家。而且之后一连半年，您都没回过家！后来还是老太太批评了您，您才回的家！您是不知道，那半年里，最开始老太太批评的都是我，说我不提醒您回家，这哪能怪我呢？我提了不止一次，您也不听我的啊。更搞笑的是，婚后半年您没回过家就算了，在一个宴会上，您碰到了夫人，我指给您看，您竟然还问了我一句‘她是谁？’

“我告诉您，那是您的合法妻子，然后我还问您，要不要跟夫人打个招呼。您还说了句，没这个必要……”

韩经年听到这里，胳膊猛地一颤，将桌子上的水杯撞翻在地上。

“那真的是我吗？”

若不是张承提起那些过往，他真的意识不到，以前的自己对她竟冷漠到那种地步？

下午，他得知她在发布会上出了状况。他听到那些记者对她说的那些话，他愤怒，愤怒到想将那些记者逐一碎尸万段！

他在她面前，一直都没表现出自己的愤怒，他怕吓到她，也怕被她看到自己不好的一面。所以等到和她分开后，他立刻让张承去给那些胡乱报道的报社和媒体寄律师函。

他韩经年护着的女孩，怎么能容忍他们那样糟蹋和欺负？

他一直觉得是那些人欺负了她，直到张特助说完这些话后，他才知道，其实是他赋予了那些人欺负她的权力。那些能攻击到她和伤害到她的语言，全都是他造成的！

若是他一开始履行了最基本的义务，不需要多宠她，也不需要多爱她，更不需要炫耀给这个世界上的人看，只要他把最基础的做了……她就不会在今天的发布会上受到伤害。

原来，最对不起她的人是他……

而他要恨的、要愤怒的对象，不是别人而是他自己！

悔恨、懊恼、自责、心疼……各种复杂的情绪如同潮水一般淹没了韩经年的内心。他总觉得有一双手在撕扯他的心脏，疼得他喘不过气来。

他觉得这个办公室让他待得很压抑。

他起身走到落地窗前，打开窗户。风呼呼地灌进了屋里，可他还是觉得胸口拥堵得厉害，他索性拿起车钥匙和西装外套离开了办公室。

夏晚安下班回到家，已是晚上七点。

煮了一碗面填饱肚子的她，立刻抱着小镜子在沙发上玩耍了起来。

玩着玩着，她就又想起下午韩经年出现在发布会上的场景……于是她从网上翻了直播的回放，将韩经年出现后的那段视频单独截出来，反复看。

“小镜子，你看到了吗？爸爸来拯救妈妈了……

“爸爸是不是好帅！小镜子，你看这条项链，是爸爸给妈妈亲手戴上的！

“看，爸爸居然把和妈妈结婚的时间记得清清楚楚，都精确到分了，是不是特别酷?!

“小镜子，你看到弹幕上的这句话了吗？这句话是爸爸说给妈妈听的，所以这句话的版权是妈妈的！你知道怎么读吗？我教你啊，小镜子……如果有人说爱你，记得报我的名字……”

忍无可忍的小镜子抬起爪子拍了一下夏晚安的手机屏幕，将她的手机拍倒在桌子上。

它只是一只猫而已，为什么要喂它狗粮?!

“小镜子！”夏晚安故作凶狠地警告了一声小镜子，然后将手机重新放好，再次把韩经年出现后的那段视频从头到尾播放了一遍。同时她把刚刚说过的话又对小镜子说了一遍。

“小镜子，你看到了吗？爸爸来拯救妈妈了……

“小镜子……”

“喵！”小镜子叫了一声，然后就从夏晚安的怀里挣脱出来，想逃走。

结果小镜子还没来得及蹦跶起来，脖子就被夏晚安揪住了，然后被拎回到手机面前：“小镜子，你看到弹幕上的这句话了吗？这句话可是爸爸对着妈妈说的哦……”

小镜子喵喵叫了好一阵，见始终逃离不了魔爪，只好一脸惆怅地睁着冰蓝色的眼睛，认命般地趴在夏晚安的腿上，继续被迫吃狗粮。

“小镜子……我真的好喜欢你爸爸哦……虽然他曾做过那么多让我难过的事，可我总是会不争气地原谅他……今天下午，那么多记者对逼问我的时候，我有一瞬间是很恨你爸爸的。可他一出现，我的恨意就消失得无影无踪……小镜子，你会不会觉得我很没出息？”

小镜子似是懂了夏晚安此时的伤感，它动了动身子，扭头将嘴凑到夏晚安的脸上舔了两下。

夏晚安被小镜子舔得有些痒，忍不住笑了：“小镜子，妈妈打算过几天向爸爸告白，你会支持妈妈的，对不对？”

小镜子又舔了舔夏晚安的脸，逗得夏晚安咯咯直笑。

“谢谢小镜子哄妈妈，为了表示感谢，那小镜子，再陪妈妈看一遍视频好不好？”说着，夏晚安就点了重放。

小镜子喵地抗议了一声。

“小镜子……”夏晚安将刚刚说的话又对着小镜子重说了一遍。

只是这次，她在说到一半时，门口传来了按密码锁的声音。

“爸爸回来了！”夏晚安下意识地丢开小镜子，拿起自己的手机，取消了播放视频。等她这一系列动作忙完时，屋门恰好被推开，韩经年走了进来。

夏晚安拍着胸口，嘀咕了一句：“好险好险，还好没被他听到……”然后，夏晚安打算对回家的韩经年说一句“回来了”，结果她的话都没到嘴边，玄关处突然传来了扑通一声响。

小镜子被吓得浑身奓毛，它转着圆鼓鼓的脑袋左右看了一圈，然后一眨眼的工夫就跑到了玄关处，喵喵喵地叫了起来。

夏晚安察觉到小镜子的叫声不对劲，急忙起身跑了过去，然后她看到了单腿跪在地上的韩经年。

夏晚安被韩经年吓了一跳：“韩经年，你在做什么？”

韩经年没理她，单膝跪在地上的他也没有要起来的迹象。

小镜子围着韩经年不断地打转，嘴里时不时地发出叫声。

“韩经年？”夏晚安又喊了一遍韩经年，见他还是没理自己，就连忙往前走了几步。她还没靠近韩经年，就闻到了浓重的酒味。

这是喝了多少啊？

夏晚安蹙了蹙眉，站到韩经年身边后伸手拉了他一把。她这才发现，他已经喝得烂醉如泥，整个人几乎使不出来力气了……敢情他这是自己跪倒在地上，起不来了？

喝成这样，还能找到家门也真是不容易……

夏晚安一边在心底吐槽，一边吃力地将韩经年从地上拉了起来，然后把他拖进卧室，放倒在床上。

小镜子蹦蹦跳跳地跟在夏晚安的后面，然后跳上床，围着韩经年转了两圈。在凑到韩经年脑袋边上时，小镜子被酒味呛得打了个喷嚏，下一秒就蹦下床，一溜烟地跑出了卧室。

“喝到把小镜子呛走，也真够能耐的！”夏晚安气喘吁吁地嘟囔了一声。她刚想转身去翻医药箱，找醒酒药给韩经年，韩经年就突然抓了她的胳膊：“对不起……”

夏晚安被韩经年突如其来的三个字说得一愣。

“对不起，对不起……”

床上醉得一塌糊涂的男人还在念着这三个字。在他不知说了多少遍时，夏晚安回过神想挣脱他的手。结果他轻微一个用力，就将毫无防备的夏晚安直接扯得趴在了他的身上。

“对不起，对不起……”他像复读机般，还在嘀咕着这三个字。

他这是怎么了？为什么一直说对不起，这对不起是说给谁听的？

就在夏晚安的满头雾水时，韩经年嘴里喃喃低语：“是我太糟糕了，都是我太糟糕了……”

“我以后不会这样了……再也不会了……对不起……”说到这里的韩经年总算安静了下来。

夏晚安以为他已经说完了醉话，打算从他怀里挣脱出来，结果他含着酒气的声音又一次从她头顶传了过来：“原谅我可好？”

什么跟什么呀？

夏晚安百思不得其解地皱了皱眉。

“原谅我好不好？原谅我……”没等到任何回应的韩经年又开口道。

他反复地说，到了最后语气变得有些沉痛，惹得夏晚安跟着一阵难过。尽管她不知道他到底是怎么了，但还是伸出手轻轻地抚了抚他的后背，柔声地回道："好好好，原谅你……"

"真的？"

"真的……"

在夏晚安好脾气的轻哄下，韩经年总算消停下来了。

为了避免韩经年第二天醒来后头疼，夏晚安还是硬喂他吃了醒酒药才放他去睡。

次日醒来，夏晚安本以为喝醉的韩经年怎么也会多睡一会儿。谁知她睁开眼睛一看，身边还是没人了。

她简单地洗漱了一下，就去餐厅吃早餐。她走到餐厅门口，竟看到穿着一身休闲装的韩经年站在餐桌前摆放早点。

没想到韩经年竟然在家。夏晚安愣了愣，然后才注意到韩经年的身前裹着她平时做饭穿的那件印有卡通猫图案的粉色围裙。

夏晚安忍不住愣了一下，然后又盯着韩经年打量了几眼。不得不说，这件粉色围裙虽然很可爱，但是穿在韩经年的身上却毫无违和感，甚至还增加了几分家居感，使他看起来温和了许多。

布置好餐桌的韩经年用眼角的余光瞄见了站在餐厅入口处的身影，他扭头望去："醒了？"

夏晚安回神，"嗯"了一声，然后一边往餐厅里走一边出声："你……怎么还没去上班？"

"今天上午没什么事，吃完早餐再去……"韩经年边说边解开围裙，然后他随手将围裙往旁边的椅子上一搭，绕到餐桌的另一面拉开了一把椅子，示意夏晚安坐下："吃早餐吧，正好刚做好。"

夏晚安落座后看着面前桌子上的各种早点和小菜，有点意外："全是你做的？"

韩经年漫不经心地"嗯"了一声，然后给夏晚安盛了一碗粥，放在她面前。

"谢谢，"夏晚安道了一声谢，然后拿着勺子，一边搅拌着粥，一边抬头看了一眼韩经年，又开口问，"你什么时候学会做早点的？"

韩经年端着自己的粥，坐在夏晚安正对面的位子上回复："两个小时前。"

刚舀了一勺粥塞进嘴里的夏晚安听到这个回答，险些将粥喷了出来。

两个小时前……也就是说，韩经年这是现学现卖？

韩经年是会煮粥的，她喝过很多次，味道没的说，只是这一桌子其他的早点……

青菜拌豆腐里的每一个豆腐块大小都是相同的，小笼包就像一个模子里刻出来似的，油条长短粗细一眼望去毫无差别，就连两碟小笼包配的醋汁都是一样多……

尽管喝了好多次韩经年煮的肉丁蔬菜丁总是一样大小的粥，在看到这一桌子规规整整的早点时，夏晚安还是忍不住震惊了一会儿，然后才拿着筷子，夹了一个小笼包塞到嘴里。

味道竟是出奇地好吃……

夏晚安忍不住又夹了一个小笼包：“这小笼包比我在外面买的还要好吃，你这小笼包的肉馅是一次就调成功了吗？”

正在喝粥的韩经年沉默了几秒钟，然后选择性忘记了垃圾桶里那大半桶的肉馅，一脸淡定地点了点头，“嗯”了一声。

“太厉害了！”夏晚安毫不吝啬地夸了一句韩经年，然后又尝了其他的早点。她发现每一个早点的味道都没的挑剔，就又忍不住夸了一句，“韩经年，没看出来，你居然还是一个隐藏的厨艺高手……”

被连夸了好几句的韩经年耳根泛出一抹微红，不过他开口时语调依旧淡定平静：“如果你愿意，可以吃一辈子。”

他这话的意思是……他愿意给她做一辈子的早餐？

一辈子……

八年前，她遇见他的第一眼，她心底浮现的就是“一辈子”这三个字。

她从未想过有一天，从他的口中可以听到这三个字……

夏晚安握着勺子的指尖情不自禁地有些颤抖。她不清楚他是随口一说还是走心的，可她却被感动了。

她的眼睛有些酸，落泪的冲动很强烈，她努力地稳着自己的情绪。

过了几秒钟，她才像开玩笑似的接了韩经年的话：“这可是你说的，不许赖账。有人愿意当一辈子的苦力煮早餐，这么好的事情，傻瓜才会拒绝呢！

“不过……我这个人也不是谁做的早餐都肯吃的。所以你要好好珍惜给我煮早餐的机会，要知道过了这个村就没我这个店了。一旦我反悔了，你就再也没给我煮早餐的机会了……”

“在我心底，你是连锁店。”

夏晚安一下子被韩经年这句话说愣了。

过了好一会儿，她才反应过来他这句话是什么意思。

她是连锁店，意思是，即便过了这个村，下个村还有她这个店？

夏晚安的唇角忍不住往上扬了扬，然后她像想起来什么一般，突然出声：“对了，你昨晚喝了那么多酒，今天还这么早起来煮早餐，会不会特别难受？”

韩经年剥了一个鸡蛋放在夏晚安面前的小碟子里：“还好。”

夏晚安“哦”了一声，想到韩经年昨晚说的那些醉言醉语，忍不住又问了一句：“你……最近遇到了什么烦心事吗？”

韩经年被夏晚安这句话问得一愣。

夏晚安看到他这反应，解释说：“昨晚上你回家后一直在说醉话呀……”

他昨晚说醉话了？

韩经年沉默了一会儿，问：“我说了什么？”

“就是什么对不起啊，什么是我太糟糕了，还一直说什么能不能原谅你……”夏晚安没遮掩地把韩经年昨晚的情况阐述了一遍，“你是跟什么人闹了矛盾吗？所以才喝了那么多酒……”

“不是。”

“那是因为什么？”

夏晚安突然想到，韩经年对他父亲的死一直耿耿于怀，难不成昨晚的那些话他是说给他父亲听的？

夏晚安停了喝粥的动作：“你……昨晚上是想到你父亲了吗？”

韩经年愣了一会儿才明白夏晚安话里的含义，而后道：“也不是，过段时间你就知道了。”

这句话使夏晚安更好奇了，到底是因为什么呀，竟然这么卖关子？

不过，韩经年说过段时间就知道了，所以夏晚安再好奇也没逼迫韩经年说。

两个人安静地吃了一会儿早餐。

在夏晚安起身盛粥时，她脖子上挂着的钻戒不小心撞击了一下面前的大理石桌面，发出一道很清脆的声响，惹得她低头望了一眼胸前。

在看到那枚戒指时，夏晚安想到昨天韩经年是为了给她解围才给她戴了这条项链的。至于这戒指，指不定是他临时从哪里搞来的……更何况，他也没说是送给她的。

这样想着，夏晚安就放下勺子，解开项链，将那枚戒指放在桌子上，轻轻地推到了韩经年的面前：“这个……还你。”

韩经年看着被推到自己手边的戒指，蹙了蹙眉心，然后就面带疑问地抬头看了一眼夏晚安。

“这枚戒指……”夏晚安只说了四个字，韩经年就知道了她的意思。

原来，她以为这戒指不是买给她的？

韩经年将戒指往前一推，推回到夏晚安的面前：“试试。”

夏晚安呆呆地坐在餐椅上，望着那枚在水晶灯的照射下闪闪发光的戒指，没反应。

韩经年以为她没听懂自己的意思，就又出声把刚刚的话说得更详细了一些：“把戒指戴上试试。”

顿了顿，韩经年补了句：“右手的无名指。”

听到这句话的夏晚安身子微微颤了颤。她继续盯着那枚戒指看了一会儿，才抬起手拿起来。

她指尖抖得厉害，费了很大的力气才稳着自己的动作，将戒指对准自己右手的无名指，然后轻轻地套了进去。

尺寸大小出奇地合适……俨然是为她量身定制的。

所以这枚戒指真的如同她昨天好几次幻想的那样，是他特意买给她的？

这样的反转让夏晚安有点难以控制自己的情绪，她被指尖那枚戒指折射出来的光刺得眼睛酸疼。她很想忍住落泪的冲动，可她眼底还是渐渐地湿了，她飞速地踢开身后的椅子，起身离开了餐厅。

“安安！”

韩经年下意识地跟着站起身，等他追出餐厅时，夏晚安已经拐进了客厅的公用洗手间，关上了门。

韩经年快步走上前，握着门把手转了一下，发现门被反锁了。他抬起手，轻轻地叩了两下门板：“安安？”

“安安，安安？”

韩经年连喊了夏晚安好几声，都没得到回应。有些担忧的他将门把手转得更厉害了，还咚咚咚地敲着门。

就在他寻思着要不干脆踹门而入时，洗手间里传来了夏晚安的声音。纵使她努力保持着自己声调的平静，可他还是听见了一抹颤抖：“我没事。”

她这是哭了？

韩经年皱了皱眉心，面色越发着急了。他想都没想就往后退了两步，准备抬脚冲门上踹去。

洗手间里的夏晚安生怕他破门而入，又开口道："韩经年，我真的没事，给我几分钟……"

一句话使得韩经年生生地收住了自己快要碰上门板的脚。

夏晚安见门外终于安静了，这才颤抖着指尖抚上了钻戒。

这是她做梦都盼着的事情啊，盼到她都死心了，结果居然成真了……他真的送了她钻戒……

夏晚安的眼泪克制不住的一颗接着一颗地从眼角落了下来。

为他，她哭过太多太多次……这是第一次因为喜悦而哭。

夏晚安才擦掉脸上的泪水，脸上就又湿了。她不知道自己这般反复地擦了多少次眼泪，过了好一会儿，她的情绪总算稳定下来了。

她望着镜中哭得鼻子红了的自己，忍不住破涕为笑。

她打开水龙头，将脸上的泪水洗走，然后等到鼻尖的红褪去后，她才抽了几张纸巾，擦干净脸上和手上的水，拉开门走了出去。

韩经年就守在洗手间的门口，看她出来了，立刻一脸紧张地开口："安安？"

看到韩经年这样的反应，夏晚安心中又是一暖，险些当着他的面砸下泪来，不过好在她忍住了。她仰头冲着韩经年灿烂一笑："我没事，就是突然肚子疼，上了个洗手间而已……"

韩经年知道夏晚安在撒谎，但他没拆穿她。他只是盯着夏晚安的眉眼，不动声色地打量了一会儿，确定她已经没什么大碍了，才轻轻地点了点头："那快去吃早餐吧，要不然等下就全凉了。"

夏晚安眉眼弯弯地"嗯嗯"了两声，就率先迈着轻快的步子奔进了餐厅。

韩经年望着夏晚安的背影，在原地站了好一会儿才跟上。

他不傻，尽管她掩饰得很好，他也知道她在洗手间里哭过……

他只是送了她一枚钻戒，她就这么开心吗？

她开心，本是一件很高兴的事，可他的心反而疼得厉害。

是他忽略她太久了，所以只要对她好一点点，她就满足成这样了？

韩经年抿了抿唇，在餐厅门口又顿足了一会儿才走进餐厅。

坐在餐桌前，他盯着吃东西的女孩看了一会儿，然后动了唇："安安？"

与此同时，夏晚安也开口道："韩经年？"

两个人纷纷一愣，然后韩经年又开口道：“你先说……”

“你先说……”随着他话音的响起，夏晚安也说了同样的话。

夏晚安没等韩经年再开口，就抢先出声：“怎么了？”

韩经年目不转睛地盯着夏晚安的眼睛，问：“你下个月第三个星期的周六晚上有空吗？”

下个月第三个星期的周六晚上……不就是她生日的那一天吗？

夏晚安点头：“有啊。”

“嗯……那天晚上，吃饭？”

“好啊。”

见夏晚安答应了，韩经年出声问：“你刚刚想说什么？”

夏晚安笑眯眯地咬着勺子回：“和你一样啊……”

和你一样啊……韩经年愣了片刻，反应过来夏晚安这句话的意思，她刚刚喊自己，也是想问她生日那天他有时间吗……

原来，他想着约她的同时，她也想着约他……不过那晚，他并不是想单纯地为她过生日，他想对她道歉、求婚，然后就是为她量身定制婚纱，再办婚礼……总之别的女孩有的，她也统统会有。

原因很简单，他的女孩，不需要羡慕别人。

韩经年没说话，但他的唇角却挂上了一抹笑意。

夏晚安也没再说话，她看似低着头一个劲地喝粥，实际上她的心底却是乐开了花。

好巧哦，她本想约他的，结果他也想约她……

他是想为她过生日吗？

不过那天，她可不是单纯地过生日哦，她可是要对他告白呢！

未完待续

晚安晚安，何以经年。

叶非夜作品

Missing You

Missing You